岩 波 文 庫

32-345-1

無 垢 の 時 代

イーディス・ウォートン作
河 島 弘 美 訳

岩 波 書 店

Edith Wharton

THE AGE OF INNOCENCE

1920

目　次

無垢の時代

第一部

第一章

一八七〇年代初頭の、ある一月の宵、ニューヨーク音楽院の『ファウスト』の舞台ではクリスティン・ニールソン(1)が歌っていた。費用のかかり具合でも豪華さでもヨーロッパの大都会に引けを取らない歌劇場が、街外れの「四十丁目の北」に新しく建つらしい(2)という噂はすでにあったが、毎年冬になると社交界の人々は、昔から親しんできた音楽院の古びた赤と金のボックス席に嬉々として集まって来た。保守的な人々はこの劇場の狭さと不便さを好んだのだが、それはその欠点のおかげで、今やニューヨークが脅威を感じつつも惹かれ始めている「新参者たち」を締め出すことができたからであった。感傷的な人たちはこれまでの思い出のために、また音楽好きの人たちはたいていの音楽会用のホールが問題を抱えている音響効果が優れているために、この劇場に愛着を覚えていた。

その冬初めてマダム・ニールソンが出演するとあって、新聞では「ことのほか華麗な聴衆」という決まり文句で呼ばれる人々が、その歌を聴こうと集まっていた。滑りやすい雪道を、自家用の一頭立て箱馬車か、大きめの幌付き馬車に乗って来るのだが、中には質素だがより便利な「ブラウンの貸馬車」で来る人もいた。オペラに貸馬車で来るのは、自家用馬車で来るのと体裁の点で大して変わらなかった。その上、もし帰りも貸馬車を使うとすれば、(先着順も民主主義の原則ですからね、などと言いながら)並んでいる先頭の馬車に乗り込めばよいのだから、寒さとジンで鼻先を赤く光らせたお抱え馭者《ぎょしゃ》が音楽院の玄関先に姿を現すまで待つのに比べて、はるかに便利だった。来るときよりずっと急いで娯楽の場をあとにしたがるのがアメリカ人の習性だと発見したのは、貸馬車屋の主人の見事な洞察の一つだった。

ニューランド・アーチャーが自分のクラブ(3)専用のボックス席の後ろの扉を開いたのは、ちょうど庭園の場の幕が上がったときだった。もっと早くに来られなかったわけではなかった。というのも、母と姉と三人だけで七時に夕食を済ませた後、書斎で葉巻をくゆらせながら時間を空費していたのだから。ガラス扉のついた黒胡桃材の書棚と頂部装飾《フィニアル》付きの椅子が置かれたゴシック風の書斎は、屋敷内で母が喫煙を許している唯一の場所だった。しかし何より、ニューヨークは大都会なのだし、大都会では、オペラに早くから出向くことは「適切」でないとされていた。そしてニューランド・アーチャーのニューヨークにおいて、何が「適切」で何がそうでないかは、何千年も昔に祖先の運命を支配した、不可思議なトーテム像への恐怖と同じくらい重要な役割を果たしていたのだ。

遅く来た第二の理由は、個人的なものだった。いつまでも葉巻を吸いながらぐずぐずしていたのは、ニューランドは根が好事家《ディレッタント》で、先の喜びに思いを巡らすことのほうが実際に体験するよりも精妙な満足を覚えるためでもあった――特にその喜びが繊細なものである場合には。ニューランドの喜びのほとんどがそうだったが、特にこのときニューランドが楽しみにしていた瞬間はまたとなく精巧なものであり、たとえプリマドンナ付きの進行係とあらかじめ打ち合わせしていたとしても、これ以上に意義深いタイミングで音楽院に到着することはできなかっただろう。ちょうどプリマドンナは、ヒナギクの花びらを一枚一枚まきながら、露のように澄んだ声で「あの人はわたしを愛してる、愛してない、愛してる」と歌っているところだったのだ。

もちろんプリマドンナは、「愛してる《マーマ》」とイタリア語で歌っていた。フランスオペラのドイツ語の歌をスウェーデン人の歌手が歌うのであっても、英語圏の聴衆にわかりやすくするためにイタリア語にしなくてはならないのが、音楽界の、変わることのない絶対の決まりだった。ニューランド・アーチャーにとってはこれも、自分の生活を形成しているほかのすべてのしきたり――例えば、髪を分けるのにはブルーのエナメルで自分のイニシャルを入れた二本の銀のブラシを使わなくてはならないとか、人前に出るときには必ず上着の襟のフラワー・ホールに(できればクチナシの)花を挿さなくてはいけない等のしきたり同様に、当然のことに思われた。

「マーマ、ノンマーマ」とプリマドンナは歌い、最後に勝ち誇った愛を炸裂させるように「マーマ」と歌いあげると、ひしゃげたヒナギクを唇に押し当て、大きな目を上げて、小柄で浅黒いファウスト役カプール(4)の世故に長《た》けた顔を見た。カプールはぴったりした紫のビロードの上着に羽根つきの帽子を被り、自らのあどけない獲物と同じくらい誠実で純粋に見せかけようと、虚しい努力をしていた。

ニューランド・アーチャーはクラブのボックス席の後ろの壁に寄りかかったまま、舞台から目を離し、劇場の向かい側を見渡した。真正面にあるのはマンソン・ミンゴット老夫人のボックスで、夫人は異様なまでの肥満のためにオペラに来られなくなって久しかったが、このように社交界の人々の集まる夜には、一族の若い者が代わりに来るのが常だった。今夜ボックスの前列に座っているのは、息子の妻であるラヴェル・ミンゴット夫人と娘のウェランド夫人、そしてこの豪華な装いの二人の少し後ろに控えているのは、劇中の恋人たちに熱心に見入っている、白いドレスの若い娘であった。(ヒナギクの歌の間は、ボックス席のおしゃべりも必ずやむので)マダム・ニールソンの「マーマ」が静かな劇場内を震わせつつ消えると、娘の頰はピンク色に染まり、その色はやがて、編んだ金髪の生え際まで額を染め、一輪のクチナシで留めた控えめなチュールの襟布が曲線を描く、胸元へと広がった。娘は膝の上のスズランの花束に目を落としたが、白い手袋をはめた指先でそっと花に触れるのを見たとき、ニューランドは虚栄心が満たされた思いで深く息を吸い、舞台に視線を戻した。

舞台装置は費用を惜しまずに作られたもので、ニューランドのようにパリやウィーンの歌劇場を知る人たちの目にも大変美しいものに見えた。前景はフットライトまで一面、エメラルドグリーンの布で覆われていた。中景には、クロッケーの球をくぐらせる小アーチに沿って、左右対称の苔むした緑の小山が作られ、それぞれ灌木の根元を支えていたが、灌木はオレンジの木のような形をしていながら、赤やピンクの大きなバラの花がちりばめられていた。人気者の牧師に贈るために信者の女性たちが作る花形のペン拭きを連想させる巨大なパンジーはバラよりもかなり大きく、バラの木の下の苔から生えている。バラの枝に接《つ》ぎ木されたヒナギクがあちこちに咲く様子は、有名な品種改良家ルーサー・バーバンク(5)氏の後年の驚異を予言するように華やかだった。

　魔法で作られたようなこの庭の中央に、マダム・ニールソンが立っていた。スリットから淡いブルーのサテンをのぞかせたデザインの、カシミヤの白いドレスを着て、青い飾り帯からレティキュール(6)を下げ、編んだ黄色の髪をモスリンの胸飾り布《シュミゼット》の両側に綺麗に垂らして、目を伏せたまま、カプール氏の熱烈な求愛に耳を傾けていた。舞台の右袖から斜めに突き出している上品なレンガ造りの別邸の一階の窓を、カプール氏が誘うように言葉やまなざしで示すが、そのたびに、その意図がわからないふうを装っている。

　ニューランドは、スズランを持つ娘にすばやく視線を戻した。「ああ、あの可愛い人には、いったい何のことだか、見当もつかないだろうな」舞台に夢中になっている若々しい表情を見つめながら、ニューランドは所有者としての興奮を覚えた。男性としての優越感と、どこまでも純粋な人への優しい畏敬の念とがないまぜになった心持ちだった。「二人で一緒に『ファウスト』を読むんだ――どこかイタリアの湖畔で」と、想像上の新婚旅行の情景と、夫として新妻に教える特権をもつことになるであろう文学の傑作とを漠然と混じりあわせながら、ニューランドは考えた。メイ・ウェランドがニューランドのことを「心にかけている」(これがニューヨークの若い娘からの、清らかな愛情表現であった)と初めてほのめかしてくれたのは、その日の午後のことに過ぎなかったのに、すでにニューランドの想像力は、婚約指輪や誓いのキス、オペラ『ローエングリン』からの婚礼の合唱などをすべて飛び越え、魅力的なヨーロッパの情景の中で傍らにいるメイの姿を思い描いていたのである。

未来のニューランド・アーチャー夫人が愚かであることを願う気持ちなど、ニューランドには微塵もなかった。妻には(夫である自分の啓蒙によって)社交の才と当意即妙の機知とを身につけてほしい――それによって、男性の称賛をひきつけながらも冗談めかしてうまくさばくことを当然の慣習とする、「若手グループ」の中で人気のある既婚の女性たちに劣らぬ地歩を占めてほしい、と思っていた。もし自分の虚栄心の底まで探ってみたなら(時にニューランドは、それに近いことをやりかけもしたのだが)、緩やかに揺れ動いた二年間、ニューランドの心をとらえてきたあの既婚夫人同様に、妻も世故に長け、人をそらさない女性になってほしい、という願いがそこにあるのを悟ったであろう。もちろん、あの不幸な夫人の人生をあやうく損なわせかけ、その冬の自分の計画まですっかり狂わせた弱さだけは、妻にはあってほしくないのだったが。

そんな、まるで火と氷のような奇跡がどのようにして作り出され、厳しい世界でどのように維持されるのか、ニューランドはじっくりと考えたことはなかったが、特に分析することなしに自分の考えを持ち続けることで満足していた。丁寧にブラシをかけた服に白いベスト、フラワー・ホールには花を挿した紳士たちが、いま次々にクラブのボックス席に入って来ては、ニューランドと親しげに挨拶を交わし、この社会の産物である女性たちに鋭くオペラグラスを向けていたが、彼らもみな自分と同じように考えているのがわかっていたからだ。もっとも、知的、芸術的な面では、オールド・ニューヨークの上流階級の選ばれた典型である彼らより、自分のほうが優れているとニューランドは思っていた。おそらく彼らの中の誰より多く本を読み、より多く考え、ずっと多く世界を見てきたはずだった。だが一人一人に弱点はあっても、集団としての彼らはニューヨークを代表しており、男性社会ならではの結束もあったので、ニューランドとしては、道徳と呼ばれる問題についてはどれも彼らの見解を受け入れざるを得なかった。この点で自分だけ別の道をとるのは煩わしく、また不作法になるだろうと、直感的に思っていたのだ。

「何と！　これは驚いた」ローレンス・レファーツがオペラグラスを舞台から突然そらし、語気を強めて言った。ローレンス・レファーツは、ニューヨークの「作法」に関する、最高の権威者と見なされていた。魅力的だが複雑なこの問題の研究に、たぶん誰よりも多くの時間を費やしてきたと思われるが、その完璧で余裕のある身の処し方は、研究だけでは説明がつかなかった。生え際が後退した額の傾斜、見事な金色の口髭の描写の、優雅なやせ型の体軀の足元——エナメル靴に包まれた足先までを眺めれば、こんなに上等の服をこれほど無造作に着こなし、こんなに長身なのにこれほど優雅な立ち居振る舞いができるとは、「作法」の知識は生来のものだ、と感じずにはいられないのだ。「夜会用の服に黒のネクタイを着けてよいときとそうでないときとの区別を教えられる人がいるなら、それはローレンス・レファーツだ」とある若い賛美者が言ったことがある。靴紐なしの正装用の靴か、紐で結ぶエナメル革のオックスフォードか、という問題について、レファーツの権威ある意見に異議を唱える者は、これまでいたためしがなかった。

「何ということだ！」レファーツはそう言うと、あとは無言のままでオペラグラスを老シラトン・ジャクソン氏に渡した。

ニューランドはレファーツの視線を追い、その言葉の出た理由がミンゴット老夫人のボックス席に新たに入って来た一人の人物にある、とわかって驚いた。ほっそりした若い女性で、メイ・ウェランドよりやや背が低く、こめかみのあたりできっちりとカールにした茶色の髪を、ダイヤモンドのついた細いヘアバンドで留めていた。この髪飾りは、ナポレオンの后《きさき》の名前から当時「ジョセフィーヌ風」と呼ばれた雰囲気を思わせたが、大きい古風な留め金のついた飾り帯を胸の下で気取って締めた、濃紺のベルベットのドレスの型もまた、同様の雰囲気を漂わせていた。この見なれない服装の女性は、周囲の注目にまったく気づかない様子でボックス席の中央に一瞬立ちどまり、自分の座っていた右隅の席を譲ろうとするウェランド夫人に、遠慮して辞退しようとしていたが、やがてかすかな微笑とともに折れて、反対側の隅に座る、夫人の義妹ラヴェル・ミンゴット夫人と並んで前列に腰を下ろした。

シラトン・ジャクソン氏はすでにローレンス・レファーツにオペラグラスを返していたので、ジャクソン氏が何と言うか聞こうと、クラブの全員が思わずジャクソン氏のほうを見つめた。ローレンス・レファーツが「作法」の権威であるように、老ジャクソン氏は「家系」の権威だったからである。複雑に絡み合うニューヨークの親類関係のすべてを知っていて、入り組んだ問題――例えば、ミンゴット家とサウス・キャロライナのダラス家との（ソーレイ家を通じての）関係、フィラデルフィアのソーレイ家の嫡流とオルバニーのチヴァーズ家（これはユニヴァーシティ・プレイスのマンソン・チヴァーズ家と絶対に混同してはならないのだが）との関係なども解明できるだけでなく、それぞれの家柄の主な特徴を列挙することもできた。レファーツ家（ロング・アイランドのほうだが)の分家は信じられないほどけちん坊だとか、ラッシュワース家は愚かしい縁組をする由々しき傾向があるとか、オールバニーのチヴァーズ家には一世代おきに精神障碍者が出るため、ニューヨークの縁者たちは縁組を避けてきたのに、気の毒なメドーラ・マンソンだけが例外で、ご存じの通りの不幸な結果だが、メドーラの母親はラッシュワース家の出だからな、といった具合である。

このような家系の森に加えてシラトン・ジャクソン氏は、くぼんだこめかみの間の狭い額の後ろ、柔らかな銀色の頭髪の茂みの下に、一見穏やかなニューヨーク社交界の表面下に過去五十年の間くすぶってきた醜聞や秘密の大部分を記録していた。情報の範囲はあまりに広く、記憶はあまりに正確だったので、銀行家のジュリアス・ボーフォートの素性、あるいはマンソン・ミンゴット老夫人の父親でハンサムなボブ・スパイサーがどうなったかなどを知る、唯一の人だと思われていた。ボブ・スパイサーという人は、結婚後一年足らずで(多額の信託財産を抱えたまま)謎の失踪を遂げたのだが、いなくなった日というのが、バッテリー公園の古い歌劇場に詰めかけた観客を熱狂させ続けていた美しいスペイン人の踊り子が、キューバ行きの船に乗った当日であったという。しかし、こういった謎をはじめとする多くの秘密は、ジャクソン氏の胸にしっかりとしまい込まれていた。密かに告げられた事柄を他に漏らすのを許さない、強い道義心があるだけでなく、そういう分別の持ち主だという評判こそが、知りたいことを知る機会を増やしてくれるのだ、と十分わかっていたからでもあった。

そういうわけで、シラトン・ジャクソン氏がローレンス・レファーツにオペラグラスを手渡す間、クラブのボックス席の全員が、目に見えるほどの緊張感をもって待ち構えていた。ジャクソン氏は、老いて血管の浮き出た瞼の下の、かすんだ青い目で一同を一瞬見回し、思慮深げに口髭を一ひねりすると、あっさりと言った。「ミンゴット家がここまでやるとは思わなかったよ」

第二章

この短い出来事の間、ニューランド・アーチャーは訳のわからない困惑を味わっていた。

自分の婚約者が母とおばにはさまれて座っているボックスに、ニューヨーク中の男性の注目が集まるのは不愉快なことだった。それにジョセフィーヌ風の装いの女性が誰なのか、その女性の存在が社交界に詳しい人たちの間になぜこのような興奮を引き起こしたのか、すぐにはわからなかった。そのうち事態がわかってくるとともに、憤りの念が一瞬湧き上がった――まったくだ、ミンゴット家がここまでやるなんて、誰も思わなかった！

けれども、連中はそれをやった――疑う余地なく。背後でささやかれる言葉から、その若い女性はメイ・ウェランドのいとこで、「かわいそうなエレン・オレンスカ」と一族の間でいつも呼ばれていた人だということが、ニューランドにもはっきりした。

一、二日前にヨーロッパから突然帰って来たことは知っていたし、ミンゴット老夫人の屋敷に滞在している、かわいそうなエレンに会いに行って来たという話さえ、メイの口から(特に非難の調子もなく)聞かされていた。ニューランドは一族の結束を全面的に認めていたし、ミンゴット家の最も称賛に値する特質の一つは、非の打ち所のない家系に生まれてきた少数の厄介者を守り抜こうとする堅い決意だと考えていた。ニューランドの心には意地悪さや狭量さはなく、将来の妻がやたらに上品ぶるといった過ちに陥ったりせず、不幸せないとこに(密かに)親切にふるまうことを喜んだ。だが、オレンスカ伯爵夫人を家族の間に迎えることと、よりによって歌劇場という場、それも数週間後に自分との婚約発表を控えている娘と同じボックス席で人目にさらすこととは違うのだ。そう、シラトン・ジャクソン氏も感じた通り、ミンゴット家がここまでするとは思わなかった！

　もちろん、一族の家長であるマンソン・ミンゴット老夫人という人は、(五番街[7]の許す枠内でではあるが)男性があえてするようなことならなんでも躊躇なくするだろう、とニューランドにはわかっていたし、このひどく威張った老夫人をいつも称賛していた。不可解な疑惑に包まれたままの父を持ち、人にそれを忘れさせるだけの金も地位もない、スタテン島[8]のキャサリン・スパイサーに過ぎなかったにもかかわらず、裕福なミンゴット一族の家長と結婚し、娘のうち二人を「外国人」(イタリアの侯爵とイギリスの銀行家)と結婚させ、セントラルパーク近くの、人も住まない荒野と思われていたところに、(家といえば褐色砂岩が、午後のフロックコート(9)同様に唯一の許される装いとされていた時代に)淡いクリーム色の石造りの大きな家を建てることで尊大さの仕上げとしたのだった。

　外国へ行った娘たちは伝説的な人物になってしまい、母親に会いに帰って来ることはなかった。活発な精神と支配的な意志の持ち主の多くがそうであるように、肥満体で日頃からあまり身体を動かさない老夫人は、達観して自宅にとどまっていた。けれども、(パリの貴族階級の邸宅をモデルとして建てられたと思われる)クリーム色の家は、夫人の強い精神の、目に見える証《あかし》として存在し、夫人はそこで、独立戦争以前の家具や、ルイ・ナポレオンのいたチュイルリー宮殿(夫人は中年の頃、そこで華やかに過ごしたことがあった)の思い出の品々に囲まれて、君主のように暮らしていた——三十四丁目以北に住むことや、上げ下げ窓の代わりに、ドアのように開くフランス窓がついていることなど、何も特別でないように落ち着きはらって。

　キャサリン・ミンゴットは昔から美人とは思われなかった、という点で(シラトン・ジャクソン氏を含む)皆の意見が一致していた。ニューヨークでは、美しければどんな成功も正当だと認められ、失敗もある程度許される。キャサリンが成功したのは（同名のロシアの女帝[10]同様に）意志の強さと冷酷さ、そして私生活における極端なまでの礼儀正しさと威厳によって何とか許されている、一種の横柄な厚かましさによるのだと、意地の悪い人たちは言っていた。マンソン・ミンゴット氏が亡くなったのはキャサリンがまだ二十八歳のときで、マンソンはスパイサー家に対する世間一般の不信の念に鑑みていっそうの用心深さを発揮し、財産を凍結していた。けれども大胆な若い未亡人は、臆することなく我が道を行き、外国の社交界にも自由に出入りした。どれほど堕落したところなのか誰にもわからない上流社会で娘たちを結婚させ、公爵や大使たちと親しく交際し、カトリック教徒[11]とも心安く付き合い、オペラ歌手をもてなし、バレエダンサーのマダム・タリオーニとは親友になった。しかもその間、自らの評判を傷つけるようなことはまったくなく、そのことを最初に述べたシラトン・ジャクソンは、そこだけが同名の女帝とは違うのだがね、とつけ加えるのが常だった。

マンソン・ミンゴット夫人はずっと以前に夫の財産の凍結を解いて使えるようにし、その後半世紀の間、裕福に暮らしてきたが、若い頃の窮乏生活の記憶があるため、非常に倹約家だった。洋服や家具の購入にあたっては最上のものをと心掛けたが、食卓での束《つか》の間の楽しみにはあまり費用を投じる気になれないようだった。そのため、理由はまったく異なるものの、夫人の屋敷で出る料理はアーチャー夫人宅の料理と同じくらいにつつましく、ワインで埋め合わせることも不可能だった。親戚の者たちは夫人宅の食事の貧弱さについて、よい暮らしのイメージと常に結びついてきたミンゴットの名を辱めるものだと考えたが、「作りおき」のメニューや気の抜けたシャンパンしかないにもかかわらず、人々は訪ねてきた。息子のラヴェルは、ニューヨーク一のコックを雇って一家の名誉を取り戻そうとしたが、息子の忠告に対して夫人は笑いながら、「腕利きのコックを一家に二人も雇ってどうするんです？　娘たちはお嫁に行ったし、わたしはもう、砂糖煮の果物なんか食べられない今になって」とよく答えたものだった。

ニューランド・アーチャーは、こうした事どもに思いをめぐらせながら、ミンゴット家のボックス席に視線を戻した。ウェランド夫人とその義妹は、ミンゴット老夫人が一族に教え込んだミンゴット風の沈着《アプロム》さで、半円を描いて座っている口さがない連中の視線を受け止めていたが、メイ・ウェランドだけは（ニューランドに見つめられていることを知っていたせいかもしれないが）頬を紅潮させていて、事態の重大さを意識しているのが見てとれた。騒ぎの原因である女性は、ボックス席の隅にしとやかに座っていたが、身を乗り出すとあらわになる肩と胸は、ニューヨークのしきたりよりいくらか広めだった――少なくとも、人の注意を引きたくない理由のある女性にとっては。

ニューランド・アーチャーにとって、「上品な趣味」に反することほど恐ろしいものは、ほかにほとんどなかった。高みに存在する神のような「上品な趣味」に比べると、「作法」などはその代理、目に見える代弁者に過ぎなかった。マダム・オレンスカの青ざめた真剣な顔は、この状況と不幸な境遇とにふさわしいものと思われたが、飾り布を着けない、襟ぐりの大きなドレスがほっそりした肩の曲線を見せている様子にはぎくりとし、気をもんだ。「上品な趣味」にこれほど無頓着な女性の影響下にメイ・ウェランドがあると思うと、嫌悪の念を覚えた。

「結局のところ」ニューランドの後ろで、そう言う若い男の声が聞こえた。(メフィストフェレスとマルタの場面になると、観客は例外なくおしゃべりをするのだった。)「結局のところ、いったい何があったのでしょう?」

「うーん、夫の元を出て来た、その点は誰も否定しないでしょうね」

「夫というのは、まったくひどい男だそうですね」ソーレイ家の率直な青年は言葉を続けた。女性の味方に名を連ねたいと思っているのは明らかだった。

「実に最低のやつだね。ニースで会ったがね」ローレンス・レファーツが威張ったように言った。「人を冷笑するような色白の男で、泥酔していた。なかなか美男子だが、まつ毛が濃すぎる。どういう種類の人間かというと、女と一緒にいるか、さもなければ陶磁器収集──そのどちらにも金は惜しまない、みたいなね」

皆が笑い、女性の味方の青年は「それで?」と言った。

「それで彼女は、夫の秘書と駆け落ちした、というわけだよ」

「そうですか」青年はがっかりした様子を見せた。

「しかし、長くは続かなかったようだ。数か月後に一人でヴェニスに暮らしていると聞いたのでね。ラヴェル・ミンゴットが迎えに行ったんだと思う。あの人はひどく不幸せだと言っていた。それはいいとしても、まるで見せびらかすように歌劇場に連れて来るのは、また別の問題だな」

「ひょっとしたら、あまりに気の毒で、一人にしておけなかったのではないでしょうか」とソーレイ家の青年は思いきって言ってみた。

すると皮肉な笑い声が上がったので、青年は真っ赤になり、通人が「二重の意味」と呼ぶものをほのめかそうとしたふうを装った。

「ともかく、ウェランド嬢を連れて来たのは妙だな」誰かがニューランドを横目で見ながら小声で言った。

「ああ、それも作戦の一部さ。おばあちゃまの指示によるのは、間違いない」レファーツが笑って言った。「あの老夫人、やるとなったら徹底的にやるんだから」

その幕は終わりかけていて、ボックス席はざわめき始めた。はっきりした行動に出なくては――ニューランド・アーチャーは突然そう感じた。ミンゴット夫人のボックス席に入る最初の男性となり、待ち構える世間に対してメイ・ウェランドとの婚約を発表し、いとこの異常な境遇のためにどんな困難に巻き込まれようともメイを支えたいという願い――この衝動がすべての躊躇や遠慮を不意に圧倒したので、ニューランドは赤絨毯の廊下を、劇場の反対側へと急いだ。

ボックス席に入った途端、メイと目が合い、自分の意図をメイが即座に理解したことを見てとった。メイも自分も高い美徳と考えている一族の品位を保つには、口に出して言うことはできなかったのだ。二人の住む世界の人々は、かすかな暗示や繊細さの中で生きているので、一言も言葉を交わさずにお互いを理解し合えたという事実は、どんな説明よりも二人を近づけたようにニューランドには感じられた。「母がなぜわたしを連れて来たか、おわかりでしょう」とメイの目は語り、「どんなことがあっても、常にあなたとともにいたいと思っていますよ」とニューランドの目が答えた。

「わたくしの姪のオレンスカ伯爵夫人をご存じね？」ウェランド夫人は、将来の婿と握手をしながら訊ねた。ニューランドは、紹介された相手に手を差し出さず、頭を下げた。相手が女性のときはこうするのが習慣なのだ。エレン・オレンスカも、大きなワシの羽根でできた扇を淡い色の手袋をはめた両手で持ったまま、軽い会釈をした。衣擦れの音がするサテンの服を着た、金髪で大柄のラヴェル・ミンゴット夫人に挨拶すると、ニューランドは婚約者の隣に座って小声で言った。「僕たちが婚約していること、オレンスカ夫人には伝えてくれましたか？　皆に知ってもらいたい――今夜の舞踏会で婚約を発表させてほしいのですが」

メイ・ウェランドは暁の空のような薔薇色に頰を染め、晴れやかな目でニューランドを見た。「母を説得なさることができるなら。でも、いったん決めたことを、どうして変えなくてはなりませんの？」それに対してニューランドは、目で答えただけだった。メイはいっそう自信を増した微笑を浮かべて続けた。「いとこにはご自分でおっしゃってね、かまいませんから。子供の頃にあなたとはよく遊んだ、って言っていますわ」

メイは椅子を後ろに引いて道をあけた。ニューランドはすばやく動いて、自分の行為を劇場中の人に見てほしいと思いながら、いくらかこれ見よがしにオレンスカ伯爵夫人の隣に座った。

「ほんとうにわたくしたち、よく一緒に遊びましたわね？」夫人は落ち着いた目をニューランドに向けて言った。「あなたったらひどい坊やで、ドアの陰でわたくしにキスしたことがあったわ。でもわたくしが好きだったのは、こちらを見向きもしない、あなたのいとこのヴァンディ・ニューランドでしたのよ」夫人は馬蹄形に並ぶボックス席をひとわたり見渡した。「ああ、こうしていると、すべて思い出されます。ここにいる皆さんが半ズボンやパンタレット[12]をはいていらした幼い頃の姿が目に浮かびますわ」言葉を少し引き延ばすような、かすかに外国訛りの残る発音でそう言うと、夫人はニューランドに視線を戻した。

そのまなざしは快いものではあったが、この瞬間に当人の裁かれようとしている厳粛な法廷が、それとはあまりにかけ離れた情景としてその目に映っていることに、ニューランドは衝撃を受けた。場をわきまえない軽薄さほど趣味の悪いものはない――そう感じたニューランドは、「ああ、ずいぶん長いこと、ここを離れていらしたのですね」と、少しよそよそしい調子で答えた。

「ええ、何世紀も何世紀も。あまりに長かったものですから、わたくしは死んで埋葬されたに違いありません。この懐かしい場所は天国なのですわ」それを聞いたニューランド・アーチャーには、はっきりと理由はわからないながらも、これはニューヨーク社交界を表現する、さらに無作法な言葉だと感じられた。

第三章

今年もいつもと同じように事が運んだ。

ジュリアス・ボーフォート夫人は、毎年催す舞踏会の晩、歌劇場に必ず姿を見せた。実際、舞踏会は必ずオペラが上演される晩に開くことにしていて、その目的は、自分が家庭内の雑事から完全に解放されていて、たとえ留守にしてももてなしの支度を万事きちんと整えることのできる有能な使用人を抱えている、ということを誇示するためなのだ。

ボーフォート家の住まいは、ニューヨークでも数少ない、舞踏室つきの屋敷で、マンソン・ミンゴット夫人やヘドリー・チヴァーズ家の屋敷より古かった。客間が傷つかないように粗い布織物を敷いたり、家具をわざわざ二階に上げたりするのが「野暮ったい」と思われ始めた時代に、舞踏会以外の用途には使わず、一年の残りの三百六十四日間は暗く締め切ったまま、金色の椅子は部屋の隅に積み重ね、シャンデリアには覆いを掛けておくような一室を所有しているということは揺るぎない優越であり、ボーフォートの過去に何があろうと、それを埋め合わせるものと思われていた。

アーチャー夫人は社交上の哲学を格言にするのが好きで、「わたしたちには皆、お気に入りの庶民があるものよ」と言ったことがある。それは大胆な表現だったが、気位の高い多くの人たちは、そこにこめられた真実を密かに認めてもいた。けれどもボーフォート家は、厳密には庶民ではなく、いや庶民より劣るという人もいた。実はボーフォート夫人は、アメリカで最も名誉ある一門の出身で、旧姓ではレジーナ・ダラスという（サウス・キャロライナ州の分家の出の）可愛らしい娘だった。いとこにあたるメドーラ・マンソンの紹介でニューヨーク社交界に登場したとき、美人ではあったが財産はまったくなかった。メドーラという人は軽率で、いつも正しい動機から間違ったことをする人だった。マンソン家やラッシュワース家と親戚になれば、ニューヨーク社交界への「市民権《ドロワ・ド・シテ》」(チュイルリー宮をよく訪れていたシラトン・ジャクソン氏がそう呼んでいたのだが)を持つことができた。しかし、ジュリアス・ボーフォートとの結婚によって、それは失われたのではないだろうか。

問題は、ボーフォートとは何者か、ということであった。英国人だという話で、短気だが愛想が良く、もてなし上手で機知のある、ハンサムな男だった。マンソン・ミンゴット夫人の義理の息子にあたる英国人銀行家の紹介状を携えてアメリカに到着、瞬く間に財界の重要人物となった。けれども、放蕩者で辛辣な物言いをする、素性のわからない人間だったので、メドーラ・マンソンが自分のいとことボーフォートとの婚約を発表したとき、これまでメドーラの重ねてきた無分別な行為のリストに、また一つ新しい愚行が加わったと思われたものだった。

しかし愚行であったにせよ、その後の成功ぶりを見れば、賢明だったのと同じ結果になることはしばしばある。ボーフォート夫人は結婚して二年経つと、ニューヨークで一番素晴らしい屋敷の持ち主と見なされるようになった。どのようにしてその奇跡が達成されたのか、正確に知る人はいなかった。夫人は無精で消極的で、辛辣な人からは頭が鈍いとさえ言われる女性だったが、神像のような衣装に真珠のネックレスを着け、年々若返って、より色白に美しくなっていった。ボーフォート氏のどっしりした褐色砂岩の大邸宅で王座を占め、宝石の輝く小指一本動かすことさえせずに、人々を引き寄せていた。情報通の人によれば、召使たちを教育し、料理人に新しい料理を教え、食卓や客間に飾るためにどんな花を温室で育てればよいかを庭師に指示し、招待客を選び、食後に出すパンチを作り、妻が友人たちに出す短い手紙の口述をするのは、すべてボーフォート自身だとのことだった。そうだとしたら、これらの仕事は内密にさばかれていたのだろう。世間が目にするボーフォートの様子は愛想のよい、飄々とした百万長者といった趣で、自宅の客間にまるで招待客のように悠々と入って来ては、「家内のグロキシニアは素晴らしいでしょう？　王立植物園《キューガーデン》から取り寄せたんだと思います」などと言うのだった。

ボーフォート氏の成功の秘訣は物事をうまく切り抜ける手腕にある、という点で世評は一致していた。働いていた国際銀行に「うまい手」を使って英国を去ったのだと噂されていたが、ニューヨーク実業界の良心が、その道徳的規範に劣らず厳しいものだったにもかかわらず、ボーフォートはそんな噂もほかの噂同様に、楽々と切り抜けた。向かうところ敵なし、ボーフォートはニューヨーク中の人を客間に迎え入れたので、「マンソン・ミンゴット夫人のところに行く」というのと同じくらい安心した口調で、人々が「ボーフォート家に行く」と言うようになってから、もう二十年以上になる。しかも、醸造年度の入っていない、生ぬるいヴーヴ・クリコや、フィラデルフィアから送らせたコロッケの温め直しの代わりに、ここなら熱々の野鴨料理や年代物のワインを味わえるという楽しみも加わっていたのだ。

そんなわけでボーフォート夫人は、例年通り「宝石の歌」の直前にボックス席に姿を現し、例年通り第三幕の終わりで立ち上がって、美しい肩にオペラ用マントを羽織ると姿を消した。これで、三十分後に舞踏会が始まるのだとニューヨークの人々は承知するのだった。

　ボーフォート家の屋敷は、ニューヨークの住人が外国人に見せて自慢したいと思う類の家で、年に一度の舞踏会の晩にはことにそうだった。ボーフォート家では自前の赤いベルベットの絨毯を所有しており、夕食や舞踏室用の椅子などと同じく、よそから借りる必要はなかった。それを自邸の庇《ひさし》の下の玄関の階段に、自家の従僕の手で敷かせることを、ニューヨークで最初に始めた家の一つだった。また、女性客たちが女主人の寝室までドレスの裾を引きずって上がって行って、ガスバーナーで髪をカールし直す代わりに、玄関で外套を預かる習慣を始めたのもボーフォート家だった。うちの家内の友達なら必ずメイドがいて、家を出るときに髪がきちんと整っているように気をつけているでしょうからね、とボーフォートが言ったとされていた。

　それにこの屋敷は、舞踏室を計算に入れた、思いきった設計になっていた。チヴァーズ家のように狭い通路をやっとの思いで通って行く代わりに、艶やかな寄せ木張りの床に映る多数のろうそくの輝きを遠くに眺めながら、向かい合って配置された(それぞれ、海緑色、深紅、きんぽうげ色の)客間が並ぶ、見通しの良い廊下を厳かに進んで行くことになる。一番奥には、黒と金に塗られた竹の腰掛けの上にツバキや木生《もくせい》シダの葉が豪華なアーチを作っている温室があった。

ニューランド・アーチャーは、社会的地位の高い青年にふさわしく、のんびりした足取りでやや遅れてやって来た。絹の靴下をはいた従僕(この絹靴下も、ボーフォートの馬鹿げた思いつきの一つだったが)に外套を預けると、図書室でしばらくぶらぶらしていた。壁にスペイン革を張り、象嵌《ぞうがん》細工や孔雀石を使った家具を備えたその図書室では、何人かの男たちがおしゃべりをしたり、ダンス用の手袋をはめたりしていた。それからようやくニューランドは、深紅の部屋の入り口に立つボーフォート夫人に挨拶する来客の列に並んだ。

ニューランドは、見るからに神経質になっていた。オペラの後、クラブには戻らず(若いメンバーたちはたいてい戻るのだが)、気持ちの良い晩だったこともあって、五番街を北のほうへかなり散歩してからボーフォート家の方角に戻って来たのだった。ミンゴット家の人たちが度を越したことをするかもしれない、オレンスカ伯爵夫人を舞踏会に連れて行くようにというミンゴットおばあちゃまからの指令が出ているかもしれない、と心底恐れていた。

クラブのボックス席で耳に入った会話の雰囲気から、それがどんなに重大な過ちとなるかを、ニューランドは悟っていた。自分としては「最後まで頑張る」つもりではあったが、歌劇場で短い言葉を交わしたとき以来、婚約者のいとこを擁護しようという気持ちは弱くなっているのを感じた。

きんぽうげ色の客間（そこにボーフォートは大胆にも、議論の的になったブグロー[13]の裸体画「愛の勝利」を掛けているのだが）のほうへとぶらぶら歩いて行くと、舞踏室の入り口の近くにウェランド夫人とその娘が立っているのが見えた。すでに何組かの人たちが舞踏室の床を滑るように踊っており、くるくる回るチュールのスカートも、つつましく花を飾った若々しい娘の頭も、華やかな羽根や飾りを着けた若い既婚婦人の髪も、そして光沢のあるシャツの胸や、艶やかな真新しい手袋も、ろうそくの光を映して美しく輝いていた。

メイ・ウェランドは、ちょうど踊りに加わろうとしているところだったらしい。手にスズランの花束を持ち（メイはスズラン以外の花束は持たないのだ）、興奮を隠せない瞳を輝かせ、やや青ざめて部屋の入り口に立ち止まっていた。その周りには数人の若い男女が集まって、握手をしたり、笑ったり、冗談を言ったりしていた。少し離れたところに立つウェランド夫人は、その光景に満足そうな笑顔を向けていた。ウェランド嬢は婚約を発表しているところらしく、夫人はこういうときの母親にふさわしいとされている、不承不承の表情を装っていた。

ニューランドは、一瞬立ち止まった。早く婚約発表をと望んだのは自分自身だった。だが、こんなふうに自分の幸福を発表したいと願ったわけではなかった。混みあう舞踏室の熱気と騒音の中の発表では、心の一番奥に秘すべき幸せの、ひそやかで繊細な輝きが失われてしまう。喜びは深いものだったので、表面が曇っても本質にまったく変わりはなかったが、ニューランドとしては表面も清らかにしておきたかったのだ。メイも同じように感じているのがわかって、ニューランドはいくらか満足感を得た。メイの目は懇願するようにニューランドに向けられ、その表情は、「忘れないでね、これが正しいからこうしているのだということを」と言っていた。

ニューランドの胸に、これ以上即効性のある訴えはなかっただろう。しかしニューランドは、自分たちの行動が必要になった理由が、気の毒なエレン・オレンスカのことだけでなく、何か理想的なものだったらよかったのに、とも思うのだった。ウェランド嬢を取り巻いていた一団は、意味ありげな微笑を浮かべてニューランドのために道をあけた。ニューランドはお祝いの言葉を一通り受けた後、メイを舞踏室の中央に導き、ウェストに手を回した。

「さあ、もう話をする必要はなくなりましたね」ニューランドは、「美しく青きドナウ」の甘美な波に乗って二人で漂い始めたとき、メイの誠実な目を見つめて微笑みながらそう言った。

メイは答えなかった。震える唇に微笑が浮かんだが、遠くを見るような目はそのままで、何か神聖なものを見つめるように厳粛だった。ニューランドは「いとしいメイ」とささやいて、相手を自分のほうに引き寄せた。婚約したばかりの数時間には、それがたとえ舞踏室であっても、何か厳粛で神聖なものが存在するという強い思いが、ニューランドにはあった。この純白に輝く、善そのもののような人が傍らにいてくれるなら、これからどんな新しい人生が待っていることだろうか！

ダンスが終わると、婚約者同士の二人はそれにふさわしく、温室の中へとゆっくり歩いて行った。そして木生シダとツバキでできた、高い衝立《ついたて》の陰に座ると、手袋をはめたメイの手に、ニューランドは唇を押し当てた。

「わたし、おっしゃる通りにしましたわ」とメイは言った。

「そうですね。僕は待てなかったので」ニューランドは微笑みながら答え、少し間をおいてからつけ加えた。「ただ、舞踏会のときでなければ良かったと思っているんです」

「ええ、わかっています」メイは理解を示す目でニューランドの視線を受け止めた。「でも結局、ここでも二人きりになれたじゃありませんか」

「ああ、最愛のメイ！　僕の愛はずっと変わりませんよ」

間違いなくこの人は、いつも理解し、いつも適切なことを言ってくれるだろう——そう悟って、ニューランドの至福の盃は満ちあふれ、明るい口調で「最悪なのは、あなたにキスしたいのにできないことです」と言葉を続けた。それから温室内をすばやく見回し、今は二人きりなのを確かめると、メイを抱き寄せて唇に軽く触れた。そしてこの行為の大胆さを和らげるため、温室内でもあまり奥まっていない場所にある竹製の椅子にメイを座らせ、その横に座って、スズランの花束から一本を引き抜いた。メイは静かに座っている。世界はまるで日の当たる谷間のように、二人の足元に広がっていた。

「いとこのエレンに話してくださった？」メイはやがて、夢の中のささやきのようにそう訊ねた。

ニューランドは夢からはっと覚め、まだだったのを思い出した。外国から戻った、親しみの薄い女性に婚約について話すのはいやだという気持ちに勝てず、言葉に出せなかったのだ。

「いえ、結局、話す機会がなかったので」とニューランドは、あわててごまかした。

「まあ」メイはがっかりした様子だったが、自分の主張を穏やかに通そうと決めたように続けた。「では、話してくださいね。わたしも話していないんですもの。間違ってもあの人に思ってほしくないの、つまり……」

「もちろんですとも。でも、やはりあなたから話すほうがよいのでは？」

これを聞くと、メイは少し考えた。「もし時宜を得たときだったら、確かにそうですけれど、今では遅れてしまいました。ですから、皆さんにお知らせするより前に歌劇場でお話ししておいて、とわたしがお願いしたことを、あなたの口からエレンに説明していただかないと。さもないと、わたしになおざりにされたと思うかもしれません。だってエレンは家族の一員ですし、それに長い間外国にいたから、ちょっと過敏になっていますもの」

ニューランドは称賛をこめてメイを見つめ、「メイ、あなたはとても優しい人ですね。もちろん、僕から話します」と答えてから、混みあう舞踏室のほうを心配そうに見た。「まだお見かけしていませんが、いらしているのでしょうか」

「いいえ、土壇場になって、行かないと言ったんです」

「土壇場になって？」ニューランドは、思わず聞き返した。来ることも選択肢に入れていたのかと、驚きを隠せなかったのだ。

「ええ、エレンはダンスがとても好きですから」メイはあっさりと言った。「でも、ドレスがこれでは舞踏会にはふさわしくないって、急に言い出したの。素敵だとわたしたちは思ったんですけれど。それでおば様が連れて帰られることになったわけなんです」

「ああ、そうでしたか」ニューランドは無頓着な返事に満足感をこめた。「不愉快なこと」は無視するという慣習を守り抜こうとする婚約者の決意ほど嬉しいものはなかった。メイも自分も、そのように育ったからである。

「いとこが来なかった理由を、メイは僕と同じくらいよくわかっている。でもエレン・オレンスカの評判に一筋の影があると僕が知っていることを、メイには絶対に悟らせないようにしよう」

第四章

　翌日、慣例に従った、婚約者相互の最初の訪問が行われた。こういう場合のニューヨークのしきたりは、厳密で変更を許さないものだった。ニューランド・アーチャーは慣例通りに、まず母と姉とともにウェランド夫人を訪問し、次にウェランド夫人とメイとともに、家長の祝福を受けるべく、マンソン・ミンゴット老夫人の屋敷に馬車で向かった。

　マンソン・ミンゴット夫人を訪ねるのは、ニューランド青年にとって常に面白い経験だった。夫人の屋敷自体がすでに歴史的なものだった——もちろんユニヴァーシティ・プレイスや五番街南地区にある古い家柄の屋敷には及ばなかったが。そうした古い屋敷がまさに一八三〇年代の様式で、八重咲バラの花輪模様の絨毯、紫檀の戸棚、黒大理石製マントルピース付きの半円アーチ型暖炉、それに大きなガラス扉の付いたマホガニー製書棚などが重苦しい調和を見せている一方で、後から建てられたミンゴット老夫人の屋敷からは、若い頃に流行したどっしりした家具は一掃され、ミンゴット家伝来の家具とフランス第二帝政様式の浮薄な家具とが交ぜ合わされた調度になっていた。一階にある居間の窓際に座るのが夫人の習慣で、それはまるで、賑わいを離れた自邸の戸口まで世の活気と流行が北上して来るのを、穏やかに待ち受ける姿のようだった。じりじりしているようには見えなかった。夫人の忍耐力は自信に劣らず強かったからだ。いずれ自邸と同じような堂々たる屋敷、あるいはさらに立派な屋敷が進出してくれば(夫人は客観的な見方のできる女性だった)、周囲の空地の板囲い、石切り場、平屋建ての酒場、荒れ放題の庭の木造の温室、ヤギが登ってあたりを見回す岩などはほどなく消えるだろう、と夫人は確信していた。がたがたする古い乗合馬車を揺らす砂利道は、パリで見て来たと人から聞かされた、滑らかなアスファルト舗装に替わるであろうことも信じていた。その一方で、夫人が会いたいと思う人たちは皆、向こうから屋敷にやって来てくれたので(ボーフォート家と同じくらいにやすやすと、夫人はたくさんの客を集めることができた。それも、夕食のメニューを一つも増やすことなしに、である)、地理的に他家から離れて住んでいることに、何も問題は感じていなかった。

夫人は中年になって、まるで不運な都市を埋め尽くす溶岩のように大量の肉がつき、活発で、形の良い足首と脚を持つ、ぽっちゃりした小柄な娘から、自然現象のように巨大で堂々たる存在へと変化を遂げた。この埋没現象をほかの試練と同じように平静に受け入れた夫人は、非常に高齢に達した今も、鏡に映るのはほとんど皺なく広がる薔薇色と白の、張りのある肌だけ、という報いを得ていた。その中央には、発掘を待つかのような小さな顔が痕跡をとどめている。滑らかな二重顎は、いまだに真っ白で目もくらむような胸の深みへと続くのだが、白いモスリンに覆われた襟元には、故ミンゴット氏の細密肖像画《ミニアチュール》のブローチが留められていた。周囲と下方には波のように幾重にも重なる黒い絹地が、大型の肘掛け椅子からあふれ出していて、波間に浮かぶカモメのように、二つの小さな白い手がそこに置かれていた。

　肉の重さのために、階段の上り下りが前から不自由になっていたので、夫人は持ち前の独自性を発揮して、客間を二階に作り、自分は（悪びれることなくニューヨークの作法に違反して）一階を居室にしていた。そのため、居間の窓辺に夫人と一緒に座っていると、（常に開け放してある出入り口と、ループで留めたダマスク織りの黄色の仕切りカーテンの向こうに）寝室がいやでも目に入ってしまうのだ。そこには、ソファのように作られた低い巨大なベッド、ひらひらするレースのひだ飾りのついた化粧台、金色の縁の鏡などがあった。

　フランス小説の場面を思わせるこの外国風の配置と、実直なアメリカ人には思いもよらない不道徳へと誘う構造に、訪問客たちは驚き、また興味をそそられた——邪悪な旧世界の社交界で、愛人のいる女性はこんな暮らし方をしているのだ、全室が一つの階にある住まいで、小説にあるように慎みのない親密さで、と。ニューランド・アーチャーは(ミンゴット夫人の寝室を舞台に、フランスの小説『ド・カモール氏』(14)のラブシーンを密かに想像してみたこともあったくらいだから)、夫人がこのような不倫向きの舞台装置の中で、非の打ち所のない生活を送っているのを思って面白がった。しかし、大胆不敵なミンゴット夫人なら、もし愛人が欲しいと思えばきっと手に入れただろうと、大いなる称賛の念で考えもしたのだった。

一同が安堵したことに、婚約者たちの訪問の間、オレンスカ伯爵夫人は祖母宅の客間に姿を見せなかった。あの子は外出しています、とミンゴット夫人は言った。評判にとかく問題のある女性が、こんなにまぶしい日差しの中、しかも「買い物の時間」とされる時間帯に外出するのは、それ自体無神経な行為のように思われた。しかしともかく、オレンスカ夫人が同席していたら避けられなかった気まずさが回避でき、その不幸な過去が二人の輝かしい未来に落としたかもしれないかすかな影を免れることができたのは救いだった。訪問は期待通り、うまく運んだ。ミンゴット夫人は二人の婚約を大いに喜んだ。この婚約は、観察の鋭い親戚にはずっと以前から予想され、家族会議で細心の検討を経たものだった。大きなサファイアを表から見えない爪で留めた婚約指輪を、ミンゴット夫人は褒めちぎった。

「これ、新しいデザインですのよ。石はもちろんとても綺麗に見えるんですけれど、旧式の方の目には、少しむき出しに見えるかもしれませんわね」ウェランド夫人は未来の婿に、気を使うような視線をちらっと向けて、そう説明した。

「旧式の方って、まさかわたしのことじゃないでしょうね。わたしは何でも斬新なものが好きですよ」ミンゴット老夫人は、眼鏡などという醜いものを一度もかけたことのない、きらきらした小さな瞳の前に指輪をかざして眺めた。「素晴らしいわ」指輪を返しながら、夫人はそう言った。「それに豪華ね。わたしの頃には、真珠で囲んだカメオでも十分上等だとされていたものよ。でも、アーチャーさん、指輪を引き立たせるのは手じゃないかしら?」夫人はそう言いながら、小さな片手を振って見せた。爪は小さくて先がとがり、手首には老齢による脂肪が、象牙の腕輪のように巻きついていた。「わたしのはローマで、有名なフェリジアニに頼んで作ったものなの。メイのも頼むといいわ。きっとやってくれるから。メイの手は大きいのね。近頃のスポーツのせいで関節が伸びるのよ。でも、色は白いわね。で、結婚式はいつ?」夫人はそう言うと、急にニューランドの顔を見つめて答えを待った。

「まあ」とウェランド夫人はつぶやいたが、ニューランドはメイに微笑みかけながら答えた。「ミンゴット夫人、もしあなたさえ後押ししてくださるなら、できるだけ早くしたいのですが」

「二人には、お互いをもう少しよく知るための時間が必要ですわ、お母様」ウェランド夫人は、不本意を装って言葉をはさんだ。するとミンゴット夫人は、「お互いを知る、ですって？　馬鹿なことを！　ニューヨークでは誰でもみんな、お互いをよく知っていますよ。この若い人のしたいようにさせてあげなさいな。ワインだって気が抜けるまで置いておくものじゃないからね。四旬節までに結婚させるといいわ。冬になると、わたしはいつ肺炎になるかわからないし、それにわたし、結婚披露宴を開いてあげたいのよ」

このように次々と繰り出された言葉は、笑いを誘ったり、信じられませんよと言われたり、感謝されたりと、それぞれにふさわしい対応を受けた。訪問は和やかな挨拶で終わりかけていたが、そのときドアが開いて、帽子と外套姿のオレンスカ夫人が、そしてその後ろには意外な人物、ジュリアス・ボーフォートが続いて入って来た。

女性たちは親戚らしく挨拶を交わし、ミンゴット夫人はフェリジアニの指輪をはめた手を銀行家ボーフォートのほうへ差し出した。「おやおや、ボーフォート！　珍しいお出ましだことと！」(夫人には男性を苗字で呼ぶ、外国風の変わった習慣があった。)

「ありがとう。もっとたびたび伺いたいところです」ボーフォートは気楽な調子で、尊大に構えて答えた。「たいていは仕事に縛られているもので。でも、たまたまマディソン・スクエアでエレン伯爵夫人にお会いしたところ、お宅まで送らせていただけることになりましてね」

「ああ、エレンが戻って来てくれて、うちもいっそう賑やかになるでしょうね」ミンゴット夫人は見事なまでに落ち着きはらって、語勢を強めて言った。「さあさあ、ボーフォート、お座りなさい。その黄色の肘掛け椅子をずっとこちらへ押して来て。やっと来てくれたんですから、ゆっくりおしゃべりしたいわ。お宅の舞踏会は素晴らしかったそうね。レミュエル・ストラザーズ夫人をお招きしたんですって？　わたしも会ってみたいと思っているのよ」

　夫人からは存在を忘れられてしまったが、先に来ていた親戚たちはエレン・オレンスカの案内で、いつの間にか玄関のほうへ移動していた。以前からミンゴット夫人はジュリアス・ボーフォートを高く買っていると明言していたし、冷静で支配的な姿勢と、慣習を気にせず近道をとって物事を手っ取り早く片づけるやり方には、どこか二人に共通するものがあった。いまミンゴット夫人が好奇心を持って知りたがっているのは、なぜボーフォート夫妻がレミュエル・ストラザーズ夫人を(今回初めて)招く気になったか、という点だった。ストラザーズ靴墨会社の創設者の未亡人で、ニューヨークという堅固な小城塞を征服しようと、初めての長いヨーロッパ滞在から前年に戻って来たばかりの女性だったからである。「もちろん、あなたとレジーナが招いたとなれば、あの人のことは一件落着だわ。そう、新しい血と新しいお金がわたしたちには必要だし、それにあの人、まだ綺麗だそうね」獲物を狙う肉食獣のようなミンゴット夫人は言い放った。

玄関でウェランド夫人とメイが毛皮を身に着けている間、オレンスカ伯爵夫人がかすかに物問いたげな微笑を浮かべて自分を見ていることに、ニューランドは気づいた。

「もちろん、もうご存じですよね、メイと僕のことを」ニューランドはそのまなざしに答えて、恥ずかしそうに笑いながら言った。「歌劇場で昨夜お伝えしなかったものですから、メイに叱られました。婚約のことをお話しするようにメイから言いつけられていたのですが、できなかったのです。あんなに混んでいたものですから」

オレンスカ伯爵夫人の目から唇へと微笑が広がり、若返ったようで、少年時代に見知っていた、日に焼けておてんばなエレン・ミンゴットに近づいて見えた。「ええ、もちろん存じております。そして、とても嬉しく思っていますの。確かに、人混みで明かすようなことではありませんわね」女性たちは戸口に来ていたので、伯爵夫人は片手を差し出した。

「ごきげんよう。いつかわたくしを訪ねていらしてくださいね」夫人はニューランドを見つめたままで言った。

五番街を南へ走る馬車の中で、三人は主にミンゴット夫人を話題にした。年齢、気迫、そして素晴らしい人柄などについてである。エレン・オレンスカに言及する者は誰もいなかったが、ニューランドにはウェランド夫人の考えていることがわかった――「到着早々、それも人出の多い時間に、ジュリアス・ボーフォートと一緒に五番街を歩いているところを人に見られるとは、エレンの間違いだわ」そしてさらにニューランドは、心の中でこうつけ加えた。「婚約したばかりの男が既婚婦人を訪問する暇などあるはずのないことぐらい、わかっていて当然だ。だが、あの人がいた社会では、たぶんするのだろう。向こうではそんなことばかりしているのだから」そして、自分が国際的な視野の持ち主であるのを誇っていたにもかかわらず、ニューヨークに生まれ、同類の女性と結婚しようとしていることを、神に感謝した。

第五章

翌日の晩、老シラトン・ジャクソン氏がアーチャー家の晩餐に招かれた。

アーチャー夫人は内気なたちで、社交界には出たがらないのだが、その動向には通じていたいと思っていた。一方、旧友であるシラトン・ジャクソン氏は、収集家の忍耐と博物学者の技を駆使して友人たちの動きを調べていた。また同居している妹のソフィー・ジャクソン嬢は、引っ張りだこの兄が応じきれなかった招待をすべて受けて出かけていき、持ち帰る細々した噂で、兄の描く全体像の隙間を埋める役割を果たしていた。

そこで、何か知りたいことが起きたとき、アーチャー夫人はいつもジャクソン氏を食事に招くことにしていた。アーチャー夫人はほとんど人を招くことがなく、また夫人と娘のジェイニーが揃って聞き上手だったので、ジャクソン氏は妹に代理をさせることなく、たいてい自分自身で出向いて来た。もし訪問に際してすべての条件を決めることができるのなら、ジャクソン氏はニューランドのいない晩を選んだことだろう。相性が悪いというわけではなく(二人はクラブではとても仲良く付き合っていた)、ただジャクソン氏は、ニューランド・アーチャーには家族の女性たちと違って、自分の話す逸話の根拠を推し量ろうとする傾向があるのを感じていたのだ。

この世で完璧というものが実現可能であるならば、ジャクソン氏としては、アーチャー夫人から供される料理がもう少し美味しくなることをも願ったことだろう。けれども、人々の記憶にある限り、ニューヨークは基本的に二つのグループに分かれていた。一つは、食事と衣服と金銭に関心を持つミンゴット家、マンソン家、それにその一族、もう一つは旅行、園芸、高級文芸などを愛好し、低級な楽しみを軽蔑するアーチャー、ニューランド、ヴァン・デル・ライデンの一族であった。

結局のところ、すべてを手に入れるなんてできない相談だよ。もしラヴェル・ミンゴットのところで食事をすれば、野鴨料理、亀料理《テラピン》、年代物のワインなどを味わうことができる。アデライン・アーチャーに招かれたときには、アルプスの風景や『大理石の牧神』[15]を話題にできるし、幸いなことにアーチャー家のマデイラ酒は喜望峰を回って来たという話だし――というわけで、アーチャー夫人から親しくお招きを受けると、本物の折衷主義者だったジャクソン氏は、妹に向かって言うのだった。「この前ラヴェル・ミンゴットに夕食によばれて以来、少々痛風気味なんだよ。アデラインのところの食事なら、きっと身体にいいだろう」

アーチャー夫人はずっと以前に夫を亡くし、息子と娘とともに西二十八丁目に住んでいた。二階はすっかりニューランドに使わせ、自分はより狭い一階で、娘と一緒[16]に窮屈そうに暮らしていた。二人は趣味も興味も見事に一致していたので、ウォード箱でシダを栽培したり、マクラメレース[17]を編んだり、リネンに毛糸の刺繍をしたり、またアメリカ独立戦争時代の陶磁器収集や、ロンドンの月刊文芸誌『グッド・ワーズ』の購読、さらにはイタリアの雰囲気を楽しむためにウィーダ[18]の小説を読むなど、ともに楽しんでいた。(たいていの場合二人は、登場人物の動機や習慣が理解しやすい社交界小説を好んで読んだが、本来は風景や明るい気分の描写が好ましい農村ものが好きだった。ディケンズは「一度[19]だってまともに紳士を描いたことがない」という理由で酷評し、サッカレーはブルワーほど上流社会のことがわかっていないと考えていたが、世間ではそのブルワーは旧式だと見なされ始めていた。)

アーチャー夫人と娘は、美しい風景が大好きだった。たまに出かける海外旅行[20]の際に二人が主に求め、賛美するのは風景で、建築や絵画は男性、特にラスキンを読むような学識ある人のものだと考えていたのだ。アーチャー夫人はニューランド家の生まれで、母娘は姉妹のように似ており、二人とも「生粋のニューランド家の人」だと言われていた。顔色は青白く、少し猫背気味の長身、鼻筋の通った顔に優しい微笑を浮かべている様子には、色あせたレノルズ[21]の肖像画に時に見られるような、一種のしとやかさがあった。夫人の黒い紋織りの服が中年のふくよかさのために少し引き伸ばされているのに対して、娘のアーチャー嬢の未婚の身体を包む茶色と紫色のポプリンの服は、年が経つにつれてゆるみが見られるようになっており、その違いがなければ、母娘の身体的類似は完璧になっていたことだろう。

ニューランドの認識によると、二人は日頃同じ言動をとることから推察されるほど精神面で似通っているわけではなかった。お互いに依存しあって長年一緒に暮らしてきたせいで、二人は語彙も共通で、自分の意見を述べようとするときには、「母さんは思うんだけど」「ジェイニーは思うんだけど」という、それぞれ決まった言い方で切り出す癖がついていた。しかし、アーチャー夫人は想像力に乏しい穏やかな性格のため、一般に認められた、なじみのあるものを安心して受け入れるのに対して、ジェイニーのほうは抑圧されたロマンティックな気質の泉から湧き上がる、常軌を逸した空想の奔流の影響を受けるところがあった。

母と娘はお互いを深く愛し、また息子であり弟であるニューランドを尊敬していた。ニューランドもまた、二人の大げさな称賛を意識し、密かに満足感を味わってもいるために、気が咎め、無批判になった優しさで、二人を愛していた。結局、男にとって自分の家で自分の力に敬意を払われるのは良いことだと思っていたのだ。時々ユーモアのセンスが頭をもたげると、自分の指令の効力がいかほどのものか、疑問を感じることが実はあったけれども。

この招待の晩、自分が外食することを、きっとジャクソン氏は望んでいるだろうとニューランドにはよくわかっていたが、そうしない自分なりの理由があった。

言うまでもなく、ジャクソン氏はエレン・オレンスカのことを話したがっていたし、アーチャー夫人とジェイニーがその話を聞きたがっているのももちろんだった。ミンゴット一族と将来姻戚関係になることを公表ずみのニューランドが同席すれば、三人とも少々気まずさを感じることになるだろう。それをどう切り抜けるか見たいものだ、とニューランドは興味本位の好奇心で待ち受けていた。

三人はまず遠回しに、レミュエル・ストラザーズ夫人を話題にして会話を始めた。

「ボーフォート夫妻があの人を招いたのは残念ですわ」とアーチャー夫人は静かに言った。「でも、レジーナはいつも夫の言いつけに従うし、ボーフォートのほうは……」

「ボーフォートは、微妙なところがわからないやつだ」ジャクソン氏はそう言いながら、ニシンのグリルをじっくりと眺めた。アーチャー夫人の料理人ときたら、なぜ魚卵が炭になるまで焼いてしまうのだろう――そう考えるのは千回目かと思うほど、いつもと同じことを考えていた。（ニューランドもずっと前から同じ疑問を持ち続けてきたので、ジャクソン氏の批判的で憂鬱そうな表情の中に、常のごとくその思いを読み取ることができた。）

「ええ、そうですとも。ボーフォートは低俗な人ですもの」とアーチャー夫人は言った。「祖父のニューランドは、母にいつもこう言っていたものですわ。「どんなことがあっても、あのボーフォートというやつに娘たちを近づけてはいけないよ」と。でも、ともかくあの人には、紳士とお付き合いする利点があるんですよ。イギリスでもそうだと聞いています。とても不可解ですけど」夫人はジェイニーにちらっと目をやって、言葉を切った。ボーフォートの秘密については自分もジェイニーも知り尽くしていたのだが、未婚の女性にはふさわしくない話題だと見なす態度を、人前ではずっと装っていたのだ。

「ところで、シラトン、そのストラザーズ夫人ですけど、いったいどういう人でしたかしら？」とアーチャー夫人は続けた。

「鉱山の出、と言うか、採掘場の出入り口にある酒場の出と言うべきかもしれないな。それから蠟人形一座とニューイングランドを旅してまわり、警察の取り締まりで一座が解散したあとは、噂によると……」今度はジャクソン氏がジェイニーを見た。ジェイニーの大きく見開いた眼は瞼から飛び出しそうだった。ストラザーズ夫人の経歴に関して、知らない部分があったのだ。

ジャクソン氏は「それから」と話を続けた。（なぜ誰もこの家の執事に、鋼のナイフでキュウリを切らないようにと注意しないのだろう、とジャクソン氏が考えているのを、ニューランドは見てとったが。）「それからレミュエル・ストラザーズが登場したわけです。会社の広告係が、靴クリームの宣伝ポスターのモデルに彼女を使ったと聞きます。ほら、エジプト風の真っ黒な髪ですからね。とにかく、結局のところ、二人は結婚したのです」この「結局のところ」という言葉は、音節一つ一つを区切って、強くはっきりと発音され、そこに膨大なほのめかしがこめられていた。

「まあ、昨今の状況を考えると、大した問題ではありませんわ」とアーチャー夫人は無頓着な態度で言った。そもそも母娘はこのとき、ストラザーズ夫人にほんとうに興味があったわけではない。エレン・オレンスカの話題が、あまりに新しい、心を奪われる話題だったのだ。事実、ストラザーズ夫人の名前をアーチャー夫人が持ち出したのも、すぐにこう言えるかと思ったからに過ぎなかった。「で、ニューランドの新しいいとこのオレンスカ伯爵夫人のことだけど、その人も舞踏会にいらしていたの？」

息子の名前を口にしたときの夫人の口調にはかすかな皮肉が含まれていて、予期していたニューランドはそれに気づいた。およそ人間のすることにめったに満足しないアーチャー夫人でさえ、息子の婚約は全面的に喜んでいた。(「特にラッシュワース夫人との、あんな愚かしいことのあったあとでは」と、夫人はジェイニーに語ったものだ。それはニューランドにとって、永久に癒えない傷が心に残ったと思えることさえあった悲劇だったが。)どこから見たって、メイ・ウェランドほど望ましい相手はニューヨークにはいませんよ。もちろん、これこそニューランドにふさわしい縁組だけど、青年というのは愚かで何をするかわからないものだし、女性の中には誘惑上手で破廉恥な者もいるのだから、船人を誘惑しようと海の精セイレンの待ち受ける島を、うちの一人息子が無事に通り過ぎて家庭という港に入るのを見られるなんて、まさに奇跡としか言えないわ。

そんなふうにアーチャー夫人は感じており、息子もそれがわかっていた。けれども、予定していたより早い婚約発表、というよりむしろその理由によって、母が心乱されていることもわかっていた。概してニューランドは、優しく寛大な性格の家長だったので、その晩家にいることにしたのも、そんな理解のためだった。「ミンゴット家の団結心を認めないというわけじゃないのよ。ただ、ニューランドの婚約が、なぜオレンスカとかいう女性の動静の影響を受けるのか、それがわからないの」とアーチャー夫人はジェイニーに向かってこぼしたが、夫人が完璧な優しさからわずかに逸脱したのを目撃したのは、ジェイニー一人だけだった。

ウェランド夫人を訪問した際の、アーチャー夫人のふるまいは立派だった——立派なふるまいにかけて、夫人に勝る人はいない。だが、訪問の間中、オレンスカ伯爵夫人が現れるのではないかと母とジェイニーが神経質に警戒していたのを、ニューランドは知っていたし、婚約者のメイもきっとそのことを推察していたに違いない。訪問を済ませて屋敷を出たとき、夫人はほっとして息子に言った。「オーガスタ・ウェランドが一人でわたしたちを迎えてくれて、ありがたかったわ」

ニューランド自身、ミンゴット家のやり方は少々行き過ぎだと思っていただけに、母の心の動揺を示すこのような兆候にはいっそう強い印象を受けた。しかし、心に抱えた一番の問題を親子が口にするのは自分たちの社会の決まりに反するので、あっさりと答えた。「そう、婚約すると、こなさなくてはならない身内での予定リストがぎっしりあるものですね。早く済めば済むほど助かります」それを聞いた母のアーチャー夫人は、つや消し細工の葡萄で飾られた灰色のベルベットの帽子を被っていたが、そこから下がったレースのヴェールの陰で、唇を固く結んだだけだった。

母の復讐——正当な復讐なのだが——それはその晩、オレンスカ伯爵夫人についての話にジャクソン氏を「引き込む」ことなのだろうと、ニューランドは感じた。ミンゴット家一門の将来のメンバーとしての自分の公式の義務は果たしたので、伯爵夫人が内輪で噂されることに特に異存はなかったが、すでにその話題には飽きてきていた。

ジャクソン氏は、陰気な表情の執事が、自分と同じく怪しみつつ差し出した、生ぬるいフィレ肉を一枚とり、マッシュルームソースのほうは、ほとんど気づかれないように匂いを確かめてから、いらないと断った。ジャクソン氏は当惑しつつもまだ空腹な様子だったが、おそらくエレン・オレンスカの話で食事を終えるだろう、とニューランドは考えた。

ジャクソン氏は椅子の背に寄りかかった。見上げる暗い壁には、黒っぽい額縁に納められ、ろうそくの火に照らされている、アーチャー家、ニューランド家、ヴァン・デル・ライデン家の人々の肖像画があった。

「ああ、ニューランド、君のおじい様のアーチャー氏は、上等な晩餐がとてもお好きだったね」とジャクソン氏は言い、一枚の肖像画に目をやった。青い上着に絹のストックタイ(22)を着けた、胸板が厚く肉付きの良い青年で、背景には白い柱廊付きの邸宅が描かれている。「やれやれ、外国人とのこういう今どきの結婚について、おじい様ならどうおっしゃっただろうか」

祖父と料理についてのほのめかしを無視したアーチャー夫人に対して、ジャクソン氏は落ち着きはらって言葉を続けた。「いいや、伯爵夫人は舞踏会に来ていませんでしたよ」

「ああ」とアーチャー夫人はつぶやいた。「そのくらいの慎みはあったのね」という意味を含んだ口調だった。

「ひょっとしたらボーフォートさんたちは、あの人のことを知らないのかも」とジェイニーはそれとなく、素朴な悪意をこめて言った。

ジャクソン氏は、まるで目に見えないマデイラ酒を味わっているかのように、かすかに息を吸った。「夫人は知らないかもしれない。だが、ボーフォートはもちろん知っていますよ。だって、伯爵夫人と一緒に午後の五番街を歩いているのを、ニューヨーク中の人に見られているんだからね」

「ああ、まったく」アーチャー夫人は、うめくように言った。外国人の行状を慎みの念であれこれ言うのは無駄な試みだと悟ったのが明らかだった。

「あの人は午後、丸い帽子をかぶっていたのかしら、それともボンネットだったのかしら」とジェイニーは想像をたくましくした。「歌劇場では紺のベルベットのドレスで、何の飾りもなく地味な――そう、まるでお寝間着みたいな服だったとか」

「ジェイニー!」アーチャー夫人が思わずそう言うと、ジェイニーは赤くなって、意に介さないふりをしようとした。

「とにかく、舞踏会に行かなかったのは、いくらか分別があったということね」とアーチャー夫人は続けた。息子のニューランドは意地悪な気持ちになり、答えて言った。「僕には分別の問題とは思えません。メイが言っていました――行くつもりだったけど、問題のドレスが舞踏会にはふさわしくないと本人が思ったそうで」

アーチャー夫人は、自分の推測が正しかったとわかって微笑した。「かわいそうなエレン」と率直な言葉を漏らしたあと、同情をこめてつけ加えた。「あの人をメドーラ・マンソンがどんなに常軌を逸したやり方で育てたか、わたしたちはいつも忘れずにいなくてはいけませんわね。社交界にデビューする舞踏会で黒のサテンのドレスを着せられたような娘に、何が期待できるでしょう」

「ああ、あのドレスの姿、よく覚えていますとも！　気の毒に！」とジャクソン氏は言った。その口調は、昔の記憶を懐かしむと同時に、その光景が何の予兆だったたか、当時からよくわかっていた、ということを示すものだった。

「エレンなんていう嫌な名前をずっとそのままにしているなんて、わけがわかりませんわ。わたしだったら、エレインに変えますけど」ジェイニーはそう言って、その発言がどんな影響を与えたかを確かめようと、テーブルを見回した。

「なぜエレインに?」ニューランドは笑いながら訊ねた。

「わからないけど、そのほうがもっと——もっとポーランド風に聞こえるでしょう」

ジェイニーは赤くなって答えた。

「そのほうが目立つけれど、あの人はそんなことを望まれないでしょうね」アーチャー夫人は冷淡に言った。

「なぜ望まないんです?」ニューランドはにわかに議論好きになって、母に反論した。「もし目立ちたいなら、どうして目立ってはいけないんですか? どうして、まるで不名誉なことでもしたみたいに、こそこそしなくてはならないんでしょう。確かに「かわいそうなエレン」ですが、それはあの人が不運にも、不幸な結婚をしたという理由からです。でもだからと言って、まるで罪人みたいに逃げ隠れする必要はないと、僕は思います」

「どうもそれがミンゴット家のとろうとしている考え方のようですな」とジャクソン氏は憶測を述べた。

ニューランドは顔を赤くした。「僕がミンゴット家の指図を受けているとおっしゃりたいのでしたら、そんな指示など僕には必要ありません。オレンスカ夫人はこれまで不幸な人生でしたが、追放される理由にはなりませんよ」

「いろいろ噂がありましてね」ジャクソン氏はジェイニーにちらっと目をやって、そう言った。

「ああ、わかっていますよ、秘書のことですね」ニューランドは話を引き継いで言った。「お母さん、ジェイニーは大人ですよ、馬鹿馬鹿しい。妻を囚人のように扱っていたひどい夫の元から夫人が逃げ出すのを、秘書が手伝ったという話ですよね？　事実だとしたら、それがどうだというのです？　そんな場合に同じ行動をとらないような男は一人もいないと思います」

ジャクソン氏は、悲しげな顔つきの執事を肩越しに一瞥して、「やはりソースをだね、いただいてみようかな、少しだけね」と言った。そしてソースをかけてから言った。

「家を探していると聞きました。この街に住むつもりのようだね」

「離婚するつもりだと聞いています」ジェイニーは大胆にそう言った。

「するならするといい」ニューランドは語気を強めて言った。

その言葉は、アーチャー家の正餐室の、清らかで平穏な空気の中に、突然落とされた爆弾のようだった。アーチャー夫人は優美な眉を独特の曲線に吊り上げたが、それは「執事がいる場でそんな」ということを意味していた。ニューランド自身も、このような内々のことを人前で話題にする趣味の悪さを意識して、ミンゴット老夫人訪問のことに話を切り替えた。

食事が済むと、葉巻を楽しむ紳士たちを階下に残し、夫人とジェイニーは昔からの習慣に従って、絹のドレスの長い裾を引きながら二階の客間へと上がって行った。二人はそこで、緑の絹の袋を下につけた紫檀の裁縫台に向かい合って座り、彫りこみのある丸いほやのついたカルセルランプ(23)の元で、一枚のつづれ織りの両端に野の花の刺繡を始めた。それはいずれニューランド・アーチャー夫人の客間の「予備の椅子」を飾る予定だった。

上の階でこのような儀式的手仕事が進められている間、ニューランドはゴシック風の書斎にジャクソン氏を案内し、暖炉のそばの肘掛け椅子を勧めると葉巻を差し出した。ジャクソン氏は満足そうに深々と椅子に掛け、遠慮なく葉巻に火をつけた。(葉巻を用意してくれたのはニューランドなのだから。)そして、老いて細くなった脚を火のほうに伸ばしながら言った。「秘書はただ彼女が逃げ出すのを手伝っただけだと、君は言うのかな。しかしだね、その一年後にもまだ助けていたんだよ。ローザンヌで一緒に暮らしているのを見かけた人がいるのでね」

ニューランドは顔を赤らめた。「一緒に暮らしていた？　ええ、それがなぜいけないんです？　人生をやり直す権利はあるはずでしょう？　夫がいかがわしい女と暮らそうとしているのに、あんなに若い妻を生きながら埋めてしまうような、そんな偽善に僕はうんざりなんです」

ニューランドはここで言葉を切ると、腹立たしそうに背を向けて葉巻に火をつけた。そして「女性は自由であるべきです――我々男性と同じように」ときっぱり言った。あまりにいら立っていたので、この発見がどんなに恐ろしい結果を引き起こすか、予測することはできなかった。

シラトン・ジャクソン氏は、火のほうへさらに脚を伸ばしながら、冷笑的に口笛を吹いた。

それから少し間をおいて、口を開いた。「そうだね、オレンスキ伯爵も明らかに君と同じ意見のようですよ。なにしろ、妻を取り戻すために、指一本動かしたとさえ聞いていないからね」

第六章

その晩、ジャクソン氏が帰り、更紗のカーテンの掛けられた寝室に母と姉が引き下がった後、ニューランド・アーチャーは考え込みながら自分の書斎へと上がって行った。気配りの行き届いた手で、暖炉の火は保たれ、ランプの芯はきちんと整えられていた。何列も本が並び、マントルピースの上には「フェンシングをする人たち」のブロンズや鋼の小像が置かれ、名画の写真の掛けられたその部屋は、とても居心地がよく、心休まる場所に感じられた。

暖炉の近くの肘掛け椅子に腰を下ろすと、メイ・ウェランドの大きな写真に視線が向いた。それは二人の馴れ初めの頃にメイがくれたもので、テーブルにあったほかの写真をすべて追いやって、今ではその場所を独占していた。メイの正直そうな額、まっすぐな目、無垢で明るい口元を、ニューランドは新しい畏怖の念で見た。自分は将来、この人の魂の保護者になるのだ。ニューランドが属し、その価値を信じている社会組織の恐るべき産物であるこの娘は、何も知らず、すべてを待ち受けている。そしてその娘は、見慣れたメイ・ウェランドの顔を通して、まるで見知らぬ人のようにニューランドを見つめ返しているような気がした。結婚はこれまで教えられてきたような安全な停泊地ではなく、海図にない未知の海を行く航海のようなものだと、ニューランドは改めて確信するのだった。

オレンスカ伯爵夫人の件によって、古くからかたまっていた信念は揺らぎ、ニューランドの心の中を危うげに漂うことになった。「女性は自由であるべきです――我々男性と同じように」と断言した自分自身の言葉こそが、ニューランドの住む世界では存在しないとされている問題の核心を衝くものだった。「上品な」女性は、どんなに不当な扱いを受けても、ニューランドの言うような自由を求めることは決してないだろうし、それはニューランドのように寛大な精神の男性が、議論の最中に、思いやりから女性たちに与えようとする類のものでしかなかった。実はそのような口先だけの寛大さは、物事を束ねて拘束し、人々を古い様式に縛りつけている冷酷な慣習をごまかすための偽装に過ぎなかった。しかし今、ニューランドは婚約者のいとこの側に立ち、仮にそれが自分の妻の行為であったなら、教会と国家を後ろ楯にどんなに非難しても容認されるような、そんな行為を弁護すると請け合ってしまったようなものだった。もちろん、このジレンマはあくまで仮のものだった。ニューランドは悪党のポーランド貴族ではないのだから、もしそうだったとしたら妻の権利はどうなるのかと考えるのは馬鹿げたことだった。けれどもニューランド・アーチャーには想像力があったので、メイと自分との絆は、これほどはっきりと見苦しい問題がなくとも傷つくかもしれないと感じずにはいられなかった。「慎みのある」男性として自分の過去を隠すのが義務であり、一方、婚期に達した女性として隠すべき過去を持たないのがメイの義務である以上、二人はお互いについて何をほんとうに知ることができるのだろう。双方にとって看過できないような微妙な理由によって、お互いに飽きたり、誤解したり、腹を立てたりしたらどうなるのだろうか。ニューランドは友人たちの結婚について検討してみた。幸せな結婚と考えられているケースの中にも、自分とメイ・ウェランドとの間に永久に築こうと思い描いている、情熱的で優しさのこもった関係にいくらかでも匹敵するようなものは、一つも見いだせなかった。そのような関係は、経験、多才、自由な判断などといった、メイからは注意深く遠ざけられ、持たないように教育されているものを前提としていることに気づいた。そして、自分の結婚も、周囲の大部分の結婚と同じようになるのではないかという胸騒ぎで身震いした。それは物質的、社会的な利害が、一方の無知と他方の偽善によって結びついた、退屈なつながりなのだ。ローレンス・レファーツこそ、この恵まれた理想の関係を最も完全に実現した夫だと、ニューランドは思った。レファーツは「作法」の権威にふさわしく、妻を完全に自分の都合に合うように作り上げていたので、人妻との頻繁な浮気がひどく目立つようなときでも、夫人は「ローレンスはひどく厳格ですの」と、無意識に微笑を浮かべながら繰り返すのだった。そんなレファーツ夫人も、ジュリアス・ボーフォートが（怪しい素性の「よそ者」だけに）ニューヨークでは「別宅」と呼ぶものを持っている、と面前で誰かにほのめかされたときには、憤然として顔を赤らめ、目をそらしたと伝わっていた。

僕はローレンス・レファーツのような馬鹿ではないし、メイだって気の毒なガートルードのような愚か者ではない――そう考えて、アーチャーは元気を出そうとした。しかしその相違は、結局のところ知性の違いであって道徳規範の違いではなかった。現実では誰もが、一種の象形文字の世界に生きているようなもので、真実は絶対に言葉や行動や思考によって表されることはない。ただ恣意的なしるしの組み合わせによって示されるだけなのだ。ちょうどウェランド夫人が、ぜひボーフォート家の舞踏会でメイとの婚約発表をと願ったニューランドの真意をよくわかっていながら（しかもそれを自分でも期待していながら）、それにもかかわらず、ためらうふりをしなくてはならないと感じて、無理にそうさせられたふうを装ったことに現れていた。教養人に近頃人気の未開人に関する本に出て来る情景——花嫁が両親の天幕から悲鳴をあげつつ引きずり出される様子と似たようなものだった。

もちろんその結果として、この入念に作られた欺瞞の構造の中心にいる娘は、備えもつ率直さと自信のために、いっそう不可解な存在となるのだった。かわいそうにメイは、何も隠すべきことがないために率直なのであり、警戒すべき相手を知らないために自信に満ちていたのだ。そしてそれ以上の準備は何もないままで、人が「人生の現実」とあいまいに呼ぶものの中にいきなり投げ込まれることになる。

ニューランドは心から、そして穏やかに、メイを愛していた。メイの輝くような美しさ、健康、乗馬の腕前、スポーツで見せる優美さと機敏さ、そしてアーチャーの導きによって少しずつ深まり始めた、書物や思想への関心などを喜んでいた。（メイは『国王牧歌』(24)をニューランドと一緒に揶揄する段階までは進んできたが、「ユリシーズ」や「ロータス・イーター」の美しさを感じるまでには至っていなかった。）メイは正直で誠実で勇敢だった。ユーモアのセンスがあることは、ほかならぬニューランドの冗談に笑うことで主に立証された。また、無邪気に周りを凝視する魂の深みには、燃えるような感情——呼び覚ますのが喜びとなるような感情が潜んでいるのではないかと思うこともあった。けれども、メイの全体をひとわたり見直してみると、その率直さと無邪気さは単に人為的に作られたものだという思いでがっかりするのだった。訓育を受けていない人間の本性は率直でも無垢でもなく、本能的な狡猾さから生まれるねじれや防御でいっぱいなのだ。母、おば、祖母、そしてすでにこの世を去った代々の祖先の女たちの手によって巧みに作り上げられた、偽りの純粋さというものが、ニューランドの心に重くのしかかってきた。まるで雪像のように打ち壊して支配者的な満足を得るために、夫である自分は当然それを望み、求めてよい、と考えられている属性だからだ。

このような考えには、陳腐なところもあった。結婚を控えた青年にはよくある思いだったからである。けれども、普通ならそこに伴う良心の呵責や自己卑下が、ニューランドにはまったくなかった。花嫁から受け取る汚れのないページと交換に、自分が差し出すべき白紙のページを持たないからと嘆くことがなかったからだ。（サッカレーの主人公たちはしばしばそれを嘆くので、ニューランドは読んで憤慨したものだ。）もし自分がメイと同じように育てられていたとしたら、昔話に出て来る「森の中の赤ん坊」のように、二人して道に迷ってしまったに違いない、と思わずにはいられなかった。それに、どんなに懸命に考えてみても、妻となる女性がなぜ自分と同じような自由と経験を持つことを許されないのか、そのまっとうな理由を（自分自身の一瞬の喜びや、男性の虚栄心から生まれる情熱などを除けば）何一つ見つけられなかったのだ。

こんな時刻に浮かぶこのような疑問は、いつの間にか頭から消えていくはずのものだったが、いつまでも弱まらずにしつこく残っているのは、オレンスカ伯爵夫人が折悪しく帰国したためだと、ニューランドは気づいていた。婚約という、清らかな思いと一点の陰りもない希望の瞬間に、できればそっとしておきたかった特別の問題をすべて引き出すような、もつれ合う醜聞の中に投げ込まれたのだ。「いまいましいエレン・オレンスカめ！」暖炉の火を埋め、着替えを始めながら、ニューランドはつぶやいた。なぜ夫人の運命がいささかでも自分の運命に影響を持つのか、その理由はわからなかったが、婚約によって自分が負わされた擁護者の立場に伴う危険を、いま推し量り始めたのだと、ぼんやり感じていた。

数日後、落雷のような出来事が起きた。

ラヴェル・ミンゴット夫妻が、「正式の晩餐」と呼ばれているもの（それはつまり、臨時の召使を三人余計に雇い、各コースに二品ずつ料理を出し、ローマン・パンチを途中で供するディナー）への招待状を出したのだが、外国人をまるで王族か、その使節であるかのように扱う、手厚いアメリカ式のやり方で、「オレンスカ伯爵夫人をお迎えして」という文言が、その最初に記されていた——それが発端である。

招待客は、慎重かつ大胆に選ばれており、そこにキャサリン女帝の確固たる影響があるのを、事情通の人間なら見てとれた。これまで常に招待を受けてきたという理由でどの家からも招かれるセルフリッジ・メリー夫妻、親族であるボーフォート夫妻、シラトン・ジャクソンと妹のソフィー(行くようにと兄から言われれば、どこにでも出かける妹である)といった、昔から常連のメンバーに加えて、影響力のある若い既婚者の中でもとりわけお洒落でありながら格式にも問題のない人たち――ローレンス・レファーツ夫妻、レファーツ・ラッシュワース夫人(美しい未亡人である)、ハリー・ソーレイ夫妻、レジー・チヴァーズ夫妻、若いモリス・ダゴネットとその妻(ヴァン・デル・ライデン家の出身)などに招待状が送られた。これは実に完璧な人選だった。ニューヨークの長い社交シーズンの間中、昼も夜も少しも衰えない熱心さでともに娯楽を追っていた、小さな内輪の仲間ばかりだったからである。

だが四十八時間後、信じられないことが起きた。ボーフォート夫妻とジャクソン兄妹以外の全員が、ミンゴット家の招待を断ったのである。これが意図的な無礼であることは、ミンゴット一門であるレジー・チヴァーズまで加わっていたという事実、さらに返事の文面が同じであったことによっても強調された。そこには、断りを和らげるために通常書き添える「先約がありますので」という儀礼的な口実はなく、「残念ながらお受けできません」としか書かれていなかったのだ。

当時のニューヨーク社交界はとても小さく、また楽しみも少なかったので、貸馬車屋の主人、執事、料理人までを含む誰もが、どの晩に誰が暇なのか、間違いなく把握していた。そのため、ラヴェル・ミンゴット夫人の招待状を受け取った人たちは、オレンスカ伯爵夫人に会いたくないという意志を、残酷なまでにはっきりと示すことができたのである。

思いもよらない打撃だったが、ミンゴット夫妻は、常のごとく、雄々しくこれに対処した。ミンゴット夫人がウェランド夫人に事情を打ち明け、ウェランド夫人はそれをニューランド・アーチャーに打ち明けた。話を聞いたニューランドは無礼に激昂し、母に向かって激しい調子で、しかも高圧的に訴えた。アーチャー夫人は内心で抵抗し、外面的にははっきりしない態度で時間稼ぎをするという、苦しい時間を過ごした後、(いつものように)息子の頼みに屈することとなった。そして、ためらったことで倍加した勢いで息子の言い分を受け入れると、灰色のベルベットのボンネットを着け、「ルイザ・ヴァン・デル・ライデンに会いに行って来ます」と言った。

ニューランド・アーチャーの時代のニューヨークは、滑りやすい小さなピラミッドで、割れ目や足掛かりなどは、まだほとんどなかった。ピラミッドの土台にあるのは、アーチャー夫人が「庶民」と呼ぶ、しっかりした基盤だった。それは、地位のある家柄の中の大部分を占める、立派だが家名はないに等しい一族たちで、(スパイサー家、レファーツ家、ジャクソン家などがそうであるように)名家の一族との結婚によって、上のレベルへと引き上げられた家である。みんな昔のように細かいことにこだわらなくなったし、老キャサリン・スパイサーが五番街の片方の端を、ジュリアス・ボーフォートがもう一方の端を押さえているような今の状況では、昔からの伝統もあまり長くはもたないでしょうよ、というのが、アーチャー夫人の口癖だった。

富裕だが地味なこの土台から、確実に狭まりながら上へと延びていくグループが、ミンゴット、ニューランド、チヴァーズ、マンソンなどから成る、こぢんまりした有力階級だった。彼らこそピラミッドの頂点だと大多数の人たちは考えていたが、彼ら自身は(少なくともアーチャー夫人の世代の人たちは)、わかっていた――家系の専門家の目から見れば、さらに少数の家柄しか、ピラミッドの頂点という位置に到達できないのだ、ということを。

アーチャー夫人は自分の子供たちに向かって、よく言ったものだ。「ニューヨークの貴族階級について近頃の新聞が書く、くだらない話には呆れますよ。もしそんなものがあるとしても、ミンゴット家もマンソン家も入らないし、ニューランド家もチヴァーズ家も入りません。うちのおじい様やひいおじい様は、財を築くために植民地に来て、成功したのでそのままとどまった、イギリスかオランダの立派な商人であるにすぎません。あなたたちのひいおじい様の一人は独立宣言に署名していらっしゃるし、また別のひいおじい様はワシントン将軍の参謀で、サラトガの戦い(25)の後でバーゴイン将軍の剣を受け取られたの。こういうことは誇りとすべき業績ではあるけれど、階級や地位とは関係がないんです。ニューヨークはこれまでずっと商業都市で、ほんとうの意味で貴族の家柄だと名乗れる一門は、三つしかありません」

ニューヨークの誰もがそうであるように、アーチャー夫人とその息子と娘は、それがどの一門かわかっていた。その第一は、ワシントン・スクエアのダゴネット家——これはイギリスの地方の古い名家の出で、ピット家やフォックス家と姻戚関係にある。第二は、ド・グラース伯爵と姻戚関係のラニング家。そして第三は、ヴァン・デル・ライデン家——マンハッタンの初代オランダ総督の直系の子孫で、独立革命以前の結婚によって英仏の複数の貴族と親戚関係にある。

ラニング家でいま健在なのは、高齢だが元気な二人の老嬢だけで、一家の肖像と華麗なチッペンデール様式(26)の家具とに囲まれた家で、昔を懐かしみながら明るく暮らしていた。ダゴネット家は、ボルティモアやフィラデルフィアの最高の家柄を親戚に持つ、重要な一族であった。けれども、一番上に位置するのはヴァン・デル・ライデン家で、もはや天上の薄明かりの中に消えたかのようだったが、そこから厳粛に姿を現した二人の人がいた。それがヘンリー・ヴァン・デル・ライデン夫妻だった。

ヘンリー・ヴァン・デル・ライデン夫人は、旧姓ルイザ・ダゴネット、その母はチャネル島の旧家出身のデュラック大佐の孫娘だった。デュラック大佐はコーンウォリス将軍の元で戦い、戦後は花嫁として迎えたセント・オーストリー伯爵の五女アンジェリカ・トレヴィーナ嬢とともにメリーランドに落ち着いた人である。ダゴネット家及びメリーランドのデュラック家と、親戚でコーンウォールの貴族であるトレヴィーナ家との間には、誠意ある親密な絆がずっと保たれていた。ヴァン・デル・ライデン夫妻は、現在のトレヴィーナ家当主であるセント・オーストリー公爵に招かれて、グロスターシャーのオーストリーや、コーンウォールの屋敷などに、一度ならず長期訪問をしていた。公爵のほうもその返礼訪問をいつか果たしたいという意図をたびたび述べていた。（ただし、大西洋を怖がる公爵夫人は同伴しない訪問である。）

ヴァン・デル・ライデン夫妻は、メリーランドの所有地トレヴィーナと、ハドソン川近くにある広大な地所スキタクリフとの間を行き来して暮らしていた。後者は植民地時代に、オランダ政府から初代の有名な総督に下付した土地で、ヴァン・デル・ライデン氏が依然として「所有者《パトルーン》」だった。マディソン街にある荘重で大きな屋敷はめったに開かれず、夫妻が街に来たときもごく親しい友人しか招かないのだった。

「一緒に来てくれないかしら、ニューランド」アーチャー夫人は、ブラウン社の貸馬車に乗ろうとしたところで足を止めてそう言った。「ルイザはあなたが好きだから。それにわたしがこうするのも、もちろん可愛いメイのためなんですからね。そしてもう一つのわけはね、わたしたちがみんなで団結しなければ、社交界というものがなくなってしまうからですよ」

第七章

ヘンリー・ヴァン・デル・ライデン夫人は、いとこのアーチャー夫人の話に無言で耳を傾けていた。

ヴァン・デル・ライデン夫人はいつも無口で、生来の性格に加えてしつけのせいもあって当たり障りのないことしか言わないのだが、ほんとうに好意を持った相手にはとても親切な人だということは、前もって自分に言い聞かせておくとよい。しかし、その事実が実際の経験からわかっていたにせよ、それが必ずしも、マディソン街の屋敷の白い壁の客間で、高い天井から降りて来るような冷気から身を守る助けになるとは限らなかった。その部屋の淡い色の錦織りの肘掛け椅子は、明らかに今日の来客のためにカバーが外されたばかりであり、マントルピースの金細工《オルモル》[27]の装飾や、ゲーンズバラ[28]の描いた「アンジェリカ・デュラック嬢」の肖像画の、美しい装飾のある古い額縁などには、まだ紗の布が掛けられたままだった。

ハンティントン(29)によるヴァン・デル・ライデン夫人の肖像画(手編みのベネチアレースのついた、黒のベルベットの服を着ている)が、美しい先祖の女性の肖像画と向かい合っていた。「カバネル(30)の絵画とおなじくらいに素晴らしい」と一般に考えられている絵で、制作されて二十年を経た今でも「モデルにまったくよく似ている」のだった。確かに絵の下に座ってアーチャー夫人の話を聞くヴァン・デル・ライデン夫人の姿は、肖像画の中で緑の畝織《うねお》りのカーテンの前に置かれた金色の肘掛け椅子に物憂げに腰掛けている、まだ若い金髪の女性と双子の姉妹にさえ見えた。夫人は人前に出るとき――(決して外で食事をしない人なのだから)むしろ、自邸の扉を開け放って人を招き入れるとき、と言うべきだが――依然として黒のベルベットの服とベネチアレースを身に着けていた。灰色にはならずに色のあせた金髪は、今も額の上できちんと平らに分けられ、薄青の両眼の間にまっすぐ通った鼻だけは、肖像画の描かれたときに比べて、鼻孔のあたりが少しとがっていた。まったく申し分のない生活という密閉された空間の中で気味悪く保存されてきた存在、まるで氷河に閉じ込められたまま死後何年も薔薇色の頬を保つ死体のような人だという印象を、ニューランド・アーチャーは以前から抱いていた。

一族の者と同様、ニューランドも夫人を称賛し、尊敬していた。けれども、相手の話に穏やかに耳を傾けるその優しさは、母の高齢のおばたち――独身で気性が激しく、相手の頼みを聞く前に「だめ」と言うのを主義にしている厳格なおばたちより、むしろ近寄り難いものだと感じた。

ヴァン・デル・ライデン夫人の態度に、イエスかノーかの返事が示されることはないが、寛容さは常にうかがわれた。ほとんどの場合は、かすかに震えるような微笑を漂わせながら、「この件は、まず主人と話してみなくてはなりません」という言葉が、その薄い唇から発せられるのだった。

ヴァン・デル・ライデン夫妻はお互いにあまりによく似ているので、四十年の結婚生活を経たいま、一体化したこの二人が話し合いにおいて意見を異にすることなどあるのだろうかと、ニューランドはよく考えた。しかし、その秘密会議なしではどちらも決定を下したことがないので、事情を説明し終わったアーチャー夫人とニューランドは諦めの気持ちで、いつものその言葉を待ち受けた。

ところが、である。人を驚かすようなことはめったにしないヴァン・デル・ライデン夫人が、長い手を呼び鈴に伸ばすのを見て、二人はびっくりした。

「いま伺ったお話を、ヘンリーにも聞いてもらいたいと思います」と夫人は言った。

従僕が現れると、夫人は重々しく言った。「もし新聞がもうお済みになっていたらこちらにいらしていただけないでしょうかと、旦那様に伝えて」

「新聞がお済みになっていたら」という言葉を、夫人はまるで大臣の妻が「閣議がもうお済みになっていたら」とでも言うかのような口調で述べたが、それは傲慢な心から出たものではなかった。長い年月にわたる習慣と友人や親戚の態度のせいで、夫の小さな行為もほとんど宗教的な重要性を持つと思うようになったためだった。

夫人の行動の素早さは、アーチャー夫人同様にこれを火急の問題だと考えたことを示していた。けれども、自分が先に意志を明らかにしたと思われないようにという用心からか、この上なく優しい調子でつけ加えた。「ヘンリーはあなたに会うのがいつも楽しみなんですよ、アデライン。それに、ニューランドにお祝いも言いたいでしょうしね」

両開きの扉が再び厳かに開き、やせた長身をフロックコートに包んだヘンリー・ヴァン・デル・ライデン氏が姿を現した。色あせた金髪、妻と同じまっすぐな鼻、目にも妻と同じ冷ややかな優しさをたたえていたが、目の色は薄い青ではなく、薄い灰色だった。ヴァン・デル・ライデン氏は、親戚らしい親しみをこめてアーチャー夫人に挨拶し、ニューランドに向かって、妻と同じ表現のお祝いの言葉を低い声で述べると、君主のように無造作に、錦織りの肘掛け椅子の一つに座った。

「ちょうど『タイムズ』を読み終えたところでしたよ」ヴァン・デル・ライデン氏は、長い指の先を合わせながら言った。「街にいるときは午前中忙しいので、新聞を読むのは昼食後のほうがいいとわかりましてね」

「そのやり方には利点が多いですわ。確か、エグモントおじがよく申しておりました――朝の新聞は午餐が済むまで読まないほうが心を乱されなくていい、と」アーチャー夫人は、打てば響くような返事をした。

「そう、わたしの父も急ぐのが大嫌いでしたよ。しかし、今の我々は常に慌ただしく暮らしていますね」ヴァン・デル・ライデン氏は、覆いのかかった広い部屋を満足そうにゆったりと見回しながら、控えめな口調で言った。ニューランドの目にその部屋は、まさに所有者そっくりに思われた。

「でも、ヘンリー、ほんとうに新聞は済んだのかしら？」夫人が問いをはさんだ。

「ああ、済んだよ」夫は安心させるように答えた。

「それでしたら、アデラインのお話をあなたにも――」

「あの、実はニューランドの話なんですけれど」アーチャー夫人は微笑を浮かべてそう言うと、ラヴェル・ミンゴット夫人の受けた恐ろしく無礼な仕打ちについて、もう一度語った。

「当然、オーガスタ・ウェランドとメアリー・ミンゴットは二人とも、特にニューランドの婚約を考慮して、このことをあなたとヘンリーにお知らせしなくてはと思ったのです」と夫人は話を締めくくった。

「ああ」ヴァン・デル・ライデン氏はそう言うと、深く息を吸い込んだ。

そして沈黙が続いた。白大理石のマントルピースの上にある、どっしりした金細工《オルモル》の時計のカチカチという音が、まるで号砲のように大きく聞こえるほどだった。総督のような厳めしさで並んで座っている、やせて弱々しい二人の姿を、ニューランドは畏敬の念をもって見つめた。できればスキタクリフの、完璧なまでに手入れの行き届いた芝生で、目に見えないほどの雑草を探したり、夜には二人でトランプのペイシェンスをしたりするような、簡素でひっそりした暮らしをしたいところなのに、運命によって遠い先祖の権威の代弁者となることを運命づけられた夫妻なのだった。

最初に口を開いたのは、ヴァン・デル・ライデン氏だった。

「今度のことがローレンス・レファーツによる何か――何か意図的な妨害が原因だと、ほんとうに考えておられるのかね？」それはニューランドへの問いかけだった。

「そうだと確信しています。最近ローレンスは、いつもより無茶をしていまして――ルイザ夫人の前でこんなお話をするのは恐縮ですが、住んでいる村の郵便局長の妻だか、その類の女性と厄介なことになっていて。奥方のガートルードが何か疑いを持ち始めると、面倒を恐れてこういう騒ぎを起こすんです、自分がいかに道徳的かを示そうとして。

そして、知り合ってほしくないような人と会わせるために妻を招くなんてとんでもないと、声を限りに叫ぶんです。オレンスカ夫人を避雷針として利用しているだけで、前にも同じようなことをしたのを知っています」

「レファーツ夫妻が！」とヴァン・デル・ライデン夫人が言った。

「レファーツ夫妻が、なんです！」アーチャー夫人はその名を繰り返した。「ローレンス・レファーツが社交界での誰かの地位について意見など述べるのを、エグモントおじが聞いたら、いったい何と言ったでしょう。社交界もすっかり落ちぶれたものですわ」

「そこまでにはなっていないと思いたいね」ヴァン・デル・ライデン氏はきっぱりと言った。

「ああ、お二人がもっとお出かけになってくだされば！」アーチャー夫人はため息をついてそう言った。

だが、夫人はすぐに自分の失敗に気づいた。ヴァン・デル・ライデン夫妻は、自分たちの隠遁生活に対する批判に、病的なほど敏感だったのだ。二人は上流社会のしきたりの判定者で、最高の上訴裁判所であった。夫妻はそれを承知し、運命を受け入れていたが、もともとその役割を好まない、内気で交際嫌いの性格だったので、木々に囲まれたスキタクリフでできるだけひっそりと暮らそうとしていた。街に出て来たときには、夫人の健康を言い訳にして招待はすべて断っていた。

ニューランド・アーチャーは、母の救助に乗り出した。「お二人のお立場はニューヨーク中の者がわきまえております。だからこそ、オレンスカ伯爵夫人を軽んじる今回の件を、ご相談なしに見逃すべきではないとミンゴット夫人は思われたのです」

ヴァン・デル・ライデン夫人は、夫をちらっと見た。夫も同様に妻を見た。

「わたしが好かないのは、夫人軽視のその信条ですよ」とヴァン・デル・ライデン氏が言った。「名門の一員がその一族の後ろ楯を得ている限り、その事実が決定的と見なされるべきです」

「わたくしもそう思いますわ」まるで新しいことを考えついたかのように、夫人が言い添えた。

「そんな事態になっているとは、思いもよりませんでしたよ」ヴァン・デル・ライデン氏はそこで言葉を切ると、また妻を見て続けた。「わたしは思うんだがね、オレンスカ伯爵夫人は前から親戚のようなものだ——メドーラ・マンソンの最初の夫との縁でな。そしていずれにせよ、ニューランドが結婚すれば親戚になる」そう言って、ニューランドのほうを見て訊ねた。「ニューランド、君は今朝の『タイムズ』を読んだかね?」

「はい、もちろん読みました」コーヒーを飲みながら数紙に目を通すのを朝の習慣にしているニューランドは答えた。

　夫妻はまたお互いを見つめた。淡い色の瞳が視線を絡ませ、長く重大な協議が行われた末、ついに夫人の顔をかすかな微笑が横切った。夫の考えがわかり、賛同したのは明らかだった。

　ヴァン・デル・ライデン氏はアーチャー夫人のほうに向きなおった。「もしルイザの健康が外での食事を許すのであれば、ラヴェル・ミンゴット夫人にこう伝えて頂きたいところです。つまり——家内とわたしは喜んで、晩餐会でローレンス・レファーツの穴を埋めましょう、とね」この言葉に秘めた皮肉が十分に理解されるように、氏はここで一息おいてから先を続けた。「おわかりのように、それは不可能です」それを聞いてアーチャー夫人は、同情をこめて相槌を打ち、氏は続けた。「しかし、ニューランドは今朝の『タイムズ』を読んだとのことですから、ルイザの親戚のセント・オーストリー公爵がロシア号で来週到着されるという記事を見たでしょう。今度の夏の国際カップレースに新しい帆船グイネヴィア号で出場する登録のためで、ちょっとトレヴィーナでカモ猟も予定されていましてね」ここで再び言葉を切り、いっそう好意的な口調になって続けた。「公爵をメリーランドに案内する前に、ここで何人かの友人を招いてささやかな晩餐会を開き、その後には歓迎会《レセプション》も予定しています。オレンスカ伯爵夫人もその席に加わっていただければ、家内もわたしも嬉しく思いますよ」ヴァン・デル・ライデン氏は立ち上がり、ぎこちない動作でいとこのほうへ長身の身体を屈めて、親しげにつけ加えた。「ルイザがもうすぐ馬車で出かけるので、そのとき招待状を自分でお届けします、とわたしから申しても許してもらえるでしょう。そう、もちろんわたしたちの名刺を添えて」

　アーチャー夫人は、感謝の言葉をつぶやきながら、急いで立ち上がった。ヴァン・デル・ライデン氏の発言は、体高十七ハンド[31]の栗毛の馬をつけた馬車が戸口に待機していて、決して待たせてはいけない、ということをほのめかしているのだとわかっていたからだ。ヴァン・デル・ライデン夫人は、アハシュエロス王[32]を説得した王妃エステルのような微笑をアーチャー夫人に向けたが、ヴァン・デル・ライデン氏のほうは押しとどめるように片手を上げた。

「お礼を言っていただくようなことはありませんよ、アデライン。何一つありません。ニューヨークでこういうことがあってはならないのです。わたしができる限り、起きないようにします」来客を玄関まで送りながら、王のような優しさを見せて断言した。

　その二時間後にニューヨーク中に知れ渡ったのは、ヴァン・デル・ライデン夫人が外出に常に使用しているC字型スプリングの四輪馬車がミンゴット老夫人の屋敷前に停まり、大きな角封筒が手渡されたことだった。そしてその晩、歌劇場でシラトン・ジャクソン氏は、ヴァン・デル・ライデン夫妻がいとこのセント・オーストリー公爵のために開く晩餐会へのオレンスカ伯爵夫人宛ての招待状が封筒に入っていたことを明かしたのだった。

クラブのボックス席でこれを聞いた若い人の何人かは微笑を交わして、ローレンス・レファーツをちらっと横目で見た。レファーツは長い金色の口髭を引っ張りながら、そんなことには無頓着なふうにボックス席の前列に座っていたが、ソプラノの歌が止んだとき、権威らしく言った。「パッティ[33]以外の歌手が『夢遊病の女』を歌おうとしてはいけないな」

第八章

オレンスカ伯爵夫人は「容色が衰えた」というのが、ニューヨークの人々のほぼ一致する意見だった。

ニューランド・アーチャーの少年時代に初めてニューヨークに現れたとき、夫人はまだ九歳か十歳くらいで、肖像画を描かせておくべきだと周りが言うほど、輝くばかりに美しい少女だった。ずっとヨーロッパを転々とする暮らしをしていた両親と幼児期を過ごし、両親ともに亡くした後は、おばにあたるメドーラ・マンソンに引き取られた。メドーラもまた流浪の人で、「落ち着く」ためにニューヨークに戻ろうとしていたのだ。

メドーラは気の毒にも一度ならず夫を亡くし、その都度新しい夫や養子を連れて、落ち着くためにニューヨークに戻って来るのだったが、住むのは回を重ねるごとにより安い家になった。そして結局、数か月で必ず夫と別れるか養子とけんかになるかして、家を買値より安く売り払い、再び流浪を始めるのが常だった。メドーラの母親がラッシュワース家の出だったし、最後の不幸な結婚の相手はあの常軌を逸したチヴァーズ家とのつながりがあったので、奇行もニューヨークでは寛大に見られていたが、そのメドーラが孤児になった幼い姪を連れて戻ったのを見て、そんなに可愛らしい少女がメドーラのような人に育てられることに、人々は同情した。旅がやめられないという嘆かわしい趣味があったにもかかわらず、少女の両親は周りから好かれていたのである。

この小さなエレン・ミンゴットに対しては、誰もが親切にしてやりたいと思っていた。もっとも、浅黒く赤い頬ときっちりカールした髪が、まだ両親の喪に服しているべき子供にしては華美な雰囲気である印象を与えたのは否めなかった。アメリカ式の服喪の習慣という変更不可の決まりをないがしろにするのは、数あるメドーラの誤った奇行の一つだった。客船を降り立ったとき、実の兄のためにメドーラがつけていた喪のヴェールは、義理の姉妹たちのヴェールより七インチも短かったので、一族の者たちは憤慨した。おまけに幼いエレンはまるでジプシーの捨て子かと思わせるような、深紅のメリノウールの服に琥珀の首飾りをしていたのである。

しかし、ニューヨークの人たちはメドーラのことをとっくに諦めていたので、エレンのけばけばしい服装に顔をしかめたのは、何人かの年配の婦人だけだった。ほかの親類たちは、エレンの血色の良さと快活さに魅了された。エレンは物おじしない、人懐っこい性格で、相手がたじろぐような質問をしたり、大人びた意見を言ったりした。スペインのショールダンスや、ギターに合わせてナポリの恋歌を歌うなどの、異国風の特技も身につけていた。おばメドーラのほんとうの名はソーレイ・チヴァーズ夫人だったが、ローマ教皇から称号を受けていたので、最初の夫の苗字を名乗ってマンソン侯爵夫人と自称していた。イタリアではマンゾーニと称することができるからである。エレンはそのおばの指示によって、費用はかかるが一貫性に欠ける教育を受けた。その中には、モデルを見てのスケッチという斬新な試みや、プロの音楽家に加わってピアノを弾く五重奏などまで含まれていた。

このようなことから良い結果が生まれるはずがないのは、言うまでもない。数年後に気の毒なチヴァーズが精神科の病院で死去すると、奇妙な喪服を着た未亡人は家を引きはらい、その頃にはほっそりした長身の、際立って美しい目をした娘に成長していたエレンを連れて街を去り、その後しばらく二人の消息はなかった。やがて、エレンがチュイルリー宮の舞踏会で出会った、伝説的な名声と莫大な財産の持ち主であるポーランド人の貴族と結婚したという知らせがあった。この人は、パリ、ニース、フィレンツェにそれぞれ広壮な邸宅があるばかりか、ヨットレースで有名なイギリスのカウズにヨットを、またトランシルヴァニアには広い猟場を所有していると言われていた。エレンは激しい世評の渦に巻き込まれるように姿を消した。数年後にまたニューヨークに戻って来たメドーラが沈んだ様子で、貧しくなり、三人目の夫の喪に服しながらさらに小さな家を探し始めたとき、裕福になった姪はおばに何か援助ができなかったのだろうか、と人々は考えたものだった。ところが次には、エレン自身の結婚が不幸な結末を迎え、エレンも休息と忘却を求めて親類の元に帰って来るという知らせが届いたのである。

一週間後の重要な晩餐会の宵に、ヴァン・デル・ライデン家の客間に入って来たオレンスカ伯爵夫人の姿を見つめるニューランド・アーチャーの胸を、こうした過去の記憶がよぎった。この厳粛な催しに、エレンがいかに対応できるだろうかと、やや心配しながら考えていたのだ。エレンは少し遅れてきた。片手にはまだ手袋をはめないままで、手首にブレスレットを留めながらだったが、ニューヨークでも選び抜かれた人たちが重々しく揃っている部屋へ入るのに、あわてたりまごついたりする様子はまったく見せなかった。

部屋の中央でエレンは立ち止まり、口元を引き締めながらも目には微笑を浮かべて周りを見回した。その瞬間にニューランド・アーチャーは、エレンの容貌に関する噂は間違いだと悟った。以前の輝きは確かに失われており、頬の血色も薄れていた。やせてやつれが見え、たしか三十歳になろうとするはずの実年齢よりわずかに老けて見えた。だが、美の威厳とでも呼ぶべき、不思議な雰囲気があって、頭や目の動きなど、自信に満ちた身のこなしにわざとらしさはまったくなく、高度に訓練され、しかもその力を十分に意識しているようにニューランドには感じられた。同時に、エレンの物腰はその場にいるほとんどの女性たちより素朴で、多くの人々は(後日ジェイニーから聞いた話によると)エレンがもっと「洗練されて」いなかったのでがっかりしたそうだ。ニューヨークで最も高く評価されるのは洗練だったからである。それはひょっとしたら、昔の活発さが失われたせいかもしれないと、ニューランドは考えた。このときのエレンは物静かで、動きが少ないばかりか、声も低く抑えていた。エレンのようないわくつきの若い女性ならもっと大げさな立ち居振る舞いをするものと、ニューヨークの人々は思いこんでいたのだ。

晩餐会には畏怖の念のようなものを抱かせるところがあった。ヴァン・デル・ライデン夫妻との食事というだけでも容易ならぬことだったが、いとこの公爵も同席とあって、ほとんど宗教的な行事のような重々しさが付加された。単なる公爵とヴァン・デル・ライデン家の公爵との間の(ニューヨークにとっての)わずかな違いを識別できるのは古くからのニューヨーク人だけだと考えて、ニューランドは喜びを感じた。たまたま迷い込んできたような貴族の場合、ニューヨークは泰然と構え、(ストラザーズ家の仲間を除くと)不信の念を交えた尊大さで対応することさえあった。だが、今回のようにヴァン・デル・ライデン家とのつながりを示す立派な身分証明を提示できる場合には、昔ながらの丁重なもてなしを受けるので、それをもっぱらデブレット貴族名鑑(34)に載っている地位身分のおかげだと思うような大きな間違いをしてしまうほどだった。ニューランドが自分の知るオールド・ニューヨークを、時に笑うことはありながらも大事にするのは、そのような区別のためだった。

ヴァン・デル・ライデン夫妻は、この会の重要性を強調するために最善を尽くしていた。デュラック家伝来のセーブル焼きの食器や、トレヴィーナ家に伝わるジョージ二世時代の大皿が出されていたし、東インド会社経由の輸入品である、ヴァン・デル・ライデン家の「ローストフト(35)」磁器や、ダゴネット家の、王冠マークのついたクラウンダービーなどの磁器も使われていた。ヴァン・デル・ライデン夫人はいつも以上にカバネルの描いた肖像画のように見え、祖母の小粒真珠とエメラルドを身に着けたアーチャー夫人は、ニューランドにイザベイ(36)の手になる細密肖像画を思わせた。すべての女性たちが一番上等の宝石を着けていたが、そのほとんどが重くて古風な装飾品であることが、この屋敷における特別な催しとしての会の性格をよく表していた。事実、熱心に頼まれて出席した老ラニング嬢は母のカメオとスペイン風の絹レースのショールを身に着けていた。

オレンスカ伯爵夫人は、その場でただ一人の若い女性だった。しかし、ダイヤモンドの首飾りと長いダチョウの羽根の髪飾りの間にある、ふくよかで皺のない年配夫人たちの顔を眺めたニューランドには、伯爵夫人と比較して彼女たちのほうが妙に子供じみて見えた。それに引き換え、オレンスカ伯爵夫人の目——いったいどんな経験をすればあのような目になるのだろうと考えると、ニューランドは怖くなった。

ヴァン・デル・ライデン夫人の右側の席に着いたセント・オーストリー公爵は、言うまでもなく当夜の主賓だった。けれども、予想されたほど伯爵夫人が目立たなかったと言うならば、公爵のほうはもはやほとんど目に見えなかったと言わねばならない。育ちの良い人だったので(最近訪れた別の公爵とは違って)狩猟服で晩餐に来たりはしなかった。ただ、その夜会服はだぶだぶの着古しで、それを素朴な手織りの服でも着るような雰囲気で着ていたので(前かがみに座る姿勢と、ワイシャツの胸を隠して広がる顎鬚《あごひげ》とが相俟《あいま》って)晩餐会の正装をしているようにはとても見えなかった。背が低く猫背で、日焼けした顔にずんぐりした鼻と小さな目をして、愛想の良い笑顔を浮かべる人だった。しかしめったに口はきかず、話すときは非常に低い声なので、その話を聞こうと食卓の人々はたびたび沈黙するのだが、声が小さすぎて隣席の人にしか聞こえなかった。

食事の後で、男性が女性と合流するときになると、公爵はまっすぐ伯爵夫人に近寄り、二人で部屋の隅に座って熱心に会話を始めた。公爵はまずラヴェル・ミンゴット夫人及びヘドリー・チヴァーズ夫人に挨拶すべきであったし、伯爵夫人のほうは、一月から四月までは食事の招待を断るという習慣を破ってまで会いに来てくれた、ワシントン・スクエアの愛想の良い心気症患者、アーバン・ダゴネット氏と言葉を交わすべきだったが、二人ともそれには気づいていない様子だった。二十分近く続いた会話の後、伯爵夫人は立ち上がって広い客間を一人で横切り、ニューランド・アーチャーの隣に座った。

ニューヨークの客間においては、女性が男性の隣から立ち上がってほかの男性のところに歩いて行くなどという習慣はなかった。女性は偶像のように動かず、話をしたいと思う男性が次々と隣に来るまで、じっと待つのが礼儀だったのだ。しかし、伯爵夫人には何かルールを破ったという意識はないようで、隅のソファにニューランドと並んで座り、優しい目で相手を見た。

「メイのことを話してくださいな」と夫人は言った。

答える代わりに、ニューランドは質問した。「前から公爵をご存じでしたか？」

「ええ、毎年冬に、ニースでお会いしたものでした。賭け事がとてもお好きで、賭博場によくいらしていました」夫人はまるで「公爵は野の花がとてもお好きで」とでも言うかのようにあっさりした口調でそう言い、いったん言葉を切ってから、率直に続けた。

「これまでにわたくしがお会いした人の中で、一番退屈な方です」

ニューランドはこれがすっかり気に入ってしまい、その前の言葉から受けた軽い衝撃を忘れるほどだった。ヴァン・デル・ライデン家にゆかりのある公爵を退屈な人と見なし、しかもその意見を口にする勇気のある女性に会うとは、なんと面白いのだろう。無頓着な表現にちらりと垣間見えた暮らしぶりについてもっと聞きたい、質問をしてみたい、とニューランドは切望したが、痛ましい記憶に触れるのを恐れ、言うべきことを思いつかないうちに、夫人は元の話題に戻ってしまった。

「メイは素敵な方ですのね。あんなに器量よしで聡明な娘さんは、ニューヨークでも見たことがありませんわ。とても愛していらっしゃるんでしょう?」

ニューランド・アーチャーは赤くなり、笑いながら言った。「一人の男に可能な限りは」

夫人は、相手の言葉に含まれるどんなにわずかな意味も見逃すまいとするかのように、考え込みながら相手をじっと見つめ続けた。「では、限界が存在するとお思いなんですか?」

「愛することに、ですか? もしあるとしても、まだ僕は見つけてはいません」

夫人は共感して顔を紅潮させた。「ああ、ほんとうのロマンスなんですね？」

「最高にロマンティックなロマンスです」

「素晴らしいですわ！　お二人で見つけられたのですね、仲立ちする人の手はまったく借りずに？」

ニューランドは、信じられないというふうに夫人を見て、微笑みながら言った。「お忘れですか？　この国では結婚の仲立ちなどはしないのですよ」

夫人はさっと頬を赤らめ、ニューランドは自分の言ったことをたちまち後悔した。

「そうでしたわね、忘れていました。このような間違いを時々しましても、どうか許してくださいね。わたくしのおりましたところではいけなかったことが、こちらではすべてよいのだと、いつも覚えていられるとは限りませんもの」夫人はワシの羽根でできたウィーン風の扇に目を落としたが、唇が震えていることに気づいたニューランドは、詫びる言葉を衝動的に口にした。

「申し訳ありません。でもほら、今ここでは、友人たちに囲まれていらっしゃるではありませんか」

「ええ、承知しています。どこに伺っても、そう感じます。それでわたくし、アメリカに戻って来たのです。ほかのことはすべて忘れて、もう一度完璧なアメリカ人になりたいと――ミンゴット家やウェランド家の方々、あなたや素晴らしいお母様、それに今夜ここに集まられたすべての立派な方々のように、完璧なアメリカ人になりたいと願っています。あ、メイが来ましたよ。急いであちらにいらっしゃりたいんでしょう?」夫人はそう言ったものの動こうとはせず、戸口からニューランドへと視線を戻した。

客間には食後の集まりに招かれたお客が大勢集まって来ていた。ニューランドはオレンスカ夫人の視線の先に、メイ・ウェランドが母親とともに入って来るのを見た。白と銀色のドレスを着て、髪に銀色の花冠を着けた長身の姿は、狩りを終えて地上に降り立った女神ダイアナを思わせた。

「ああ、僕にはライバルがたくさんいますね。ほら、もう取り囲まれているじゃありませんか。いま、公爵が紹介されていますよ」

「それなら、もう少しここにいらしてくださいな」夫人は低い声でそう言いながら、羽根の扇でニューランドの膝に軽く触れた。それはごく軽い触れ方だったが、ニューランドは愛撫されたようなおののきを覚えた。

「そうします」何を口にしているかもよくわからないまま、ニューランドは相手と同じような口調で答えた。だがちょうどそのとき、ヴァン・デル・ライデン氏が老アーバン・ダゴネット氏を伴って近づいて来た。伯爵夫人は落ち着いた微笑を浮かべて二人に挨拶したが、促すようなヴァン・デル・ライデン氏の視線を感じたニューランドは立ち上がって席を譲った。

オレンスカ夫人は、別れの挨拶をするように、ニューランドに片手を差し出した。

「では明日、午後五時以降に――お待ちしています」夫人はそう言うと、ダゴネット氏の座る場所を空けるために向きを変えた。

「では明日」繰り返してそう答える自分の声がニューランドの耳に聞こえた――約束はしていなかったし、またお会いしたいですわ、という意味の言葉さえ、会話にはまったく出なかったのだが。

その場を離れていくとき、輝くばかりに盛装した長身のローレンス・レファーツが、紹介を受けようと妻を連れて進んで行くのが見えた。ガートルード・レファーツがいつもの鈍感さで大げさに笑いかけながら、「小さい頃、ご一緒にダンスを習いに通ったものですわね」と言うのが聞こえてきた。その後ろには何組もの夫婦が、伯爵夫人に紹介される順番を待って並んでいる。ラヴェル・ミンゴット夫人の屋敷で夫人に会うことを強硬に断った人たちばかりじゃないか、とニューランドは思った。アーチャー夫人が述べた通り、ヴァン・デル・ライデン夫妻はその気になれば、思い知らせる術《すべ》を心得ているのだ。めったにその気にならないことが驚きと言うほかはなかった。

誰かがそっと腕に触れたのを感じてニューランドが振り向くと、黒いベルベットの服に一家伝来のダイヤモンドを着けたヴァン・デル・ライデン夫人の、清らかな高みから見おろすような視線と目が合った。「寛大にもオレンスカ夫人のお相手を熱心に務めてくださって、ニューランド、あなたは親切な方ね。助けに行ってあげて、と主人に頼みましたの」

そう言われてニューランドは、自分が何となく微笑したのを意識した。生来内気な性格なのね、と思ったのか、夫人は続けて言った。「今夜ほど綺麗なメイは、今まで見たことがありませんよ。メイがこの部屋で一番美しいと、公爵も思っていらっしゃいます」

第九章

オレンスカ伯爵夫人から「五時以降に」と言われたので、ニューランド・アーチャーは五時半に、漆喰のはげかかった一軒の家の呼び鈴を鳴らした。鋳鉄製の弱々しいバルコニーに巨大な藤がきつく巻きついているこの家は、西二十三丁目をはるかに下ったところにあり、さすらい人のメドーラから夫人が借りたものだった。

確かにそこは、住むには奇妙な区域だった。一番近い隣人はと言えば、小さな婦人服仕立屋、鳥の剝製作り、「物書き」たちなどで、そのむさくるしい通りをずっと先まで行くと道の舗装の終わるところに荒れ果てた木造の家があることに、ニューランドは気づいた。時々出会う、作家兼ジャーナリストのウィンセットという男が住んでいると言った家だ。ウィンセットは自宅に人を招くことはなかったが、夜の散歩の途中でニューランドにその家を指し示したことがあった。そのときニューランドは思わず身震いしながら、他国の首都にもこんなにみすぼらしい暮らしをしている人間がいるだろうか、と思ったものだった。

オレンスカ夫人の住まいは、窓枠のペンキが剝げていないために、それほどひどい外観には見えなかった。ニューランドはその質素な正面の様子を眺めながら、ポーランド人の伯爵が夫人の幻想だけでなく財産も奪ったに違いないと思った。

ニューランドにとって、その日は意に満たない一日だった。ウェランド一家と昼食、その後メイを公園での散歩に連れ出す心積もりだった。メイと二人だけになって、前の晩にメイがどんなに魅力的だったか、メイのことを自分がどれほど誇りに思っているかを伝え、結婚式を早めようと迫るつもりだったのだ。ところがウェランド夫人は断固たる口調で、一連の親戚訪問がまだ半分も済んでいないのですよ、と念を押した。ニューランドが結婚式の日取り繰り上げの提案をほのめかすと、非難をこめて眉を上げ、ため息とともに言った。「どれも十二ダースずつ必要なんですよ、その全部に手で刺繡をしてね」

ウェランド家の幌つき四輪馬車に押し込まれるようにして、一緒に一族の家を次々に回り、ようやく午後の訪問を終えて婚約者と別れたニューランドは、まるで自分が巧妙なわなで捕らえられ、見せびらかされている野生動物になったような気がした。結局は率直で自然な家族感情の表れなのに、それをこんなふうに粗野な見方で見るのは、人類学の本を読んでいるせいだろうかとも考えてみた。だが、ウェランド家では結婚式を秋までは執り行うつもりがないことに思い至り、それまで自分の生活はどうなるのだろうと考えると、気が重くなった。

「明日はチヴァーズ家とダラス家に行きましょうね」ニューランドの背後からウェランド夫人がそう呼びかけた。夫人は両家の親戚をアルファベット順に訪問していて、まだ最初の四分の一までしか来ていないことに、ニューランドは気がついた。

その日の午後に訪問を、というオレンスカ伯爵夫人の頼み――というより命令だった――をメイに話すつもりでいたが、二人だけでいられる時間は短く、そのこと以上に切実な話があった。それに、この件を持ち出すのは少し馬鹿げているようにも思えた。いとこに親切にしてほしいというのがメイの特別な希望であることは承知している。だからこそ婚約の発表を急いだのではなかったか。伯爵夫人の帰国がなかったら、自分は今も自由なまま、という言い方は当たらないとしても、少なくとも今ほどは縛られずにいただろうと思うと妙な感じがした。けれどもメイが望んだことだ、だから自分にはそれ以上の責任はないのだ、と感じ、したがってメイのいとこを訪問したければ、メイに断ることなく訪問してかまわないのだとニューランドは思った。

オレンスカ夫人宅の玄関口に立ったとき、心の最上位を占めていたのは好奇心だった。

夫人が自分を呼びつけたときの口調に当惑し、夫人は見かけほど単純な人ではないのだ、という結論に達していた。

ドアを開けたのは、外国人らしい浅黒い顔のメイドで、豊かな胸の上に派手なネッカチーフを着けている。シチリア人ではないかと、ニューランドは何となく考えた。メイドは白い歯を見せて笑いながらニューランドを迎え入れたが、質問には頭を横に振って、言葉が理解できないことを示し、狭い玄関から、暖炉に火が入っている、天井の低い客間へとニューランドを案内した。客間には誰もいなかった。そこに来客を一人残したままでしばらくいなくなったのは、女主人を捜しに行ったのだろうか、それとも自分が来た理由がわからず、時計のねじを巻きに来たとでも思ったのだろうか、とニューランドは考えた。部屋にある唯一の時計が止まっていたからである。南欧の人間が身振りで意思の疎通を図るのを知っていたニューランドは、メイドの微笑や肩をすくめる動作の意味が理解できないことを残念に思った。ようやくメイドがランプを手にして戻って来たので、ニューランドはダンテやペトラルカの本で覚えたイタリア語を駆使して、何とかメイドから「ラ・シニョーラ・エ・フユオリ、マ・ヴェッラ・スビト」という答えを引き出し、「奥様はお出かけですが、すぐにお戻りになります」という意味だと解釈した。

その間にランプの光で目にしたのは、それまで見たどんな部屋とも異なる、薄暗く陰りを帯びた魅力のある部屋だった。オレンスカ伯爵夫人が持ち物の一部――残骸の寄せ集め、と夫人は呼んでいたが――を持ち帰って来たことは聞いていた。華奢で小さい、濃い色の木製テーブル、マントルピースに置かれた、小さく優美なギリシアのブロンズ像、古い額縁に入った二枚のイタリア絵画が色あせた壁紙に飾られ、そこに鋲で留めた赤いダマスク織りの布などもまた、そうらしかった。

ニューランド・アーチャーはイタリア芸術については知識があると自負していた。少年時代はラスキンに夢中で、最新の本をすべて読んでいた。ジョン・アディントン・シモンズ[37]、ヴァーノン・リー[38]の「エウフォリオン」、P・G・ハマートン[39]のエッセイ、ウォルター・ペイター[40]の素晴らしい新刊『ルネサンス』などである。ボッティチェリ[41]を論じるのも容易なことだったし、フラ・アンジェリコ[42]について話すときには、軽んじる調子がかすかに混じった。けれども、ここにある絵は、ニューランドを困惑させた。イタリアを旅したときに見慣れた（つまり、見ることができた）絵とはまったく違っていた。ひょっとすると、明らかに誰も自分を待っていない、勝手の違う空っぽの家にいるという奇妙な状況のために、観察力が損なわれているのかもしれなかった。オレンスカ伯爵夫人の依頼のことをメイに告げなかったのを、ニューランドは悔やんだ。もしメイがいとこに会いに来たら、と思うと、少し心が乱れた。夕暮れ時に女性の家の炉辺に一人座って待っているという、親密さをほのめかすような状況の自分を見たら、メイはどう思うだろうか。

しかしながら、もう来てしまったのだから待とう、と心を決め、椅子に深々と座って、暖炉のほうへ脚を伸ばした。

あんなふうに自分を呼んでおいて、忘れるとは不思議だ――そう思ったが、好奇心が屈辱にまさった。部屋の雰囲気がそれまで経験したことのあるものとあまりに違うため、冒険心が自負心を消したのである。いわゆる「イタリア派」の絵画と赤いダマスク織りの掛かった客間なら前にも招かれたことがあったが、ここでニューランドが強い印象を受けたのは、いくつかの家具を上手に使ってちょっと手を加えたことで、わびしいシロガネヨシと量産品のロジャーズの小像くらいしかない、メドーラ・マンソンのみすぼらしい借家が、何か親密で「異国風」で、昔のロマンティックな出来事や情趣をかすかに呼び起こすような場所へと変貌を遂げていたことだった。ニューランドはその巧みな術を分析したいと思って、椅子やテーブルの配置に手がかりを求めてみた。また、すぐ脇にあるほっそりした花瓶に、一ダース以上まとめて買うのが普通である深紅のジャックミノー種のバラが二本だけ活けてあること、ハンカチにつける香水ではなく、どこか遠い異国の市場《バザール》を思わせる香り、トルココーヒーと竜涎香《りゅうぜんこう》とドライフラワーのバラを混ぜたような香りが漂っていることにも気づいた。

それからニューランドは、メイの客間がどんなふうになるだろうかということに思いを移していった。「大変気前よく」ふるまっているウェランド氏が、東三十九丁目に新しく建った家にすでに目をつけていることは知っていた。中心部から遠いと思われている場所だったし、ニューヨークを一様に覆う冷たいチョコレートソースのような褐色の家への反抗として若手の建築家たちが用い始めていた、感じの良くない色——緑がかった黄色の石造りだったが、配管設備は完璧に整っていた。ニューランドとしては、家の問題を先延ばしにして旅行に行きたかったが、ウェランド家では、ヨーロッパへの長い新婚旅行（ひょっとしたら冬のエジプト滞在まで）は認めてくれたものの、新婚の二人が帰国するときには絶対に家が必要だという点は譲らなかった。自分の将来は決められてしまった、とニューランドは感じた。これからの生涯、自分は毎夕、あの緑がかった黄色い石造りの家で、戸口の階段の、鋳鉄の手すりの間を上がって行き、ポンペイ風の玄関を抜けて、艶のある黄色の羽目板張りの廊下に向かうのだろう、と。だが、想像はその先には行かなかった。二階の客間に張り出し窓《ベイウィンドー》があるのは知っていたが、メイがそれをどう使うかはわからなかった。ウェランド家の客間の紫色のサテン、黄色の房飾り、象嵌細工風のテーブル、当今のザクセン磁器がたくさん飾ってある金色のガラス戸棚などを好んで受け入れていたメイのことだから、自分の家には異なるものを求めるだろうと考える理由は思いつかなかった。ニューランドの唯一の慰めは、メイも書斎だけは好きなように整えさせてくれるだろうという期待だった。そうしたら、もちろん本物のイーストレイク(43)の家具、そしてガラス扉のない、すっきりした新しい本棚を入れることにしよう。

豊かな胸をしたメイドが入って来てカーテンを閉め、暖炉の薪を整えて、「もうすぐ《ヴェッラ》、お戻りです《ヴェッラ》」と慰めるように言った。そして出て行ってしまったので、ニューランドは立ち上がり、部屋の中を歩き回った。これ以上まだ待つべきだろうか。何だか馬鹿げた具合になって来たようだ。ひょっとしたら、オレンスカ夫人の言葉を誤解したのかも――結局、招かれたわけではなかったのかもしれない。

丸石を敷きつめた静かな通りを、前足を高く上げて進む馬のひづめの音が聞こえてきた。家の前で止まり、馬車の扉の開く音がする。ニューランドはカーテンを少し開けて、暮れかかる外の通りをのぞいてみた。向かい側に街灯があり、その光の中に大型の葦毛馬に引かせた、銀行家ジュリアス・ボーフォートの英国製小型四輪馬車が見えた。ボーフォートが馬車から降り、オレンスカ夫人に手を貸している。

帽子を手にして立つボーフォートが何か話しかけ、夫人はそれを断る様子だった。それから握手を交わすと、ボーフォートは馬車に飛び乗り、夫人は階段を上った。

客間に入って来て、そこにニューランドがいるのを見ても、夫人はまったく驚く様子を見せなかった。夫人にとって、驚くという感情は最もそぐわないもののようだった。

「このおかしな家を、どうお思いですか？」と夫人は訊ねた。「わたくしには天国のようですのよ」

そう言いながら、夫人はベルベットのボンネットの紐をほどき、長い外套とともに軽く放り出すと、物思いにふけるような目でニューランドを見つめた。

「素晴らしく整えられましたね」そう答えながらニューランドは、自分の言葉の平凡さを意識していた。単純で印象的なことを言いたいと望んだ結果、紋切り型に陥ったのだ。

「つつましい、狭いところです。親戚は見下していますわ。でもとにかく、ヴァン・デル・ライデン家ほど陰気ではありませんから」

ニューランドはこれを聞いて、電流に打たれたような衝撃を受けた。ヴァン・デル・ライデン家の堂々たる屋敷を陰気だと呼ぶほどの反抗心のある者など、まずいなかったからである。足を踏み入れる特権を得た人は身を震わせて、「立派な」お屋敷だと言うのだ。けれどもニューランドは突然、人々の震えを夫人がそう表現したことを嬉しく思った。

「素晴らしいです――ここであなたがなさったことは」ニューランドは、さきほどの言葉を繰り返した。

「わたくし、この小さな家が好きです。でも好きなのは、ここ、つまり自分の故国、自分の街にいることの幸せ、そして一人でいることの幸せなのだと思います」そう語る夫人の声はとても低かったので、最後の部分はほとんど聞き取れなかったが、気まずさを感じたニューランドは耳に入った語をとりあげた。

「一人でいることが、そんなにお好きですか？」

「ええ、寂しくないようにお友達が助けてくださる限りは」夫人は暖炉のそばに座った。「すぐにナスタシアがお茶を持って参ります」そう言ってニューランドに、肘掛け椅子に戻るよう身振りですすめた。「お気に入りの場所を、もうお決めになったようですね」

夫人は椅子の背に寄りかかって、頭の後ろで両手を組み合わせ、目を伏せて火を見つめた。

「この時間が一番好きです。あなたはいかが？」

威厳を保ちたいという当然の気持ちから、ニューランドは答えて言った。「時間をお忘れかと思っていました。ボーフォートがさぞかし魅力的だったに違いありませんね」

夫人はこれを聞いて面白がっているように見えた。「まあ、長いことお待ちになりましたの？　ボーフォートさんはあちこちの家を見に連れて行ってくださったのです。というのも、わたくし、この家に住んでいてはいけないみたいなので」ボーフォートのこともニューランドのことも忘れたかのように、夫人は続けた。「「おかしな地区《カルティエ・エクサントリック》」に住んではいけない、などと、これほどまで口を揃えて言われるような街は、今まで知りません。どこに住もうとかまわないではありませんか？　このあたりはちゃんとしたところだと聞いていますが」

「上流の地区ではないのです」

「上流？　そんなことを、皆さんは大事に思われるのですか？　自分なりの流儀を創り出そうとなさればいいのに。でも、これまでわたくしは、あまりに自由に生きてきたのでしょう。ともかく、わたくしは皆さんのなさることをしたい、心にかけていただき、安心していたいのです」

前の晩に、導きが必要だと言われたときと同様、ニューランドは心を動かされた。

「お友達は皆、あなたにそう感じていただきたいと思っています。ニューヨークはとても安全な街ですからね」わずかに皮肉をこめて、ニューランドはそう言った。

しかし夫人はそれに気づかなかったらしく、「ほんとうにそうですわね。そう感じます」と語気を強めて答えた。「ここにいるのは――ええと、そうですね、ずっと良い子にしていて、お勉強も全部済ませた後の、楽しい休暇のようなものです」

夫人のたとえに悪気はなかったのだが、ニューランドにはあまり気に入らなかった。ニューヨークについて、自分が冗談めかして言うのは平気でも、同じ調子で他人が話すのを聞かされるのは嫌だったのだ。ニューヨークという強大な機関車に、もう少しで押しつぶされるところだったのを、この人は気づいてもいないのだろうか、と考えた。危機一髪で難を逃れたことを、ラヴェル・ミンゴット家での晩餐会で――社交界の適当な寄せ集めの、急ごしらえの晩餐会で思い知るべきだったのだ。夫人がずっと気づいていなかったのか、あるいはヴァン・デル・ライデン家の宵での成功によって忘れてしまったのか――ニューランドは前者に傾いていた。ニューヨークが大切にする微妙な差異を、夫人はまだまったく見分けられないのだと考えて、いら立ちを感じた。

「昨晩、ニューヨークはあなたのために最善を尽くしました。ヴァン・デル・ライデン夫妻は、何事も完璧に成し遂げる人たちですからね」

「ええ、ほんとうにご親切な方たちですわ！　素晴らしいパーティーでした。どなたもご夫妻に敬意を払っていらっしゃるようにお見受けしました」

こんな言い方ではとても足りないじゃないか。老ランニング嬢のお茶会についてなら、このくらいで良かったかもしれないが――。

そんな思いもあって、尊大に聞こえるだろうと感じながらもニューランドは言った。

「ヴァン・デル・ライデン夫妻には、ニューヨーク社交界で一番大きな影響力がおありです。残念ながら奥様の健康が許さないため、めったにお客を招かれませんが」

すると夫人は頭の後ろで組んでいた両手をほどいて、考え込みながらニューランドを見た。

「ひょっとしたら、それが理由なのでは?」

「理由?」

「大きな影響力の、です。ごくまれにしかお客に会われないということが」

ニューランドは少し赤くなって相手を見つめた。夫人の言葉の鋭さを、突然悟ったのだ。夫人はヴァン・デル・ライデン夫妻を一撃で刺し、夫妻はくずおれた。ニューランドは笑って、夫妻を生け贄にした。

ナスタシアがお茶を運んできた。取っ手のない日本式のカップと蓋つきの皿を載せた盆を、低いテーブルに置いた。

「でも、そういったことを説明してくださいね。わたくしの知っておくべきこと、すべてを教えてくださらなくては」オレンスカ夫人は、カップを手渡すためにニューランドのほうに身を乗り出しながら、続けてそう言った。

「教えてくださっているのは、あなたのほうです。長いこと見続けてきたせいで僕には見えなくなっていた事柄に、目を開かせてくださっています」

夫人は小さな金のシガレットケースを大きな腕輪の一つからはずし、ニューランドに差し出してから、自分も煙草を一本取り出した。暖炉には点火用の長いつけ木も置かれていた。

「ああ、それならわたくしたち、お互いに助け合えるんですね。でも、わたくしのほうがずっとたくさんの助けを必要としています。何をすべきか、ちゃんと教えてくださいね」

ニューランドはもう少しで、「ボーフォートと一緒に街で馬車に乗っているところを、人に見られないように」と答えるところだった。しかし、その部屋の雰囲気、言い換えれば夫人の雰囲気にすっかり引きこまれていたニューランドには、そんな忠告はまるで、サマルカンドで薔薇香油の取引をする人に向かって、ニューヨークの冬に備えて防寒防水のオーバーシューズが必要ですよ、と言うのと同じようなものだと感じられた。ニューヨークはサマルカンドよりずっと遠くに思われ、もしほんとうにこれから二人が助け合うことになるのなら、ニューランドに故郷ニューヨークを客観的に見させたことによって、夫人は、お互いに成すべき貢献の最初のものを果たしたと言えたかもしれない。まるで望遠鏡を反対側から覗くように、ニューヨークは驚くほど小さく遠くに見えたが、サマルカンドから見るならそれもそうだろう。

薪から炎が上がった。夫人が火のほうにかがみ、ほっそりした両手を伸ばして火に近々とかざしたので、淡い光が後光のように卵形の爪の周りを照らした。編んだ髪からほつれた黒い巻き毛が光で赤みを帯び、白い顔がそのためさらに青白く見えた。

「何をすべきか、あなたに教える人はたくさんいます」とニューランドは、その人たちに何となく羨ましさを感じながら答えた。

「ああ、おばたちですか？　それから、おばあ様ね？」夫人はこのことを、偏見にとらわれずに考えようとしていた。「わたくしが自立して暮らしたいと希望しているので、皆さんは少々怒っていらっしゃるのです――特におばあ様がね。わたくしを手元におきたいと思っていらしたものですから。けれども、わたくしは縛られずにいたかったんです」あの手ごわいキャサリン・ミンゴットのことをこんなに気軽に話すのを聞いて、ニューランドは強い印象を受けた。そしてオレンスカ夫人が、たとえどれほど寂しいものであったとしても、自由を切望する理由を思うと胸を打たれた。だが、ボーフォートのことが頭を悩ませた。

「お気持ちはわかります。でも、きっと身内の方々が、助言したり説明したりして、道をお教えするでしょう」

夫人は細く黒い眉を上げた。「ニューヨークはそんなに迷路のようなところなのでしょうか？　道はどこもまっすぐだと思っていました――五番街のように。交差する通りのすべてに番号がふってあって」自分のこの言葉に対するニューランドのかすかな非難を感じたのか、夫人は顔全体を魅力的にする効果のある、素晴らしい微笑を浮かべてつけ加えた。「まさにその理由でニューヨークが好きなのです！　一直線で、すべてにちゃんとラベルが貼ってあるんですもの」

ニューランドは、今こそチャンスだと思った。「すべての物にラベルを貼ることはできますが、人にはそうはいきません」

「そうかもしれませんね。わたくしは単純化しすぎるのかもしれません。そんなときには注意してくださいね」夫人は、暖炉の火からニューランドへと視線を移した。「わたくしの言いたいことをわかってくださり、いろいろなことを説明していただけると思える方は、ここには二人だけしかいらっしゃいません――あなたとボーフォートさんです」

ニューランドは、自分の名前とボーフォートの名前が一緒に言われたことにたじろいだが、すぐに気を取り直した。理解できたし、同情せざるを得なかった。これまで邪悪な力のそばで生きてきたために、今もそのような環境のほうが自由に呼吸できるのに違いない。しかし、自分も夫人を理解している人間だと思われているのだから、外面とは違うボーフォートの真の姿を夫人に知らせ、忌み嫌うようにするのが務めだろう、とニューランドは思い、優しく答えた。

「わかります。でもともかく最初は、年配のお友達の手を離してはいけません。年上の女性たち——ミンゴットおばあ様、ウェランド夫人、ヴァン・デル・ライデン夫人などですよ。みんな、あなたに好意を持ち、称賛し、お助けしたいと思っています」

夫人は首を横に振り、ため息をついた。「ええ、ええ、わかっていますとも。でもそれは、不愉快なことをお耳に入れないという条件つき——ウェランドおば様がその通りに、はっきりとおっしゃいましたもの、わたくしがしようとしたのはただ……。ここでは真実を知りたい人は誰もいないのでしょうか、アーチャーさん。ご親切ではあっても、ほんとうのわたくしとは違う姿を装うことばかり求める方々の中で暮らすのこそ、真の孤独です」夫人は両手で顔を覆った。ほっそりした両肩がすすり泣きで震えるのが見えた。

「オレンスカ夫人！　ああ、どうか泣かないで、エレン」そう声を上げながら、ニューランドは思わず立ち上がり、夫人のほうに身をかがめた。そしてその片手を引き寄せると、慰めの言葉をつぶやきながら、小さな子供にするように、握った手をさすった。だが、すぐに夫人は手を振りほどき、濡れたまつ毛でニューランドを見上げた。

「ここでは泣く人も誰もいないのですか？　天国では泣く必要などないのでしょうね」夫人は笑って、ゆるんだ髪を直しながらそう言うと、湯沸かしの上に身をかがめた。ニューランドは、自分が夫人のことをエレンと——それも二度も呼び、相手がそれに気づかなかったことを強く意識した。逆さ向きの望遠鏡の遥かな先に、白い服のメイ・ウェランドの姿がかすかに見えた——ニューヨークにいるメイ。

突然、ナスタシアがドアから顔をのぞかせ、豊かに響くイタリア語で何か告げた。オレンスカ夫人は再び髪に手をあて、大きな声で承認の言葉——閃光のような「ジャ、ジャ」という音声——を発した。するとそこに、セント・オーストリー公爵が、黒いかつらと赤い羽毛の飾りを着け、たっぷりした毛皮にくるまれた、一人の大柄な女性を案内して入って来た。

「伯爵夫人、お引き合わせしたい、古い友人を連れて来ました。こちら、ストラザーズ夫人。昨夜のパーティーには招かれませんでしたが、あなたにお会いしたいとのことで」

公爵はそう言って一同に微笑みかけ、オレンスカ夫人は歓迎の言葉をつぶやきながら、奇妙な組み合わせの来客のほうに進み出た。この二人がどんなに変わった組み合わせか、また公爵がこの人を連れて来るのがどれほど失礼か、夫人はまったく気づいていないように思われた。公爵に斟酌を加えるとすれば、ニューランドの見る限り、本人もそのことには気がついていないように見える点だった。

「もちろん、あなたとお知り合いになりたいんですのよ」大胆な羽根飾りと派手なかつらに似つかわしい、臆面もなくよく響く大声で、ストラザーズ夫人は言った。「若くて魅力的で興味深い人なら、どなたでも。音楽がお好きだと公爵が教えてくださいました――公爵、そうでしたわね？　公爵も確かピアノをお弾きになるんでしたわよね？　でしたら、明日の晩、あたくしの家でサラサーテ(44)が演奏するのをお聞きになりたいでしょう？　うちでは日曜の晩には、きっと何か計画するんですの。日曜日はニューヨーク中が退屈する日ですからね。「うちにいらして楽しんでくださいな」って、あたくし、お勧めするんです。サラサーテならその気になってくださるでしょう、というのが公爵のお考え。お友達もたくさん見えますしね」

オレンスカ夫人は、喜びで顔を輝かせた。「なんてご親切なこと！　わたくしのことを考えてくださるなんて、公爵はなんて良い方なのでしょう！」夫人がお茶のテーブルのほうへ椅子を一脚押しやると、ストラザーズ夫人は楽しげな様子でその椅子に腰を下ろした。「もちろん、大喜びで伺います」

「結構ですわ。そして、こちらの紳士もお連れになってね」ストラザーズ夫人は打ち解けた様子でニューランドに手を差し出した。「お名前をはっきり思い出せないのですけれど、お会いしたことがあると思います。ここか、パリか、ロンドンかで、あたくしは皆さんとお会いしているんですよ。外交官でいらっしゃるのでは？ 外交官はどなたもうちにいらっしゃるんです。あなたも音楽がお好きでしょう？ きっとこちらもお連れしてくださいね、公爵」

「もちろんですとも」公爵は顎鬚の奥から答えた。そこでニューランドは、堅苦しいお辞儀をして退出したが、無頓着で注意力のない大人に囲まれた、内気な少年のように感じていた。

ニューランドとしては、この訪問の結末を残念に思ってはいなかったが、ただもう少し早く引きあげていれば、無駄な感情を持たずにすんだのに、と考えた。冬らしい夜気の戸外に出ると、ニューヨークは再び広大で緊迫感のある世界となり、そこで一番美しいのはメイ・ウェランドだった。ニューランドはいつもの花屋に向かった。毎日メイに贈る箱入りのスズランのことを、その朝は忘れていたのを思い出し、注文しなくてはと思ったのである。

名刺に一言書き添え、封筒を待つ間、緑でいっぱいの店内を見回していたニューランドの目は、黄色のバラの一角で止まった。太陽のようなこんな金色は見たことがない、と思い、このバラをスズランの代わりにメイに送ろうかと最初、衝動的に思ったほどだった。けれどもその燃え立つような美しさには、どこかあまりに豊潤で強すぎるところがあって、メイにはそぐわなかった。ニューランドは突然気が変わり、何をしているのか自分でもほとんどわからないままに、別の箱にバラを入れるよう花屋に指示した。そして二つ目の封筒に名刺を入れると、封筒の表にオレンスカ夫人の名前を書いたが、向きを変えた瞬間にまた名刺を取り出し、空《から》の封筒だけを箱の上に置いた。

「すぐに届けてくれますか?」ニューランドはバラを指さして訊ねた。

すぐお届けします、と花屋は請け合った。

第十章

その翌日の昼食後、ニューランドはメイを説き伏せて、公園への散歩に連れ出すことに成功した。監督派教会に属する、ニューヨークの古風な人々の慣習で、毎週日曜日の午後、メイは両親とともに教会へ行くことになっていたが、この日ウェランド夫人は、娘のずる休みを大目に見てくれた。というのも、婚礼支度として何ダースもの手刺繡入りの品々を揃えるためには長い婚約期間が必要であるということを、その日の午前中、娘に納得させたからだ。

気持ちの良い日だった。園内の遊歩道《プロムナード》沿いの葉を落とした木々は、砕けた水晶のように輝く雪の上にアーチを描き、枝が作る丸天井の上には、ラピスラズリのような青い空が広がっていた。この晴天はメイの輝きを引き立て、メイは霜を結ぶほどの寒気の中でカエデの若木のように光り輝いていた。メイに向けられる視線をニューランドは誇らしく感じ、所有者としての素朴な喜びが、心の底にあった困惑を消し去ってくれた。

「お部屋のスズランの香りで毎朝目覚めるのは、ほんとうに素敵です」とメイは言った。

「昨日は届くのが遅かったでしょう。午前中、時間がなかったものですから」

「でも、あなたが毎日贈るのを思い出してくださることで、お花がいっそう嬉しいものになっていますわ――自動的に届くような手配の仕方で、音楽の先生が来るみたいに毎朝決まった時刻に届くよりもずっと。例えばガートルード・レファーツがローレンスと婚約したときにはそうだったと聞きますのよ」

「ああ、レファーツたちなら、きっとそうだろうな」ニューランドは、メイの鋭さがおかしくて笑った。横目で見るとメイの頬は果実のようで、安心して豊かな気持ちになったニューランドはつけ加えた。「昨日の午後、スズランを送ったときに見事な黄色のバラを見かけたので、それをオレンスカ夫人に送りました。良かったでしょうか?」

「あなたって、なんて親切なんでしょう! エレンはそういうことを喜ぶ人なんですよ。でも、そのことをおっしゃらなかったのは不思議ね。今日わたしたちがお昼をご一緒したとき、ボーフォートさんから素晴らしいランの花をいただいたことや、ヴァン・デル・ライデンおじ様からスキタクリフのカーネーションを籠いっぱいいただいたことなどを話してくれたのに。お花を受け取って、とても驚いていたみたい。ヨーロッパではお花を贈ったりしないのかしら。素敵な習慣だと思っている様子でした」

「ああ、そうか、僕のはボーフォートの花のせいで影が薄くなったわけだな」ニューランドはいら立ちを含んでそう言った。そして、バラの箱に名刺を添えなかったのを思い出し、この話を持ち出した自分を腹立たしく思った。「昨日、あなたのいとこを訪問しました」と言いたかったが、ためらった。もしオレンスカ夫人本人がそのことを言わなかったのであれば、自分が言うのもおかしいかもしれないと感じたからだ。だが、話さないとすればこの件は秘密めいたものになり、それは好むところではなかった。この問題を遠ざけるためにニューランドは、自分たち二人の計画や将来について、またウェランド夫人が長い婚約期間を主張していることなどについて話し始めた。

「長い、ですって？　でも、イザベル・チヴァーズとレジーの婚約は二年間、グレースとソーレイは一年半ほどでしたのよ。わたしたち、今のままでどうしていけないんでしょう？」

メイの質問は若い娘なら決まって言うであろう言葉なのに、それを非常に子供っぽいと感じたことをニューランドは恥じた。メイが人から言われたことを繰り返しているに過ぎないのは間違いなかった。しかし、メイはもうすぐ二十二歳になる。「育ちのよい」女性は何歳になったら自分の考えを言えるようになるのだろう、とニューランドは考えた。

「我々男性がそうさせてやらない限り、絶対にそんなことは実現しないだろう」と思い、自分がシラトン・ジャクソン氏に向かって「女性は自由であるべきです――我々男性と同じように」と無我夢中で口走ったことを思い出した。

ここにいる若い娘メイの目から目隠しを外し、世界を見渡すように命じるのが、やがて自分の務めとなるだろう、だが、これまで何世代の女性たちが目隠しをされたままで一族の墓所に降りて行ったことだろうか――ニューランドがそう考えながら、思い出してわずかに身震いしたのは、科学の本に書かれていた新しい知識、そして例としてよく引かれる、ケンタッキーの洞窟魚――目を使わないために目の進化が止まったという洞窟魚のことだった。いつか自分がメイに目を開けるように言ったとき、もしその目がただ虚ろに虚空を眺めるだけだったら……？

「僕たちはずっと順調にやっていけるだろうと思いますよ。いつも一緒だし、旅行もできます」

メイは顔を輝かせ、「そうなったら素敵ね」と同意した――旅行なら、ぜひ行きたいわ！　でもほかの人と違うことをしたがるわたしたちを、母は理解しないでしょうね、と言うのだった。

「人と違うというだけで反対されるんですよ！」とニューランドは断言した。

「ニューランド！　あなたってほんとうに独創的ね！」メイは大喜びでそう言った。

ニューランドの心は沈んだ。自分と同じ立場の青年なら言うであろうと思われていることを言ったに過ぎないし、メイは慣習と直覚に教えられた通りに――自分が独創的だという点まで含めて――答えたにすぎないということがわかっていたからである。

「独創的！　折りたたんだ紙から切り抜いた人形のように、壁に型紙で刷り出した模様みたいに、僕たちはみな同じなんです。メイ、あなたと僕とで、自分たちのやり方を始めることはできないでしょうか？」

ニューランドは話に興奮して言葉を切り、正面からメイと向き合った。メイは曇りのない、明るい称賛をこめて、ニューランドを見つめた。

「まあ、わたしたち、駆け落ちしましょうか」メイはそう言って笑った。

「あなたが望むなら――」

「わたしをほんとうに愛してくださるのね、ニューランド！　幸せだわ」

「ではなぜ、もっと幸せになってはいけないのですか？」

「だって、小説に出て来る人物のようなふるまいはできないでしょう？」

「なぜです？　なぜできないんですか？」

ニューランドの固執ぶりに、メイは少々うんざりしているように見えた。できないことはよくわかっていたが、その理由を述べるのは厄介だった。「わたし、あなたと議論ができるほど賢くありませんわ。でもそういうことって、品のないことではないかしら？」この話題を終えるための確実な言葉がうまく見つかったことにほっとして、メイはそう言ってみた。

「ではあなたは、品のないことを、それほど恐れているのですか？」

そう言われて、メイは明らかにたじろいだ。「もちろん、いやです。あなただって同じでしょう」メイの答えにはかすかないら立ちが含まれていた。

ニューランドは何も言わずに立ったまま、神経質に靴のつま先をステッキで打った。議論を終わらせるのに、まさにぴったりの方法を見つけたと感じて、メイは快活に続けた。「そうだわ、エレンに指輪を見せたこと、お話ししたかしら？　こんなに素晴らしい細工の台は見たことがない、パリのラ・ペ通り(45)にもこれほどのものはありませんよ、ですって。ニューランド、審美眼のあるあなたが大好きです！」

翌日の午後、ニューランドが夕食前の煙草を書斎で不機嫌そうに吸っているところに、ジェイニーがぶらりと入って来た。ニューランドは、ニューヨークの同じ富裕層の青年たちと同様の悠長なやり方で、法律の仕事をしていたが、その日はオフィスからの帰りにクラブに寄らなかった。元気をなくし、いくらか腹を立てていて、同じ時間に同じことをする毎日への不快感が頭にとりついて離れなかった。

「単調だ、あまりに単調だ」ニューランドはつぶやいた。板ガラスの向こう側にいる、見慣れたシルクハットの人影を眺めていると、その言葉が頭の中を、執拗につきまとう調べのように駆け巡った。いつもならクラブに寄る時間だったが、寄らずにまっすぐ帰宅したのだった。クラブの連中が何を話題にするかわかっていただけでなく、それぞれがどんな役割を果たすかも見当がついた。公爵が第一の話題であるのはもちろんだが、それに加えて、二頭の黒馬に引かせた、カナリア色の小型四輪馬車(ボーフォートの管理下にある乗り物と一般に思われていた)に乗った金髪の女性が五番街に現れた件も徹底的に論じられるだろう。このような「女たち」(そう呼ばれていた)はニューヨークにはごくまれで、自分の馬車を乗り回す者はさらに少なかった。社交の時間にファニー・リング嬢が五番街に出現したというニュースは社交界を大いに動揺させた。その前日にも、リング嬢の馬車はラヴェル・ミンゴット夫人の馬車とすれ違い、ミンゴット夫人はそのときすぐに手元の小さなベルを鳴らして、家に戻るように馭者に命じたという。

「これがもしヴァン・デル・ライデン夫人だったら、いったいどうなっていたことか」

と人々は身震いしながら言い合った。ニューランドの耳にはこの瞬間にも、社交界の崩壊を述べ立てるローレンス・レファーツの声が聞こえるようだった。

　姉のジェイニーが部屋に入って来たとき、ニューランドはいら立たしげに顔を上げたが、すぐに姉を見なかったようなふりをして、本（それは出版されたばかりの、スウィンバーン[46]『チェイストラード』だった）の上に身をかがめた。ジェイニーは本が山積みの書き物机をちらっと見て、『風流滑稽譚』[47]を開き、古風なフランス語に顔をしかめながらため息をついて言った。「なんて難しそうな本を読んでいるんでしょう！」

「ところで、何の用ですか？」トロイの預言者カッサンドラのように周りをうろうろする姉に向かって、ニューランドは訊ねた。

「お母様がとてもお怒りよ」

「お怒り？　誰に？　何のことで？」

「ソフィー・ジャクソン嬢がいらしていたの。夕食後に兄がこちらに参りますので、って伝えに。お兄様の命令で、あまりお話しされなかったわ。詳しいことはご自分から話すおつもりなのでしょうね。そのお兄様はいま、いとこのルイザ・ヴァン・デル・ライデンのところよ」

「姉さん、お願いだから最初からちゃんと話してよ。いったい何の話か、全知全能の神様でなきゃ理解できないよ」

「神様を冒瀆しているの場合じゃないわよ、ニューランド。あなたが教会に行かないことからして、お母様はよく思っていないんだから」

ニューランドはうめき、再び本に戻って行った。

「ニューランド！　聞いてちょうだい。あなたのお友達のオレンスカ夫人が昨夜、レミュエル・ストラザーズ夫人のパーティーに出ていたの。一緒に行ったのは、公爵とボーフォートさん」

この最後の言葉を聞いた途端に、ニューランドの胸は意味のない怒りでいっぱいになった。それをもみ消そうとして、ニューランドは笑い声を立てて言った。「で、それが何だっていうんです？　あの人がそうするつもりだということは、知っていましたよ」

ジェイニーは青ざめ、両眼が飛び出しそうになった。「そのつもりだと知っていた？　それであなたは止めようとしなかったの？　忠告しようとも？」

「止める？　忠告する？」ニューランドは再び笑って、「僕はオレンスカ伯爵夫人と婚約しているわけじゃないんだから」と言ったが、その言葉は自分自身の耳にも異様なものに聞こえた。

「でも、あの人の家族と姻戚関係になるわけでしょう」

「家族、家族か」ニューランドは嘲るように言った。

「ニューランド、あなたは家族のことを考えないの？」

「全然、これっぽっちも」

「ヴァン・デル・ライデン夫人がどう思われるかということも？」

「ちっとも――もしそんなオールド・ミスみたいなくだらないことを考えるのならね」

「お母様はオールド・ミスじゃないわ」未婚の姉は唇をゆがめて、そう言った。

ニューランドは怒鳴り返したかった。「いいや、オールド・ミスだとも。ヴァン・デル・ライデン夫妻だってそうだし、僕たちはみんなそうなる。現実という翼の先でさっと触れられる段になるとね」けれども、悲しげで優しい姉の顔が泣き出しそうにゆがむのを見て、無用な苦痛を与えている自分を恥ずかしく思った。

「オレンスカ伯爵夫人なんか、くたばってしまえばいい！　ジェイニー、馬鹿なことは言わないでほしいな。僕はあの人の見張りじゃないんだからね」

「ええ、その通りね。でもあなたは、わたしたちが皆で夫人を支えていくために、ウェランド夫妻を説得して婚約発表を早めたわけでしょう。そんなことがなければ、公爵のための晩餐会にルイザがオレンスカ夫人を招くことは絶対になかったわ」

「でもそれなら――夫人を招いてどんな不都合があった？　夫人は部屋中で一番美し

かったし、ヴァン・デル・ライデン家の晩餐会にはお決まりの葬式みたいな暗さが、おかげでいくらかましになったよ」

「ヘンリーはあなたを喜ばせようと思って、あの人を招いたんだわ——ルイザを説得して。今ではお二人とも心乱れて、明日にでもスキタクリフに戻られる予定よ。ニューランド、下へ行って。お母様のお気持ちが、あなたにはわかっていないようね」

母は客間で針仕事をしていた。顔を上げると、心配そうな表情で訊ねた。「ジェイニーから話を聞いた?」

「ええ」ニューランドは母と同じように控えめな口調で話そうと努めた。「でも僕には、それほど深刻な問題とは思えません」

「ルイザとヘンリーの心を傷つけたという事実についても?」

「品がないとお二人が見なしている家にオレンスカ伯爵夫人が行ったというくらいの些細なことで、お心が傷ついたという事実であれば——ええ、深刻ではありません」

「見なしている、とは!」

「ああ、実際にそういう家です。でもその家には良い音楽が用意され、ニューヨークが無気力で死にそうな日曜の晩に、皆を楽しませてくれるのです」

「良い音楽? わたしが聞いたところでは、一人の女がテーブルに上がって歌ったそうよ、パリの人気店で歌うような歌を。喫煙も許されるし、シャンパンも出たそうだし」

「よその街ではやっていることです。それでも世界は続いていくんです」

「まさか、フランス風の日曜日を、本気で弁護しようというのではないでしょうね」

「お母さん、ロンドンにいた頃、イギリス風の日曜日についてよく不満をおっしゃるのを、僕は聞きましたよ」

「ニューヨークは、パリでもロンドンでもありません」

「それはもちろんです」ニューランドはうめくようにつぶやいた。

「ニューヨークの社交界はパリやロンドンほど華やかでないと言いたいのかしら。たしかにそうかもしれないわね。でも、わたしたちはここに属しているのだし、ここに来た人たちはわたしたちの流儀を尊重すべきです。エレン・オレンスカは特にね。華やかな社交界での暮らしを逃れて、ここに戻って来たんですから」

ニューランドは何も言わなかった。少ししてアーチャー夫人は、思いきった様子で言い出した。「わたしはね、ボンネットを着けて、あなたに頼もうとしていたところだったんですよ、夕食前にちょっとルイザに会いに連れて行ってちょうだい、とね」ニューランドはこれを聞いて眉をひそめたが、母の話は続いた。「きっとあなたなら、今言ったようなことをルイザに説明できると思ったの——外国の社交界はこことは違う、人々はここほど難しいことを言わない、そしてオレンスカ夫人は、こういった事情に関してわたしたちがどう感じているか、わかっていないかもしれない、などということを。そして、ほら」母は何気ない巧妙さで言った。「もしそうしてくれれば、オレンスカ夫人のためにもなるでしょうからね」

「お言葉ですが、お母さん、どうして我々がその件に関わらなくてはいけないんでしょうか。公爵がオレンスカ夫人をストラザーズ夫人のところに連れて行ったんです。そもそも、公爵がストラザーズ夫人をオレンスカ夫人訪問に伴ったんですよ。二人が来たとき、その場に僕もいました。ヴァン・デル・ライデン夫妻が誰かと争うのであれば、相手は自分の屋敷に滞在中ですよ」

「争うですって？　ニューランド、あなたはこれまでヘンリーが争ったなんていう話を聞いたことがありますか？　それに公爵はヘンリーのお客様で、よその人ですもの、微妙な区別は当然できないでしょう？　でもオレンスカ夫人はニューヨークの人なんですから、ニューヨークの感情を尊重すべきです」

「そうですか、ではもし生け贄が必要なら、オレンスカ夫人を投げ与えるがいいでしょう、僕が許可します」ニューランドは怒りを覚えて、思わず強い口調で言った。「夫人の罪を償うために、僕やお母さんが身を捧げる必要なんかないでしょう」

「まあ、あなたはミンゴット家の側しか見ないということね」そう言う神経質な口調は、アーチャー夫人としては怒りに最も近いものだった。

憂鬱な顔つきの執事が仕切りカーテンを開いて、「ヘンリー・ヴァン・デル・ライデン様がお見えです」と告げた。

アーチャー夫人は針を取り落とし、動揺の表れた手で自分の椅子を後ろに引いた。

「もう一つランプを」夫人は引き下がろうとする召使にそう呼びかけた。ジェイニーは身をかがめて、母の室内帽子を直した。

ヴァン・デル・ライデン氏の姿が入り口に現れると、ニューランドは進み出て客人を迎えた。

「ちょうどいま、お噂をしていたところです」

ヴァン・デル・ライデン氏は、そう言われて当惑しているようだった。二人の女性と握手するために手袋をとり、おずおずとシルクハットを撫でていた。ジェイニーは肘掛け椅子を一脚、前に押しやり、ニューランドは「そしてオレンスカ伯爵夫人のこともです」とつけ加えた。

アーチャー夫人は青ざめた。

「ああ、魅力的な方ですな。いまお会いしてきたところですよ」ヴァン・デル・ライデン氏は満足げな表情を取り戻してそう言うと、椅子に深々と座り、古風なやり方に従って帽子と手袋を傍らの床に置いた。そして言葉を続けた。「花を生けるほんとうの才能の持ち主です。スキタクリフからカーネーションをお送りしたんですが、いや、びっくりしました。庭師がするような、大きな束にまとめて挿す飾り方ではなく、あちらこちらに分散して挿してあって——うまく説明できないのですがね。公爵に言われたんです、「あの人が客間をどんなにうまく整えたか見に行ってごらんなさい」とね。で、その通りでした。あの界隈があんなに不快でなければ、ルイザを連れて行きたいところですよ、ほんとうに」

ヴァン・デル・ライデン氏の、いつにない長広舌に、客間は静まり返った。アーチャー夫人は、先刻緊張のあまりあわてて籠に放り込んだ刺繡を取り出した。ニューランドは暖炉に寄りかかりながら、ハチドリの羽根でできた暖炉前の衝立を片手でいじっていたが、ちょうど運ばれてきた二つ目のランプの光によって、驚きで目を見張るジェイニーの表情が目に入った。

「実はですな」ヴァン・デル・ライデン氏は、大地主らしい印章つきの大きな指輪が重そうな、血の気のない手で、長い脚を灰色のズボンの上から撫でながら話を続けた。

「実はわたしは、贈った花のお礼にオレンスカ夫人が書いてくれた、可愛らしい手紙にお礼を言いたくて立ち寄ったのです。あと一つは――これはもちろん、ここだけの話なのですが――公爵に連れられてパーティーに行くことについて、友人として忠告を申すためにです。お聞き及びかどうか――」

アーチャー夫人は鷹揚な微笑みを浮かべながら言った。「公爵があの人をパーティーへお連れになっていらしたのですか？」

「イギリス貴族たちがどんなものか、ご存じでしょう。皆同じです。ルイザとわたしは公爵が大好きですが、ヨーロッパの宮廷に慣れ親しんでいる人たちに向かって、我々共和国のささやかな特異性を考えてくれと言っても無理な話です。公爵は、楽しいところなら出かけていきますから」ヴァン・デル・ライデン氏がここで言葉を切っても、発言する者はいなかった。「それで昨晩、公爵はオレンスカ夫人をストラザーズ夫人のところにお連れしたようです。シラトン・ジャクソンがうちに来て、それに関して馬鹿げたことを言ったので、ルイザはちょっと気を揉んでおりました。こうなったら直接オレンスカ伯爵夫人のところに行って、説明するのが一番の早道だと、わたしは考えました。ある種のことに関してニューヨークではどう感じるか、それとなく、ね。無作法にならずにお話しできるのではないかと思っていましたよ。我が家の夕食にいらしたとき、いろいろ教えてもらえれば嬉しいという意味のことをおっしゃっていましたので。そして実際、喜んでいただけました」

ヴァン・デル・ライデン氏は部屋を見回した。その表情は、この人ほど世俗的な感情と無縁の人物でなかったら自己満足と呼べるものであった。ヴァン・デル・ライデン氏の場合には、それが穏やかな慈愛の表情となり、アーチャー夫人の顔にも忠実に反映された。

「まあ、ヘンリー、お二人ともなんてお優しいのでしょう――いつも変わらずに！ お二人のしてくださったことに、特にニューランドは深く感謝しているでしょう――大事なメイと、将来親戚になる方々とに関することですから」

アーチャー夫人からの促すような視線を受けて、ニューランドは言った。「ほんとうにありがとうございます。でも、オレンスカ夫人を気に入ってくださるのはわかっていました」

ヴァン・デル・ライデン氏は、異様なほどの優しさでニューランドを見た。「いいかね、ニューランド、好きでない人をわたしが家に招くことは絶対にないんだよ。シラトン・ジャクソンにもそう言っておいた」そう言うと、時計をちらっと見て立ち上がった。「さて、ルイザが待っているでしょう。公爵をオペラにお連れするために、夕食を早くすることになっていますので」

訪問者が去って仕切りのカーテンが厳かに閉じると、アーチャー家の三人はしばらく黙ったままだった。

「ああ、なんてロマンティックなんでしょう！」ジェイニーがついに沈黙を破って、勢いよく言った。なぜそんなに極端に言葉を省いた言い方をしたのか、正確なことは誰にもわからなかったが、分析するのを家族はとっくに諦めていた。

アーチャー夫人は、首を横に振ってため息をついた。「もしすべてが最良の形で進んだとしても」――きっとそうはならないことがわかっている、という口調なのだが――「ニューランド、あなたは今夜家にいて、シラトン・ジャクソンが来たら会ってちょうだいね。どう話せばよいか、わたしにはわかりませんから」

「ああ、お母さん。あいつはきっと来ないでしょう」ニューランドは笑って、母の難しい顔を和ませようと、かがんでキスした。

第十一章

それから二週間ほど経った日のこと、ニューランド・アーチャーがレタブレア・ラムソン法律事務所の自分の部屋でぼんやり座っていると、所長に呼ばれた。

老レタブレア氏は、ニューヨークの上流社会の法律上の相談役として三世代にわたって信頼されてきた人だが、この日はマホガニーの机の向こう側に、明らかに困った様子で座っていた。短く刈り込まれた白い頰髯《ほおひげ》を撫で、突き出た眉の上の乱れた灰色の髪を手ですいているレタブレア氏を見て、敬意を忘れがちな若いパートナーは、病名を特定できない症状の患者を前にした家庭医のようだと思った。

「アーチャーさん」レタブレア氏は、ニューランドに呼びかけるときのいつもの習慣で、丁寧にそう言った。「ちょっとしたことを相談したいと思ってお呼びしました。今のところ、まだスキップワース氏やレッドウッド氏の耳には入れないほうが良いと思う件でね」名前の出た二人は、事務所の共同経営者だった。ニューヨークで長く名声を得てきた法律事務所の例にもれず、ここでも便箋の上部に名前が印刷された人たちは遥か昔に世を去っていて、現在の所長のレタブレア氏も、仕事の上では創始者の三代目なのだ。

氏は額に皺を寄せて、座ったまま上体を後ろにそらし、「家族の問題で」と続けた。

ニューランドは、顔を上げた。

「つまり、ミンゴット一族です」レタブレア氏は弁明するような笑みを浮かべてうなずきながら言った。「昨日、マンソン・ミンゴット夫人に呼ばれて行って聞いたのですが、お孫さんにあたるオレンスカ伯爵夫人がご主人に対して離婚の訴えを起こしたいそうで、書類を預かっているんですよ」レタブレア氏は一息ついて、机をこつこつと打った。「君が将来あの一家と姻戚関係になることを考えると、話を先へ進める前に君に相談して、一緒に検討したいと思ったわけです」

ニューランドは、こめかみに血が上るのを感じた。夫人を訪問した日以降、姿を見かけたのは一度だけで、それは歌劇場のミンゴット家のボックスでだった。その期間に夫人はニューランドの中で鮮やかさが薄れ、以前ほど心につきまとうイメージではなくなっており、前景から退いた夫人の代わりにメイ・ウェランドが、当然占めるべき場所に戻っていた。夫人の離婚の話は、ジェイニーが当て推量で最初に言及して以来、何も聞いていなかったし、根拠のない噂話として片づけていた。理屈の上で離婚はニューランドにとって、母にとって不快なのとほぼ同じように不快だった。レタブレア氏が(おそらく老キャサリン・ミンゴットからの指示で)明らかに自分をこの件に引き入れようとしていることを腹立たしく感じた。そんな仕事のできる人間ならミンゴット家の中にいくらでもいるはずだし、自分はまだ結婚前で、ミンゴット家の者になってもいないのだ。

ニューランドは、所長の言葉の続きを待った。レタブレア氏は一つの引き出しの鍵を開け、一束の書類を取り出した。「これにさっと目を通してもらえれば――」

ニューランドは顔をしかめた。「大変申し訳ありませんが、将来の関係があればこそ、スキップワース氏とレッドウッド氏にご相談いただきたく思います」

レタブレア氏は驚くとともに、いくらか気分を害したようだった。若い者がこのような機会を辞退するのは珍しいことだったのだ。

レタブレア氏はうなずいた。「ためらわれるのはもっともです。しかし今度の場合、わたしの願いを聞いてくれることこそ、ほんとうの心遣いというものなのですよ。実はわたしだけの思いつきではなく、マンソン・ミンゴット夫人とそのご子息のご提案です。ラヴェル・ミンゴットやウェランド氏ともお会いしましたが、やはりどなたも、君をとのことで」

ニューランドは怒りがこみ上げるのを感じた。この二週間、さまざまの予定を無気力にやり過ごしながら、メイの美しさと明るい性格とによって、ミンゴット家からの煩わしい圧力を忘れようとしていた。だが、老ミンゴット夫人の今回の指令は、一族が将来の義理の息子に対してどんな権利を行使できると考えているかをニューランドに悟らせるもので、自分に課せられる役割にニューランドはいら立ちを覚えた。

「メイのおじ上たちが対処すべきでしょう」とニューランドは言った。

「もうやってみたのです。この件は家族で検討されました。皆さんは伯爵夫人の意向に反対なのですが、夫人の意志は固く、法律家の意見を求めていらっしゃるのです」

ニューランドは何も答えず、書類も手に持ったままだった。

「夫人は再婚を希望されているのですか？」

「それもないことはないと思うが、夫人は否定しておられる」

「それなら――」

「お願いだ、アーチャーさん、まずその書類に目を通してもらえるかね。その後、この件について話し合うときに、わたしの考えを述べよう」

ニューランドは嬉しくない書類を抱えて、しぶしぶ引き下がった。オレンスカ夫人と最後に会ったとき以来、夫人という重荷から自由になろうとして、半ば無意識のうちにいろいろの出来事に同調してきた。暖炉の火のそばで二人だけで過ごした時間は、束の間の親密さをもたらしはしたが、そこにセント・オーストリー公爵がレミュエル・ストラザーズ夫人を伴って現れ、それをオレンスカ夫人が嬉しそうに迎えたという事実によって、幸いなことに破られた。そしてその二日後にニューランドは、夫人がヴァン・デル・ライデン夫妻のご寵愛を取り戻す喜劇に手を貸したのだ。絶大な権力者である初老の紳士に対して、花束のお礼をそれほど効果的にしたためられる女性であれば、そもそも自分のような若輩からの私的な慰めや公的な擁護など要らないではないか、とニューランドは辛辣に考えたものだった。そのような見方をすると自分の立場もすっきりし、あいまいだった身近な人たちの美点が驚くほど明瞭になった。例えばメイ・ウェランドが、私的な問題を吹聴したり、よく知りもしない男性にむやみに打ち明け話をしたりなどということは、いかなる非常事態に置かれたとしても想像できなかった。ニューランドには、この一週間ほどメイが優れて美しく思えたことはなく、婚約期間を長いままにしておきたいというメイの希望にも従ったくらいだった。というのも、結婚を急ぐニューランドに対抗する、ほぼ決定的な答えを、メイが見つけていたからである。

「大事な決断のとき、あなたが小さい頃から常にご両親は、自由に道を選ぶのを許してくださったでしょう」とニューランドが主張すると、メイは澄み切った表情で答えた。

「ええ、そう。それだからこそ、娘への最後の願いを断るのが難しいのです」
それはオールド・ニューヨークらしい言葉であり、自分の妻から常に期待できると信じていたい類の答えであった。いつもニューヨークの空気を吸っていると、これより透明感の劣るものは重苦しいと感じてしまうときがあるのだった。

ニューランドが部屋に引き下がって読んだ書類から、事実関係についてわかることはあまりなかった。だが、読み終えたニューランドは息が詰まり、支離滅裂なことをまくし立てたいような気分に陥った。書類の大部分は、オレンスキ伯爵の弁護士と、伯爵夫人が財務上の問題の解決を依頼したフランスの法律事務所との間で取り交わされた書簡だった。伯爵から夫人に宛てた短い手紙も一通含まれていた。それを読み終わるとニューランドは立ち上がり、書類をすべて元の封筒に押し込んで、レタブレア氏の部屋に再び入って行った。

「お預かりした書類です。お望みであれば、オレンスカ夫人にお会いしたいと思いますが」ニューランドはぎこちない口調で言った。
「それはどうも――どうもありがとう、アーチャーさん。もし今夜あいていたら、夕食に来てくれませんか。食事の後で、この件をゆっくり話しましょう――明日にでも伯爵夫人に会いに行くつもりなら、ぜひ」

ニューランドはこの日の午後も、まっすぐ家に帰った。明るく透明な冬の夕暮れで、家々の屋根の上にはすがすがしい《イノセント》細い月がかかっていた。心の肺をその清らかな輝きで満たしたい、そして夕食後にレタブレア氏と二人きりになるまで誰とも言葉を交わしたくない、とニューランドは思った。ほかに道はあり得ない、オレンスカ夫人の秘密がほかの人間の目にさらされるよりは、自分が会わなくては。無関心といら立ちは、同情という大波に押し流されてしまった。今やオレンスカ夫人は、無防備な痛々しい姿でニューランドの前に立っており、運命に対する無謀な挑戦によってこれ以上自分を傷つけることから何としても守ってやらねばならなかった。

「不愉快なこと」を耳に入れないでほしいという条件をウェランド夫人から求められたというオレンスカ夫人の話をニューランドは思い出し、こういう姿勢こそがニューヨークの空気をこれほど純粋に保っているのかもしれない、と考えてたじろいだ。「結局僕たちは、パリサイ人のような偽善者なのだろうか」——人間の下劣さに対する本能的な嫌悪感と、人間の弱さに対する、やはり本能的な同情心とを融和させようと努力し、当惑しながらニューランドはそう思い巡らしていた。

これまでの自分の行動指針がいかに幼稚だったか、ニューランドは初めて気づいた。

危険を恐れない青年という評判だったたし、愚かなソーレイ・ラッシュワース夫人との秘密の恋愛関係が必ずしも秘密で収まらなかったせいで、大胆な男だという印象を人に持たれているのも知っていた。しかし、ラッシュワース夫人は「あの種の女性」――つまり、愚かで虚栄心が強く、生来秘密が好きな女性で、ニューランドの魅力や性質よりもむしろ、秘密や火遊びの危険に惹きつけられていたのだ。その事実がわかったとき、ニューランドはひどく辛い思いをしたが、今ではそれがその件の救いであったように思えた。結局あの恋愛事件は、ニューランドくらいの年頃の青年の多くが経験するもので、青年たちはその結果、愛し尊敬する女性と、楽しみながらも憐れむ女性との間に大きな隔たりが存在することを、疑う余地のない事実として悟り、良心の呵責を感じることもなく卒業していくのだった。このような考え方を青年たちに教唆するのは、母やおばなど親戚の年配女性たちで、皆がアーチャー夫人の信念――つまり、「こんなことが起きた」場合、男が愚かなのはもちろんだが、罪があるのは必ず女のほうだという信念を共有していた。ニューランドが知っている年配の女性たちはすべて、軽率に恋をする女は絶対に不謹慎で腹黒く、その手にかかれば単純な男は無力なものだと考えていた。唯一の手立ては、青年を説得して、きちんとした娘とできるだけ早く結婚させ、あとはその人に監督を任せる、ということだった。

古いヨーロッパの複雑な社会では恋愛問題がこれほど単純でなく、分類するのもそう簡単ではないのかもしれない、とニューランドは推測し始めていた。裕福で暇があり、華やかな社交界では、そのような状況がより多く生まれているに違いなく、生まれつき感受性が強く、超然としている女性でも、環境の力やまったく無力で孤独な境遇のために、伝統的な規範からは許されない関係に引きこまれる場合もあるかもしれない。

ニューランドは家に戻るとすぐに、明日何時であればお会いできるでしょうか、と訊ねる短い手紙をオレンスカ夫人に宛てて書き、使いの者に持たせた。使者が間もなく持ち帰って来た返事には、翌朝スキタクリフに出発して、ヴァン・デル・ライデン夫妻とともに日曜日まで向こうに滞在の予定だとあり、今夜なら夕食後は在宅しております、という意味のことが記されていた。きちんとした便箋ではない、小型の紙に書かれ、日付も住所も省略されていたが、筆跡はしっかりと、大らかなものだった。スキタクリフの堂々たる屋敷の寂しさの中で週末を過ごすとは、と考えてニューランドはおかしかったが、「不愉快なこと」を厳密に避けようとする精神の冷淡さを、夫人がどこよりも強く感じることになるのはあの屋敷だろうという思いが、それに続いて浮かんだのだった。

ニューランドは七時ちょうどにレタブレア氏の家に着いた。食事後すぐに辞する口実ができたのは嬉しかった。委ねられた書類を読んで自分の考えは固まっていたので、上司と特にこの件を検討したいとは思わなかったからだ。レタブレア氏は妻に先立たれていたので、二人だけでゆっくりと、たっぷりした夕食をとった。古ぼけた薄暗い部屋には、「チャタムの死」[48]や「ナポレオンの戴冠」[49]の黄ばんだ複製画が掛かっており、サイドボードの上には、縦溝のあるシェラトン様式のナイフボックスにはさまれて、オー・ブリオン[50]のデカンタと、(顧客からの贈り物である)ラニング家の古いポルト酒のデカンタが置かれていた。後者は浪費家のトム・ラニングがサンフランシスコで不名誉な謎の死を遂げる一、二年前に売り払ったもので、家族にとってはその死より、貯蔵ワインの売り立てのほうが世間的に恥ずかしいことだった。

滑らかな牡蠣のスープ、ニシンとキュウリの一皿、トウモロコシのフリッターを添えた七面鳥の若鳥のグリル、そしてスグリのゼリーとマヨネーズソースがけセロリを添えた鴨料理が出された。レタブレア氏はお昼をサンドイッチと紅茶で軽く済ませるので、しっかりした夕食を十分にとるのを習慣にしており、お客にもそうすることを求めたのだった。その食事もようやく締めくくりとなり、テーブルクロスがはずされて、葉巻に火がつけられた。レタブレア氏は椅子にゆったりと寄りかかり、暖炉の火を気持ちよく背中に受けながら、ポルト酒を押しやって言った。「ご家族全員が離婚には反対で、わたしもそれは当然だと思いますよ」

すぐにニューランドは、自分がそうは思えないことを自覚した。「でも、どうしてでしょう。訴訟というものがありますから――」

「ああ、それが何の役に立つかな？　夫人はこちらにいて、伯爵は向こう――間を大西洋が隔てていますよ。夫人としては、ご主人が自発的に渡した以上の金は、一ドルだって多くは受け取れないでしょう。結婚に関する、忌々しい野蛮な取り決めでしっかりと定まっているんだからね。その件で伯爵としては、寛大なやり方をしたとさえ言えるほどですよ。一文無しで妻を追い出すこともできたんですから」

それを承知していたニューランドは、沈黙を守った。

「もっとも、夫人がお金のことを重視していないのはわかっています。ですから身内の皆さんが言うように、なぜそっとしておかないのか、というわけですね」レタブレア氏はそう続けた。

一時間前にここへやって来たとき、ニューランドはレタブレア氏とまったく同意見だった。ところが、この利己主義かつ美食主義で、この上なく冷淡な老人の口から語られてみると、それは突然、バリケードを築いて不愉快なことから自分を守るのに汲々とする、社交界の偽善的な声に聞こえ始めたのだった。

「それは夫人が決めることだと思います」

「ほう――で、離婚すると決めた場合にどんな結果になるか、君は考えてみたのだろうか」

「伯爵の手紙に書かれていた脅迫のことですか？　あれにどれほどの重みがあるでしょう。悪党が腹立ちまぎれに、根拠もなく非難してきただけのことです」

「そう。しかし、もし伯爵が訴訟を本気で争う気になったとしたら、不愉快な噂が立つかもしれない」

「不愉快な、ですって？」ニューランドは弾かれたように言った。

レタブレア氏はけげんそうに眉を寄せて相手を見た。ニューランドは自分の思いを説明しても無駄だと感じ、おとなしくうつむいて、先輩であるレタブレア氏が「離婚はいつだって不愉快なものですよ」と続けるのを聞いていた。

レタブレア氏は、沈黙の後に聞いた。「わたしに賛成してくれますか？」

「もちろんです」とニューランドは答えた。

「そう、それなら君に期待していいだろうね。ミンゴット家でも君に期待できるだろう。君の力で離婚を防ぐために影響力を発揮してくれると」

ニューランドは、躊躇した末にようやく答えた。「伯爵夫人にお目にかかるまでは、確かなお約束はできません」

「アーチャーさん、わたしには君という人がわかりませんね。外聞の悪い離婚訴訟を引きずっている一族と結婚したいのですか?」

「僕の結婚とは何の関係もないと思います」

レタブレア氏はポルト酒のグラスを置き、用心深く不安そうな目で相手を見つめた。自分への仕事の委託を取り消される危険を冒しているということが、ニューランドにはわかっていた。そして理由ははっきりしないものの、そうなるのはいやだと思った。押し付けられた形ではあったが、今さらこの仕事を手放そうとは思わなかった。その危険を回避するためには、ミンゴット家の法律上の良心である、この現実的な老人を安心させる必要があると見てとった。

「レタブレアさんにご報告をするまでは、決定的な動きには出ませんので、ご心配は要りません。オレンスカ夫人のお話を伺うまでは僕の意見を申し上げないほうが良い、ということなのです」

ニューヨークの最善の伝統にふさわしい過度の慎重さに満足するように、レタブレア氏はうなずいた。ニューランドは腕時計に目をやり、約束がありますのでと言って、辞去した。

第十二章

古風なニューヨークの人たちは夕食を七時と決めていて、食後の訪問の習慣は、アーチャーの仲間内では一笑を買っていたものの、まだ一般に行われていた。ニューランドがウェイヴァリー・プレイスから北に向かって五番街を歩いて行くと、長く続く広い通りにはほとんど人気《ひとけ》がなかった。目に入るのは、(公爵のための晩餐会が開かれている)レジー・チヴァーズの屋敷前に馬車が集まっているのと、重い外套とマフラーを身に着けた年配の紳士が、時折茶色の石の階段を上って、ガス灯で明るい玄関に入って行く姿だけだった。ワシントン・スクエアを横切るときには、老デュラック氏がいとこのダゴネット家を訪問するのに気づいたし、西十丁目の角を曲がるときには同じ事務所のスキップワース氏が明らかにラニング嬢姉妹の訪問に向かっているのを見かけた。さらに五番街を少し進むと、明るい光に浮かび上がるボーフォートのシルエットが自宅玄関の階段に現れ、階段を降りると専用の四輪馬車に乗り込んで、謎めいた、おそらく人に言うのがはばかられる行き先へと走り去った。オペラはなく、パーティーも開かれていない晩だったから、ボーフォートの外出は内密のものだったに違いない。ニューランドは心の中で、レキシントン街の先にある小さな家と結びつけて考えた。最近その家の窓にはリボンのついたカーテンや花を植えたプランターが現れ、ペンキが塗り直されたドアの前にファニー・リング嬢のカナリア色の馬車が停まっているのが頻繁に見られたのだ。

アーチャー夫人の世界を形作っている、滑りやすい小さなピラミッドの向こうには、芸術家、音楽家、「物書き」などの住む、ほとんど地図にない区域が存在していた。こういった地区にちらばって住む人々は、社会の構造に融けこみたいという願いを示したことは一度もなかった。変わった習慣を持ってはいたが、大体においてきちんとした人たちだと言われていた。もっとも、人づきあいを避ける傾向はあったが。メドーラ・マンソンは富裕だった頃に「文学サロン」を始めたが、文学に趣味のある人たちに敬遠されたため、間もなく自然消滅してしまった。

同じようなことを試みる人はほかにもいた。例えばブレンカーという家には、熱心でおしゃべりな母親と、(51)母親の真似をする、あまり品のない三人の娘がいて、そこでは俳優のエドウィン・ブース、(52)ソプラノ歌手のパッティ、作家のウィリアム・ウィンター、(53)新進シェイクスピア俳優のジョージ・リグノルドなどといった人たち、そして雑誌編集者、音楽評論家、文学評論家などに会うことができた。

アーチャー夫人とその仲間たちは、この種の人々に対して一種の恐れを感じていた。変わっていて信用できないし、生活や考え方の背景にもよくわからないところがあったからだ。アーチャー家一派の間では文学や芸術に対して深い敬意が払われていて、アーチャー夫人は子供たちに向かっていつも熱心に説きつけたものだった――ワシントン・アーヴィング(54)、詩人のフィッツグリーン・ハレック(55)、「カルプリット・フェイ」を書いた詩人ドレーク(56)などがその一員だった時代の社交界が、いかに洗練された、気持ちの良いところだったかを。あの世代の高名な作家たちは「紳士」だったし、その後に続く無名の人たちもひょっとしたら紳士らしい志向を持っているのかもしれない、でも、出自、外見、髪形、演劇やオペラに関する造詣の深さなどは、オールド・ニューヨークのどんな基準にも当てはまらない、と思っていた。

「わたしが小さかった頃にはね、バッテリー公園とカナル・ストリートの間に住んでいる人は全部知っていましたよ」と夫人はよく言った。「そして馬車を持っているのは、知り合いの人たちだけでした。どこのどんな人か見分けるのは何の造作もないことだったけど、今では無理だし、やってみる気にもなりませんよ」

道徳的な先入観がなく、微妙な差異に対して成り上がり者のように無関心なキャサリン・ミンゴット老夫人ならば、その深淵に橋を架けることができたかもしれない。しかしながらミンゴット夫人は、一度として本を開いたためしもなければ絵を眺めたためしもなく、音楽に関心があるのはただ、チュイルリー宮での華やかな日々の、イタリア座の特別興行の夕べを思い出すからに過ぎなかった。あるいは、大胆さの点で夫人と甲乙つけ難いボーフォートであれば、融合に成功したかもしれなかったが、堂々たる屋敷と絹の靴下の従僕が、打ち解けた社交の障害になった。それにミンゴット夫人に劣らず無学で、「ものを書く連中」は報酬と引き換えに金持ちに楽しみを提供するだけの存在と見なしていた。そして、ボーフォートの意見に影響を与えられるほどに裕福な人は、誰もそれを問題にしたことがなかった。

ニューランド・アーチャーは物心ついて以来、こういうことに気づいていて、自分の生きる世界の一部として受け入れていた。画家、詩人、小説家、科学者、あるいは優れた俳優などが、公爵同様に求められる社交界が存在することは知っていたし、メリメ(57)(その『ある女への手紙』は、特別な愛読書の一つだった)、サッカレー、ブラウニング(58)、ウィリアム・モリス(59)などについての談話が大きな影響力を持つような客間に親しんで暮らす自分を想像してみたこともよくあった。けれどもそれは、ニューヨークでは考えられないことであり、想像するだけでも不安の生じることだった。ニューランドは「ものを書く連中」や音楽家や画家の大多数を知っており、センチュリー・クラブ(60)や、最近できた小さい音楽クラブ、演劇クラブなどで彼らと会っていた。クラブで会うのは楽しかったが、ブレンカー家では退屈だった。そういう人たちをまるで捕獲した珍獣ででもあるかのように順に回覧する、しつこくて品のない女性たちが一緒だったからである。ネッド・ウィンセットとの、きわめて刺激的な会話の後でさえ、ニューランドは一人になるといつも感じるのだった――自分の世界は狭いが、彼らの世界も狭い。広くする唯一の道は、両者が自然に一つになるような生活様式のレベルに到達することしかない、と。

オレンスカ伯爵夫人がこれまで生きてきた社交界――そこで夫人が苦しみ、そしてもしかすると謎めいた喜びも味わったかもしれない社交界を思い描こうとして、ニューランドはこのときの自分の感想を思い出した。ミンゴットおばあ様とウェランド家の人たちが、「物書き」専用のような、「ボヘミアン地区」に住むのに反対したことを、夫人がいかに面白そうに話したかも思い出した。家族が嫌ったのは地区の危険ではなく、貧しさだったのだが、そのニュアンスに気づかなかった夫人は、文学が何となくうさんくさいものと考えられているためだと思っていた。

夫人自身は文学を恐れてなどいなかった。夫人の家の客間には(客間は普通、書物が「場違い」だと考えられている部屋なのだが)あちらこちらに本が何冊もあり、それらは主に小説で、ポール・ブールジェ[61]、ユイスマンス[62]、ゴンクール兄弟[63]などという新しい名前がニューランドの興味をそそったのだった。こんなことを思いめぐらせながら、ニューランドは夫人の家に向かったが、あらためて意識したのは、自分の価値観を夫人が不思議なやり方で正反対に変えてしまったこと、そして、夫人の現在の窮境に関してもし役に立とうと思うなら、これまでとはまったく異なる状況に自分を置いて考える必要があることだった。

ナスタシアが謎めいた微笑を浮かべながらドアを開けた。玄関のベンチに、クロテンの裏地のついた外套、ＪＢと金色のイニシャルが裏地に入った、つや消しの絹製折り畳み式シルクハット、白い絹のマフラーが置かれていた。これらの高価な品がジュリアス・ボーフォートのものであるのは間違いなかった。

ニューランドは腹が立った。怒りのあまり、もう少しで名刺に一言走り書きをして、出て来てしまうところだった。しかし、そのとき思い出したのは、オレンスカ夫人に手紙を書いたときに慎重になりすぎて、二人だけでお会いしたいと書くのを控えたことだった。だから、夫人がほかの訪問者を招じ入れたとしても、それはほかでもない、自分が悪いのだ。そこでニューランドは、ボーフォートに邪魔者なのだと悟らせ、何としてもあいつより後に残ろう、と固く決心して客間に入って行った。

ボーフォートはマントルピースに寄りかかって立っていた。マントルピースには古い刺繡布が掛かり、教会用の黄色っぽいろうそくを立てた、真鍮の燭台で押さえられていた。ボーフォートは胸をそらし、両肩をマントルピースで支えて、大きなエナメル靴をはいた片足に体重を預けて立つという姿勢だった。ニューランドが部屋に入って行ったときには、暖炉と直角に置かれたソファに座っているオレンスカ夫人を、微笑を浮かべて見おろしているところだった。夫人の背後には、あふれんばかりの花をのせたテーブルが衝立のように背景の役目を果たし、ニューランドはそのランやツツジがボーフォート家の温室からの贈り物だと気づいた。夫人は片手で頰杖をつき、ソファに半ばもたれかかるように座っていたが、その手は幅広の袖のせいで、肘まであらわになっていた。

夕刻以降に来客を迎える女性は、「シンプルなディナードレス」と呼ばれる服を着るのが普通だった。それは鯨骨を入れて、絹製の鎧のように身体にぴったり合うように作られた服で、襟元は少しだけ開いているものの、そのわずかな開きを埋める幅広のレースのフリルがつき、ぴったりした袖口にもひだ飾りがあって、エトルリア風の金の腕輪やビロードのリボンを着けた手首がやっと見えるだけのデザインであるべきだった。ところが慣習に無頓着なオレンスカ夫人は、襟の周りと前面に艶やかな黒い毛皮のついた、赤いビロードのドレスをまとっていた。ニューランドは、パリに前回行ったときに見た、カロリュス＝デュラン(64)による一枚の肖像画を思い出した。デュランはサロンで話題の新進画家で、その絵の婦人は、鞘のように身体を包む、このような大胆な服を着て、顎を毛皮に埋めていた。夜の暖かい客間で毛皮を身に着けるという思いつき、また、首は覆って腕はむき出しという組み合わせには、どこか異常で挑発的なところがあったが、魅力的な効果があったのも否定できなかった。

「ああ、なんと！　スキタクリフで丸三日も過ごすとは！」ボーフォートがあざ笑うような大声でそう言うのが、部屋に入ろうとするニューランドの耳に入った。「ありったけの毛皮、それに湯たんぽもお持ちなさい」

「なぜですの？　そんなに寒いお屋敷なのですか？」夫人はそう訊ねながら、左手をニューランドのほうへ差し出した――ニューランドがその手にキスするのを予期しているとでも思わせるような、意味ありげなやり方で。

「いや、そうではなく、奥様がとても冷たいので」ボーフォートは答えながら、ニューランドに向かって無造作にうなずいて見せた。

「でも、とてもご親切だと思いましたわ。お招きを伝えるために、わざわざ出向いて来てくださったのですもの。絶対に行きなさい、と祖母は申しています」

「もちろん、おばあ様はそうおっしゃるでしょう。ですがわたしとしては、あなたのために今度の日曜に計画した、デルモニコス[65]での牡蠣料理の夕食会においでになれないのが残念です。カンパニーニ[66]、スカルキ、ほかにも楽しい連中が来るのですよ」

夫人はあいまいな表情を浮かべて、ボーフォートからニューランドへと視線を移した。

「まあ、それは魅力的なお誘いですこと！　こちらに来て以来、先日のストラザーズ夫人のお宅での晩を除くと、芸術家には一人もお会いしていませんから」

「どういう芸術家のことでしょうか。僕も画家を一人二人知っていますが、いいやつですからよろしければ連れて来ましょう」とニューランドは、思いきって言い出してみた。

「画家だって？　ニューヨークに画家なんているのかな？」自分が絵を買わないのだから画家などいるはずはない、とほのめかすような口調でボーフォートが言った。オレンスカ夫人は落ち着いた微笑を浮かべて、ニューランドに向かって言った。「それは素敵でしょうね。でも、わたくしが考えていたのは、演劇関係の――歌手や俳優や音楽家の人たちなのです。わたくしの夫の家には、そういう人たちがいつもたくさん来ていたものです」

夫人は「わたくしの夫」という言葉を、まるで悪い連想などまったくないかのように、また失われた結婚生活の喜びを惜しむかのように、口にした。ニューランドは当惑して夫人を見た——名誉をかけて過去と決別しようとしている今というときに、これほど気軽に過去に触れることができるのは、軽率なのか、あるいは感情の偽装なのかを決めかねて。

夫人は二人に向かって言った。「わたくしは、意外性が楽しみを増すと思うのです。毎日同じ人にお会いするのは間違いかもしれないと」

「とにかく、めっぽう退屈ですよ。ニューヨークは退屈で死にかけています」ボーフォートは愚痴をこぼした。「しかも、あなたのために活気づかせようとするわたしを、あなたは裏切るんですからね。さあ、考え直してください。日曜日は最後のチャンスなのです。カンパニーニは次の週にボルティモアとフィラデルフィアへ行く予定ですから。レストランの個室を予約してあるし、スタインウェイのピアノもあります。彼らは一晩中歌ってくれるでしょう」

「なんて素晴らしい！　よく考えて、明日の朝、お手紙でお返事させていただけますか？」

夫人は愛想よくそう言ったが、そろそろ帰ってほしいという気持ちが、ごくわずかながらその声に含まれていた。ボーフォートがそれに気づいたのは明らかだった。だが、帰らされるのに慣れていなかったので、眉間に皺を寄せて夫人をにらみながら、頑固にそこに立っていた。

「どうして、いま決めないのですか?」

「重大な問題なので、こんな遅い時間には決められませんわ」

「今はもう遅い時間だとおっしゃるのですか?」

夫人は冷静にボーフォートを見つめ返した。「ええ、これからアーチャーさんと、少し実務的なお話をしなくてはなりませんの」

「ああ」ボーフォートはそっけなく言った。夫人の口調にはとりつくしまもなかったからだ。小さく肩をすくめて落ち着きを取り戻すと、夫人の片手をとってわざとらしくキスをした。そして戸口のところから大声で「ねえ、ニューランド、伯爵夫人を説得してうまく街に引き留めてくれたら、もちろん君も夕食に招待するよ」と言い、もったいぶった、重々しい足どりで出て行った。

あらかじめレタブレア氏が自分の訪問について夫人に告げていたのかと、ニューランドは一瞬考えた。だが、次に夫人から出た言葉が訪問の目的と無関係な内容だったので、その考えを打ち消した。

「では、画家の方をご存じなのですね? 同じ界隈にいらっしゃるの?」夫人は興味津々の様子で、目の色を変えて訊ねた。

「いえ、そういうわけではないのです。ニューヨークには芸術家の地区というものはないと思います。郊外にまばらにいるという感じで」

「でも、芸術がお好きでしょう?」

「ええ、とても。パリやロンドンに滞在中は、展覧会を絶対に見逃しません。遅れをとらないようにしているのです」

夫人は、長いドレスのひだからのぞく、小さなサテンの靴の先に目を落としていた。

「わたくしも以前はそうでした。そういうものでいっぱいの生活でした。でも今では、関心を持たないようにしています」

「持たないようになさりたいのですか?」

「ええ、昔の生活を全部捨てて、こちらの皆様のようになりたいと思います」

ニューランドは顔を赤らめて言った。「あなたが皆と同じようになるのは、とうてい無理なことです」

夫人はまっすぐな眉を少し上げた。「ああ、そんなことをおっしゃらないでください。人と違うのが、いやでたまらないのですから」

その顔は、悲劇でつける仮面のように憂いを帯びた。上体を前にかがめて細い手で膝を抱え、ニューランドから遠い暗闇へと視線を移した。

「すべてから逃れたいのです」夫人は、きっぱりと言った。

ニューランドは少し待ってから咳払いをした。「存じています。レタブレア氏から聞きました」

「まあ」

「それで今日お伺いしたのです。依頼されたのは――つまり、僕も事務所にいるので」

夫人はいくらか驚いた様子だったが、やがて目を輝かせた。「あなたが引き受けてくださるということでしょうか？ レタブレア氏ではなく、あなたにお話しすれば良いのですか？ ああ、それならば気持ちがずっと楽です！」

ニューランドは夫人の口調に心を動かされ、自己満足とともに自信が深まった。実務的な話がある、と夫人が言ったのは、単にボーフォートを追い払う口実だったのだ。あいつを打ち負かしたのはちょっとした勝利だ、と感じられた。

「そのお話で、今日お伺いしたわけです」ニューランドは、もう一度言った。

夫人は黙って座っていた。ソファの背に腕をのせて頬杖をついた姿勢も変わりなかった。ドレスの華やかな赤い色に消されたように、青ざめた顔色だった。そのとき突然ニューランドの目には、夫人が痛ましい人、いや、不憫な人とさえ映った。

「さあ、難しい事実と向き合うときが来た」とニューランドは思った。そして、母やその世代の人たちに対して幾度となく批判してきたのと同じ、本能的な怯《ひる》みが自分にあるのを意識した。慣れない事態に対処する訓練が、これまで自分にはいかに少なかったことか！　こんなときに使うべきだと思う言葉は小説か演劇のようでなじめないし、この先起きることを考えると、まるで子供のように困って、途方に暮れるのだった。

少しするとオレンスカ夫人は突然に、意外な激しさで言い出した。「自由になりたい。過去をすべて消し去りたいのです」

「わかります」

それを聞くと、夫人の顔に活気が戻った。「では、力を貸してくださるのですね？」

「まず――」ニューランドはためらいながら言った。「もう少し詳しく聞かせていただく必要があるかもしれません」

夫人は驚いたようだった。「夫についてはご存じですよね――そして、夫とわたくしとの生活についても？」

ニューランドはうなずいた。

「ああ、でしたらそれ以上、何がありますの？　この国ではあんなことが許されるのでしょうか。わたくしはプロテスタントです。このような場合に、教会は離婚を禁じていません」

「ええ、もちろんです」

再び二人とも沈黙した。ニューランドには、オレンスキ伯爵の手紙の亡霊が恐ろしいしかめ面をして二人の間に現れたように思われた。手紙は半ページしかない短いもので、レタブレア氏に述べたように、腹立ちまぎれの悪党の、根拠のない非難に過ぎなかった。しかし、その背後にどれほどの真実があるのだろうか――それは伯爵の妻だけが知っていることだった。

「レタブレア氏にお預けになった書類、拝見しました」ニューランドはついに口を開いた。

「それで――あれ以上忌まわしいことがほかにあり得るでしょうか?」

「ありません」

夫人はわずかに姿勢を変え、片手で目を覆った。

「言うまでもないことですが、もしご主人が、脅していらっしゃるようにこの訴訟を争う道を選ばれたら――」

「ええ、そうなったら?」

「あなたにとって不愉快な――何か面白くないことをおっしゃるかもしれません、それも公然と。そうすれば、それは広まって、あなたを傷つけるでしょう。たとえ――」

「たとえ?」

「たとえ事実無根であっても、というわけです」

夫人があまりに長いこと黙ったままだったので、手で覆われた顔を見ていたくなかったニューランドは、膝に置かれた、もう一方の手を見つめていた――その正確な形、そして薬指と小指にはめられた三つの指輪の細部までが心に刻みこまれたが、そこに結婚指輪がないことにニューランドは気づいた。

「もし夫が公然と非難したとしても、ここにいるわたくしをどう傷つけられるというのでしょうか?」

ニューランドはもう少しで、「ああ、なんとお気の毒な。ほかのどこにいるよりずっと深く傷つくのです」と言いそうになった。しかしその代わりに、自分の耳にはレタブレア氏そっくりに響く声で答えた。「あなたがいらしたところに比べると、ニューヨークの社交界ははるかに小さな世界です。そして見かけと違って、かなり古風な考えを持つ、少数の人たちによって支配されているのですよ」

夫人が何も言わないので、ニューランドは続けた。「結婚や離婚についての、ここでの考え方は、とりわけ古風です。法律が離婚を許しても、社会の慣習は許しません」

「絶対に？」

「そうですね――どんなに非の打ち所のない女性が、どんなに傷ついていたとしても、その人が不利な形勢をほんのわずかでも見せたり、慣習に従わない行動によって不快な非難をほのめかされたりする場合には、無理でしょう」

夫人はさらにうつむいた。憤りの突発か、せめて否定の短い言葉でもあれば、と強く願いながらニューランドは待ったが、反応は何もなかった。

夫人のすぐそばにある、旅行用の小さな時計が、うなるように低くカチカチと音を立てていた。暖炉の中の一本の薪が二つに割れて、大量の火花を吹き上げた。物思いにふけるようにしんとした部屋全体が、ニューランドと一緒に静かに待っているようだった。

ついに夫人がつぶやいた。「ええ、わたくしの家族からも、そう言われます」

ニューランドは少しひるんだ。「それも自然なことで――」

「わたくしたちの家族、ですわね」夫人がすぐに言い直し、ニューランドは赤くなった。「だって、もうすぐいとこ同士になるのですもの」と夫人は穏やかな口調で続けた。

「願ってもないことです」

「そして、あなたも同じ考え方を？」

そう言われて、ニューランドは立ち上がると、部屋の向こう側まで歩いて行って、赤色の古いダマスク織りの上に掛けられた絵の一枚を空虚な目で見つめた後に、躊躇しながら夫人のそばに戻って来た。どうして言えるだろうか――「はい、もしご主人のほのめかしていらっしゃることが真実で、その反証を挙げることがあなたにできないときには」などと。

口を開きかけた瞬間、夫人が「率直に」と不意に言った。

ニューランドは、暖炉の火を見つめた。「では、率直に申しますと――さまざまな忌まわしい噂を立てられる可能性、いや、確実性の埋め合わせになる、どんなものをあなたは手に入れることができるのでしょうか?」

「でも、わたくしの自由――自由には何の価値もないと?」

この言葉を聞いた瞬間、ニューランドの頭に閃いたことがあった――手紙に書かれていた非難はほんとうなのだ、夫人は罪の相手との結婚を望んでいるのだ、という考えである。もし夫人がそんな考えを実際に抱いているのなら、ニューヨーク州の法律は断固としてそれを認めないのだということを、自分はどう話せばいいのだろうか。そのような考えを持っているかもしれないという疑いだけで、夫人に対するニューランドの気持ちは厳しいものとなり、いら立ちを抑えられなくなった。「でも今のあなたは、空気のように自由ではありませんか。あなたに干渉できる人は誰もいません。財政上の問題は解決済みだと、レタブレア氏から聞いています」

「ええ、そうです」夫人は、関心のなさそうな様子で答えた。

「それならば、ですよ、非常に辛く不快なことを、あえてする価値があるでしょうか。新聞の――あの品のなさを考えてみてください。まったく愚かで偏狭で不当ですが、社交界を作り直すことはできないのです」

「そうですね」夫人はしぶしぶ同意するように言ったが、その口調が心細げで弱々しかったので、突然ニューランドは、自分の厳しい姿勢を後悔する気持ちに襲われた。

「そんな場合、個人はたいてい、集団の利益とされるものの犠牲になります。家族をまとめるような、もし子供がいれば子供を守るような因習に、人はしがみつきます」夫人の沈黙があらわにしたように思われる醜い現実を、何とか覆い隠したいという強い願いから、ニューランドは思いつく限りの紋切り型の語句を次々に持ち出して、とりとめなくしゃべり続けた。誤解を一掃するような一語を、夫人が口にしようとしない、または口にできない以上、ニューランドの望みは自分が夫人の秘密を探ろうとしていると思わせないことであった。自分に癒せない傷を暴く危険を冒すより、オールド・ニューヨークの賢明なやり方に従って、表面にとどまるほうがいい。

「あなたを愛する人たちがこの件をどう見ているか、それをわかっていただくお手伝いをするのが僕の仕事です。ミンゴット家、ウェランド家、ヴァン・デル・ライデン家など、あなたの味方であり、親戚でもある人たちです。そんな皆さんがこういう問題をどう判断されるか、正直にお教えしなかったら、僕は正しいとは言えないでしょうね」深淵のような沈黙を埋めようとして、ニューランドはむきになって、ほとんど嘆願するように話し続けた。

「ええ、正しいとは言えませんわね」夫人はゆっくりと言った。

暖炉の火は灰色に燃え尽き、部屋にあるランプの一つは、世話を求めるように低い音を立てていた。オレンスカ夫人は、立ち上がってランプの芯をねじで調節し、暖炉のそばに戻ったが、もう座ろうとはしなかった。

夫人が立ったままなのは、どちらにももう言うべきことが残っていないのを示しているように思われたので、ニューランドも立ち上がった。

「わかりました。お望みの通りにいたします」不意に夫人がそう言った。ニューランドは額に血が上り、突然の服従に面食らって、ぎこちなく相手の両手をとった。

「僕は——ほんとうにお力になりたいのです」

「ええ、力になってくださっていますわ。では、今夜はこれで」

ニューランドは身をかがめて、その手に唇をあてた。生気のない冷たい手だった。夫人が手を引くと、ニューランドは部屋を出て、玄関のガス灯のほのかな明かりでコートと帽子を手にとった。冬の夜気の中に出たとき、口下手なせいで言えなかった言葉が、遅ればせながら流れ出てきた。

第十三章

その晩のウォラック劇場は大入りだった。

演目は『ショーラーン』[67]で、ディオン・ブーシコーが主役、ハリー・モンタギューとエイダ・ディアスが恋人役を演じた。この優れた英国劇団は人気絶頂で、劇場は必ず満員になった。天井桟敷の熱狂は限りなく、一等席や特等のボックス席の観客は、ありきたりの感傷的な場面や安っぽい場面にやや苦笑しながらも、天井桟敷同様に劇を楽しんでいた。

特に劇場全体をひきつけるシーンがあった。それはハリー・モンタギューとミス・ディアスとの別れの場面だった。言葉少ない、悲しい別れの場面の後で、モンタギューはさようならと言って去ろうとする。マントルピースのそばに立って火を見つめる女優ディアスはグレーのカシミヤの服を着ているのだが、その服には流行のリボン飾りなどはなく、長身の身体に沿って、足元まで流れるようなラインに仕立てられていた。首に巻いた黒いビロードの細いリボンの端を背中に垂らしている。

恋人が背を向けたとき、ディアスはマントルピースに腕をのせて両手に顔を埋め、戸口で立ち止まってそれを見たモンタギューは、忍び足で戻る。そして、ビロードのリボンの端を手にとってキスをすると、そのまま出て行く。ディアスは足音にも気づかず、姿勢も変えない。この静かな別れで、幕が下りるのだった。

ニューランド・アーチャーが『ショーラーン』を見に行くのは、まさにこのシーンのためだった。モンタギューとディアスの別れのシーンは、パリで上演されたクロアゼットとブレサン、あるいはロンドンでのマッジ・ロバートソンとケンダルの舞台に劣らない素晴らしさだと思っていた。この場面の寡黙さと無言の悲しみは、芝居がかった有名な感情表現よりもニューランドを感動させたのだ。

その晩に見たこの場面は、ニューランドにとっていっそう感動的だった。一週間か十日ほど前の、オレンスカ夫人との内密の話の後での別れを、なぜか思い出したからだった。

二つの状況の類似点を見いだすことは、関わっている人物の類似点を見いだすのと同様に困難だったであろう。ニューランド・アーチャーは、若いイギリス人俳優のロマンティックな風貌とはかけ離れていたし、ミス・ディアスは赤毛で体格の良い、長身の女性で、青白く不器量だが気立ての良さそうな顔は、エレン・オレンスカの生き生きした表情とはまったく似ていなかった。また、ニューランドとオレンスカ夫人は、悲しみに暮れてものも言えずに別れる恋人同士ではなく、弁護士と依頼人で、しかも弁護士が依頼の件について最悪の印象を受けた話し合いの後の別れだった。それならば、追想による興奮で青年の心臓の鼓動が速まるような類似が、いったいどこにあったのだろうか。それはおそらく、日常的な経験の外の、悲劇的で感動的な可能性を示唆することができる、オレンスカ夫人の不思議な能力によるのだろう。こんな印象を与える言葉を、夫人が一言でもニューランドに言ったわけではない。だが、それは夫人の一部であり、不思議で異国風な背景の投影、あるいは本質的に劇的で情熱にあふれた常ならぬものの投影だった。人間の運命を決めるのに偶然や環境の役割は小さく、むしろ自分の身に物事を引き寄せる生来の傾向が重要なのだと、ニューランドは以前から考えていた。そして、オレンスカ夫人にはこの傾向があると、最初から感じていたのである。物静かでほぼ受け身の若い女性でありながら、この人はまさに物事を必ず引き寄せる種類の人なのだ——どんなにそれを敬遠し、回り道をして避けようとしても。これまで夫人はあまりに劇的な事件に満ちた環境で生きてきたので、事件を引き起こす本人の傾向は明らかに見過ごされてきた。驚きの感覚が奇妙に欠けていることこそ、夫人が激動の大渦から助け出された人だとニューランドに感じさせた要因だった。夫人が当たり前だと思っていることが、まさに夫人がこれまで抵抗してきたことを表す尺度になっていた。

ニューランドは夫人の家を出て来たとき、オレンスキ伯爵の非難には根拠がないわけではない、という確信を持っていた。その妻の過去に「秘書」として現れる謎の人物は、夫人の逃亡への協力に対して、おそらく報いは得たのだろう。夫人が逃れた状況は、語ることも信じることもできないほど、耐え難いものだった。まだ若く、怯え、絶望的になっていた夫人が、救い手に感謝するのは極めて当然のことだ。ただ残念なことに法律や世間の目からすると、その感謝のせいで、夫人は忌まわしい夫と同じ立場に置かれてしまった。ニューランドは義務として、このことを夫人にわからせた。また同時に、夫人が寛大な慈悲を当てにしているのが明白な、素朴で親切なニューヨークは、寛大さなど期待できない場所であることもわからせたのだ。

この事実を夫人に対して明らかにしなければならなかったこと、そして夫人が諦めてそれを受け入れるのを目の当たりにせねばならなかったこと――それはニューランドにとって非常に辛いことだった。嫉妬と同情の混じった漠然とした気持ちから、夫人に惹かれているのを自覚していたが、それはまるで、無言のうちに過ちが告げられたために、夫人が卑小だがいとしい存在としてニューランドに委ねられたかのようだった。夫人が秘密を打ち明けたのが、詮索的で冷たいレタブレア氏や、当惑したまなざしを向ける親族でなく、自分であったことを嬉しく思いながら、ニューランドはすぐに双方に連絡をとり、オレンスカ夫人が離婚の要求をやめたこと、そしてそれは訴訟の無益を理解したからだということを知らせて安堵させた。一同はそろって胸をなでおろし、おかげで自分たちが関わらずに済んだ「不快なこと」から目をそらした。

「ニューランドなら、きっとうまくやってくれると思っていましたよ」と、ウェランド夫人は未来の婿を自慢してそう言った。老ミンゴット夫人は、二人だけで会いたいとニューランドを呼びよせ、その優れた手腕に満足を表した後に、いら立ちを隠さずにつけ加えた。「愚かな娘ですよ！　どんなに馬鹿なことか、わたしからも話したのよ。ちゃんと結婚して、それも伯爵夫人でいられるという幸せがありながら、オールド・ミスのエレン・ミンゴットで通す道がいいだなんて！」

これらの出来事があったせいで、オレンスカ夫人との会話の記憶が鮮やかに蘇ったニューランドは、二人の別れの場面で舞台の幕が下りたとき、目に涙を浮かべながら、出口に向かおうと立ち上がった。

そのとき、横手の席を振り返ると、いま心に思い浮かべていた女性が、ボーフォート夫妻、ローレンス・レファーツほか、一人二人の男性と一緒にボックス席に座っているのが目に入った。オレンスカ夫人と二人だけで話をしたことは、訪問した晩以来一度もなかったし、同席することも避けてきた。ところが、ちょうど目が合ってしまい、同時に気づいたボーフォート夫人が、いつもの物憂げな様子で小さく手招きしたので、ニューランドとしてはそちらに行かないわけにはいかなかった。

ボーフォートとレファーツが道をあけて通してくれた。ボーフォート夫人は話をするよりも、黙って美しく見えるようなポーズをとることを好む人なので、ニューランドは手短に挨拶をするとオレンスカ夫人の後ろに座った。そのボックス席にほかにいたのはシラトン・ジャクソン氏だけで、ジャクソン氏はボーフォート夫人を相手に、先週日曜日のレミュエル・ストラザーズ夫人の会（一部の人の話ではダンスがあったという）について、ひそひそ声で話していた。ボーフォート夫人は、一階席から横顔が整って見えるように計算した角度に顔を向け、完璧な微笑を浮かべてこの詳しい話に耳を傾けていた。オレンスカ夫人はこの状況を利用し、ニューランドに向かって低い声で話しかけた。

「明日の朝、あの人は黄色いバラの花を彼女に送るとお思いになりますか？」夫人は舞台をちらっと見ながらそう聞いた。

ニューランドは赤くなった。びっくりして心臓が跳ね上がった。オレンスカ夫人を訪ねたのは二回だけで、そのたびに黄色のバラを送ったが、どちらにも名刺はつけなかった。これまで夫人がバラについて口にしたことはなかったので、自分が送り主だと思ってはいないのだろうと考えていたのだ。いま突然に花の贈り物のことを、それも舞台上の愛情のこもった別れの場面と結びつけて夫人が口にしたことで、ニューランドの胸は興奮と喜びでいっぱいになった。

「僕もそのことを考えていました。あのシーンを心にとどめておくために、すぐに劇場を出ようとしていたんです」とニューランドは言った。

すると驚いたことに、夫人の顔にゆっくりと血が上って頬が濃く染まった。滑らかな手袋をはめた手には螺鈿《らでん》細工を施したオペラグラスがあり、少しの間それを見つめていたが、間もなく言った。「メイがいない間、何をなさっていらっしゃいますの?」

「仕事に専念しています」ニューランドは、この問いかけにかすかないら立ちを感じながら、そう答えた。

ウェランド家では長年の習慣に従って、前の週から一家でセント・オーガスティンに出かけており、ウェランド氏の気管支が弱いとされているためもあって、毎年冬の後半を向こうで過ごすのが常だった。ウェランド氏は温和で物静かな人で、自説や持論は特にないが、身についた習慣は多く、その習慣を妨げる理由はあり得ないのだった。毎冬の南への転地に妻と娘が必ず同行するというのもその一つで、ウェランド氏の心の平静を保つためには、不変の家庭生活が必須だった。ウェランド夫人がそばにいて教えてくれなかったら、自分のヘアブラシがどこにあるのかも、手紙に貼る切手をどこから出してくればいいのかも、皆目見当がつかないのだ。

家族がお互いに敬意の念を抱き、ウェランド氏は崇拝の中心だったので、一人でセント・オーガスティンに行かせることなど、夫人にもメイにも思いもよらなかった。二人の息子はどちらも法律の仕事をしていて冬季にニューヨークを離れることはできないので、いつもイースターに父の元に来て、一緒にニューヨークに帰ることにしていた。

メイが父親に同行する必要性について話し合うことなど、ニューランドには不可能だった。ミンゴット家の家庭医は、主に肺炎の発病に関して信望が厚かったので、一度もかかったことのないウェランド氏にセント・オーガスティン行きを強く勧める言葉は絶対だった。そもそも、メイの婚約はフロリダから戻るまで公表しない予定だったので、公表を早めたからと言ってウェランド氏の計画の変更を期待するのは無理だった。できることならニューランドも一家に加わって、婚約者とともに日光と舟遊びを楽しむ数週間を過ごしたいところだったが、ニューランドもまた、習慣としきたりに縛られた人間だった。職務は決して骨の折れるものではなかったが、冬のさなかに休暇を取りたがっているとわかれば、ミンゴット一門全体から軽薄のそしりを受けることになっただろう。

それでニューランドは、諦めてメイの出発を受け入れ、こういう気持ちは結婚生活の主要な要素の一つになるだろうと悟っていたのだ。

オレンスカ夫人が伏し目がちに自分を見ていることに、ニューランドは気づいていた。

「お望みの通りに――ご忠告の通りにしましたわ」夫人は急にそう言った。

「ああ、良かったです」こんなときにそのような話が出されたことに当惑しながら、ニューランドは答えた。

「おっしゃったことが正しいと――もちろんそう思っています」少し息苦しそうに、夫人は続けた。「でも、生きるのは時に困難で……複雑で……」

「確かに」

「おっしゃったことが正しいと、ほんとうにそう感じていると申したかったのです。そしてとても感謝していますと」夫人は言い終えると、オペラグラスをすばやく目にあてた。そのとき、ボックスの扉が開いて、ボーフォートの良く響く声が聞こえてきた。

ニューランドは立ち上がり、ボックス席を出て劇場を後にした。

メイ・ウェランドからの手紙を、ニューランドはほんの前日受け取っていたが、そこにはメイらしい率直さで、自分たちのいない間「エレンに親切にしてあげて」と書かれていた。「エレンはあなたのことが好きで、とても尊敬しています。それに、表には出さないけれど、今もひどく孤独で不幸な人です。おばあ様にも、ラヴェル・ミンゴットおじ様にも、エレンのことはきっとおわかりにならないと思います。ほんとうのエレンよりもっと世慣れた、社交界が好きな人だと信じているのですから。家族は認めようとしませんけれど、エレンにとってニューヨークは退屈に違いないと、わたしにはよくわかります。素晴らしい音楽、展覧会、著名人――あなたの尊敬する、芸術家や作家などの才気ある人たち、といったような、ここにはないたくさんのものに慣れ親しんでいらしたのですものね。晩餐会と衣服以外にエレンが何を望むのか、おばあ様にはおわかりになりません。でも、エレンがほんとうに好きなものについて話のできる、ニューヨークで唯一の人はあなただと、わたしにはわかるんです」

賢い、僕のメイ――あんな手紙をくれるとは、なんて素敵なんだ！　しかしニューランドには、その言葉通りに行動するつもりはなかった。第一に忙しいし、婚約者のいる者として、オレンスカ夫人の擁護者として目立ちすぎるのも好まなかった。夫人は自分の身の振り方について、純真なメイが想像するよりはるかに良くわきまえている、とも思った。何しろ足元にはボーフォートを従え、頭上にはヴァン・デル・ライデン氏が守護神さながら空を舞い、その中間には(ローレンス・レファーツを含む)たくさんの志願者が機会を狙っているのだ。だが、そう思いながらもニューランドは、夫人と会ったり言葉を交わしたりするたびに、メイの無邪気な推測は天賦の洞察力と言えるのではと感じてしまうのだった。エレン・オレンスカはほんとうに、孤独で不幸なのだと。

第十四章

ロビーに出たところで、ニューランドは友人のネッド・ウィンセットに出会った。ジェイニーが「利口な人たち」と呼ぶニューランドの知人たちの中で、クラブや安いレストランで交わす平均的レベルの冗談よりやや深い話をしたいと思う、唯一の友達だった。

ニューランドはすでに、くたびれた服を着たウィンセットの丸みを帯びた背中を劇場の向こう側に見かけており、その視線がふとボーフォートのボックス席に向けられたことにも気づいていた。出会った二人は握手し、近くの小さなドイツ料理店でビールを一杯どうだい、とウィンセットが誘った。そのような場所で出そうな話をする気分になれなかったニューランドが、家で仕事をしなくてはならないので、という口実で断ると、ウィンセットは「ああ、仕事なら僕もある。僕も「勤勉な徒弟(68)」になろう」と答えた。

二人でぶらぶら歩いて行くうちに、ウィンセットが言った。「実はね、僕が聞きたいのは、君たちの素敵なボックス席にいた、黒い髪の人の名前なんだよ。ボーフォート夫妻と一緒だったね？　君の友達のレファーツが夢中になっているらしい女性だ」

なぜかわからないが、ニューランドは少し腹が立った。いったいどうして、ウィンセットがエレン・オレンスカの名前を知りたがるのだろうか。そして何より、なぜレファーツの名前と結びつけて言ったりしたのか。こんな好奇心を見せるのはウィンセットらしくないが——でも、そうか、ウィンセットはジャーナリストだった、と思い出した。

「まさか取材するためじゃないだろう？」ニューランドは笑って聞いた。

「まあね、新聞のためじゃない。僕の個人的な理由なんだ」とウィンセットは言った。「実を言うと、あの人は僕の近所に住んでいるんだよ——あんな麗人が住むには妙な地区だが。そして、うちの息子にすごく親切にしてくれた。飼い猫を追いかけていて、あの人の家の近くで転んでひどくけがをしたときにね。膝に包帯を綺麗に巻いてから息子を抱いて、帽子もかぶらずに大急ぎで連れて来てくれたんだよ。とても優しい上に美人だったから、家内は我を忘れてしまって、名前を聞き損ねたというわけさ」

ニューランドの胸は喜びで膨らんだ。特に珍しい話ではない——近所の子供がけがをすれば、どんな女性でも同じようにしただろう。だが、坊やを抱いて帽子もかぶらずに大急ぎで家まで連れて行き、名前を聞くのも忘れるほどウィンセット夫人を魅了してしまうとは、いかにもエレンらしい、とニューランドは感じたのだった。

「あの人はオレンスカ伯爵夫人といって、老ミンゴット夫人の孫娘だ」

「ヒューッ、伯爵夫人なんだ！」ネッド・ウィンセットは口笛を吹いた。「いや、伯爵夫人があんなに親切だとは思わなかった。ミンゴット一族とは違うな」

「機会さえ与えられたら、伯爵夫人だって親切にできるよ」

「ああ、そうかな」昔から二人の間では、「利口な人たち」が上流の人たちとの交際を頑固に拒むことについて延々と議論を続けてきていたので、それを延長しても無駄だとどちらもわかっていた。

「伯爵夫人のような人が、どうして僕らの住むようなみすぼらしい界隈に住むことになったのだろう」

「住む場所とか、つまらない社会的案内標識とかを、少しも気にかけない人だからだよ」ニューランドは、自分が描く夫人のイメージに密かな誇りを覚えながら言った。

「ふうん、もっと広い世界にいたからだね、きっと」ウィンセットは言った。「じゃ、僕はここで曲がるから」

ウィンセットはブロードウェイを横切って、前かがみの姿勢で歩いて行き、それを見送りながらニューランドは、ウィンセットが最後に言った言葉について考えを巡らせた。

ネッド・ウィンセットには、ああいう洞察の閃きがある。それこそ、あいつの一番興味深い点だ。それなのになぜ、たいていの人間がまだ奮闘中の年齢で早々に、淡々と敗北を受け入れているのだろう、とニューランドはいつも思わずにはいられなかった。

妻と子供がいるのは知っていたが、会ったことはなかった。ウィンセットと会うのはいつも、センチュリー・クラブか、あるいはビールでもと先刻誘っていた、ジャーナリストや劇場関係者が集まるレストランなどだった。妻は病弱だとウィンセットはニューランドに語っていたが、気の毒にそれは真実だったかもしれないし、社交の才がないのか、夜会服がないのか、またはその両方かもしれない。ウィンセット自身、社交上の慣例を守ることを忌み嫌っていた。ニューランドは夜のために着替えをするが、それはそのほうが清潔で快適だと思うからであって、つつましい暮らしにおいては清潔さと快適さが最も費用のかかるものだという事実には、まったく思い至らなかった。そのため、ウィンセットの態度をうんざりするほど「ボヘミアン」的なポーズだと見なし、何も言わずに服を着替え、雇っている召使の数をくどくど言ったりしない上流の人たちのほうが、ずっと率直でこだわりがないと思っていた。それにもかかわらず、ウィンセットにはいつも刺激を受けるので、その憂鬱な目をしてやせたひげ面を見かけると、引っ張り出して長い会話に誘い込むのだった。

ウィンセットは、進んでジャーナリストになる道を選んだわけではなかった。文学を必要としない世界に折悪しく生まれてしまった、生粋の文人だった。短いがとても優れた文学批評の書物を一冊書き――そのうち百二十部が売れ、三十部は献呈、残りは結局(契約に従って)出版社の手で廃棄された。もっと売れる本に場所を譲るためである――その後は転職を断念して、女性向け週刊紙の副編集長になった。流行りの服装のスタイル画や型紙と、ニューイングランドを舞台とする恋愛小説やノンアルコール飲料の広告とが交互に並ぶような新聞だった。

『暖炉の火』(それが新聞の名前だった)についてのウィンセットの話はどこまでも愉快だったが、その面白さの裏には、まだ若いにもかかわらず、何かをめざした末に諦めなければならなかった人間の不毛な苦さが隠れていた。ウィンセットとの会話によって、いつもニューイングランドは自分自身の人生を測ることになり、なんとわずかなものしかないのだろうと感じるのだったが、実際のところウィンセットの人生にはさらにわずかしかないのだった。二人の共有する知的関心と好奇心は会話を活気づけたが、意見の交換はたいてい、物悲しい素人評論の域を出なかった。

「ほんとうのところ、僕たちは二人とも、自分に合った人生ではないということだ」とウィンセットが言ったことがあった。「僕はノックアウトされて、もうどうしようもない。僕に作れるものはたった一つで、それを売れる市場がここにはないし、この先もないだろう。でも、君は自由で裕福だ。君こそは、社会と接触を持てばいい。そのための道はただ一つ――政治の世界に入ることだ」

ニューランドは頭をそらして笑った。ウィンセットのような人間と、別のもう一つの種類の、つまりニューランドのような人間との間に、どうしようもない違いがあることなど、一目でわかるではないか。アメリカでは「紳士が政治の世界に入ることはあり得ない」ということを、上流の人間なら誰でもわかっていた。しかし、ウィンセットに対してそうは言えないので、ニューランドはあいまいな答え方をした。「アメリカの政界の正直者の生涯を見るといい。彼らは僕たちを必要としていない」

「彼ら、って誰のことだい？　君たちが団結して、「彼ら」になったらいいじゃないか」

ニューランドの笑いは、わずかに優越感を含んだ微笑となって、唇にとどまっていた。この議論を続けても無駄なことだ、清潔さを危険にさらしてニューヨーク市や州の政治に関わった数少ない紳士たちのたどった悲しい運命は、みんなが知っているではないか、そんなことが可能だった時代は過ぎた、今やこの国は政界のボスや移民のもので、まともな人間はスポーツや文化に頼るしかないんだ、というのがニューランドの意見だった。

「文化？　ああ、もし文化があればね！　あるのは、あちこちに散らばる小さな畑だけ、それも耕作や交配の不足のために絶滅しかかっている状態だ。君の祖先が持って来た、古いヨーロッパの伝統の最後の残骸だね。しかし、君たちは気の毒な少数派で、中心も競争も観衆もない。住む人のない家の壁に掛けられた絵――『ある紳士の肖像』とでも名付ければいいような絵だ。腕まくりをして泥の中に入って行くまで、君たちは全員、まったく何の価値もないんだ。あるいは移住するか――ああ、僕も移住ができたら！」

ニューランドは心の中で肩をすくめ、本に話を戻した。本のことならウィンセットの話は、気まぐれなところはあるものの、常に面白かったからだ。移住とは！　紳士が自国を捨てることなどできるわけがない！　腕まくりをして泥の中に入って行くのと同様、無理に決まっている。紳士はただ、自国にとどまって自粛しているだけだ。けれども、ウィンセットのような男にそれを理解させるのは不可能だ。そしてそれこそが、文学的なクラブや異国風のレストランがあって最初は万華鏡のように思われるニューヨークが、実は五番街の微粒子を集めたよりもずっと単調な模様の、ずっと小さな箱である、と最後にはわかるのと同じことなのだ。

翌朝ニューランドは、黄色のバラを街中探しまわったが、徒労に終わった。このために事務所に着くのが遅れたが、遅刻してもまったくどこにも影響を与えていないことがわかって、自分の人生の、入念に作り上げられた無意味さに突然の憤りを感じた。こんなことなら、この瞬間、メイ・ウェランドとともにセント・オーガスティンの砂浜にいてもよかったじゃないか。仕事しているふりをしたって、誰も信じやしないんだから。レタブレア氏の事務所のような、主に広大な地所の管理や「保守的な」投資を扱う古風な法律事務所には、かなり裕福で職業的な野心のない青年が必ず二、三人いて、毎日一定の時間、机に座って小さな仕事をするか、あるいはただ新聞を読んで過ごしていた。青年たちが職に就くことは適切だと考えられていたが、収入を得るという露骨な事実はいまだに品性を損なうものとされていた。そして、法律を職業とすることは、実業よりは紳士にふさわしいと考えられていた。しかし、これらの青年の中に、仕事で成功する見込みのある者はなく、成功したいという真剣な願いを抱く者は一人もなかった。ほとんどの者が、熱意のなさという青かびに、すぐにそれとわかるほどやられていたのだ。

自分の上にも同じかびが広がっているかもしれないと考えて、ニューランドは思わず身震いした。もちろん、自分にはほかに趣味や関心事がある。休暇にはヨーロッパ旅行をするし、メイの言う「利口な人たち」と交際を深めている。オレンスカ夫人との会話でいくらか憧れをこめた口調で述べたように、全般的に「遅れをとらないように」努めてもいたのだ。けれども、いったん結婚したら、真の経験を楽しんでいる、人生のこの狭い余白はどうなるのだろう。それほどの熱意はないにしても、自分と同じ夢を見ていた青年が、年長者たちと同様の、波風のない贅沢な日常生活に次第に陥っていく例を、これまでいやというほど見て来たではないか。

今日の午後に訪問してよろしいでしょうか、お返事はクラブまで、と書いたオレンスカ夫人宛ての短い手紙を、ニューランドは事務所から使いの者に持たせた。だが、クラブに返事は届いておらず、翌日になっても何の音沙汰もなかった。思いがけない沈黙に、ニューランドは理屈に合わない屈辱を感じ、輝くばかりに美しい黄色のバラを翌朝花屋のウィンドーに見かけたが、そのまま通り過ぎた。ようやくオレンスカ伯爵夫人からの返事を郵便で受け取ったのは三日目の朝だった。驚いたことにそれはスキタクリフから出されたもので、スキタクリフには、公爵を帰りの船で送り出した後のヴァン・デル・ライデン夫妻が早々に行っているはずだった。

「わたくしは逃げて来ました」夫人の手紙は(普通の前置きなしに)いきなり始まっていた。「劇場でお目にかかった翌日から、こちらの親切な方々がここに泊めてくださっています。わたくしは静かな中で、いろいろなことをよく考えたかったのです。おっしゃったように、こちらの方々はとても親切で、ここにいればほんとうに安全だと感じます。あなたもいらしてくだされればよいのですが」そして最後は型通りに「敬具」と結ばれていたが、戻る日についての言及はなかった。

文面の調子にニューランドは驚いた。オレンスカ夫人は何から逃げたのか。なぜ安全だと感じる必要があったのか。最初に思いついたのは、外国からの邪悪な脅迫だった。しかし次には、夫人が手紙を書くときの文体をこれまで知らなかったが、こういう大げさで奇抜な言い方をしがちな人なのかもしれない、と考えた。女性は必ず大げさな物言いをするものだ。それに、夫人は英語を自由に使いこなしているとは言えず、フランス語から翻訳しているような話し方をよくする。「ジュ・ム・スイ・エヴァデ」とフランス語にしてみれば、手紙の最初の文章はただ、退屈な社交上の約束の連続から逃げたかった、という意味ともとれた。気まぐれで現下の楽しみに飽きてしまいやすい人だから、それが真実なのでは、とニューランドは考えた。

ヴァン・デル・ライデン夫妻が再び夫人をスキタクリフにさらうように連れて行き、しかも今回はいつまでという期限もはっきりしないことを考えると愉快だった。スキタクリフではめったに訪問者を迎え入れず、迎えたとしても不承不承で、その特別に許可された少数のお客が享受するのは、(69)冷え冷えした週末がせいぜいなのだ。ニューランドは前回パリに行ったとき、ラビッシュ作の『ペリション氏の旅行』という面白い喜劇を見たのだが、その中でペリション氏が氷河から助け出した青年にどこまでも頑固に執着するのを思い出した。ヴァン・デル・ライデン夫妻は、オレンスカ夫人をほとんど氷河のように冷たい運命から救い出したのであり、夫人に惹かれる理由がほかにいろいろあるにせよ、その下には夫人を救い続けようという、穏やかだが頑固な決意があるのだ、とニューランドは思った。

オレンスカ夫人が留守だとわかってがっかりしたのは間違いなかったが、すぐに思い出したのは、その前日に断った招待のことだった。レジー・チヴァーズの家で次の日曜日を過ごさないかという誘いで、その家はスキタクリフから数マイル下手の、ハドソン川のほとりにあった。

ハイバンクでの仲間うちの騒々しいパーティー――舟遊び、氷上ヨット、そり遊び、雪中の散歩、そしてそれらに混じっての恋の真似事や悪ふざけがお決まりの集まりはもう十分だと、ニューランドはかなり前から感じていた。それに、ロンドンのいつもの書店に注文してあった新しい本が一箱、ちょうど届いたばかりだったので、そのお宝を抱えて家で静かに過ごす日曜日のほうを選んだのだった。けれども、クラブの書斎に向かうと、そこで急いで電報を書き、すぐに出してくれるように従僕に言いつけた。客人の気が急に変わってもレジー夫人は嫌がらないし、いつも余分に客用の部屋がある、融通の利く屋敷だということも知っていたからである。

第十五章

ニューランド・アーチャーは金曜日の夕方にチヴァーズ家に着き、翌日の土曜日にはハイバンクの週末につきもののすべての行事に良心的に加わった。

午前中は、チヴァーズ夫人を含む頑健な人たち数人とともに氷上ヨットで一走りし、午後にはレジーの「農場見回り」に同行して、設備の整った厩舎で、馬についての長く感動的な解説を拝聴、お茶の後には、暖炉の火が明るく照らす部屋の隅で、一人の若い女性のお相手をした。ニューランドの婚約発表を聞いて悲嘆にくれたという告白をしたかと思うと、自分の結婚に関する期待をしきりに話したがる人だった。挙句の果てにニューランドは、夜中にお客の一人のベッドに金魚をこっそり入れる手伝いをしたり、臆病なおばさんの部屋のバスルームに隠れて驚かせる泥棒役の扮装をさせたり、日付の変わる頃には子供部屋から地下室まで家中を使う枕投げに加わったりと大活躍した。だが、日曜日の昼食が済むと、小型の馬そりを借りてスキタクリフに向かった。

スキタクリフの家はイタリア風の邸宅だと一般に言われてきたもので、一度もイタリアに行ったことのない人たちだけでなく、行ったことのある人たちの中にも、そう信じている人がいた。それは、ヴァン・デル・ライデン氏がまだ若い頃、「ヨーロッパ大陸《グランド》巡遊旅行《ツアー》」から戻り、ルイザ・ダゴネット嬢との結婚を控えたときに建てた家だった。四角張った大きな木造の建物で、薄緑と白に塗られた溝付きの外壁、コリント式の柱廊玄関、窓と窓の間には縦溝彫りの柱形《はしらがた》がついていた。家が建っている高台からは、手すりとつぼ形の装飾で縁どられたテラスが、銅版画のようなスタイルで、下の湖まで続いていた。その小さなゆがんだ形の湖は、へりがアスファルトで固められ、枝の垂れる珍しい針葉樹が上に張り出していた。左右には雑草などのない素晴らしい芝生が広がり、（それぞれ異なる種類の）「標本」樹が点々と植えられていた。芝生はなだらかな起伏を見せながら、凝った鉄製の飾りの置かれた、広々した草地までずっと続いている。そして下の窪地には、一六一二年に土地を譲与された最初の所有者が建てた、四部屋から成る石造りの家があった。

一面の雪と灰色がかった冬空を背景にして、イタリア風の屋敷はかなり陰鬱な雰囲気でそびえていた。夏でも近寄り難さは変わらず、どこまでも生い茂る質《たち》のコレウスの花壇でさえ、その恐ろしげな玄関からは三十フィートの距離を保っているのだった。ニューランドが呼び鈴を鳴らすと、その長い響きはまるで霊廟の内部で反響しているように思われ、ようやく姿を現した執事は、永遠の眠りから呼び起こされたかのように、ひどくびっくりしていた。

幸いニューランドは親類だったので、突然の訪問だったにもかかわらず教えてもらうことができた――オレンスカ伯爵夫人はお留守です、午後の礼拝のため、ちょうど四十五分前に、馬車で奥様とご一緒にお出かけになりました、とのことだった。

「旦那様はご在宅でいらっしゃいます」と執事は続けて言った。「ただ、わたくしが思いますに、今頃はまだお昼寝からお目覚めでないか、あるいは昨日の『イヴニング・ポスト』をお読みになってらっしゃるかと。今朝、教会からお戻りになったときに、ご昼食のあとで『イヴニング・ポスト』に目を通すつもりだとおっしゃいました。もしお望みとあれば、書斎のドアの前まで行って、中のご様子をうかがって参りますが」

ニューランドは執事に礼を言い、僕はご婦人方をお迎えに行きます、と言った。それを聞いて執事は明らかにほっとした表情になり、重々しい態度で扉を閉めた。

馬丁がそりを厩舎に引いて行ってくれたので、ニューランドは庭園を抜けて街道に向かった。スキタクリフの村は教会から一マイル半ほどしか離れていなかったが、ヴァン・デル・ライデン夫人は決して歩かない人なので、馬車を迎えるとすれば道沿いに行かなくてはならないと知っていたのだ。しかし、街道に出る小道を進んでいるとほどなく、赤い外套のほっそりした人影が目に入った。一頭の大きな犬が、その前を走っている。ニューランドは急いでオレンスカ夫人に近づき、夫人は歓迎の微笑を浮かべて足を止めた。

「ああ、いらしてくださったんですね」夫人はそう言いながら、マフから片手を出した。

赤い外套の力で、夫人は生き生きと明るく、昔のエレン・ミンゴットに戻ったように見えた。ニューランドは笑ってその手をとり、「何から逃げていらしたのか、それを知るために来ました」と答えた。

夫人は顔を曇らせた。「そうね、それは間もなくおわかりになるでしょう」

ニューランドは、その答えに当惑した。「なんと。ではもう追いつかれてしまった、ということなのですか？」

夫人は、ナスタシアがしたような、小さく肩をすくめる動作をして、少し明るい口調で答えた。「歩きましょうか。お説教を聞いてきたところで、とても寒いのですもの。それに、わたくしを守るためにこうしてあなたが来てくださった以上、もうどうってことありませんわ」

こめかみまで血が上り、ニューランドは夫人の外套のひだをつかんで言った。「エレン、いったい何なんですか？　話してください」

「ええ、そのうちに。でも今は、まず駆けっこをしましょうよ。寒くて足が地面に凍りつきそう」夫人はそう声を上げ、外套をたくし上げると雪の上を飛ぶように走って逃げた。犬は挑むように吠えながら、その周りを飛び跳ねている。雪を背景にした赤い流れ星のきらめきに目を奪われて、ニューランドは一瞬その場に釘付けになったが、すぐに後を追い、二人は息を切らして笑い声を上げながら、庭園に通じる小さな門のところで一緒になった。

夫人は微笑を浮かべてニューランドを見上げ、「いらしてくださると思っていました」と言った。

「僕に来てほしいとお思いだったわけですね」大して意味のないやりとりには釣り合わないほどの喜びを感じながら、ニューランドはそう答えた。木々の白いきらめきが神秘的な輝きで外気を満たしていて、雪の上を歩く二人の足元では大地が歌っているように思われた。

「どこからいらっしゃったの？」と夫人が聞いた。

ニューランドは説明をして、「お手紙を受け取ったからです」とつけ加えた。

夫人は少し間を置き、かすかな冷たさのこもった声で言った。「わたくしの面倒をみるようにと、メイが頼んだのですね」

「頼まれなくても来ましたよ」

「それはつまり――どう見てもわたくしが無力で無防備だということでしょうか？　わたくしのことを、憐れむべき人間だと、皆さんは思っていらっしゃるのね。でも、こちらの女性たちはそう見えません――そんな必要を感じていらっしゃるようには。天国の清らかな方々と同じようですわ」

「どういう必要なのですか？」ニューランドは小声で訊ねた。

「わたくしに聞かないでくださいな！　あなた方の言葉はわかりませんもの」夫人は腹立たしげに言葉を返した。

ニューランドはその答えに殴打されたようになって、夫人を見つめたまま、小道に立ち尽くした。

「お互いに言葉が通じないとしたら、いったい僕は何のためにここに来たのでしょう」

「ああ」夫人はニューランドの腕に軽く手を置いた。ニューランドは真剣に頼んだ。

「エレン――何が起きたのか、どうか僕に話してくれませんか？」

夫人は再び肩をすくめた。「天国で何か起きることがあるでしょうか？」

ニューランドは答えなかった。二人は黙ったままで、数ヤード歩いた。ついに口を開いたのは、夫人だった。「お話ししますわ。でも、一体全体、どこで？　どこで？　神学校のようなあの大きなお屋敷では、一分間だって二人だけにはなれません。扉はすべて開け放されていて、召使が始終、お茶だの暖炉の薪だの新聞だのを持ってきますでしょう。アメリカの家には、自分だけでいられるところがどこにもないのでしょうか？　こちらの方はとても内気で、そのくせ人目を気になさらないのね。わたくしはずっと、まるで修道院に戻ったような気持ち——さもなければ、決して拍手をすることのない、ひどく礼儀正しい観客の前で舞台に立っているような気持ちです」

「ああ、アメリカ人がお好きではないんですね！」ニューランドは思わず大きな声で言った。

ちょうど二人が通りかかったのは、昔の領主館だった。中央の煙突を囲むように四角い小さな窓がいくつかある、がっしりした低い壁の建物で、鎧戸は開いており、窓の一つから暖炉の火が見えた。

「あれ、この家、開いていますよ」ニューランドが言った。

夫人は立ち止まった。「いえ、今日だけですわ、おそらく。見たいとわたくしが申しましたので、暖炉に火を入れ、窓を開けておくようにと、ヴァン・デル・ライデン氏が言いつけてくださったんです――今朝、教会からの帰りに寄ればいいからと」夫人はそう言うと、戸口の段を駆け上がり、扉が開くかどうか試してみた。「まだ鍵はかかっていませんわ。なんて運がいいんでしょう！　お入りください。ここなら静かにお話ができます。ヴァン・デル・ライデン夫人はラインベックにいらっしゃる高齢のおば様の訪問にお出かけなので、わたくしたちの帰りが一時間くらい遅くなっても大丈夫でしょう」

ニューランドは夫人の後について、狭い廊下を進んだ。夫人から最後に言われた言葉で、沈み込んでいた気持ちが突然わけもなく明るくなった。その小さな素朴な家は、まるで二人を迎え入れるために魔法でそこに立ち現れたかのようだった。部屋の壁や真鍮製の金具が暖炉の火を受けて光っている。台所では古い自在鉤につるした鉄なべの下で、大きな熾《おき》のかたまりがまだ赤く輝いていた。座部にイグサを張った肘掛け椅子が、タイル貼りの炉辺をはさんで向かい合って置かれ、壁の棚にはデルフト焼きの皿がずらりと並んでいた。ニューランドはかがんで、熾の上に薪を一本投げ込んだ。

オレンスカ夫人は外套を脱ぐと、椅子に座った。ニューランドは暖炉に寄りかかって、夫人を見つめた。

「今は笑っていらっしゃいますが、手紙を書かれたときのあなたは不幸だったのですね」

「ええ」夫人はそこで、一度言葉を切った。「でも、あなたがここにいらしてくださるなら、不幸など感じるはずはありませんわ」

「長くはいられないんです」必要十分な言い方をしようとする努力のため、唇まで緊張させて、ニューランドは答えた。

「ええ、承知しています。でもわたくし、先のことは考えません。幸せなときには、その瞬間を生きることにしていますから」

この言葉が誘惑のように心に忍び入ってきたので、それに対して感覚を閉ざすために、ニューランドは炉辺を離れ、雪を背景に立つ木々の黒い幹を眺めた。だが、まるで夫人もまた場所を変えたかのように、物憂げに微笑みながら火の上にうつむくその姿が、自分と木々との間に見えるのだった。ニューランドの胸の鼓動の高まりは、抑えようがないほどだった――この人が逃げていたのは僕からだったとしたら、そして、そのことを告げるのに、この秘密の部屋で二人だけになるのを待っていたとしたら、どうだろう。

「エレン、もしほんとうに僕があなたの助けになっているなら――もしほんとうに僕に来てほしいと思われたなら――いったいどうしたのか、何から逃げているのか、話してください」ニューランドは諦めずに繰り返した。

ニューランドの姿勢は元のままで、夫人のほうを振り向くこともしなかった――もしそんな事態が実際に起きるなら、きっとそれはこのように起きるのだ。二人が部屋の両端にいて、自分は外の雪にじっと目を向けたままで。

夫人はずっと黙ったままだった。そのときニューランドは、夫人が自分の背後から忍び寄り、ほっそりした腕を自分の首に回すことを想像して、その足音まで聞こえるような気がした。ニューランドの魂と肉体が奇跡を待ち受けて激しく動悸を打っていたとき、目が無意識にとらえたのは、厚い外套を身に着け、毛皮の襟を立てて小道を歩いて来る、一人の男の姿だった。それはジュリアス・ボーフォートだった。

「ああ！」ニューランドはそう声を上げ、いきなり笑い出した。

オレンスカ夫人はさっと立ち上がり、ニューランドのそばに来て、片手をニューランドの手の中に滑り込ませた。だが、窓の外を一瞥すると、青くなって後ずさりした。

「そういうことだったのですか」ニューランドは、見下すような口調で言った。

「あの方がここにいらっしゃるとは、知りませんでしたわ」夫人はつぶやいた。手はまだニューランドの手を握っていたが、ニューランドは夫人から離れて廊下に出て行き、玄関の扉を勢いよく開け放って言った。

「やあ、ボーフォート。こちらへ！　オレンスカ夫人がお待ちです」

翌朝、ニューヨークへの帰途、ニューランドはスキタクリフでの最後の時間のことを、疲労を感じるほど鮮明に思い起こした。

ボーフォートは、オレンスカ夫人と一緒にいるニューランドを見て明らかに腹立たしげだったが、いつものように独断的にその場を仕切った。自分に都合の悪い人間の存在を無視してかかるそのやり方は、敏感な相手であれば、自分が見えない存在に、あるいは存在しないものにされたような感覚を与えずにはおかなかった。三人で庭園を抜けて歩きながら、ニューランドはこの奇妙な感覚を味わっていた。虚栄心にとっては屈辱的だが、相手に見られずに観察ができるという、幽霊になったような利点も得られるのだった。

小さな領主館に入って来たときのボーフォートは、いつも通りのゆったりした自信を見せていたが、微笑してても眉間の縦じわは消えなかった。夫人がニューランドに言った言葉から推測はできたが、ボーフォートが来ることを知らなかったのは、ほぼ明らかだった。少なくとも、夫人がニューヨークを発《た》つとき、ボーフォートに行き先を知らせていなかったのは確かで、説明もなく出発したことでボーフォートは憤慨していたのだ。ボーフォートがここに現れた表向きの理由は、市場に出ていない「理想的な小さな家」

をちょうどその前夜に見つけたからだという。まさにあなたにお誂《あつら》え向きの家ですが、借りるならすぐに決めなければ、たちまちほかにとられてしまうでしょう、そんなときに逃げ出して、僕をこんなにあたふたと駆け回らせるとはあんまりですよと、本気ではないにせよ、夫人に向かって声を大にして非難の言葉を連ねていた。

「電線を使って話ができるとかいう新案装置が、もしもう少し完成に近づいていたら、僕はあなたを追って雪の中を歩き回ったりせず、いまこの瞬間街にいて、クラブの暖炉で足を温めながら話せたのですがねえ」ボーフォートはいら立ったふりで文句を言いながら、ほんとうのいら立ちを隠そうとしているのだった。オレンスカ夫人はこの機会をとらえてうまく話を逸らし、いつか街の別のところにいる相手と――いや、それどころか、夢のような話だが、ほかの街にいる相手とさえ――会話ができるかもしれないという、空想的な可能性へと話題を変えた。その結果三人は、エドガー・ポー(70)やジュール・ヴェルヌなどの名前に言及し、知的な人々が話を引き伸ばして時間稼ぎをしようと、にわかには信じられないような新しい発明品を引き合いに出すときにお決まりの言葉を並べることとなった。こうして電話についての問題を話しながら、屋敷まで無事に戻ったというわけだった。

ヴァン・デル・ライデン夫人は、まだ戻っていなかった。ニューランドは別れの挨拶をしてそりをとりに行き、ボーフォートはオレンスカ夫人の後について中に入って行った。ヴァン・デル・ライデン夫妻は予告なしの訪問者を歓迎しないのが常だが、ボーフォートに夕食をともにするよう勧め、九時の汽車に間に合うように送るくらいの親切は期待できただろう。だが、それ以上はきっと無理——というのは、荷物なしで訪れた紳士が泊まりたいと願うなど夫妻には考えられないことだったし、それほど親しい仲でもないボーフォートのような相手に泊まるよう勧めることも、気が進まないに違いなかったからだ。

それはボーフォートも十分にわかっており、予期してもいたに違いない。これほどわずかな報いのためにわざわざ遠くまで来たことに、焦燥の大きさが表れていた。ボーフォートがオレンスカ伯爵夫人を追いかけていることは間違いなく、美しい女性を追うボーフォートの目的は、ただ一つしかなかった。子供のいない単調な家庭生活にボーフォートは退屈しきっていて、永続する慰めのほかに、常に恋愛の相手を身近に求めていたのだ。オレンスカ夫人が逃げていると言ったのはこの男だ。問題は、ボーフォートのしつこさが不快で逃げたのか、あるいはその執拗さに必ずしも抵抗できる自信がなかったから逃げたのかという点で、そうでなければ逃亡の話は口実、出発は単なる策略に過ぎないことになる——ニューランドはそう考えた。

もっとも実際には、このようなことを信じてはいなかった。これまでオレンスカ夫人に会う機会は少なかったが、自分には夫人の表情が読める、それは無理でも声は読めると思い始めており、ボーフォートが突然姿を現したとき、その顔も声も困惑を――いや、動揺さえ表していたからだ。しかし結局のところ、もしそれが真相だとしたら、夫人がボーフォートと会うという明白な目的のためにニューヨークを出て来たという場合より、実情は悪いのではないだろうか。もしもそんなことをしたのなら、夫人は関心の対象ではあり得なくなる――偽善者の中でも最も低俗な男と運命をともにすることになるわけで、ボーフォートと恋愛関係になった女は、「取り返しのつかない位置に自分をおく」ことになるからだ。

いや、もしボーフォートの人間性に評価を下し、おそらくは軽蔑しながらもなお、周囲にいる男性たちより有利な点のために惹かれているとすれば、事態はさらに千倍も悪い。つまり、欧米二つの大陸とその社交界になじみ、芸術家、俳優など世間に知られている人たちと親しく交際し、限られた地域に生きる人たちの偏狭な考えを無頓着に軽蔑するところに惹かれているのなら。ボーフォートは低俗で教養がなく、財産だけが自慢の男だったが、その生活環境と生まれながらのある種の抜け目なさのおかげで、道徳的社会的にはボーフォートより優れているものの、バッテリー公園とセントラルパークに囲まれた区域が全世界であるような生き方をしている多くの男性たちに比較すると、会話する価値のある人間になっていた。より広い世界から来た人が、その違いを感じて惹かれるのは、至極当然のことではないだろうか。

オレンスカ夫人がニューランドに対して「言葉がわからない」と言ったのは、いら立ちが爆発した結果だったが、それはある点で真実だと、ニューランドにはわかっていた。ボーフォートなら、夫人の話す言葉のすべてが理解でき、同じ言葉を流暢に話せるのだ。ボーフォートの人生観、口調、態度は、オレンスキ伯爵の手紙に示されたそれらを、より粗野にしたものにすぎなかった。それはオレンスキ伯爵の妻を相手にしようとするなら一見不利に見えたかもしれない要素だったが、ニューランドは聡明だったので、エレン・オレンスカのような若い女性が、過去を思い出させるすべてのものから退くとは思えなかった。過去のすべてに反感を抱いていると自分では信じていても、過去に魅惑されたものには、今も魅力を感じるだろう——たとえ本人の意思に反していようとも。

こんな具合にニューランドは、ボーフォートとその犠牲者の事例を、苦痛を伴うほどの公正さをもって分析してみた。夫人を正しい方向へ導きたいという願いは強く、それこそ夫人が求めていることなのだと思う瞬間もあった。

その日の晩、ニューランドはロンドンから届いた本の箱を開いた。その中には、待ち焦がれていたものが入っていた――ハーバート・スペンサー[71]の新著、多作なアルフォンス・ドーデ[72]の素晴らしい作品集、それに最近興味深い書評が出た『ミドルマーチ』[73]という題名の小説などである。この一箱の楽しみのために、ニューランドは夕食の招待を三件断ったほどだった。けれどもこのとき、本好きの人間独特の官能的とさえ言える喜びとともにページをめくりながらも、活字の内容はいっこうに頭に入って来ず、本は次々と手から落ちた。が、突然それらの中の小さな詩集が目に留まった。「生命の家」[74]という題名に惹かれて注文した一冊だった。その詩集を手に取ったニューランドは、それまで書物で経験したことのない雰囲気に、いつの間にか浸っていた。温かく豊かで、言葉にできないほどの優しさに満ちて――それゆえにその本は、人間の最も根源的な感情に、新しく忘れ難い美しさを与えていた。そんな魅力的なページの中に、ニューランドは一晩中、エレン・オレンスカの顔を持つ女性の幻を追い求めた。だが、翌朝になって目を覚まし、通りの向こう側の褐色砂岩の家々を目にしたり、レタブレア氏の事務所の自分の机やグレース教会[75]の家族席のことを考えたりしたとき、スキタクリフの庭園での時間は、夜の幻と同様、現実の範囲をはるかに超えた、あり得るはずのないものになったのだった。

「まあ、ニューランドったら、なんて青白い顔をしているの！」朝食のテーブルでコーヒーを飲んでいるとき、ジェイニーがそう言い、さらに母が「この頃、咳をしているじゃないの、ニューランド。働きすぎでないと良いけれど」と言った。ニューランドが上司の支配下で心身をすり減らすような労働をしていると、二人は固く信じていたのだ。だが、真実を知らせる必要はあるまいと、ニューランドは思っていた。

その後の二、三日は、重苦しくのろのろと過ぎた。日常生活は口の中の灰のようで、まるで自分の将来に生き埋めにされたように感じることもあった。オレンスカ伯爵夫人からの消息はなく、「理想的な小さな家」についても音沙汰なしだった。クラブでボーフォートに出会ったが、ホイストのテーブル越しにお互いに会釈を交わしただけだった。ようやく四日目の夕刻、帰宅すると短い手紙が届いていた。「明日遅くいらしてください。あなたに説明しなくてはなりません。エレン」とだけ書かれていた。

外で食事の予定だったので、ニューランドは「あなたに」というフランス語的な言い回しに微笑しながら、手紙をポケットに押し込んだ。夕食後には観劇に行ったので、その手紙を再び取り出して何度もゆっくりと読み直したのは、夜中過ぎに家に戻ってからのことだった。返事の方法には何通りかあり、興奮して眠れない夜の間、それぞれの方法をよく考えてみた。朝になってついに決めたのは、旅行鞄に衣服を何枚か投げ入れて、その日の午後に出航するセント・オーガスティン行きの船に飛び乗ることだった。

第十六章

ウェランド家の人たちがいる家だと教えられたほうに向かって、ニューランドがセント・オーガスティンの、砂に覆われたメイン・ストリートを歩いていると、メイ・ウェランドが一本のマグノリアの木の下で、髪に日の光を受けて立っている姿が目に入った。なぜもっと早く来なかったのだろう、とニューランドは思った。

真実が、現実が、自分の属している生活が、ここにある。それなのに自分は、専横な制約を心から軽蔑していながら、無断で休暇をとったら人にどう思われるかを恐れて、仕事机を離れることができなかったのだ！

メイの口から最初に出たのは「ニューランド！　何かあったの？」という言葉だった。自分が来た理由を即座に目の中に読み取ってくれていたら、もっと「女らしい」のに、という思いがニューランドの心に浮かんだが、「ええ、どうしてもあなたに会わなくては、と思ったんです」と答えると、驚きでかすかに青ざめていたメイは幸せそうに頬を染めた。このような寛大な一家なら、自分は容易に許してもらえるだろう、レタブレア氏の穏やかな非難さえ、たちまち笑って忘れ去ることができるだろう、と思った。

まだ朝早い時間だったが、メイン・ストリートでは型通りの挨拶以上のことはできず、ニューランドは早くメイと二人きりになって、あふれるほどの思いのたけをすっかり打ち明けたいと切望した。ウェランド家の朝食は遅めで、まだ一時間ほどあったので、メイはニューランドを家の中に案内する代わりに、町の向こうにある古いオレンジ畑まで歩いて行きましょうと提案した。川でボートを漕いできたばかりのメイは、太陽がさざ波を覆って編んだ金の網の中にからめとられているようだった。風に吹かれた髪が暖かみのある褐色の頬にかかって、銀色の針金細工のように輝き、目も若々しい透明さで、いつもより明るく、ほとんど薄青色に見えた。ニューランドと並んで、大股できびきびと歩くメイの顔は、大理石でできた若い運動選手のように、無表情にも見える落ち着きを浮かべていた。

神経が張りつめたニューランドにとってそんなメイの姿は、青空やゆったりした川と同じように心の和らぐものだった。二人はオレンジの木の下のベンチに座った。ニューランドはメイに片腕を回してキスしたが、それは太陽の光の中で冷たい泉の水を飲むような感じだった。けれども、思ったより強い力が腕にこもっていたのかもしれない。メイは顔を紅潮させ、びっくりしたように身を引いた。

「どうしたの?」とニューランドは微笑みながら訊いた。メイは驚いた表情でニューランドを見て、「何でもありません」と答えた。

かすかに気まずい雰囲気が漂い、メイの手がそっと離れた。ボーフォート家の温室での束の間の抱擁を除けば、ニューランドがメイの唇にキスしたのは初めてだった。メイが心乱れ、その動揺のために少年のような落ち着きを失ったのが見てとれた。

「一日、どんなことをなさっているのか、話してください」ニューランドはそう言い、頭を仰向けにそらしてその下で両手を組むと、まぶしい日差しを避けるために帽子を目深にずらした。単純な日常の事柄をメイに話させておくのが、一連の自分の考えを追うのに一番楽な方法だったからだ。それでニューランドは座ったまま、メイの単調な日課の話に耳を傾けた。水泳、ヨット、乗馬――軍艦がたまに入港したときに旧式の宿屋で開かれるダンスパーティーくらいしか変化というものはなかった――フィラデルフィアとボルティモアからいらした、感じのいい人たちが、その宿屋でピクニックみたいに簡素な暮らしをしているのよ。ケイト・メリーが気管支炎になったので、セルフリッジ・メリー一家が三週間の予定でこちらにいらしているわ。皆さんで砂地にローンテニスのコートを作る計画らしいんだけど、ラケットを持っているのはケイトとわたしだけだし、ほとんどの人がそんなスポーツは聞いたこともないんですって。

　こんなわけでとても忙しくしているので、先週送ってくださった、子牛革の装丁の小さな本（『ポルトガル語からのソネット集』[76]）も、ちょっと覗いただけなんです。でも、「ゲントからエクスまでどのようにその良き便りを伝えたか」は暗記しようとしているところですの。だって、あなたが最初に読んでくださった詩ですもの。ケイト・メリーったら、ロバート・ブラウニングという名前の詩人なんか、聞いたこともないって言うの。

　メイはほどなくさっと立ち上がると、朝食に遅れてしまうわ、ときっぱりした口調で言った。そこで二人は大急ぎで、ウェランド一家が冬の間暮らしている荒廃した家に戻って行った。ベランダにはペンキが塗られておらず、ルリマツリとピンクのゼラニウムの生け垣は剪定もされていない。ウェランド氏には家庭生活に関して繊細なこだわりがあって、ぞんざいな南部のホテルで経験するであろう不快さをいやがった。そのため毎年ウェランド夫人は、多額の費用とほとんど克服し難い困難にもかかわらず、ニューヨークから連れて来た不満顔の召使たちと、土地のアフリカ系の一時雇いとで、何とか家庭を切り回さなくてはならなかったのだ。

「お医者様がおっしゃるには、主人が自分の家にいるような気持ちになることが必要で、そうでないと気が滅入ってしまって、せっかくのここの気候も役に立たないんですって」ウェランド夫人は、同情を寄せるフィラデルフィアやボルティモアの人たちに向かって、毎冬そう説明した。ウェランド氏はと言えば、間もなくついた朝食の席で、奇跡的なほど多彩なご馳走の並ぶテーブル越しに、ニューランドに向かって、「ねえ、君、我々は野営しているんですよ。文字通りにね。家内と娘に、どうやって不自由を耐え忍ぶかを教えたい、とわたしは言っているんです」と言った。

ウェランド夫妻は娘のメイ同様、ニューランドの突然の来訪に驚いた様子だったが、ニューランドはひどい風邪をひきそうな気がしたので、という説明を思いついた。ウェランド氏にとってこれは、どんな義務も放棄してよいとする、十分な理由だった。

「特に春先は、十二分に気をつけないと」と言いながら、ウェランド氏は麦わら色のパンケーキを自分の皿に山盛りにとり、金色に輝くシロップをなみなみとかけた。「もしわたしが君の年頃にもっと慎重にしていたら、メイもこんな荒地で病気の年寄りに付き添って冬を過ごす代わりに、今頃は舞踏会で踊っていたでしょうに」

「まあ、でもお父様、わたしはここが大好きですのよ。そのこと、ご存じでしょう。もしニューランドがいてくださるなら、ここがニューヨークの千倍も好きになります」

「ニューランドは、風邪がすっかり治るまでここにいなくてはいけませんよ」ウェランド夫人は甘やかすように言った。当人は笑って、仕事というものもありますからね、と答えた。

しかし、ニューランドは事務所との電報のやり取りによって、風邪の回復には一週間かかると説得することに成功した。レタブレア氏の寛大さの理由の一つには、若くて優秀なパートナーであるニューランドがオレンスキ夫妻の離婚問題という面倒な件を立派に解決したことが挙げられ、その事実は、事態に皮肉な光を投げることになった。レタブレア氏はウェランド夫人に対して、ニューランドが一族に「非常な貢献をしてくれた」こと、そしてミンゴット老夫人がとりわけ喜んでいることを、すでに伝えていた。

ある日メイが、この家に一台しかない馬車で父のウェランド氏と出かけた後、ウェランド夫人は娘の前ではいつも避けてきた話題を取り上げる機会だととらえて、話を始めた。

「エレンの考え方は、わたしたちとはまったく違うと思っています。メドーラ・マンソンがヨーロッパに連れて行ったとき、あの子はやっと十八でしたのよ。社交界にデビューする舞踏会に黒のドレスで現れたときの騒ぎを覚えているでしょう。メドーラの気まぐれの一つですけれど、今回のことを予言していたと言えるほどですわ。あれから十二年は経ちますが、その間エレンは一度もアメリカには戻っていません。完全にヨーロッパ風になっているのは、少しも不思議ではありませんよ」

「しかし、ヨーロッパの社会は離婚を嫌います。自由を求めることでアメリカの考え方に従うことになると、オレンスカ伯爵夫人は思われたようです」その名前を口にするのが、スキタクリフから戻って以来初めてだったニューランドは、頬に血が上るのを感じた。

ウェランド夫人は、同情するような微笑を浮かべた。「それこそ、外国の方々がアメリカ人についてこしらえる、とんでもないお話と変わらないものです――午後二時に正餐をとるとか、離婚を奨励するとか！　外国の方がニューヨークにいらしたときにおもてなしするのが馬鹿馬鹿しく思えてしまうのも、そういうわけだからですわ。皆さん、わたしたちの歓待はお受けになるのに、帰国されると同じ馬鹿げたお話を繰り返されるのですから」

ニューランドがこれについて何も言わなかったので、ウェランド夫人は言葉を続けた。「でもね、離婚を断念するようにエレンを説得してくださったことを、わたしたちはとてもありがたく思っておりますのよ。あの子の祖母もおじのラヴェルも、どうにもできませんでした。エレンの考えが変わったのは完全にあなたの影響によるのだと、二人から手紙をもらいました。そもそもエレン自身が、祖母にそう言ったそうですもの。あなたのことを、この上なく尊敬していますのね。かわいそうに、エレンはいつだって難しい子でした。これからどんな運命が待っているのでしょう」

そう言われたニューランドは、「我々が皆で仕向けた方向に、あの人のこれからがあるんです」と答えたくなった。「あの人が誰かきちんとした男の妻になるより、ボーフォートの愛人になるほうが良い、と皆さんがお考えなら、正しい方向をとっていらっしゃるわけです」とでも。

もし自分がこれを心に思うだけでなく実際に口に出して言っていたら、ウェランド夫人はいったい何と答えただろうか、とニューランドは考えた。些事を長年にわたって差配してきたことで身についた、作為的な権威を漂わせる、毅然として落ち着いた顔立ち——そんなウェランド夫人の表情から平静さがいきなり失われる様子が目に見えるようだった。夫人の顔には、娘のメイに似た若々しい美しさの名残がまだとどまっていた。メイもいつかは母親と同じように、頑固な無垢を維持したまま中年の表情へと固まっていく運命なのだろうか、とニューランドは自問した。

ああ、だめだ、そんな種類の無垢——想像に対して精神を閉ざし、経験に対して心を閉ざすことを命じるような類の無垢など、メイには持ってほしくない!

「わたしは確信するのですけれど」とウェランド夫人は続けた。「もしこの厄介な件が新聞に出たりしたら、主人には致命的な打撃になるでしょう。詳しいことは存じませんし、知りたくないのです。エレンが話そうとしたときにも、わたしはそう申しましたの。

世話をしなくてはならない病弱な家族がいますので、気持ちを明るく幸せに保つことが必要なのよ、とね。でも主人はひどく動揺して、この件にどんな決着がついたかを知らされるまで、毎朝微熱を出していたほどですのよ。そんな事態が身にふりかかるかもしれないと自分の娘が知るなんて恐ろしいことですものね。でも、ニューランド、あなたももちろん同じように感じてくださったのね。メイのことを思ってくださったのだということ、わたしたちみんな、わかっております」

「僕はいつもメイのことを思っています」ニューランドはそう答え、そろそろ会話を切り上げようと考えて立ち上がった。

ニューランドとしてはウェランド夫人と二人だけで話ができるこの機会に、結婚を早めるように説得を試みるつもりだったが、夫人を説き伏せるのに十分な理由は何も考えつかず、ウェランド氏とメイの馬車が玄関に戻って来るのを見てほっとする思いだった。

ニューランドに残された唯一の希望は、メイにもう一度訴えることだった。それで出発の前日、メイと一緒に、スペインの伝道所の荒廃した庭園に歩いて行った。そこは背景としてヨーロッパの情景を思わせるところがあったし、明るく澄んだ目に神秘的な影を落とす、つばの広い帽子をかぶったメイは、これまでにないほど美しく見えた。ニューランドがグラナダやアルハンブラのことを話すと、メイは熱心に目を輝かせた。

「僕たちはこの春にも、みんな見ることができるかもしれませんよ。セビリアの復活祭だって」ニューランドは大幅な譲歩を期待して、熱心に要求を誇張した。

「セビリアで復活祭ですって？　来週はもう四旬節なのに！」とメイは笑った。

「どうして四旬節に結婚してはいけないのでしょうか？」ニューランドはそう言ったが、メイがひどくショックを受けた様子を見て、失敗を悟った。

「もちろん本気で言ったわけではありませんよ、メイ。でも、復活祭のすぐ後にしましょうか。そうすれば四月の末には船に乗れます。事務所のほうは調整できますから」

メイは実現の見込みのある提案に、夢心地で微笑した。しかし、夢を見るだけで満足しているらしいのは見てとれた。それはちょうど、ニューランドが朗読する詩集の中の、現実には起こり得ない美しいことを聞いているときと同じだった。

「ああ、続けてください、ニューランド。あなたのお話を聞くのが好きですから」

「でも、どうして話だけにしておくのです？　現実にしても良いではありませんか」

「もちろん、現実になりますとも――来年には」メイはゆっくりした口調で言った。

「もっと早く現実にしたいとは思わないのですか？　早くすることに賛成してくれないのですか？」

メイはうつむいたので、かくまうように広がる帽子のつばの陰に、顔が隠されてしまった。

「どうして僕たちは、あと一年もぼんやり過ごさなくてはならないのです？　メイ、僕を見てください。あなたを妻にしたいと、僕がどんなに思っているか、わかってくれないのですか？」

メイは少しの間じっとしていたが、それから絶望的なほど澄んだ目でニューランドを見たので、ニューランドはウェストに回していた手を思わず離してしまいそうになった。しかし、メイの表情は急に変わって、深く、測り難いものとなった。「自分がほんとうにわかっているかどうか、自信がないんです。つまりそれは——わたしを愛し続けられるかどうか、あなたに確信がないからではないかしら？」

ニューランドは、弾かれたように立ち上がった。「まさかそんな！　ひょっとして——いや、僕にはわかりません」ニューランドは憤慨して、そう言った。

メイ・ウェランドも立ち上がった。そうして向かい合っていると、メイの女性らしい資質と威厳が増すように思われた。まるで自分たちの言葉がもたらした意外な方向に困惑するかのように、二人は少しの間黙ったままだったが、やがてメイが静かな声で言った。「もしそうだとしたら——ほかに誰かいらっしゃるの？」

「ほかに誰かって——あなたと僕との間に？」ニューランドはメイの言葉をゆっくり

と繰り返した。それはまるで言葉が半分しか理解できず、質問を繰り返してみる必要があるかのようだった。その声に自信のなさを感じとったのか、メイはいっそう深い声で続けた。「率直にお話ししましょうよ、ニューランド。あなたが変わったように感じることが時々あるんです——特に婚約を発表したとき以来」

「それはまた、とんでもないことを！」ニューランドは我に返り、語気を強めてそう言った。

メイはかすかに微笑を浮かべながら、ニューランドの抗議を受けとめた。「もしそうだとしたら、それについてお話しするのは、悪いことではありませんわ」メイは言葉を切り、独特の気品のある身のこなしで頭を上げてから続けた。「たとえそれが真実だとしても、なぜそのことについてお話ししてはいけないのでしょう。あなたが間違いをなさることだって、十分にあり得ますもの」

ニューランドはうつむいて、日光の当たる足元の小道に木々の葉が影を落として作る、黒い模様を見つめた。「間違いというものは常にあり得ます。でも、あなたの示唆するような間違いを、もし僕が犯していたとしたら、結婚を早めてほしいとお願いしたりするでしょうか？」

メイもうつむき、木の葉の影の模様を日傘の先で乱しながら、言葉を探していたが、ようやく口を開いた。「そうですわね。その問題に――一気に決着をつけたいと思われるかもしれません。それも一つの方法ですもの」

ニューランドはメイの物静かな明晰さに驚いたが、だからと言って無神経だとは思わなかった。帽子の広いつばの陰に見えるメイの横顔は青ざめ、きっぱりと結ばれた唇の上で、鼻孔がかすかに震えていた。

「それで?」ニューランドはベンチに座り、おどけて見えるような渋面を作ってメイを見上げた。

メイも再びベンチに腰を下ろして言った。「若い娘を、親たちが考えるほど何も知らないものだと決めてかかってはいけませんわ。耳に入る事柄もあれば、自分で気づく事柄もあります――自分なりの考えや感情もありますもの。ですから、わたしももちろん知っていました――わたしを愛しているとおっしゃったときよりずっと前から、関心をお持ちの別の人がいらっしゃることを。二年前のニューポートでは、皆さんがそのことをお噂していました。それに舞踏会のときにご一緒にベランダに座っていらっしゃるところを、一度お見かけしたことがあります。そしてその人が中に戻っていらしたとき、とても悲しそうなお顔だったのでお気の毒で――後でわたしたちが婚約したとき、このことを思い出しました」

メイの声はほとんどささやきに近いほど小さくなっていた。両手は日傘の柄を握ったり離したりしている。ニューランドは自分の片手をメイの手に重ねると、そっと握った。言い知れぬ安堵で胸が膨らむ思いだった。

「大事なメイ――そんなことだったんですか。あなたが真実を知ってさえいたら！」

メイはさっと顔を上げた。「では、わたしの知らない真実があるというわけですか？」

ニューランドは、メイの手に重ねた手をそのままにしておいた。「あなたの言う昔の話についての真実です」

「でも、ニューランド、それこそわたしの知りたいこと、知るべきことなんです。誰かほかの人に不正なこと――不当な行いをした上に自分の幸せを築くことなんてできません。そして、あなたも同じだと信じたいのです。そんな土台の上に、いったいどんな人生を築くことができるでしょうか」

メイの顔には悲壮なまでの勇気が表れていたので、ニューランドはその足元にひれ伏したくなった。「このことを、ずっと前から言いたいと思っていました」とメイは言った。「つまり、二人の人間がもしほんとうに愛しあっていたら、一般の意見に逆らうのが正しいという事態もあるのではないかと思うのです。そして、もしあなたが何かの形でお約束を――いま話していた人に対してお約束をしたと感じていて、もしそれを守る道が――その人が離婚をしてでも、お約束を守れる道があるのなら――ニューランド、わたしのためにその人のことを諦めてしまわないで！」

ソーレイ・ラッシュワース夫人との恋愛沙汰のような、完全に遠い過去のことでしかない出来事にメイがとらわれ、恐れていたと知ってニューランドは驚いたが、何よりもメイの考え方の寛容さには感嘆せずにいられなかった。これほど向こう見ずで常識にとらわれない態度には、どこか超人的なものがあった。もしニューランドにほかの差し迫った問題がなかったら、ウェランド家の娘が自分に対して、昔の愛人との結婚を勧めているという信じ難い成り行きに、すっかり我を忘れて驚嘆していたことだろう。だが、回避したばかりの危機という断崖にまだくらくらし、若い娘が示した神秘への新たな畏敬の念で、今は胸がいっぱいだった。

すぐには何も言えなかったが、ようやくニューランドは口を開いた。「あなたが思っているような約束や義務などは、まったくありません。そのようなことは、単純とは限らず――いえ、とにかくそんなことはどうでもいい。僕はあなたの寛大さが大好きです。僕も同じように感じていますからね。それぞれの件が独自に、それぞれの事情に基づき――愚かしい慣例に関係なく――判断されるべきだと思っています。つまり、個々の女性の自由への権利は――」ニューランドは自分の考えの変化に驚いて言葉を切り、微笑を浮かべてメイを見つめながら続けた。「メイ、あなたはいろいろなことがわかる人なのですから、もう少し先に進んで、同じように愚かしい慣習の一つに僕たちが従うことの無益さをわかってくれませんか？　僕たち二人の間に、妨げになるような人も物もないとしたら、それは結婚を遅らせるより早くする理由になるのではありませんか？」

メイは喜びで頬を染め、ニューランドのほうに顔を上げた。ニューランドが顔を見合わせると、メイの目が幸せの涙でいっぱいになっているのがわかった。けれども次の瞬間、高みにいた女性は、無力で臆病な娘に変わってしまったようだった。メイの勇気や主体性はすべて他人のためであって、自分のためにはまったく持ち合わせないのだということを、ニューランドは悟った。メイは平静を装っていたが、話すために要した努力が、表面に現れたものよりずっと大きかったのは明らかだった。それで、ニューランドからの、安心させる最初の一言で、いつものメイに戻ってしまったのだ――まるで大胆過ぎた子供が、母親の腕に逃げ込むように。

ニューランドは、これ以上メイに頼み込む気持ちを失ってしまっていた。メイの澄んだ目の中から、深いまなざしを一度だけ自分に投げた、新しい存在が消えてしまったことに、あまりに深く失望したのだ。メイはその失望に気づいているようだったが、それを癒すすべを知らなかった。二人は立ち上がり、黙ったまま歩いて帰った。

第十七章

「いとこの伯爵夫人が、あなたの留守中にお母様を訪ねていらしたのよ」帰宅したニューランドに向かって、その晩ジェイニーがそう告げた。

ニューランドは母と姉と三人で夕食をとっているところだったが、驚いて母のアーチャー夫人をちらっと見た。夫人は落ち着きはらって、料理の皿に目を向けていた。自分が世間から遠ざかっているからといって忘れられていいという理由にはならないはず、と考えている母のことだから、オレンスカ夫人の訪問を聞いて自分が驚いたのを見て、少し機嫌を損ねているのだろうとニューランドは推測した。

「お洋服は、黒玉のボタンのついた、黒いビロードのポロネーズ(77)で、緑色の小さなマフを着けていらしたわ。あの方のあんなに素敵な装いを見たのは初めて」ジェイニーはさらに続けて言った。「日曜の午後早く、一人でいらしたんだけど、そのときは運よく客間の暖炉に火が入っていたの。例の新型の名刺入れを持っていらしたわね。ニューランドにとても親切にしてもらったので、わたしたちとお近づきになりたいとのお話で」

それを聞いて、ニューランドは笑った。「オレンスカ夫人は友人について、いつもそんなふうに話すんだよ。アメリカに戻って来て、とても嬉しいのだろうね」

「ええ、夫人もそう言っていたわ」とアーチャー夫人が言った。「ここにいられることにとても感謝している様子に思えましたよ」

「伯爵夫人のことを気に入られたならいいのですが」

アーチャー夫人は口元を引き締めた。「確かにあの人は、ただ年とった婦人を訪ねるというだけのときでも、感じよくしようと努めているようね」

「あの方は単純ではないと、お母様はお考えなのよ」ジェイニーは、ニューランドの顔を見つめながら不意に言い出した。

「わたしの古い感覚のせいですよ。可愛いメイがわたしの理想なのですからね」

「ああ、二人は似ていませんね」と息子のニューランドは言った。

セント・オーガスティンを発つとき、ニューランドは老ミンゴット夫人への言付けをたくさん預かってきたので、帰宅して一、二日後に夫人を訪ねた。

老夫人は格別嬉しそうにニューランドを迎えた。伯爵夫人を説得して離婚を思いとどまらせてくれたことを、とても感謝していたからだった。メイに会いたくてたまらなかったので、許可も得ずに仕事を放り出してセント・オーガスティンに駆けつけたんです、とニューランドが話すと、老夫人は太った身体をゆすってくすくす笑い、丸くふっくらした手でニューランドの膝を軽くたたいた。

「ああ、ああ、引き革を蹴りのける馬みたいに、好きにしたっていうわけだわね。それでオーガスタとウェランドは不満そうな顔で、世界の終わりが来たようにふるまったと。でも、メイはきっとそんなに愚かではなかったでしょう?」

「そうだといいのですが。でも、僕が頼んだことには、結局同意してくれませんでした」

「まあ、ほんとうに? で、何を頼んだの?」

「四月に結婚すると約束してほしかったんです。あと一年も無駄にしたって、何の意味もありませんよ」

マンソン・ミンゴット夫人は小さな口をすぼめて、上品そうなしかめ面をして見せ、意地悪そうな瞼の下から目くばせした。「「お母様に頼んでみて」って言ったんじゃないかしら? いつものことですよ。ああ、ミンゴット一族は、みんな同じ! 同じ型にはまって生まれてきて、そこから引き抜こうとしても無理なの。わたしがこの家を建てたときなんか、カリフォルニアにでも引っ越すのかっていうほどの騒ぎだったんですからね。四十丁目より北に家を建てた人なんて誰もいないってね――だからわたしは、こう言ってやったの。ええ、そうですとも、クリストファー・コロンブスのアメリカ発見の前には、バッテリー公園の北にだって家はなかったわ、って。そうなのよ、あの一族には、人と違うことをしたがる者は、誰一人いません。人と違うことを天然痘みたいに恐れているの。ねえ、アーチャーさん、わたしは平民スパイサー家の出で良かったと、運命に感謝しているんですよ。ただ、子や孫の中でわたしに似ているのは、可愛いエレンだけ」夫人は言葉を切り、目くばせを続けながら、関連のない事柄を突然持ち出すという、老人らしいやり方で聞いた。「ところで、あなたは一体どうして、可愛いエレンと結婚しなかったの?」

ニューランドは笑って答えた。「一つには、結婚しようにもあの人はいませんでしたからね」

「そう、そうだわね――運の悪いことに。そして、今では遅すぎる――あの子の人生は終わってしまったわ」老夫人の口調には、若い希望を葬る墓穴に土を投げ入れるような、老人の冷酷な満足感が感じられた。ニューランドはにわかに冷え冷えとした気持ちになり、急いで言った。「ミンゴット夫人、あなたのお力をもって、ウェランド家の人たちを説得していただけないでしょうか。僕は長い婚約には向いていないのです」

老キャサリンは喜んで承諾するように、ニューランドに微笑みかけた。「そうね、それはわかりますよ。あなたは目がきくのね。子供の頃は、一番最初にお給仕してもらいたがったに違いないわ」夫人はのけぞって笑ったので、顎がさざ波のように小さく揺れた。すると背後の仕切りカーテンが開き、夫人は大声で言った。「あら、エレンが帰って来ましたよ」

オレンスカ夫人は微笑しながら近づいて来た。その顔は生き生きとして幸せそうで、ニューランドに明るく手を差し出し、祖母からはキスを受けようと身をかがめた。

「たったいま、わたしはこの人に、『どうして可愛いエレンと結婚しなかったの』と言っていたところだったのよ」

オレンスカ夫人は、まだ微笑んだままでニューランドを見た。「それで、こちらのお答えは？」

「ああ、エレン、それは自分で聞くといいわ。恋人に会いにフロリダに行っていたそうよ」

「ええ、知っています」オレンスカ夫人は、まだニューランドを見つめながら言った。「お母様をお訪ねして、あなたがどこにいらしたか伺いました。お手紙を差し上げたのにお返事がなかったので、ご病気ではないかと心配になりまして」

ニューランドは、急に出かけることになり、急いでいたのでセント・オーガスティンからお返事をするつもりでした、という意味のことを、ぼそぼそと言った。

「そして、いったんそちらにいらしてしまったら、もちろんわたくしのことなど、二度と思い出されはしなかったのでしょう！」夫人はニューランドに向かって、晴れやかに微笑み続けていたが、その陽気さにはわざと無関心を装っているのかもしれないと思わせるところがあった。

ニューランドはそんな態度に傷つき、「僕をまだ必要としていても、それを見せまいと決めたのだな」と思った。母を訪ねてくれたことにお礼を言いたかったが、女家長の意地の悪い視線があるのでものが言えず、気詰まりを感じた。

「この人をご覧。早く結婚したいからって、あの馬鹿な娘にひざまずいて嘆願するために、事務所を無断欠勤して飛んで行ったんだとか。恋人って、そういうものなのねえ。昔、ハンサムなボブ・スパイサーが母をさらっていったときも同じようだった――そして、わたしが乳離れもしないうちに母に飽きてしまったんだから。もっともわたしは、八か月しか待たせなかったんだけれど。でもほら、あなたはスパイサー家の人ではありませんからね、あなたとメイの両方にとって幸運ですよ。スパイサー家の悪い血を引いているのは、かわいそうなエレンだけ、あとの人たちは全部、典型的なミンゴット一族ね」老夫人は軽蔑するように言い放った。

祖母の脇に座っているオレンスカ夫人が、考え込むような視線を自分にまだ注いでいることに、ニューランドは気づいていた。目にあった陽気さは失われており、言葉には限りない優しさがこめられていた。「きっとわたしたちで、この方の望まれる通りになるようにあちらを説得できますよね、おばあ様」

ニューランドは帰ろうとして立ち上がったが、握手の手がオレンスカ夫人の手に触れたとき、返事を出さなかった手紙について自分が何か言うのを夫人は待っていると感じた。

「いつお目にかかれますか?」部屋の出口まで送ってきた夫人に、ニューランドは訊ねた。

「いつでもご都合の良いときに。でも、もしあの小さな家をもう一度見たいとお思いなら、早くいらっしゃらなくてはいけません。来週引っ越す予定ですので」

夫人の家の天井の低い客間で、ランプの光の中で過ごした時間を思い出して、ニューランドの胸は痛んだ。短い時間ではあったが、思い出がたくさん詰まっていたのだ。

「明日の晩では?」

夫人はうなずいた。「明日、大丈夫です。でも早くいらしてくださいね。出かけますので」

翌日は日曜日だった。夫人が日曜日の晩に外出する予定だとしたら、もちろんその行き先はレミュエル・ストラザーズ夫人のところしか考えられなかった。ニューランドは軽い不快感を覚えたが、それは夫人がストラザーズ家へ行くことに対してというより(ニューランドとしては、ヴァン・デル・ライデン夫妻がどう思おうと、夫人が行きたいところに自由に行くことを願ったので)、そこがボーフォートと確実に会える家だということに対してだった。ボーフォートに会えると、夫人はあらかじめわかっているに違いなく、おそらくはそれが目的で行くのだろうと思われた。

「わかりました。では明日の晩に」ニューランドはそう言いながら、心の内で決めていた――早くなど行くものか。遅く着いてストラザーズ家に行くのを邪魔するか、さもなければ夫人が出かけた後に着くようにするか。すべてを考慮すると、後者がきっと一番簡単な解決策なのだろう、と。

結局、ニューランドが藤の木の下の家の呼び鈴を鳴らしたとき、時刻はまだ八時半にしかなっていなかった。考えていたのより三十分も早かったが、奇妙な不安でじっとしていられず、ここに向かったのだ。もっとも、ストラザーズ家の日曜日の晩の集まりは舞踏会とは違って、まるで自分たちの非行を最小限にしようとするかのように、客たちはたいてい早く行くのでは、とも考えていた。

オレンスカ夫人の家の玄関に入ったとき、ニューランドが予期しなかったことには、そこに誰か先客たちの帽子と外套があった。食事に招く客がいるなら、なぜ自分に早く来るように指示したのだろう。ナスタシアが自分の帽子と外套をその横に置いたので、それらをよく観察してみると、憤慨は好奇心に変わった。実際、外套はどちらも、これまで上品な家では見たことのない、変わったものだった。ジュリアス・ボーフォートのものでないことは、一目でわかった。一着はいわゆる「出来合い」の、黄色で毛足の長いアルスターコート(78)で、もう一着はフランス人が「マクファーレン」と呼ぶ、ケープ付きでとても古く色あせた外套だった。これはどう見ても巨漢のためのサイズで、長期にわたる酷使に耐えてきたことは明らかだった。緑がかった黒いひだからは、酒場の壁に長時間かけられていたと思しき、湿ったおが屑の匂いがした。その外套の上には、擦り切れた灰色の襟巻と、牧師の帽子に似た形の、風変わりなフェルト帽が置かれていた。

ニューランドはナスタシアに向かって、物問いたげに眉を上げて見せたが、ナスタシアも眉を上げながら、どうしようもありませんとでも言わんばかりに、一言「ジャ」とだけ答えて客間の扉を勢いよく開いた。

室内を見てすぐにわかったのは、オレンスカ夫人がそこにいないことだった。そして驚いたことに、暖炉のそばに別の女性が立っていた。それは長身でやせ型の、全体に弛緩した印象の体つきの人だった。輪飾りや房飾りが複雑につけられ、格子柄と縞模様と無地の帯状の布がちぐはぐに接《は》ぎ合わされたデザインの服を着ていた。白髪になる前に色あせただけに終わったという感じの髪に、スペイン風の櫛と黒いレースのスカーフを着け、繕ったあとが見える絹手袋をリューマチの手にはめていた。

もうもうと立ち込める葉巻の煙の中で、その脇に立っているのが、外套の持ち主の二人だった。どちらも昼用のモーニングを着ていて、夜の集まりのために着替えていないことは明らかだった。驚いたことに、そのうちの一人はネッド・ウィンセットだった。もう一人の年上のほうはニューランドの知らない男性だったが、大柄な体格がマクファーレンの持ち主であることを示していた。くしゃくしゃの白髪に覆われた、ライオンを思わせる頭部で、ひざまずく群衆に対して、平信徒にも許されている祝福を与えるかのように、大きな身振りで両腕を動かしていた。

三人は暖炉の前の絨毯の上に立って、いつもオレンスカ夫人の座るソファに置かれた花束——紫のスミレを添えた、非常に大きな深紅のバラの花束をじっと見ていた。

「この季節に、さぞかしお値段が張ったでしょうね。もちろん、大切なのは気持ちですけれども」ニューランドが入って行ったとき、ため息まじりの、途切れがちの話し方でそう言う女性の声が聞こえた。

ニューランドが現れたので、三人は驚いて振り返った。その女性は前に進み出ると、片手を差し出した。

「まあ、アーチャーさん――もうすぐあたくしの甥になるニューランドね。マンソン侯爵夫人でございます」

ニューランドは頭を下げた。侯爵夫人は続けて言った。「エレンがこちらに数日泊めてくれています。あたくし、スペイン人のお友達とキューバで冬を過ごしていまして、そこから来ましたの。とても立派で素敵な方々――カスティリャで一番上の貴族階級でいらっしゃるの。あの方々とお知り合いになっていただければ、と思いますわ。でもあたくしは、大事なお友達である、こちらのカーヴァー博士に呼び戻されたんです。「愛の谷共同体」創設者のアガトン・カーヴァー博士、ご存じではなかったかしら」

カーヴァー博士は、ライオンのような頭を傾けて会釈をした。侯爵夫人は言葉を続けた。「ああ、ニューヨーク、ニューヨーク――ここには精神生活というものが、何とわずかしか届いていないのでしょう！　でもあなたは、ウィンセットさんをご存じのようですわね」

「ええ、少し前に僕のほうからニューランドと近づきになりましたが、霊性のお導きによってではありません」とウィンセットは、そっけない微笑とともに言った。

侯爵夫人は非難するように首を振った。「ウィンセットさん、どうしてそう言えますの？　霊魂は欲するままに飛び行くものですのに」

「聞け、おお、聞け！」不意にカーヴァー博士が大きな声で言った。

「どうぞお座りください、アーチャーさん。あたくしたちは四人で楽しくお夕食をいただきました。そしていま、あの子は、着替えのために上へ行っております。おいでをお待ちしていましたので、すぐに降りて来るでしょう。あたくしたちは、この素晴らしいお花に感心していたところで、あの子もここに戻ってくれば驚くでしょう」

ウィンセットは立ったままだった。「僕はもう失礼しなくてはなりません。オレンスカ夫人にお伝えください――ここをお見捨てになられたら、僕たちはどうしていいかわからなくなります。こちらのお宅はオアシスでした、と」

「まあ、あの子があなたを見捨てたりすることはありませんわ。あの子にとって、詩と芸術は必要欠くべからざるものなのですもの。ウィンセットさん、あなたがお書きになるのは詩ですわね？」

「いえ、書きません。時々読むことはありますが」ウィンセットはそう答え、会釈で一同に挨拶すると、そっと出て行った。

「辛辣な精神の人――ちょっぴり野蛮《アン・プー・ソヴァージュ》ですけど。でも、とても機知に富んでいらっしゃるわね。カーヴァー博士、あなたもきっとそうお思いでしょう？」

「機知のことなど、思ってもみませんよ」博士は厳しい口調で言った。

「ああ、ああ、思ってもみないとおっしゃるのね。博士はあたくしたち弱き者に対しては、なんて無慈悲なことかしら、アーチャーさん！　何しろ博士は精神の世界の中でだけ生きていらっしゃるのですし、今夜は、間もなくブレンカー夫人のお宅でなさるご講演の準備を心の中でなさっていらっしゃるところですものね。カーヴァー博士、ブレンカー家に向かわれる前に、「直接的接触」に関する啓発的な発見をアーチャーさんに説明するお時間はおありでしょうか？　ああ、だめですわね。もう九時近くなっていますし、大勢の方が博士の教えのお言葉をお待ちでいらっしゃるのに、ここにお引き留めする権利はありません」

　この結論にカーヴァー博士はいささか落胆した様子だったが、自分のどっしりした金時計と、オレンスカ夫人の小さな旅行用時計とを見比べると、気が進まないように大きな足で立ち上がった。

「後でまたお目にかかれましょうね？」博士が控えめにそう言うと、侯爵夫人は微笑みながら答えた。「エレンの馬車が来ましたら、すぐに参ります。それまでご講演が始まらないと良いのですが」

カーヴァー博士は考え深げにニューランドを見た。「ひょっとして、もしこちらのお若い紳士がわたしの経験に興味をお持ちだったら、あなたが一緒にお連れしてもブレンカー夫人は許してくださるかもしれませんね？」

「ああ、もしそうできましたら——きっと夫人もたいそう喜ばれるに違いありません。でも、エレンがアーチャーさんにお話があるのではないかと思います」

「それは残念だ。しかし、名刺を差し上げておきましょう」カーヴァー博士がそう言いながらニューランドに手渡した名刺には、ゴシック体の文字でこう書かれていた。

アガトン・カーヴァー
愛の谷
キタスクワタミー　ニューヨーク

カーヴァー博士は一礼して出て行った。侯爵夫人は残念さとも安堵ともとれるため息をつきながらニューランドに向かって、お掛けなさいと、再び手ぶりですすめた。「エレンはもうすぐ参ります。その前にこうして静かにお話しできるのを嬉しく思います」

お目にかかれて嬉しいです、というようなことを、ニューランドもつぶやいた。侯爵夫人は、ため息のような低い口調で続けて言った。「アーチャーさん、あたくし、すべて存じています。あなたがしてくださったことを、あの子が全部話してくれましたから――賢明な忠告と勇気ある堅固な姿勢――間に合って、ほんとうにありがたく思っております！」

ニューランドは少なからず困惑して聞いていた。個人的な事柄に僕が介入していることを、オレンスカ夫人が話さなかった人は、果たしているのだろうか。

「オレンスカ夫人は大げさにおっしゃっています。僕はただご依頼に従って、法律家としての意見を申しただけです」

「ああ、でもそうなさったことで――そうなさったことで、あなたは意図せずに神の摂理――あたくしたち現代人は何と呼べばいいのでしょうか――とにかくそれを伝える使者になったのです」公爵夫人は首を傾げ、意味ありげに瞼を伏せた。「あなたはご存じありませんでしたが、まさにそのとき、あたくしは懇願を――大西洋の向こうからの申し出を受けていたのですよ！」

　立ち聞きされるのを恐れるかのように、侯爵夫人は肩越しに後ろを見てから、椅子を引き寄せた。そして唇にあてた小さな象牙の扇の陰からささやいた。「伯爵本人からなの——愚かで狂った、気の毒なオレンスキ伯爵——あの子の言う条件で、とにかくあの子を取り戻すことだけが、あの人の望みなんです」

「何ということを！」ニューランドは弾かれたように立ち上がって、声を上げた。

「呆れたかしら？　当然ですよね、わかりますとも。かわいそうなスタニスラスをかばうつもりはありませんわ。あたくしのことを最良の友だといつも言ってくれる人ですけれども。伯爵も抗弁はせず、あの子の足元にひれ伏しています——あたくしという代理を立てて」夫人は自分のやせた胸を軽くたたいた。「ここに伯爵のお手紙を持っていますの」

「手紙を？　オレンスカ夫人はそれを見たのですか？」ニューランドは言葉を詰まらせながら訊ねた。いま知らされたことの衝撃で、頭がぐるぐる回っているような気がした。

　マンソン侯爵夫人は静かに首を横に振った。「時間——時間が必要です。エレンのことはわかっていますの——気位が高くて、強情で、なんと言うか、人に対して容赦ないところが少しあって」

「いや、しかしですね、許すということと、あの地獄に戻ることとは別の話で――」

「ああ、そうですわね」と侯爵夫人は一応同意した。「あの子はそんなふうに説明するのです――繊細ですから。でもね、アーチャーさん、物質的な側面――頭を低くしてそういう面を考えますと、あの子が何を失おうとしているか、おわかりになるかしら。そのソファにあるバラですけれどね、ニースにある伯爵所有の段地作りの素晴らしい庭園に行けば、温室と戸外とに何エーカーも、あのようなバラが咲き誇っておりますの。宝石なら由緒ある真珠やポーランド貴族ソビエスキのエメラルド、クロテンの毛皮――でも、そういうものに、あの子はまったく関心がありません。芸術と美、それこそあの子の愛するものであり、生き甲斐なのです――あたくしと同じで。そして、そういうものに囲まれていたのですよ。絵画、貴重な家具、音楽、才気煥発な会話――つまり、失礼を顧みず言わせていただければね、ここでは考えもつかないほど素晴らしいものなんですの。あの子はそれらを全部、そして立派な方々からの賛辞さえも手にしていました。あの子によると、ニューヨークでは美人だとも思われていないそうですわね。まったく驚きですわ！　ヨーロッパ中の最高の芸術家たちが、ぜひ描かせてほしいと請い願うので、九回も肖像画を描かせたくらいなのに。こういうことに、何の意味もないのでしょうか。妻を崇拝する夫の悔恨も?」

話が山場に近づくにつれて侯爵夫人の顔は、追憶でうっとりするような表情を帯びた。もしニューランドが驚愕で茫然としていなかったら、それを見てさぞかし面白がったことだろう。

もし誰かが前もって、君が初めて会うメドーラ・マンソンは悪魔の使いの姿を装って現れるだろうと予言していたら、ニューランドは笑っただろう。しかし今の気分は、笑うどころではなかった。エレン・オレンスカが逃れてきたばかりの地獄からまっすぐにやって来た者のように思われたからだ。

「オレンスカ夫人はまだご存じないのですね——こういったことを、まったく何も?」

ニューランドは唐突に訊ねた。

侯爵夫人は、紫色の指を唇に当てた。「直接には何も——でも、うすうす感じているのではないかしら。誰にもわかりませんわ。実はね、アーチャーさん、あなたにお会いできるときを、あたくし、待っておりました。あなたが断固とした態度をとられ、あの子に影響力をお持ちだと聞いた瞬間から、お力添えを期待できるのではと願い、わかっていただけたらと——」

「夫人がご夫君の元に戻るべきだということを、ですか? 帰るくらいなら死んだほうがましだと思いますが」ニューランドは荒々しく言った。

「まあ」侯爵夫人は怒りを表に出さずにつぶやき、しばらくは肘掛け椅子に座ったまま、手袋をはめた指で、おかしな象牙の扇を開いたり閉じたりしていた。だが、急に頭を上げて聞き耳を立てた。

「ほら、来ましたよ」侯爵夫人は早口でささやき、それからソファの上にある花束を指さして言った。「アーチャーさん、つまりあなたはこちらのほうをお望みだと考えてよろしいのかしら？　結局、結婚は結婚ですし――姪はまだ既婚の身です」

第十八章

「メドーラおば様、お二人で何をこっそり企んでいらっしゃるの?」部屋に入って来たオレンスカ夫人は声を上げた。

まるで舞踏会に行くような装いだった。ろうそくの光で織ったドレスを着ているかのように、全身が柔らかく光り輝き、揺らめいていた。そして夫人は、まるで部屋中を埋めるライバルたちに挑みかかる美女のように、頭を高く上げていた。

「あなたをびっくりさせるような美しいものがここにあるって、話していたところですよ」侯爵夫人はそう答えると立ち上がって、花束をいたずらっぽく指さした。

オレンスカ夫人は足を止めて、花束を見た。顔色は変えなかったものの、怒りの白い光のようなものが、夏の稲妻のようにその身体を走った。「ああ」夫人はニューランドが聞いたことのないような鋭い声で、叫ぶように言った。「わたくしに花束を送るなどという、馬鹿げたことをなさるのはどなた?　なぜ花束を?　しかもよりによって、なぜ今夜に？　わたくしは舞踏会に行くわけではないし、婚約中の若い娘でもありませんわ。でも、馬鹿げた人たちは、いつだっているものですわね」

オレンスカ夫人は戸口に戻ってドアを開け、「ナスタシア！」と呼んだ。

呼べばどこにでもたちまち姿を現すメイドが、すぐに顔を出した。ニューランドが聞き取れるようわざとゆっくり発音しているように思われるイタリア語で、オレンスカ夫人がメイドに言うのが聞こえた。「ほら、これをごみ入れに捨てて」そして、そう言われたナスタシアが抗議するように目を丸くするのを見ると、続けて言った。「ああ、そうね、お花に罪はないわね。じゃ、三軒先のウィンセットさんのお宅――夕食にいらした黒い髪の紳士だけど、そのお宅まで持って行くようにボーイの子に言ってちょうだい。奥様のお加減が良くないから、お花を喜んでくださるかも。え？　ボーイは今いないの？　それなら、悪いけどあなたが行って来て。さ、わたしのマントをその上に羽織って、急いでね。これをすぐにこの家から出してしまいたいのよ。それから、わたしからだとは絶対に言わないで」

オレンスカ夫人は、ビロードのオペラ用マントをメイドの肩に急いでかけてやると手荒くドアを閉め、客間に向きなおった。レースの下で胸の鼓動が高まっているようだったので、一瞬ニューランドは夫人が泣き出すかと思ったのだが、夫人は笑いだした。そして、侯爵夫人からニューランドへと目を移し、「お二人は――親しくなられたんですね！」と唐突に言い出した。

「それはアーチャーさんの台詞よ。あなたの支度の間、ずっと辛抱強く待っていてくださったんですからね」

「ええ、すっかりお待たせしてしまいましたわ。髪がうまくいかなくて」オレンスカ夫人はそう言って、巻き毛を結い上げたシニョンに軽く手をやった。「あら、そういえばカーヴァー博士はもうお出かけになったのですね。おば様もブレンカー家にいらっしゃるのが遅くなってしまいますわ。アーチャーさん、おばを馬車に乗せていただけます？」

オレンスカ夫人は玄関まで侯爵夫人を送ってきて、オーバーシューズやショールや肩布《ティペット》などにおばがきちんとくるまれるのを確かめると、戸口から「いいですね、馬車はきっと十時までに返してくださいますように！」と呼びかけ、それから客間に引き返した。ニューランドが再び部屋に戻ると、オレンスカ夫人はマントルピースの脇に立って、自分の姿を鏡で確認していた。ニューヨークの社交界では、貴婦人がメイドに向かって「悪いけどあなたが」と言ったり、自分のオペラ用マントを着せて使いに出したりするのは普通でないことだった。ニューランドはすべての深い意識を通じて、快い興奮を味わっていた――まるでオリュンポスの神々のようなスピードで行動が感情に付き従っていく世界に、自分はいまいるのだ、と。

ニューランドが背後から近づいてもオレンスカ夫人は動かなかったので、二人は一瞬、鏡の中で視線を合わせた。それから夫人は向きを変えて、いつものソファの角に身を投げ出すように座り、ため息をついて言った。「ちょっと煙草を吸う時間はありますわ」

ニューランドは煙草の箱を差し出し、点火用のこよりに火をつけた。炎が夫人の顔をさっと照らし出し、夫人は目で笑いながら、ちらっとニューランドを見た。「あんなふうにかっとなるわたくしのことを、どう思われますか?」

ニューランドは少し考えたが、突然心を決めて答えた。「あなたについておば様のおっしゃったことが理解できました」

「おばがわたくしのことを話しているのは知っておりました。それで?」

「輝かしいもの、楽しいもの、わくわくするものなど、あらゆるもの――ここでは絶対に差し上げられないさまざまのものに、あなたは慣れ親しんでいらした、とのことでした」

オレンスカ夫人は唇の周りに煙の輪を漂わせて、かすかに微笑んだ。

「メドーラおばは、どうしようもないほどロマンティックなんです。おばにはそれがたくさんのことの埋め合わせになっているのです」

ニューランドはまた躊躇したが、今度も思いきって言った。「おば様のロマンティックな傾向に、正確さは伴われているでしょうか?」

「真実を言っているかどうか、ということですわね」姪は考えを巡らせた。「そうですね。おばの話にはたいてい、真実と真実でないものの両方が入っています。でも、なぜそんなことをお訊ねになるのですか? おばはあなたに、何をお話ししていたのでしょう?」

ニューランドは暖炉の火へと目をそらし、それから輝くような夫人の姿に視線を戻した。これがこの部屋の暖炉のそばで一緒に過ごす最後の晩になるのだ、もうすぐ馬車が戻ってくればこの人は行ってしまう――そう思うと、胸を締めつけられるようだった。

「オレンスキ伯爵のところに戻るようにあなたを説得してほしい、と伯爵から頼まれたとおっしゃいました――そう頼まれたふうを装っていらした、と言うべきでしょうか」

オレンスカ夫人は何も答えなかった。少し上げた手に煙草を持ったまま、じっと座っている。表情も変わらなかった。この人は驚きを表に出せないのだ、と以前気づいたことを、ニューランドはこのとき思い出した。

「では、知っていらしたのですね?」沈黙を破ってニューランドは聞いた。

夫人が長いことじっと黙ったままだったので、煙草から灰が落ちた。夫人はその灰を床に払い落とした。「手紙のことをほのめかしてはいました。気の毒な人! メドーラのほのめかしは——」

「おば様がこちらに急にいらしたのは、ご主人のご依頼ですか?」

オレンスカ夫人は、この問題についてもよく考えているようだった。「その点もわかりません。カーヴァー博士から「霊的なお呼び出し」とやらがあったと言っていました。どうやらカーヴァー博士と結婚するつもりでいるように思うのです。メドーラという人は気の毒に、結婚したい人が、いつも誰かいますもの。でもひょっとしたら、キューバの人たちがメドーラに飽きてしまっただけかもしれません。メドーラは付き添いとして雇われていたようですから。ほんとうになぜこちらに来たのか、わたくしにもわかりません」

「でも、おば様がご主人からの手紙をお持ちだということは、信じていらっしゃるわけですか?」

夫人はまた沈黙してじっと考えた末に言った。「実際、予想できることでしたから」

ニューランドは立ち上がり、暖炉のそばに行って寄りかかったが、突然不安に襲われて、口がきけなくなった——二人で過ごせる時間は限られている、戻って来る馬車の車輪の響きが、今にも聞こえてくるのではないだろうか。

「あなたが戻るだろうと、おば様は信じていらっしゃいますよね？」

オレンスカ夫人はすばやく顔を上げた。その顔を染めた深紅の色が、首から肩へと広がった。顔を赤らめることはめったにない人で、その様子はまるで火傷でも負ったように痛々しかった。

「わたくしに関しては、たくさんのひどいことが信じられています」と夫人は言った。

「ああ、エレン——許してください。僕は人でなしの愚か者です！」

夫人はかすかな微笑を浮かべた。「神経質になっていらっしゃるのね。ご自身の問題を抱えていらっしゃるのでしょう。ご結婚のことでウェランド家の皆さんは理不尽だとお思いなのですよね。もちろん、わたくしもそう思います。アメリカの長い婚約の習慣は、ヨーロッパでは理解されません。向こうの人たちは、おそらくわたくしたちほど落ち着きがないのでしょうね」オレンスカ夫人は「わたくしたち」という言葉をわずかに強く発音して、皮肉な響きをこめた。

ニューランドはその皮肉を感じとったが、あえてそれに触れるのはやめておいた。夫人は結局のところ、会話を自分のことから意図的にそらしたのかもしれなかったし、さきほどの自分の言葉で明らかに苦痛を与えてしまったからには、夫人に従うしかないと感じたこともあったのだった。けれども、時間があまり残されていないという感覚のせいで絶望的になり、言葉の壁に再び二人の間を隔てられるのは我慢できない、と思った。

「ええ」ニューランドは唐突に言った。「復活祭が済んだら結婚しようとメイに頼むために、僕は南に行きました。その頃に結婚してはならない理由は、何もありませんから」

「それにメイはあなたを敬愛していますもの――それなのに説得できなかったのですか？　メイは聡明な人ですから、そんな馬鹿げた迷信にとらわれるとは思いませんでしたけれど」

「とても聡明です。迷信にとらわれたりはしません」

オレンスカ夫人はニューランドを見つめた。「まあ、だとすれば――わたくしには理由がわかりません」

ニューランドは赤くなり、あわてて言葉を続けた。「僕たちは率直に話し合いました――ほとんど初めてでしたが。僕が結婚を急ぐのは良くない兆候だと、メイは思っているのです」

「まあ、驚きですわ――良くない兆候ですって？」

「急ぐのは、メイを愛し続ける自信を、僕が持てないからだと考えています。つまり、誰か――メイよりもっと愛している誰かから逃れるために、僕がメイと早く結婚したがっているのだと」

オレンスカ夫人は、この言葉について不思議そうに考えをめぐらせた。「でも、もしメイがそんなふうに考えているなら、どうしてメイも急ごうとしないのでしょう」

「そういう人ではないからです。メイはもっとずっと気高い精神の持ち主で――だからこそ、長い婚約を主張するのです。僕に時間をくれるために」

「ほかの女性のためにメイを諦める時間を、ですか？」

「もし僕がそれを望むのであれば」

オレンスカ夫人は暖炉のほうに上体を曲げ、火を見つめた。静かな通りを速足で近づいて来る馬のひづめの音が、ニューランドの耳に聞こえた。

「それは、ほんとうに気高いことです」少し調子が変わった声で、夫人が言った。

「ええ、でも馬鹿げていますよ」

「馬鹿げている、ですって？　それはあなたが別の人を愛していたりはしないからですか？」

「別の人と結婚するつもりがないからです」

「ああ」そこで再び長い沈黙が訪れた。ようやく夫人がニューランドを見上げて言った。「その女性ですけれど――その人はあなたを愛していらっしゃるのかしら?」

「ほかの女性など存在しません。つまり、メイの考えているような人は――いないし、過去にも決して――」

「そう、それならあなたは、どうしてそんなに急いでいらっしゃるの?」

「お乗りになる馬車が来ました」ニューランドは言った。

夫人は立ち上がりかけて、ぼんやりと周りを見回した。そばのソファに扇と手袋が置いてあり、それらを無意識に手にとった。

「そうですね。行かなくては」

「ストラザーズ夫人のところに、ですか?」

「ええ」夫人は微笑して答え、さらに続けた。「わたくしは、お招きをいただいたら伺わなくてはと思います。さもないと、寂しすぎますから。あなたも一緒にいらっしゃいませんか?」

どんなことをしてもこの人をそばに引き留めておきたい、今宵はずっと自分と二人で過ごしてほしい、とニューランドは感じた。夫人の質問を無視してマントルピースに寄りかかったまま、手袋と扇を持った夫人の手をじっと見つめていた――凝視する力でそれらを手から落とさせることができるかどうかを試すかのように。

「メイは真実を察しました。ほかの女性はいるのです――ただし、メイが思っている人ではなく」

エレン・オレンスカは何も答えず、身動きもしなかった。やがてニューランドは夫人と並んで座り、手をとってそっと開いた。手袋と扇は、二人の間のソファの上に落ちた。夫人はすばやく立ち上がり、手を振りほどくと、炉辺の反対側に行った。「ああ、わたくしに求愛なさらないで。これまで、あまりにたくさんの人がそうなさいましたわ」夫人は眉をひそめた。

顔色を変えてニューランドも立ち上がった。ニューランドにとって、夫人からのこれ以上に手厳しい非難は考えられなかった。「あなたに求愛したことなどありません。これからも決してしないでしょう。でもあなたは、僕が結婚していたであろう人です――僕たち二人にとって可能であったなら」

「二人にとって可能?」夫人は心から驚いて相手を見た。「そんなことをおっしゃるの――ご自分で不可能になさっておきながら?」

ニューランドは暗闇を手探りするような気持ちで、夫人をまじまじと見た。一本の光の矢が、眩《まばゆ》い輝きを放ちながらその闇を貫いて行った。

「この僕が不可能にした――?」

「そうですとも、あなたが――あなたが!」そう叫ぶ夫人の唇は、今にも泣き出しそうな子供のように震えていた。「離婚をやめる決心をさせたのは、あなたではありませんか? それがどんなに利己的で不道徳なことか、結婚という体面を保ち、家族を世間の注目や醜聞から守るために、どんなに自分を犠牲にしなくてはならないかをわたしに教えてくださった上で、やめるようにと、ね? そして、わたくしの家族は、もうすぐあなたにとっても家族になるのですものね? メイとあなたのために――わたくしはおっしゃる通りにしました――わたくしがすべきだと教えてくださった通りのことを。ああ――」夫人はここで突然、声を立てて笑い始めた。「あなたのためにしたのだということを、これではっきりと申し上げました!」

夫人は再びぐったりとソファに座った。華やかなドレスの、波打つようなひだの中にうずくまる様子は、仮装舞踏会に出るための衣装を着て打ちひしがれている人のようだった。ニューランドは暖炉の脇に立ったまま、身動き一つせずに夫人を見つめ続けた。

「ああ、なんと!」ニューランドはうめくように言った。「僕が考えたときには――」

「あなたが考えたときに?」

「何を考えたかは聞かないでください」

見守っていると、さっきと同じ燃え立つような赤みが、夫人の首から顔を染めて上がって行った。夫人はまっすぐに座り直し、威厳に満ちてニューランドに向き合った。

「お訊ねしますわ」

「では、話します。僕に読むようにおっしゃった手紙、あの中にいろいろあって――」

「夫からの手紙のことですか?」

「ええ」

「あの手紙にわたくしの恐れるようなことは、一つもありませんでした。まったく何も! 恐れたのは、一家に悪評、醜聞をもたらすことだけでした――あなたやメイに」

「ああ、なんと!」ニューランドはまたうめいて、両手に顔を埋めた。

取り返しのつかない、決定的な重さで、沈黙が二人の上にのしかかった。ニューランドは、まるで自分自身の墓石に押しつぶされているかのようだった――自分の心からその重荷を取り除いてくれるものは、広い未来を見渡しても一つも見いだせない。ニューランドはその場から動かず、両手で覆った顔を上げることもしなかった。掌《てのひら》で隠した両目は、暗闇をじっと見つめ続けていた。

「少なくとも、僕はあなたを愛していました」ニューランドは、辛うじてそれだけ言った。

暖炉の反対側の、夫人がまだうずくまっていると思ったソファの隅から、声を押し殺した、子供のような泣き声がかすかに聞こえてきた。ニューランドは驚いて身を起こすと、夫人のそばに行った。

「エレン！　どうしたというんです！　なぜ泣くのですか？　取り返しのつかないようなことは、一つも起きていませんよ。僕はまだ自由だし、あなたも自由になるのですから」ニューランドはエレンを両腕で抱いた。唇が触れたその顔は、濡れた花のようだった。そして二人の空虚な恐怖はすべて、日の出時の亡霊のように小さく縮んで消えてしまった。ニューランドには驚いたことが一つあった――お互いに部屋の両端に立って五分間も言い合っていたのに、エレンに触れただけですべてがこれほど単純になった、ということである。

エレンもキスを返したが、すぐにニューランドの腕の中で身体を硬くすると、腕を押しやって立ち上がった。

「ああ、ニューランド、お気の毒に。こうなるのは、避けられなかったと思います。でも、状況は全然変わらないわ」今度はエレンのほうが炉辺に立って、ニューランドを見おろす形になっていた。

「僕にとっては、全人生を変えてしまうことです」

「いいえ、いけません。そんなことがあってはなりませんわ。あなたはメイ・ウェランドの婚約者で、わたくしは既婚者なんです」

断固たる決意で顔を紅潮させて、ニューランドも立ち上がった。「そんなのは戯言です！　今さら言っても無意味なことだ。ほかの人たちに対しても、自分たちに対しても、嘘をつくことはできませんよ。あなたの結婚はともかく、こんなことの後で僕がメイと結婚するのを想像できますか？」

エレンは細い肘をマントルピースについて、黙って立っていた。背後の鏡に横顔が映っていたが、シニョンからほつれた一房の巻き毛がうなじにかかっているせいか、やつれて、老けてさえ見えた。

「あなたがその質問をメイになさるのを、わたくしは想像できませんけれど、いかが？」エレンはついに口を開いてそう言った。

ニューランドは、投げやりに肩をすくめた。「ほかの道を選ぶには遅すぎますよ」

「そんなふうにおっしゃるのは、それがいま一番言いやすいことだからです――真実だからではなくて。実際、わたくしたち二人がこれまでに決めてしまった道以外を選ぶには、もう遅すぎるのです」

「ああ、あなたという人が、僕にはわかりません！」

エレンは痛ましい微笑を無理に浮かべたが、それによって顔は穏やかにはならず、むしろゆがんでしまった。「おわかりにならないのは、わたくしに関する事柄のいろいろを、ご自分がどんなに変えてしまったか、お考えになったことがないからです。ああ、最初から――あなたのしたことすべてをわたくしが知る、ずっと前から」

「僕のしたことすべて?」

「ええ、最初はまったく気づきませんでした――こちらの方々がわたくしを信用せず、恐ろしい人間だと思っていらしたことに。わたくしとは晩餐会で同席することさえお断りだったそうですわね。あとになって知ったのです。そして、あなたがお母様に頼んでヴァン・デル・ライデン家にご一緒してくださったこと、一家族でなく二家族でわたくしの味方ができるようにと、ボーフォート家の舞踏会での婚約発表を主張してくださったことなども、です」

それを聞いて、ニューランドはいきなり笑いだした。

「わたくしがいかに愚かで、何も気づかずにいたか、考えてみてくださいな」と夫人は言った。「ある日祖母がうっかり口を滑らせるまで、まったく何も知らなかったのですからね。ニューヨークはわたくしにとってただ平和と自由を意味するところで、ここに来るのは帰郷でした。同族の皆さんといられてとても幸せだったので、お会いする人すべてが親切な良い人で、わたくしに会うのを喜んでくださっていると思っていました。でも」夫人はいったん言葉を切って、さらに続けた。「あなたほど親切な人はいないと、ごく最初から感じていました。難しいし不要なことと最初は思えた事柄をなぜすべきなのか、理由を納得できるようにわたくしにわからせてくれる人は、ほかにいませんでした。あの善良な方たちからは得心の行く答えが得られず、それはきっと、そうしようという気になったことのない人たちだからだと感じました。でも、あなたは知っていらして、理解してくださったわ。外の世界が金色の手で力いっぱい引っ張るのを、あなたは感じたことがおありで、しかもその世界が求めるものを憎んだ――不誠実や残酷さや無関心との交換で得られる幸福を憎まれたのでしょう。それこそ、それまでわたくしが知らなかったことです――そして、知っていたどんなものより良いことです」

夫人の声は平板で低く、涙も動揺の色も見られなかった。その口からこぼれ出る言葉の一つ一つが、燃えるほど熱い鉛のようにニューランドの胸に重く沈んでいった。ニューランドは両手で頭を抱えてうつむいて座り、炉辺の敷物と夫人の服の裾からのぞいているサテンの靴の先を見つめていたが、突然ひざまずくと、その靴にキスした。

夫人はかがんで、ニューランドの両肩に手を置き、非常に深いまなざしで見つめたので、ニューランドは射すくめられたようになって、まったく動けなかった。

「ああ、あなたのなさったことを白紙に戻すのはやめましょうね！」夫人は叫ぶように言った。「ほかの考え方に戻ることは、わたくしにはもうできません。あなたを諦めるのでなければ、愛することはできないのです」

ニューランドは思慕するように両手を差し伸べたが、夫人は後ずさりした。夫人の言葉が作り出した距離に隔てられたまま、二人は向き合っていた。そこで突然、ニューランドの怒りがあふれ出した。

「で、ボーフォートは？　あいつが僕の後釜におさまるわけですか？」

思わず発した言葉だったので、同様の怒りの激発が返って来ることを覚悟していた。自分の怒りをさらにあおる燃料として、むしろそれを歓迎したかもしれなかった。けれどもオレンスカ夫人はさらに少し青ざめただけで、わずかにうつむき、両手を身体の前におろすという、何か考えるときのいつもの姿勢で立っていた。

「今頃あいつはストラザーズ夫人のところで、あなたを待っていますよ。いらしたらどうですか？」ニューランドは皮肉っぽい言い方をした。

夫人は向きを変えて呼び鈴を鳴らし、現れたメイドに向かって、「今夜は出かけません。馬車は侯爵夫人のお迎えに行くように伝えて」と命じた。

再びドアが閉まると、ニューランドは苦々しい目で夫人を見つめ続けた。「なぜそんな犠牲を？　寂しいとおっしゃるあなたをお友達のところに行かせない権利など、僕にはありませんよ」

夫人は濡れたまつ毛の下で、弱々しい微笑を浮かべた。「もう寂しいと思うことはありませんわ。前には寂しく、恐ろしくもあったのですが、虚しさも暗闇も消え去りました。今では自分自身に戻るとき、常に明かりのついている部屋に戻る子供のような気持ちなのです」

その口調と表情のために、夫人は依然として穏やかな近寄り難さに包まれていた。ニューランドは再びうめいた。「あなたという人がわかりません！」

「でも、メイのことはおわかりなのね！」

痛烈な言葉を受けて顔を赤らめながら、目は夫人から離さずにニューランドは言った。

「メイは、いつでも僕を諦める覚悟ができています」

「なんですって！　結婚を早めたいとひざまずいて懇願なさった三日後に、そんなことを！」

「メイは拒絶しました。ですから、僕には権利が──」

「ああ、それがどんなに醜い言葉か、あなたが教えてくださったばかりですわ」

ニューランドは疲れ果てたように感じて、顔をそむけた。まるで険しい断崖で何時間も奮闘した末に、ようやく頂上にたどり着こうというところで手がかりがくずれて、真っ逆さまに暗闇に落ちていくような気がした。

もし夫人をもう一度腕に抱けたら、その主張を一蹴できたかもしれなかった。だが、夫人は表情と態度とに不思議なよそよそしさを漂わせてニューランドと距離を置いたままだったし、ニューランドのほうにもその誠実さに対する畏怖の念があって、近寄り難かったのだ。ついにニューランドは、再び懇願を始めた。

「いまこんなことをしたら、あとでさらに悪いことになります――すべての人にとって、さらに悪いことに――」

「いいえ、いいえ、とんでもない！」まるで脅されたかのように、夫人は悲鳴に近い声で言った。

するとそのとき、呼び鈴の音が家中に長く響き渡った。玄関前に馬車が止まる音は聞こえなかった――二人は驚いてお互いを見つめ合ったまま、その場に立ち尽くした。

部屋の外では、ナスタシアが玄関に向かい、扉の開かれる音がした。そして間もなく、ナスタシアは一通の電報を手に入って来て、それをオレンスカ伯爵夫人に手渡した。

「あちらの奥様はお花をとても喜ばれました」ナスタシアはエプロンを手でのばしながら報告した。「ご主人からだと思われたみたいです。少し涙をこぼして、こんな馬鹿なことを、とおっしゃいました」

夫人は微笑を浮かべながら黄色の封筒を受け取り、手で封を切るとランプの元に持って行った。そして再びドアが閉まると、ニューランドに電報を渡した。

それはセント・オーガスティンから出されたもので、オレンスカ伯爵夫人宛ての電報だった。ニューランドの読んだ文面は次のようだった。「おばあ様への電報成功。復活祭後の結婚に父母ともに賛同。ニューランドにも電報送る。言葉もないほど幸せ。エレン、あなたが大好き。感謝をこめて。メイ」


三十分後にニューランドが自宅玄関のドアの錠をあけて入ると、重なった郵便物の一番上に同じような封筒が載っていた。中の文面はやはりメイからだった。「復活祭後の火曜日の挙式に両親同意。グレース教会にて十二時。付添人《ブライズメイド》八名。牧師に会うこと。幸せ。愛をこめて。メイ」

ニューランドは黄色の紙をくしゃくしゃにした——そうすれば書かれていることを消し去れるかのように。それから小型の手帳を出して、震える指でページを繰った。けれども見たいものが見つからなかったため、電報をポケットに押し込むと、階段を上がった。

ジェイニーが寝室兼化粧室として使っている小部屋から光が漏れていたので、ニューランドはもどかしげに扉板をたたいた。ドアが開き、いつもの紫色のフランネルの部屋着を着て、髪をピンで留めた姿の姉が現れた。心配そうに青ざめた顔だった。

「ニューランド！　あの電報で悪い知らせがあったんじゃないわよね？　わざわざ起きて待っていたのよ。もし――」（弟宛てに届いたどんな音信も、決して見逃すような姉ではなかった。）

ニューランドは、姉の質問にまったく注意を払わなかった。「ねえ、ちょっと――今年の復活祭はいつなんだい？」

キリスト教徒とは思えない無知な質問に、ジェイニーはショックを受けた様子だった。「復活祭ですって？　ニューランド！　それはもちろん、四月の最初の週よ。どうして？」

「最初の週？」ニューランドは手帳に再び目をやり、小声ですばやく計算した。「最初の週って言った？」そう言うと、身体をのけぞらせて笑い続けた。

「まあ、あきれた。いったいどうしたっていうの？」

「どうもしないよ。ただ、僕がこの一か月のうちに結婚するというだけで」

ジェイニーはニューランドの首に飛びつき、紫のフランネルの胸に弟の顔を押しつけた。「おお、ニューランド、素晴らしいじゃないの！　ほんとうに嬉しいわ！　でも、なぜそんなにずっと笑っているの？　静かになさいな。お母様が起きてしまうわ」

第二部

第十九章

　その日はすがすがしく、心地よい春の風が吹いて土埃が舞っていた。両家の老婦人たちが皆、色あせたクロテンや黄ばんだシロテンの毛皮を出してきて身に着けていたので、家族席最前列に立ち込める樟脳の匂いによって、祭壇を取り巻くユリの、春らしいかすかな香りはほとんど消されてしまっていた。

　教会の用務人の合図で、ニューランド・アーチャーは聖具室から出て、花婿介添人とともにグレース教会の内陣(1)の階段に立っていた。

それは、花嫁とその父の乗った箱馬車の姿が見えたという合図だった。しかし、衣服を整えたり打ち合わせをしたりする時間が、これからまだかなり必要なのは確かで、すでにロビーでは花嫁付添人の娘たちが、復活祭を飾る花のように群れ集まって華やかに行き来していた。この避け難い時間が経過する間、花婿は熱意を証明するため、集まった人たちの注視に一人で姿をさらすことになっていた。このようなしきたりにニューランドは、十九世紀のニューヨークの結婚式を、まるで歴史の端緒にさかのぼる荘厳な儀式であると思わせるような、ほかのさまざまなしきたりすべてに従ったのと同様に、甘んじて従った。ニューランドがたどらねばならなかった道では、すべてが同じく容易――あるいは同様に苦痛――と言えた。かつて自分が介添人を務めたときに花婿たちを案内したのと同じ迷路を、今回は花婿として、彼らと同じように殊勝に、混乱しがちな介添人の指示に従って進んでいた。

たしかにニューランドは、これまでのところ、花婿の義務をすべて果たしてきたと言ってよかった。花嫁付添人のための、白いライラックとユリの八つのブーケは、きちんと間に合うように送ってあったし、八人の花婿付添人用の金《きん》とサファイアのカフスボタンや、介添人のための猫目石のネクタイピンも同様だった。友人たちや元恋人たちからぎりぎりに届いた贈り物への礼状を、言い回しに変化をつけようと努力しながら、前夜はほぼ徹夜で書き上げた。主教と教区牧師への謝礼は介添人が大切にポケットに預かってくれていた。旅行用の荷物は、結婚披露宴を行う予定のマンソン・ミンゴット夫人のところに、出発前に着替える旅行用の服とともにすでに届けた。新婚夫婦として乗って行く汽車の個室も予約してあるが、その目的地は秘密で、新婚の夜の行き先を皆に伏せておくのは、旧式の慣習の中でも最も神聖な事項の一つだった。

「指輪はちゃんとありますね?」若いヴァン・デル・ライデン・ニューランドが小声で訊ねた。こうした役目に慣れていないため、責任の重さにおののいていたのだ。

そう聞かれたニューランドがした仕草は、これまで見て来た多くの花婿たちと同じだった――手袋をはめていない右手で、濃いグレーのベストのポケットに触れてみたのである。そして、小さな金の指輪(内側には「ニューランドよりメイへ　一八七×年四月×日」と彫ってある)がそこに無事におさまっているのを確認して安心すると、真珠のような淡いグレーに黒い縫い目の手袋とシルクハットを左手に持って立つ、元の姿勢に戻って、教会の扉を見つめた。

頭上ではヘンデルの行進曲が壮麗に広がって、人造石の丸天井を満たした。音の波の上に漂うのは、これまで見て来たたくさんの結婚式の、すでに色あせた思い出だった――まさにいま自分がいる内陣の階段に立ち、朗らかな無関心をもって、今日とは違う花嫁が今日とは違う花婿の元へと身廊《しんろう》を優雅に進んでくるのを見守ってきたのだった。

「歌劇場の初日の晩にそっくりだ！」とニューランドは思った——おなじみの顔が同じボックス（いや、今日は家族席だが）に座っているのが見える。最後の審判のラッパの音が響くとき、セルフリッジ・メリー夫人は、あのそびえるようなダチョウの羽根を帽子につけているのだろうか。ボーフォート夫人は同じダイヤモンドのイヤリングを着けて、同じ微笑を浮かべているのだろうか。そして来世でも、あの人たちには舞台前方の席が用意されているのだろうか。

そのあともニューランドには、前列に座っている見慣れた顔を一人ずつ観察する時間的余裕があった。女性たちは好奇心と興奮とでとげとげしい表情に見えたし、男性たちは午前中から礼装のフロックコートを着なくてはならなかった上に、披露宴では料理を確保する争いが待ち受けていることを考えているためか、一様に不機嫌な顔つきだった。

「披露宴がキャサリン老夫人のところで開かれるとは、なんとも残念だよ」とレジー・チヴァーズが言うところを、ニューランドは思い浮かべることができた。「しかし、自分の家の料理人に作らせるとラヴェル・ミンゴットが主張したそうだ。だから、もしありつけさえすれば、美味しいんじゃないだろうか」さらにそれに対してシラトン・ジャクソンが、「おや、君は知らないのか？　新しい英国方式で、小型テーブルに出されるという話だよ」と説得力のある発言をするところも想像できた。

ニューランドは、左手の家族席に目をやった。ヘンリー・ヴァン・デル・ライデン氏のエスコートで教会に入って来た母が、祖母から譲られたシロテンのマフに両手を入れ、シャンティイーレース(2)のヴェールの陰でそっと涙を流しながら座っていた。

「ジェイニーもかわいそうに！」ニューランドは姉を見て思った。「あの席でいくら首を回しても、見えるのは前の数列だけだし、そこに座っているのは、さえないニューランド家とダゴネット家の連中がほとんどなんだから」

親族の席との間を区切る白いリボンのこちら側には、長身で赤い顔をしたボーフォートの姿が見える。無礼な視線で女性たちをじろじろと眺めまわしていた。隣にはその妻が、銀色に光るチンチラの毛皮とスミレの花で着飾って座っていた。そしてリボンの向こう側には、ローレンス・レファーツの姿があり、滑らかに髪を整えた頭が、この儀式を統轄する、目に見えない「立派な礼法」の神を守護しているように思われた。

レファーツの鋭い目はその神の儀式の中に、一体いくつの不備を見つけるだろうか、とニューランドは考えたが、かつてそのような問題を重要だと思った頃が自分にもあったのを、突然思い出した。いま思えば、それまでの日々を満たしてきたものは、人生の幼稚なパロディ、あるいは、形而上学の学術用語をめぐる中世の学者たちの、誰にも理解できない口論のようなものだった。結婚の贈り物を「ご披露」するかどうかについての激しい議論が結婚式前の数時間を暗くしたのだったが、そんな些細な事柄に関して大の大人があれほど興奮するとは、ニューランドにはおよそ考えられないことだった。そしてこの件が、「そんなことをするくらいなら、新聞記者を家の中で自由にさせておくほうがましですよ」という、憤りの涙を浮かべたウェランド夫人の言葉で(行わないという方向に)決着したのも、思いもよらないことだった。けれどもこれに類する問題に関して、はっきりした、攻撃的とさえ言えるような意見を持ち、自分の属する小集団の風俗習慣は世界的に重要なものだと考えていた時期が、ニューランドにもあったのだ。

「そしてその間もずっと、現実の人間はどこかに生きていて、その身には現実の事柄が起きていたのだろうな」とニューランドは考えた。

「ほら、来ましたよ!」介添人が興奮の面持ちでささやいた。しかし、花婿であるニューランドのほうが、状況をよりよく把握していた。

用心深く教会の扉を開けたのは、貸馬車屋の主人のブラウン氏(時に黒のガウンを着て用務人を務めるのだ)で、一団を案内する前に会場の様子を確認しただけだった。扉はそっと閉められ、しばらくたつと今度は威風堂々と開かれた。「親族が来たぞ」というささやき声が、教会中に広がった。

長男の腕にすがって、ウェランド夫人が最初に入って来た。淡紅色をした大きめの顔はこの場にふさわしく厳かで、薄い青色のパネル布のついた深紫色のサテンの服と、小さなサテンの帽子につけた青いダチョウの羽根は、一同の称賛を集めた。しかし、ウェランド夫人が堂々たる衣擦れの音をさせながら、アーチャー夫人の向かい側の席に着く前に、客たちはすでに首を伸ばして、次に誰が入って来るのかを見ようとしていた。実はマンソン・ミンゴット夫人が、その不自由な身体にもかかわらず式に出ることに決めたという突飛な噂が前日に広まっていたのだ。夫人の冒険好きな性格ならばいかにも思いつきそうなことだったので、果たして夫人が身廊を歩いて来て、席に身体を押し込むことができるかどうかについて、クラブでは高額の賭けが行われていた。最前列の席の端の羽目板がはずせるかどうか調べ、座席の前のスペースを測るために大工を送る、と夫人が言い張ったことはすでに知られていた。だが大工が調べてきた結果は失望させるものだったため、家族はさらにもう一日、巨大な車椅子で身廊を進み、そのまま内陣のすぐ下に王座のように椅子を据えるという案について、夫人があれこれ考えているのを心配しながら見守るはめになった。

老夫人の巨体を人目にさらすという考えは、一族にとって非常に耐え難いものだったので、教会の扉から道の縁石までのびている天幕を支える鉄柱の間を、幅の広い車椅子が通るのは無理だと気づいてくれた賢い人を、できることなら金でくるんで讃えたいほどの気持ちだった。もしこの天幕を取り去ると、つなぎ目から中をのぞこうと外で争っている仕立屋や新聞記者の群れに花嫁の姿をさらす結果になるので、老夫人の勇気をもってしてもその案には及ばなかった。もっとも、その可能性を少しばかり検討はしてみたのだが。母からこの案をほのめかされたとき、ウェランド夫人は「ああ、あの人たちはうちの娘の写真を撮って、新聞に載せてしまうかも！」と叫んだ。想像を絶する醜態を思って、一族の者は一様に身震いし、おじけづいたのだった。さすがに老夫人も折れないわけにはいかなかったが、披露宴は自分の家で開くという条件をつけた上でのことだった。そのため、(ワシントン・スクエアの親類たちに言わせれば)ウェランド家なら近いのに、遠い街はずれまでの特別料金の交渉を貸馬車屋のブラウン氏としなくてはならず、大変だったのである。

以上のような次第はジャクソン家の人たちによってすでに広まっていたが、一部の賭け事好きの者は、それでも老キャサリンが教会に現れるのではないかと、いまだに期待していた。そのため、息子の妻であるミンゴット夫人が代わりに出て来たのが判明すると、熱気は目に見えて冷めてしまった。ラヴェル・ミンゴット夫人は——夫人のような年齢で、装いの習慣も定まっている女性が新しい服をなんとか着こなそうとするときにありがちなように――上気して硬い表情をしていた。けれども、義母の欠席に対する落胆が鎮まると、その服装――ライラック色のサテンのドレスに黒いシャンティイーレースをかけ、ニオイスミレの帽子という装いは、ウェランド夫人の青と深紫の衣装との対照が素晴らしいという評価を一同から受けたのだった。それとまったく異なる印象を与えたのは、ミンゴット氏のエスコートで次に入って来た、気取った様子のやせた女性だった。縞模様と房飾りとひるがえるスカーフなどが入り乱れた、驚くべき姿が滑るように視野に入って来たとき、ニューランドの心臓は縮み上がり、鼓動が止まった。

マンソン侯爵夫人はまだワシントンにいるとばかり思っていた――姪のオレンスカ夫人と一緒に、約四週間前に向こうに行ったのではなかっただろうか。二人が急に出発したのは、雄弁なアガトン・カーヴァー博士の有害な影響からおばを引き離したい、というオレンスカ夫人の希望によるものと考えられていた。カーヴァー博士はもう少しで侯爵夫人を「愛の谷」の新会員として登録するところだったのだ。そういう状況下でまさか二人のどちらかが結婚式のために戻って来るとは、誰も想像していなかった。ニューランドの視線はメドーラの突飛な姿に一瞬釘付けになり、その後ろに続いて誰が入ってくるかと身構えた。だが、短い行列はそれで終わりだった。家族の主なメンバー以外はすでに着席していた。八人の背の高い付添人たちは、移動の作戦を練ろうとする渡り鳥か昆虫のように集まって、すでに脇の扉からそっとロビーに移っていた。

「ニューランド、ほら、彼女が来ます！」介添人が小声で言った。

ニューランドは、はっとして我に返った。

心臓が鼓動を止めてから長い時間が経過していたのは明らかだった。白と薔薇色の列はもう身廊の半ばまで進んで来ていて、主教と教区牧師、それに白い羽根を着けた二人の補佐役も、花で取り巻かれた祭壇のあたりを行ったり来たりしていた。そしてシュポーアの交響曲の最初の和音が、花嫁の先導を務めるように、花のような音をふりまいている。

ニューランドは目を開けた。（いや、そもそも目は、ほんとうに自分で思っていたように閉じられていたのだろうか？）心臓がいつもの仕事を再開したのが感じられた。音楽、祭壇のユリの香り、優雅に近づいて来るたくさんのチュールとオレンジの花の一団、嬉し涙で表情が突然崩れるアーチャー夫人の顔、祝福の言葉をつぶやく教区牧師の低い声、八人のピンクの花嫁付添人と、八人の黒い花婿付添人の整然とした動き——それ自体ごく普通に見慣れている、こういった光景、音、感覚が、今この瞬間のニューランドにはまったく異様で意味をなさないものとなり、頭の中で入り乱れた。

「ああ大変だ。指輪はほんとうにあるかな」ニューランドは、花婿のする発作的な動作を、もう一度繰り返した。

そして次の瞬間、メイが脇にいた。メイの発する輝きが、無感覚になっていたニューランドにかすかな温かみを送り込んだので、ニューランドはその目をのぞき込んで微笑した。

「親愛なる皆様、ここに我ら、ともに集い……」と教区牧師が話し始めた。

指輪は花嫁の手にはめられ、主教の祝福が与えられた。花嫁付添人たちは行列に戻る態勢に入り、オルガンはメンデルスゾーンの結婚行進曲をまさに弾き始めようとしていた。ニューヨークでは、この行進曲なしで街に送り出される新婚カップルは一組もいないのだ。

「腕ですよ、ほら、彼女に腕を」若い介添人がもどかしげにささやき、ニューランドは自分が再びどこか遠い未知の国をさまよっていたことに気づいた。なぜそんなところに行ったのだろう——ひょっとしたら、袖廊《そでろう》にいる見知らぬ人たちの、一人の帽子の下に、黒い巻き毛をちらっと見たせいかもしれない、と考えた。もっとも次の瞬間に、それはまったく知らない、長い鼻をした女性だとわかり、イメージした人とは滑稽なほど似ても似つかぬ人だったので、自分は幻覚にでもとりつかれているのでは、と思ったほどだった。

そしていま、ニューランドとメイはメンデルスゾーンの軽いさざ波に乗って、身廊をゆっくりと進んでいた。開け放たれた扉の向こうでは、春の日が二人を差し招いている。そして天幕のトンネルの一番端では、ウェランド夫人の栗毛の馬たちが、額に大きな白い記章を着け、脚を優美に跳ね上げていた。

さらに大きな記章を襟に着けた従僕が、メイに白い外套を着せかけ、ニューランドは馬車の、メイの隣の席に飛び乗った。メイが誇らしげな微笑をニューランドに向け、二人の手は花嫁のヴェールの下で組み合わされた。

「大事なメイ!」ニューランドはそう言った——そのとたんに黒い深淵がいきなり目の前に大きく口を開き、自分が下へ下へと沈んでいくのを感じた。その一方で、滑らかな明るい声で、とりとめなくしゃべり続けていた。「そう、もちろん僕は指輪を失くしたと思いました。かわいそうな花婿がこの経験をしない結婚式なんて、絶対にあり得ないんですからね。でもメイ、あなたはずいぶん僕を待たせましたね。おかげで僕には、起こりうる恐ろしいことを一つ残らず想像する時間がありましたよ」

ニューランドが驚いたことに、メイは賑やかな五番街でニューランドのほうを向き、その首に勢いよく両腕を投げかけた。「でも、ニューランド、何も起こるはずないでしょう?　わたしたち二人が一緒にいる限りは」

その日の段取りは、詳細まですべてきちんと計画されていたので、披露宴を終えた新婚カップルは、余裕をもって旅行着に着替える時間があった。笑い合う花嫁付添人たちと涙にくれる両親たちの間を抜けて、二人はミンゴット家の広い階段を降り、昔から幸運を祈って投げられるサテンの上靴と伝統的なライスシャワーの下をくぐって、無事に馬車に乗り込んだ。駅に到着してからも、旅慣れた人のように売店で最新版の週刊誌を買い、予約してあった客室に落ち着くまで、三十分の余裕があった。その客室には、すでにメイの小間使いによって、ピンクがかったグレーの旅行用外套と、ロンドンに注文した、眩いばかりに新しい化粧鞄が置かれていた。

ラインベック在住のデュラック家の年老いたおばたちが、新婚の二人に家を自由に使って良いと言ってくれていた。ニューヨークのアーチャー夫人の家に一週間滞在できるのを見越して、喜んで申し出てくれたのだ。ニューランドのほうも、フィラデルフィアやボルティモアのホテルの、お決まりの「新婚夫婦用スイートルーム」に泊まらないですむのを喜んで、同じく乗り気になり、すぐにこの申し出を受けた。

田舎に行く計画に、メイはすっかり夢中になっていた。八人の花嫁付添人たちが二人の秘密の行き先を聞き出そうとして、実らない努力をあれこれと重ねるのを、子供のように面白がった。田舎にある屋敷を貸してもらえることは「非常に英国風」と考えられていて、すでにその年最高の結婚式だと皆に認められている名誉に、最後の仕上げを施す効果があった。しかし、その屋敷がどこにあるのかは二人の両親以外に誰も知らず、親御さんならご存じでしょうと責め立てられると唇をすぼめて、「ああ、わたしたちにも教えてくれませんでした」と意味ありげに答えたが、それは確かだった。その必要はなかったのだから。

二人が個室に落ち着き、果てしなくつづく郊外の緑を抜けて、列車が春らしい淡い色の景色の中に出て行く頃には、ニューランドが思っていたより楽に会話が進むようになった。見た目も話し方も、メイは昨日と変わらない無邪気な娘のままで、結婚式でのさまざまな出来事について感想を交換したがった。それも、まるで花嫁の付添人が花婿の付添人と話し合っているかのように冷静に語るので、はじめニューランドは、心の震えを隠す仮面として客観的な冷静さを装っているのかと思った。だがメイの澄んだ目には、まったくこだわりのない穏やかさが表れているだけだった。夫と二人きりになるのは初めてだったが、夫と言っても昨日までの楽しい仲間に変わりないし、これほど好きな人はほかになく、これほど完全に信頼のおける人もなかった。婚約と結婚という喜ばしい一連の冒険の頂点となる「素敵に楽しいこと」は、彼と二人きりで、大人のように、いや、「既婚婦人のように」旅に出ることなのだ。

セント・オーガスティンの伝道所の庭園でニューランドが悟ったように、深い感情と想像力の欠如とが共存できるのは、素晴らしいことだった。だがメイはあのときでさえ、良心の重荷が軽くなるとたちまち表情に乏しい娘に戻って、驚かされたものだった、とニューランドは振り返った。おそらくメイは、これからの人生で出会う経験に、持てる力を最大限発揮しながら対処していくだろうが、待ち受けるものを前もって、ちらりとでも予想しようとすることはないだろう──そう推測した。

ひょっとすると、この「気がつかない」という能力が、メイの目に透明さを、そしてその顔には一人の人というより一つの型と言いたくなるような表情を与えているのかもしれなかった──まるで神殿のギリシア女神か、あるいは近代の美徳や理想を象徴する新しい女性像のモデルに選ばれたかのように。その白い肌のすぐ下を流れているのは若さを破壊しかねない血液ではなく、保存液だったかもしれない。けれどもその不滅の若さは、メイを厳格にも鈍感にも見せず、むしろ素朴で純粋に見せた。こんな黙想のただ中でニューランドは、自分がメイを他人を見るような驚きの目で眺めていることにはっと気づいた。そこで大急ぎで、披露宴の記憶と、誇らしげにそこに浸透していたミンゴットおばあ様の大きな影響力へと話題を変えた。

メイは落ち着いて、その話題を心から楽しんでいた。「だけど、メドーラおば様がいらっしゃるとは驚きでしたわ。あなたも驚きませんでした？　エレンの手紙では、二人ともこちらに来られるほど元気ではない、っていうことだったんですもの。元気になったのがエレンだったら良かったのに！　お祝いに送られてきた素晴らしいアンティークレース、ご覧になった？」

こういう瞬間がいつか来るのは予期していたが、ニューランドとしては意志の力で食い止められるだろうと、何となく思っていたのだった。

「うん――僕は――いや、美しいものだったね」ニューランドはそう言いながら、ぼんやりとメイを見た――あのエレンという名前を耳にするたびに、自分が注意深く築き上げた世界は、まるでトランプ札で組み立てた家のようにもろく崩れるのだろうか。

「疲れていないかい？　着いたらお茶にするのがいいだろうね。きっとおば様たちは素晴らしい支度をすっかり整えておいてくださっただろうから」ニューランドはメイの手をとっておしゃべりを続けた。この言葉にメイの心は、たちまちボーフォート家から贈られたボルティモア銀器の立派なコーヒー紅茶セットに飛んだ。そのセットは、ラヴェル・ミンゴットおじからのトレイや小皿と完璧に「揃う」ものだった。

春の夕暮れの薄明かりの中、列車はラインベック駅に停車し、二人は待ち受ける馬車に向かって、プラットフォームを歩いて行った。

「ヴァン・デル・ライデンご夫妻は、なんて親切なんだろう。スキタクリフからわざわざ迎えの召使を寄こしてくださるとは！」落ち着いた感じの平服の人が進んで来て、小間使いの手から鞄を受け取るのを見て、思わずニューランドは声を上げた。

「大変申し訳ありませんが」とその使者は言った。「デュラック様のお宅でちょっと困ったことが起きました。タンクの水漏れでございます。それが昨日のことでして、今朝それをお聞きになったヴァン・デル・ライデン様が、領主館にお迎えする支度をするようにと、早い汽車でメイドを一人お送りになりました。とても快適にお過ごしいただけると存じます。デュラック様がお抱えのコックも寄越されましたので、ラインベックでのご滞在とまったく変わらずにお過ごしになれるかと存じます」

ニューランドがその顔を見つめてぼんやりしているので、相手はいっそう申し訳なさそうな口調になって、「まったく変わらないものと存じます」と繰り返した。そのとき、メイが熱のこもった声でこう言い出したので、気まずい沈黙が破られた。「ラインベックと同じですって？　領主館が？　同じどころか、ずっとずっと素晴らしいですわ。ニューランド、そうじゃありません？　そんなふうに計らってくださるなんて、ヴァン・デル・ライデン様はなんてお優しい親切な方でしょう」

駅者の隣にメイドが座り、新婚旅行用の真新しい鞄を前の座席に置いて出発してからも、メイは興奮した様子で続けた。「考えてもみてくださいな。わたし、一度も中に入ったことがないんです。あなたは？　ヴァン・デル・ライデンご夫妻は、あの家をほとんど誰にもお見せにならないの。でも、エレンには開けてくださったみたいで、どんなに素敵な家か、わたしに話してくれました。住んで心から幸せになれそうな家は、アメリカで見た中ではあそこだけだって言うんです」

「そう――僕たちもこれからまさにそうなるんだね。違う？」ニューランドが陽気にそう言うと、メイは快活に微笑して答えた。「ああ、わたしたちの幸運の始まりね――これから二人に訪れる、素晴らしい幸運の！」

第二十章

「僕たちはもちろん、カーフリー夫人と食事をしなくてはならないよ」ニューランドがそう言うと、メイは心配そうに眉をひそめながら、宿の朝食のテーブルの、どっしりしたブリタニア食器越しに夫を見た。

雨の多い、寂しい秋のロンドンに、ニューランド・アーチャーの知人は二人しかいなかった。そして、外国で知人に交際を求めるのは「品位ある」ことではないというオールド・ニューヨークの慣習に従って、その二人を意識して避けてきたのだった。

アーチャー夫人とジェイニーは、ヨーロッパ旅行に行くとその間中、断固としてこの慣習を守った。親しげに近づいて来る旅行者に対して、頑なほどのよそよそしさで接したので、ホテルの従業員と駅の係員以外の「外国人」とは一言も言葉を交わさないという記録をほぼ達成していた。同国人に対しては、以前からの知人と、信頼できる筋から紹介された人を除くと、さらに明白に見下した態度をとった。したがって、チヴァーズ家、ダゴネット家、ミンゴット家などの一員に偶然出会うことでもない限り、海外での数か月は母娘二人きりで過ごすことになった。けれども、それほどの用心深さをもってしても、その努力が無駄になることが時には起きる。ボルツァーノに滞在中のある夜、廊下の向かい側の部屋に泊まっていた二人の英国婦人(その名前、服装、社会的地位などを、ジェイニーはすでに詳しく承知していた)の一人がドアをたたき、アーチャー夫人はリニメント剤(3)をお持ちではありませんか、と訊ねた。もう一人の婦人——その人の姉であるカーフリー夫人——が急性の気管支炎を起こしたという話だった。旅に出るときには必ず家庭用医薬品一式を携えていく習慣だったアーチャー夫人は、求められた薬を運よく提供することができた。

カーフリー夫人の具合はかなり悪く、妹のハール嬢と二人きりの旅行だったので、アーチャー家の母娘の親切——気のきいた品を贈ってくれたり、病気が回復するまでの看病を有能なメイドに手伝わせたりしてくれたことに対して、二人は深く感謝した。

ボルツァーノを発つとき、母娘はカーフリー夫人とハール嬢に再会しようとはまったく考えていなかった。旅先でたまたま助けの手を差し伸べただけの「外国人」に交際を求めるほど「品位のない」ことはないと、アーチャー夫人は思っていた。けれども、そんな考えは知らず、知ったとしてもまったく理解できなかったであろうカーフリー夫人とその妹は、ボルツァーノで親切にしてくれた「感じの良いアメリカ人」とは永遠の感謝の気持ちで結ばれていると感じていたのである。ヨーロッパ旅行の間中、感動的なまでの忠誠心で、あらゆる機会をとらえてはアーチャー夫人とジェイニーに会おうとしたし、アメリカへの行き帰りに母娘がいつロンドンを通過するかを知ることに関しては、神業のような力を発揮した。親交は堅固なものとなり、アーチャー夫人とジェイニーがブラウンズ・ホテルに到着すると、愛情こまやかな二人の友が必ず待ち受けているという具合になった。カーフリー夫人と妹も、アーチャー夫人とジェイニー同様、ウォード箱でシダを育て、マクラメレースを編み、ブンゼン男爵夫人(4)の回顧録を読み、ロンドンの主な教会の牧師たちについての意見を持っていた。アーチャー夫人によれば、カーフリー夫人とハール嬢と知り合ったことでロンドンは「前とは違ったところ」になったという。そして、ニューランドの婚約の頃までに、二家族の絆は堅く結ばれていたので、この二人の英国婦人たちに結婚式の招待状を送ることは「まったく当然」と思われた。それに対して二人は、温室内で育てたアルプスの花を美しい押し花にして送ってきた。ニューランドと新妻が英国に向けて出発するとき、埠頭でアーチャー夫人が言った最後の言葉は「カーフリー夫人に会いに、メイをきっと連れて行くのよ」というものだった。

ニューランドとメイは、母のこの指示に従うかどうか決めかねていた。しかしカーフリー夫人はいつもの鋭さで二人を探し出し、晩餐への招待状を送ってきた。紅茶とマフィンの並ぶテーブルでメイが眉をひそめていたのは、ほかならぬこの招待状の件だった。

「あなたにとっては結構なお話よね、ニューランド。その方たちを知っているんですもの。でもわたしは、初めての人たちに混じると、とても気後れするの。それに、何を着ればいいかしら?」

ニューランドは椅子の背にもたれて、メイに微笑みかけた――これまでになく美しい。女神ダイアナのようだ。湿気を含んだ英国の空気の効果で、頰の輝きが深まり、無垢な表情にあるかすかな厳しさを和らげたように思われた。あるいはただ、心の中の幸せが輝いて、透けて見えているのかもしれなかった――氷の下の光のように。

「何を着るか、だって? 先週パリから、トランクいっぱいの衣装が届いたと思ったけれど」

「ええ、確かに。でもわたしが言いたかったのは、どれを着ればいいかわからない、っていうことなの」メイは、少し口をとがらせて言った。「ロンドンでお食事に招かれたことは一度もないんですもの。笑われたりしたくないわ」

ニューランドは、当惑するメイの身になって考えてみようとした。「だけど、イギリスの女性だって、夜の会にはほかの人たちと同じような装いをするんじゃないのかな?」

「まあ、ニューランド！　どうしてそんなおかしなことが言えるんでしょう。古い舞踏会用の衣装を着て帽子もかぶらずに劇場へ行く人たちなのに」

「ああ、ひょっとすると新しい服は、家で着るのかもしれないね。とにかく、カーフリー夫人とハール嬢はそんなことはしないだろうな。うちの母のような、縁のない帽子で――そしてショールだ。とても柔らかそうなショールを掛けているよ」

「そう。それで、ほかの人たちの服装はどんな感じかしら？」

「君ほど素晴らしくはないよ、メイ」ニューランドはそう答えながら、服装に関して、ジェイニーの病的なほどの関心と同じものが、突然メイの心に兆したのはなぜだろうと思った。

メイはため息をつきながら、自分の椅子を後ろに押しやった。「そう言ってくれるのは、あなたの優しさですけどね、ニューランド、あまりわたしの助けにはならないみたい」

ニューランドによい考えが閃いた。「結婚衣装を着たらどう？　場違いにはならないだろうと思うけど」

「ああ、ニューランド、あれがここにあればねえ！　冬のために直してもらおうと思って、パリのワース(5)に預けたままで、まだ返ってこないの」

「そうだったか」ニューランドは立ち上がりながら言った。「ほら、霧が晴れてきたよ。急いで国立美術館《ナショナル・ギャラリー》に行けば、絵を少し見られるかもしれないね」

ニューランド・アーチャー夫妻は、三か月にわたる新婚旅行を終えて、帰国の途についていた。この旅行についてメイは、女友達に宛てた手紙の中で、「この上なく幸せ」と手短に漠然と表現していた。

二人はイタリアの湖水地方には行かなかった。検討はしてみたが、そこにいる妻の姿がニューランドには想像できなかったのだ。メイ自身の希望は、(仕立屋との関係でパリで一か月過ごしたあと)七月の登山と八月の遊泳だったので、二人はインターラーケンとグリンデルワルドで七月を、ノルマンディー海岸のエトルタという小さな保養地——ここは趣のある静かなところだと勧める人があった——で八月を過ごして、このプランをきっちりと実行に移した。山岳地方にいたとき、ニューランドは一、二度南のほうを指さして「あっちがイタリアだよ」と言った。するとメイはリンドウの苗床にたたずみながら、楽しげに微笑して答えた。「今度の冬に行けたら素敵でしょうね。もしあなたがニューヨークにいなくても大丈夫なら、の話ですけど」

だが実際のところ、旅行に対するメイの関心は、ニューランドが予想していたよりずっと低かった。旅行というものをメイは(服の注文を済ませてしまうと)、散歩に乗馬、水泳、さらに魅力的な新しいスポーツであるローンテニスの腕試しなどの機会が増えるとしか考えていなかったのだ。そして、ようやくロンドンに戻って来ると(今度はニューランドが自分の服を注文するために、二週間滞在する予定だったが)もうメイは帰国の船に乗るのを待ち遠しがり、その気持ちを隠さなかった。

ロンドンでメイが興味を示したのは劇場と店だけで、その劇場もメイにとっては、パリのナイトクラブほどには楽しめなかった。というのもパリでは、シャンゼリゼ通りのマロニエの花の下で、レストランのテラス席から観客の「娼婦たち」を見おろし、歌の中から新妻の耳に入れるのにふさわしいと夫が判断した部分だけを訳して聞かせてもらうという、それまでにない体験をしたからである。

ニューランドは、結婚についてすっかり伝統的な古い考え方に戻っていた。仲間たちと同じように伝統に従ってメイを扱うほうが、束縛のない独身時代にあれこれ考えていた理論を実行するよりも面倒が少なかった。自分が自由でないなどと夢にも思っていない妻を解放しようとするなんて無駄なことだ。それにもしメイが自由を得たとしても、メイ自身が考えつくその唯一の使い道は、妻にふさわしい崇拝の祭壇に捧げることだろうとニューランドにはとうにわかっていた。メイには生まれながらの品位があるので、その贈り物を卑屈に捧げることは決してないだろう。また、もし夫のためになると思った場合には(かつてそのようなことが一度あったが)、再び自由を手にしようとする強さを見せるかもしれなかった。もっとも、メイのようにおっとりとして単純な結婚観の持ち主であれば、そのような危機は夫の側の明らかに邪悪な行いがない限り、引き起こされることはないだろうし、ニューランドに対するメイの気持ちの純粋さを思うと、それはとても考えられないことだった。何があろうとメイは常に誠実で雄々しく、怒りとも無縁であるだろうと、ニューランドにはわかっていた。そしてそれだからこそ、自分も同じ美徳を実践しようと、心に誓うのだった。

このようなことすべてが原因となって、ニューランドは古い考え方に引き戻された。もしメイの単純さが狭量さによるものであったら、ニューランドはいら立って反発していただろう。しかし、メイの性格を示す輪郭は――数少ない線で描かれたものではあったが――顔の輪郭同様に素晴らしいものだったため、ニューランドの古い伝統と崇敬の守護神となったのである。

このような性格のメイは、感じの良い、気の置けない同行者ではあったが、外国旅行を活気づける類の存在には、まずなり得なかった。だが、ニューランドはすぐに見てとった――メイの性格は、適切な環境に置かれればきちんと納まるだろう、と。自分が抑圧される恐れもない。自分の芸術的、知的な生活はこれまで通り、家庭という環の外で続くのであり、環の内側にも、狭苦しく息の詰まるようなことは何もないだろう。妻の元に帰ることが、広々した戸外の散歩から風通しの悪い部屋に入るようなことには、絶対にならないはずだ。そして子供が生まれれば、二人の生活の隅にある空虚さも満たされるだろう、と思った。

メイフェアから、カーフリー夫人とその妹が住むサウス・ケンジントンまでの長い道を馬車でゆっくり進んで行く間、以上のような事柄がニューランドの心に去来した。ニューランドも、できれば友人の歓待は遠慮したいと思っていた。家族に伝わる習慣を守って、常に傍観者、観光客として旅行し、同国人の存在には尊大な無関心を装っていたのだ。ハーヴァード大学卒業直後に一度だけ、ヨーロッパ人ぶった奇妙なアメリカ人のグループと一緒に、放埓な何週間かを過ごしたことがあった。貴族の女性たちと宮殿で踊り明かしたり、高級クラブで道楽者の伊達男たちと賭博をして半日過ごしたり――この上なく愉快な遊びではあったが、カーニバルのようにすべて現実離れしたものに思われた。複雑な恋愛関係にはまり込み、会う人ごとにそれを話して回らずにはいられないらしい、妙に世知に長けた女性たち、その打ち明け話の主人公あるいは聞き手である、堂々たる若い士官や年配で生粋の才人たち――こういう人々は、ニューランドの幼い頃から周囲にいた人たちとはあまりに異なり、悪臭を放つ、温室育ちの高価な外来植物にあまりに似ていたので、ニューランドの想像力が長くとどまることはなかった。そのような人たちに妻を引き合わせることなど考えられなかった。そしてニューランドの旅行中、熱心に交際を求める人は、ほかに誰もいなかったのだ。

二人がロンドンに着いて間もない頃、ニューランドは偶然セント・オーストリー公爵に出会った。公爵はすぐに気づいて、「ぜひ訪ねていらっしゃい」とニューランドに勧めたが、まともな感覚のアメリカ人であれば、言葉通りに実行に移すのは考えものだと判断する類の誘いだったので、出会いは発展せずに終わった。二人は、銀行家の妻でまだヨークシャーに住んでいる、メイのおばさえ避けた。事実、二人はロンドン到着をわざと秋まで遅らせていた。社交シーズン中に到着することで、会ったことのない親戚に、厚かましい俗物だと思われないようにしたかったのだ。

「たぶんカーフリー夫人のところには、ほかに誰も招かれていないだろうよ。この季節のロンドンは砂漠みたいなものだから。だけど君は、もったいないくらいに綺麗にしたね」ニューランドは辻馬車の中で隣に座っているメイに言った。メイは白鳥の羽根で縁取りをした空色の外套を着て、一点の曇りもない美しさだったので、ロンドンの汚れた空気にさらすのが罪だと思われるほどだった。

「わたしたちが未開人のような服装をしているなんて、皆さんに思われたくないのよ」アメリカ先住民のポカホンタスが聞いたら憤慨しそうな軽蔑をこめて、メイはそう答えた。アメリカの女性には、最も世慣れない人でさえも、社交における衣装の重要性に宗教的とも言うべき敬意があることを、ニューランドはあらためて強く感じた。

「女性にとっての鎧だ。未知のものに備える防御であり、挑戦なのだ」とニューランドは思った。そして、自分の魅力を増す目的では髪にリボンを結ぶ程度のことさえできないメイが、熱心にたくさんの衣装を選び、注文した理由を初めて理解した。

カーフリー家の会を少人数だろうと予想したニューランドの考えは当たっていた。冷え冷えした細長い客間にいたのは、夫人とその妹を除くと四人だけだった——ショールを掛けたもう一人の婦人、その夫であるにこやかな牧師、カーフリー夫人の甥だと紹介された物静かな少年、そして少年の家庭教師として夫人の口からフランス風の名前で紹介された、小柄で浅黒く、輝く目をした紳士である。

薄暗く地味な、この集団の中に、メイ・アーチャーは夕映えを浴びた白鳥のように軽やかに着地した。その姿はニューランドがそれまで見たことのないほど大きく美しく、衣擦れの音も大きかった。薔薇色の頬と衣擦れの音は、子供のようにひどくはにかんでいる印であるとニューランドは気づいた。

「わたしはこの方たちに、いったい何をお話しすればいいのでしょう?」——困りきった目はニューランドにそう訴えていたが、迎える側の胸にも同じときに同じ不安が、突然のメイの眩い出現によって引き起こされていた。しかし美というものは、自信が持てないときでさえ、男性の心を大胆にするものである。牧師とフランス風の名前の家庭教師は、メイをくつろがせたいという望みを、すぐにはっきりと示し始めた。

だが二人の努力にもかかわらず、晩餐は退屈そのものだった。外国人と同席しても自分がくつろいでいることを示すため、メイの持ち出す話題がどうしても地元のことに偏りがちになるのにニューランドは気づいた。そのため、美しさでは称賛の的であっても、会話は当意即妙のやりとりにはなりにくいのだった。会話を弾ませようとする努力を、牧師は間もなく諦めてしまった。だが、誰もが明らかに安堵したことに、英語に堪能で流暢に話のできる家庭教師が、ディナー後の休憩のための部屋に婦人たちが上がるまで、ずっとメイの話し相手を務めた。

牧師は会合があるとのことで、ポートワインを一杯飲むと急いで辞去せねばならず、病弱らしい内気な甥は寝室に追い立てられた。ニューランドは家庭教師とワインを飲みながら話を続けたが、ネッド・ウィンセットと最後に話し合って以来自分がしたことのなかった話し方をしていることに、突然気づいた。カーフリー家の甥には結核の前兆があり、ハロー校をやめてスイスに行かねばならなかったこと、そして穏やかな気候のレマン湖で二年間過ごしたことなどがわかった。読書の好きな少年だったので、教育は家庭教師であるリヴィエール氏に託され、自分は少年を英国に連れ帰って来た、来春オックスフォードに入学するまで一緒にいることになっている、と述べ、そのときになったら僕は次の仕事を探さなくてはならないでしょうね、とあっさり言った。

多方面への関心とたくさんの才能を持っている人なのだから、仕事がすぐに見つからないはずはない、とニューランドは思った。歳は三十前後で、やせて醜い顔をしている。(メイならきっと、平凡な容姿と表現するだろう。)何か発想が浮かぶとその顔は表情豊かになるが、活発になっても、浮ついた安っぽさはまったく見られなかった。

若くして他界した父親が外交関係の仕事をしていたので、息子も同じ方面に進むものと考えられていたが、文学に対する尽きることのない愛着心のため、ジャーナリズムの世界に入り、さらに著述業をめざした。だが、どうも成功しなかったらしい。そしてついには――ニューランドには伏せていた、ほかの試みと浮き沈みを経て――スイスで英国の少年たちを教える家庭教師の仕事に就いたのだった。しかしそれ以前にはパリに長く住み、ゴンクールのサロンを頻繁に訪ねたり、書くのは諦めたほうがいいとモーパッサン(6)から忠告されたり(それさえニューランドにしてみれば、目もくらむばかりの輝かしい名誉だった）、メリメとはその母親の家でよく話をしたりしたという。常に極貧の中で不安に苛まれていた（扶養すべき母と未婚の姉を抱えているためもあった）ようで、文学的な野心が実を結ばなかったのは明白だった。リヴィエール氏の置かれた状況は、実質的にネッド・ウィンセットの場合と大差のない、たいそう地味なものだったが、リヴィエール氏自身の言葉を借りれば、思想を愛する人間なら知的渇望を覚えることのない世界に生きてきたのだという。思想への愛こそ、気の毒なウィンセットが切望しているものだったので、ニューランドはウィンセットになりかわった羨望の念をもって、貧窮の中でも豊かに生きている、目の前の熱意ある青年を眺めた。

「何しろ、知的自由を保ち、鑑賞力や批評の独立を他の犠牲にしないこと――それこそが何よりも重要ではないでしょうか？　僕がジャーナリズムから身を引いて、ずっと退屈な職業――家庭教師や個人秘書などの仕事についてきたのも、まさにそのためです。もちろん、雑用は山ほどあります。でも、精神的自由――フランス語で「打ち解けない態度《クアンタ・ソワ》」と呼ぶものを保持することができますからね。そして、優れた会話を耳にしたときには、ほかのどんな意見にも妥協せずそこに加わることもできれば、傾聴して心の中だけで答えることもできます。ああ、良質の会話――これに比肩するものがあるでしょうか。思想のある空気だけが、呼吸する価値のある空気なんです。ですから僕は、外交やジャーナリズムの仕事を断念したことに、まったく後悔はありません——どちらも同じく自己放棄の、異なるタイプに過ぎませんからね」リヴィエール氏は次の煙草に火をつけながら、生き生きした目でニューランドをじっと見た。「ねえ、ニューランドさん、人生と正面から向き合えること——そのためなら、みすぼらしい屋根裏部屋に住む価値があると思いませんか？　とはいえやっぱり、屋根裏に住むのに必要なだけは稼がなくてはなりません。それに、個人の家庭教師——または個人的な何か——として老いるのは、ブカレストの第二書記官であるのとほとんど同じくらい、想像力にとって憂鬱なことです。時々僕は感じるのです——何か思いきったこと、大きな飛躍をしなくては、と。例えばですが、アメリカに——ニューヨークに、僕に向いた就職口が何かありはしないでしょうか」

ニューランドは驚きの目で相手を見た。ゴンクール兄弟やフロベールと交際し、思想のある人生だけが生きる価値のあるものと考えている青年がニューヨークに期待するとは！　ニューランドは当惑しながらリヴィエール氏を見つめ続けた。まさにその優秀さと長所が成功への妨げになるのは間違いないということをどう説明すればよいだろうか、と考えていた。

「ニューヨーク——ニューヨークねえ。しかし、どうしてもニューヨークでなければいけませんか?」ニューランドは口ごもりながら訊ねた。上質の会話だけを必需品と見なしているらしい青年に対して、自分の故郷の都市がどんな利益を提供できるのか、想像もつかなかったのだ。

リヴィエール氏の青白い肌が突然上気した。「僕は――僕はその、ニューヨークがアメリカ一の大都市だと思ったんです。知的活動がほかより活発なのではないですか?」そう言うと、相手に何か頼んだような印象を与えたのを恐れるかのように、急いでつけ加えた。「どうも人は思いつきを口にしてしまうものです――誰かに対してより、むしろ自分自身に向かって。実のところ僕の場合、差し当たっての見通しは何もないのですが」そこでリヴィエール氏は立ち上がって、「でもカーフリー夫人は、僕がもうあなたを二階にご案内するべき頃だとお思いでしょうね」と、自然な口調で言った。

帰りの馬車で、ニューランドはこの出会いについて熟考した。リヴィエール氏との時間によって肺に新しい空気が送り込まれたような思いだったので、最初の衝動は、翌日リヴィエール氏を食事に招待しようというものだった。だが、既婚の男が最初の衝動に必ずしも従わない理由を、ニューランドは理解し始めているところだった。

「あの若い家庭教師には興味をそそられるよ。夕食の後で、本やその他いろいろの事柄について、とてもいい会話ができてね」馬車の中でニューランドは、ためらいがちに話を持ち出してみた。

夢見るような沈黙に浸っていたメイは、我に返った。このような沈黙の意味を知る鍵を、ニューランドは結婚後半年の間に会得し、早くもすでに多くの意味を読み取れるようになっていた。

「あの小柄なフランス人ね？　ひどく平凡じゃなかったかしら？」メイは冷ややかに訊ねた。ロンドンで他家の招待を受けたというのに、牧師とフランス人家庭教師に会うだけだったことに、メイは内心落胆しているのだろう、とニューランドは推測した。その落胆は、俗物的と通常呼ばれるものから生じたのではなく、外国の、しかも威信にかかわる交際の場で、オールド・ニューヨークの感覚からすれば当然あるべきものにまつわる問題だった。もしメイの両親がカーフリー姉妹を五番街の家に招いたとしたら、牧師と教師よりも実質的に価値のある何かをきっと準備したであろう。

けれどもいら立ちを感じていたニューランドは、メイの言葉に反論した。

「平凡って――どこが平凡なんだい？」ニューランドがそう聞くと、メイは珍しい素早さで答えた。「どこって、教えている勉強部屋以外のあらゆる場所で。ああいう人たちは、人前に出るといつもきまってぎこちないでしょう」そう言ってから、なだめるようにつけ加えた。「でも、頭がいい人かどうか、わたしにはわからないんですけどね」

メイの口から「頭がいい」という言葉を聞くのは、「平凡」という言葉と同じくらい嫌だ、とニューランドは思った。しかし同時に、自分はメイの嫌なところにこだわりすぎではないか、とも危ぶみ始めていた。結局、メイのものの見方はずっと変わっていなかった。それはニューランドがその中で育ってきた周囲の人々すべての見方であり、これまでは必要ではあるが無視してもかまわない些細なものと見なしてきた。人生について自分と違う見方をする「上流の」女性というものを、ニューランドは数か月前まで一人も知らなかった。そして結婚するのであれば、絶対に相手は上流の出の女性でなければならなかった。

「ああ、それなら彼を食事に招くのはやめよう！」ニューランドは笑いながら締めくくった。メイは当惑した様子で、「まあ、カーフリー家の家庭教師をお食事に招くお考えを？」とニューランドの言葉を繰り返した。

「いや、カーフリー家の人たちと同じ日にというわけではないけれど、きみが賛成でないならやめておくよ。でも僕としては、彼ともう一度話をしたいと思ったんだ。ニューヨークで職を探しているらしいので」

メイの驚きは、冷淡さとともにふくらんだ。ニューランドには、自分が「外国風なもの」に染まっていると疑われているのでは、とさえ思えるほどだった。

「ニューヨークで職を？　どんな仕事をお探しなの？　フランス人家庭教師を雇う人はいませんわ。いったい何をしたいのでしょう？」

「主に良質の会話を楽しみたいんだろうね、きっと」ニューランドは、意地を張って切り返した。メイはそれを聞くと、合点が行ったというふうに笑い声を上げて答えた。「まあ、ニューランド、何て面白いんでしょう！　いかにもフランス人らしいわね」

結局、リヴィエール氏を招待したいという自分の意向をメイが本気にしなかったことによってこの問題が解決したのを、ニューランドは嬉しく思った。次の晩餐後の会話でニューヨークの問題を避けるのは難しいだろう――考えれば考えるほど、自分の知る範囲のニューヨークの情景の中にリヴィエール氏を置くのが困難になった。

将来、多くの問題がこのように否定的に解決されていくことになるのだろう、とニューランドは、ふと先が垣間見えたようで冷え冷えとした気持ちになった。けれども、馬車の料金を払い、長い裾を引くメイの後について家に入ったとき、とにかく最初の六か月こそが結婚生活の最も難しい期間だという常套句を思って、慰めを見いだした。「六か月も経てば、僕たちがお互いの角《かど》を落とすのもほとんど終わるのではないかな」と考えてみたが、最悪なのは、鋭さを保っておきたいと思う角にこそ、メイからの圧力がすでにかかっている点だった。

第二十一章

こぢんまりした明るい芝地が、広く明るい海まで穏やかに広がっていた。

芝生の縁には深紅のゼラニウムとコレウスが植えられ、曲がりくねって海まで続く小道沿いのところどころに置かれた、チョコレート色の鋳鉄製の壺は、ペチュニアとツタバテンジクアオイの花冠を下げて、綺麗にならした砂利道を飾っていた。

四角張った木造の家(こちらもチョコレート色で、ベランダの錫《すず》の屋根は日よけとして茶色と黄色の縞模様に塗られていた)と崖の端との中間に、灌木の植え込みを背にして、二つの大きな的が据えられていた。芝生の反対側には、的と向き合うようにテントが張られ、ベンチや庭園用の椅子が周りに置かれていた。夏のドレスを着た婦人たちや、灰色のフロックコートにシルクハットの紳士たちが大勢、芝生に立ったりベンチに座ったりしていた。そして時折、糊のきいた木綿の服の、ほっそりした一人の娘が弓を手にしてテントから出て来て、的に向かって矢を放つ。すると観客たちは会話を中断して、結果を注視するのだった。

ニューランド・アーチャーはベランダに立ち、この光景を珍しげに眺めていた。艶やかに塗られた階段の両側には、大きな青い陶器の植木鉢が一つずつ、明るい黄色の陶器の台に置かれていた。植木鉢には葉の尖った植物が植えられ、ベランダの下には赤いゼラニウムで縁取られた青いアジサイが、幅の広い帯となって続いていた。ニューランドの背後には、いま出て来た客間のフランス窓があり、揺れるレースのカーテンの間からは寄せ木張りの滑らかな床がちらっと見えた。部屋には更紗のクッションつきの丸椅子、小型の肘掛け椅子、銀の小物をのせたビロード張りのテーブルなどが点在している。

ニューポート・アーチェリー・クラブは、毎年八月の大会をボーフォート家で開く習慣だった。これまでアーチェリーにはクロッケー以外の競争相手はなかったが、ローンテニスの台頭で人気が衰え始めていた。とはいえ、社交的な場でのスポーツとして、ローンテニスは粗野で洗練されていないという見解が依然としてあり、綺麗な衣装や優雅な立ち居振る舞いを見せる場として弓と矢のスポーツがその地位を守っていた。

この見慣れた光景を、ニューランドは不思議な気持ちで眺めていた。人生に対する自分の感じ方がすっかり変わったにもかかわらず、昔のままに日々が続いていることが驚きだったのだ。変化の大きさを初めて実感したのはニューポートだった。前年の冬、ニユーヨークの新居——弓形の張り出し窓とポンペイ風の玄関のある、緑がかった黄色の家——にメイとともに落ち着くと、ニューランドはほっとして、事務所のいつもの仕事に戻り、この日常生活の再開によって、以前の自分とのつながりを見いだすことができた。さらに、メイの馬車(ウェランド夫妻から贈られた四輪箱馬車である)を引かせるため、見栄えのする葦毛の馬を一頭選ぶという、わくわくするほど楽しい作業もあれば、ニューランドの新しい書斎を準備するという、興味が尽きず長続きする仕事もあった。家族の心配や不満をよそに、書斎はニューランドの願っていた通りにしつらえられた——浮き出し模様の濃い色の壁紙、イーストレイク様式の本棚、肘掛け椅子とテーブルも「本物」だった。センチュリー・クラブでウィンセットに再会もしたし、ニッカーボッカー・クラブ[7]には同じ上流の青年たちがいた。法律の仕事に捧げる時間、外で食事をしたり友人を自宅でもてなしたりする時間、そして時々オペラや観劇を楽しむ時間など、自分の人生は、とても現実味のある、必然性に満ちたもののように思えた。

けれどもニューポートという場所はまさしく、義務を逃れて完全な休暇気分になるための場所だった。ニューランドはメイを説得して、メイン州の沖にある離れ小島(その名もマウントデザート島という名前だった)で夏を過ごしたいと思っていた。その島ではボストンやフィラデルフィアのたくましいグループが「自然のままの」山荘でキャンプをしていて、森と海に囲まれた、罠猟師のような生活と魅力的な景観を楽しめるとの評判だったのだ。

しかし、ウェランド家はニューポートの断崖上に立ち並ぶ四角い家々のうちの一軒を持っていて、いつもそこへ行く習慣だった。夫妻の義理の息子になったニューランドは、自分とメイがそこでの滞在に加われないことの十分な理由を示すことができなかった。せっかくメイがパリで夏の服を何着も試着して、疲れ果ててしまったほどだというのに、着る機会がなくてはほとんど意味がないではありませんか、とウェランド夫人は少々皮肉をこめて言ったが、その言い分に対する答えを、ニューランドはまだ見つけていなかった。

メイにしてみれば、これほど合理的で、しかも楽しい夏の過ごし方に気乗り薄な夫の気持ちが理解できなかった。あなたも結婚前はいつもニューポートが気に入っていたじゃないの、とメイに言われると、ニューランドは否定できず、今は二人一緒だからきっとこれまで以上に好きになるよ、と言うだけだった。しかしながら、ボーフォート家のベランダに立って、芝生に集まる人々の明るい姿を眺めていると、やはりここで過ごすことは絶対に好きになれないだろうと痛感して、思わず身震いするのだった。

ああ、かわいそうに、メイのせいではない、とニューランドは思った。旅行中には意見が一致しないことも時々あったが、メイの慣れ親しんだ環境に帰ったことで調和は取り戻されていた。自分がメイに失望することはないだろうと、ニューランドがずっと予想していたのは正しかった。結婚したのは(多くの青年と同様に)、とりとめのない恋愛遊戯が実らないまま次々と厭わしい結末を迎えていたときに、素晴らしく魅力的な娘に出会ったからだった。メイは平和、安定、友情、そして回避できない義務から成る安心感の象徴だった。

選択を誤ったとは言えなかった——メイは自分の期待をすべて満たしているのだから。ニューヨーク中で最も美しく、最も人気のある、若い既婚婦人の一人の夫であることは大変喜ばしく、ことにメイが最も気立ての優しい、最も思慮分別のある女性だっただけに、喜びもひとしおだった。ニューランドがそれを忘れることは決してなかった。そして結婚直前に襲われた束の間の狂乱状態に関しては、これまで途中で放棄してきた実験の最後のものだったのだと自分に言い聞かせてきた。オレンスカ伯爵夫人との結婚を正気で夢見たことがあったなどとは、我ながらとても考えられないことになってしまい、夫人はニューランドの記憶の中で、最も憂いを帯びた、痛ましい亡霊に過ぎなくなっていた。

しかし、こうして抽象化し、排除したことで、ニューランドの心は虚しくうつろな場所になってしまった。ボーフォート家の芝生で活発に動き回る人々がまるで墓地で遊ぶ子供のように見えて衝撃を受けたのは、それも一因だと思われた。

するとすぐそばで、スカートのさらさらいう音が聞こえ、マンソン侯爵夫人が服をひらひらさせながら客間のフランス窓から出て来た。いつものように、異様なほどけばけばしく飾りたてている。色あせた薄織物を何重にもして、ぐにゃりとした麦わら帽子を頭に固定し、彫り物のある象牙の柄のついた、黒いベルベットの小さな日傘を、それよりずっと大きな帽子のつばの上にかざした姿は滑稽に見えた。

「まあ、ニューランド。あなたとメイがいらしていたのは知りませんでしたわ。あなたは昨日着いたばかりですって？　ああ、お仕事、お仕事――職業上の務め。わかりますとも。世のご主人たちは、週末しか奥様とここで合流できないのですものね」夫人は首を傾げて目を細め、物思わしげな表情でニューランドを見た。「でもね、結婚というのは長い犠牲なのですよ――あたくしはよく、エレンにそう言い聞かせていますわ」

ニューランドの心臓は、前にも一度経験したことのある、奇妙な痙攣を起こして止まった。そしてそのために、外の世界との間の扉が突然ばたんと閉まった。だがその断絶は、ごく短時間だったに違いない。というのも、間もなくニューランドの耳に、自分が発したらしい質問に答えるメドーラの声が聞こえてきたからである。

「いいえ、あたくしはここでなくブレンカー家に泊まっておりますの――ポーツマスの静かで快適なところ。今朝ボーフォートさんがご親切にも、俊足で評判のご自分の馬を、あたくしのために迎えに差し向けてくださったの――レジーナご自慢のガーデン・パーティーをちらりとでも覗けるように、って。でも、夕方にはまた田舎暮らしに戻ります。独創的なブレンカー家の人たちは、ポーツマスに素朴な古い農家を一軒借りていて、そこに各界の人たちを集めていますのよ」身を守ってくれそうな帽子のつばの陰で、夫人はかすかにうなだれ、わずかに顔を赤らめて続けた。「今週アガトン・カーヴァー博士が、「内的思考」を語る集まりを連続で開きます。こちらでの、現世的な楽しみを追求する陽気な光景とはまさに対照的な――でもね、あたくしはずっとそういう対照こそを糧にして生きてきましたから。あたくしにとって、唯一の死は単調さなの。いつもエレンに言うのですよ、単調さには気をつけるのよ、すべての大罪の元凶だから、って。けれど、かわいそうにあの子はいま、心の高揚と、厭世観とに見舞われているところでしてね。そう、ニューポート滞在へのお誘いは全部お断りしてしまいましたの――ミンゴットおばあ様のお話さえも。ブレンカー家に一緒に来るように説得するのもやっとでしたよ――信じていただけないかもしれませんが。あの子の生活は病的で不自然。ああ、まだ見込みのあるうちにあたくしの言うことを聞いていればねえ――まだ扉が開いていているうちに。さて、あたくしたちももう下に行って、見逃せない試合を見ましょうか。メイも出ていると聞きましたわ」

ボーフォートがテントを出て、芝生をのんびり歩きながら近づいて来た。がっしりした長身で、ロンドン製のフロックコートのボタンをきっちりと留め、自家の温室のランを一輪、フラワー・ホールに挿している。ニューランドは、二、三か月ぶりに会うボーフォートの外見の変化に驚いた。暑い夏の光の中で、その派手な身なりは重苦しく傲慢に見えた。肩を張って姿勢よく歩いていなかったら、着飾りすぎの飽食の老人に見えたことだろう。

ボーフォートをめぐっては、あらゆる噂が広まっていた。春に新しい蒸気ヨットで、西インド諸島への長い航海に出たが、寄港したいくつもの土地でファニー・リングに似た女性と一緒にいる姿が見られたと言われている。スコットランドのクライド川で造られたこのヨットは、綺麗なタイル張りの浴室など、前代未聞とも言える贅沢な設備を有したもので、五十万ドルかかったと言われていた。そして帰国時に妻にプレゼントした真珠のネックレスは、罪滅ぼしの贈り物にふさわしい上等の品だった。ボーフォートの財産はそのような出費に耐え得るものだったが、五番街だけでなくウォール街でも、不穏な噂が消えなかった。鉄道事業に出資して失敗したと言う者もあれば、強欲な女に絞りとられているのだと言う者もあった。破産が近いという噂の出るたびに、ボーフォートは新しい浪費で答えた――ランの栽培用の温室一続きの新築、競走馬をまとめての購入、絵画コレクションに加えるためのメソニエ(8)やカバネルの絵の買い入れなどである。

侯爵夫人とニューランドに向かって、ボーフォートはいつもの通り、薄笑いを浮かべて歩いて来た。「やあ、メドーラ！　馬はちゃんと走りましたか？　え？　四十分で？　それは悪くないですね、あなたの臆病さに配慮が必要だったことを考慮すれば」そう言うとニューランドと握手し、マンソン侯爵夫人をはさむように反対側について、二人と一緒に引き返した。そして夫人に何かささやいたが、その言葉はニューランドには聞き取れなかった。

侯爵夫人はいつもの奇妙な外国風の仕草で答え、「何をお望みなのです？」とフランス語で訊ねたので、ボーフォートはますます顔をしかめたが、ニューランドにちらっと目をやると、「メイが一等賞をとりそうですね」と、勝利を祝うかのような笑みを作って言った。

「まあ、そうなったら一族の記録に残りますわ」メドーラはくすくす笑った。ちょうどそのとき、三人はテントのところに着き、少女趣味的な薄紫色のモスリンとふわふわするヴェールに包まれたボーフォート夫人に迎えられた。

ちょうどメイ・ウェランドがテントから出て来るところだった。白い服のウェストに淡い緑のリボンを結び、帽子にツタのリースをつけたメイには、婚約を発表した晩、ボーフォート家の舞踏室に姿を現したときと同じ、女神ダイアナのような超然とした雰囲気があった。そのときからこれまでの間、その目の奥に思索は何一つ浮かばず、心に感情は何一つ湧かずに過ぎたかのようだった。メイには知性も感受性も備わっていることをニューランドは知っていたが、メイの中から経験が消え去る様子には改めて驚いた。

メイは弓矢を携え、芝生にチョークで引かれた印のところに立つと、弓を肩まで上げて狙いを定めた。その古典的な優雅さに満ちた姿を見た人たちからは称賛のささやきが広がり、ニューランドは所有者の喜びに、ついいつものごとく、束の間の幸福感を感じてしまうのだった。メイの対戦相手たち――レジー・チヴァーズ夫人、メリー家の娘たち、薔薇色の頬をしたソーレイ家、ダゴネット家、ミンゴット家の女性たちなど――が美しい一団となってメイの後ろに立ち、茶色や金色の頭を寄せ合って、得点表を心配そうにのぞき込んでいた。淡い色のモスリンと花飾りを着けた帽子とが混じり合う様子は柔らかな虹を見るようで、誰もが若く美しく、夏の輝きに包まれていた。しかし、メイが身を引き締めて明るく眉を寄せ、力業に集中しているときの、妖精のように屈託のない美しさを持つ者は、ほかには誰もいなかった。

「おやおや」ローレンス・レファーツの声がニューランドの耳に入った。「メイのように弓をかまえられる人は、ここにはほかに誰もいないようですね」するとボーフォートが答えて言った。「そうだね。でもメイの矢が当たるのは、ああいう的だけだろうな」

ニューランドは、理屈を超えた怒りを覚えた。そもそもメイの「上品さ」に対する、軽蔑的なボーフォートの賛辞は、夫ならむしろ妻が受けるべきだと考える類のものであったし、粗野な気質の男から魅力がないと見なされるという事実は、女性の美点を示す証拠の一つと考えてよかった。それにもかかわらず、その言葉でニューランドの胸はかすかに震えた――極度なまでの「上品さ」が、単なる無であり、空虚さを隠すカーテンだったらどうなるのだろう。いま、的の中心点を射抜いた最後の試技を終えて、紅潮した面持ちで落ち着いて戻って来るメイを見ながら、自分はそのカーテンをまだ一度も開いたことがないな、とニューランドは感じた。

メイはその最高の美点である純真さを発揮して、対戦相手や観戦の人たちからの祝福を受けた。メイの勝利に嫉妬する者は、一人としていなかった。もし勝てなかったとしてもきっと今と同じように穏やかな様子だっただろうと思わせるものがあったからである。しかし、ニューランドと目が合って、その顔に喜びの色を見てとったとき、メイは顔を輝かせた。

ウェランド夫人の、小型馬《ポニー》に引かせる籐《とう》細工の座席をつけた馬車が待っていたので、二人はそれに乗り、四方に散って行く馬車に混じって帰途についた。メイが手綱を取り、ニューランドは隣に座った。

明るい芝生や灌木の上を、まだ残る午後の日差しが照らしていた。ボーフォート家のガーデン・パーティーから帰る途中の着飾った紳士淑女たちを、あるいは午後の日課であるオーシャン通りのドライブを終えた人たちを乗せた馬車が二列に並んで、ベルヴュー通りを走り回っていた——幌付きの四輪馬車、軽装二輪馬車、向かい合わせ座席の馬車など、種類もいろいろだった。

「おばあ様に会いに行きましょうか」とメイが突然の提案をした。「賞をいただいたこと、わたしが自分でお話ししたいと思って。お食事まで、まだ時間も十分ありますし」

ニューランドは同意した。そこでメイは、ナラガンセット通りへと馬を向け、スプリング通りを横断して、その先にある、岩の多い湿地のほうに向かった。常に先例に無頓着で倹約家のキャサリン女帝はその若き日に、入り江を見晴らす小さな安い土地をこの不人気な地域に見つけ、いくつもの尖頂と交差する大梁とが特徴の、英国郊外風の家を建てた。大きくならずに密生するカシに囲まれたその家のベランダは、島の点在する海の上に張り出していた。鉄製の牡鹿たちと、ゼラニウムの丘にはめ込まれた青いガラス玉との間を曲がりくねって続く馬車道は、つやつやした胡桃材の玄関扉へと続いていた。その扉の上にはベランダの縞模様の屋根があり、扉を開けて入れば、そこには床に黒と黄色の星形模様の寄せ木細工が施された狭い廊下があった。廊下に面した小さな四角い部屋は四つ、それぞれ起毛加工《フロック》の壁紙が貼られ、天井にはイタリアの塗装工がオリュンポスの神々を余さず描いていた。肉の重さが負担になって来た頃、ミンゴット夫人はこれらのうちの一室を寝室に変え、日中は隣接する部屋で過ごしていた。開いた扉と窓との間に置かれた大きな肘掛け椅子に、まるで王座につくようにおさまり、シュロの葉の扇で絶え間なくあおぐのだが、胸があまりに張り出しているため、風は身体のほかの部分には届かず、椅子の覆いの肘掛け部分の房を動かすだけだった。

キャサリン老夫人はニューランドの結婚を早めるために手を貸したので、他人のために尽力した人が相手に対して抱くのが常である温かい気持ちを、ニューランドに対して抱いていた。結婚を急いだのはニューランドの抑えきれない情熱のせいだと信じており、もともと(金銭の出費に関わらないときに限るが)直情径行の熱心な賛美者だったので、ニューランドに会うと必ず共犯者めいた目配せを送って愛想よく迎え、戯れのほのめかしを言ったが、幸いなことにメイは気づかないようだった。

試合が終わったときにメイの胸に留められたという、矢の先端にダイヤモンドのついたデザインのブローチを、夫人は興味深げに眺めて褒めた。わたしの若い頃には金線細工のブローチで十分に立派だと思ったでしょうけれど、とにかくボーフォートが物事を気前よく運ぶのは間違いないわ、と言った。

「これは、いい家宝になるわね、メイ」夫人はくすくす笑った。そして「長女への相続財産に入れておかなきゃね」と言いながらメイの白い腕を軽くつねり、孫の顔が赤くなるのを確かめた。「まあまあ、あなたに赤い旗を振らせるようなことを、何か言ったかしら。娘は一人も産まないで、男の子ばっかりにするつもりなの？　おやおや、この子ったら、赤い顔をもっと赤くして！　え、それも言ってはいけないの？　まあほんとうにねえ――こういう神様や女神様を天井にすっかり描かせてほしいって、子供たちに頼まれると、わたしはいつも言うんですよ、何があってもまったく動じない方々と暮らすだなんて、ありがたすぎるほどのことだわ、って」

ニューランドは大笑いし、メイも笑って目元まで深紅に染めた。

「さあ、二人とも、パーティーのことを話して聞かせて。何しろ、あの愚かなメドーラからは、ちゃんとした話なんか、全然聞けないんだから」老夫人のその言葉に、メイは語気を強めて「メドーラおば様？　ポーツマスに戻るご予定だったと思っていましたけど」と言い、それに対して夫人は、落ち着きはらって答えた。「ええ、戻る予定ですよ。でもまずここに、エレンを連れに来なくてはね。ああ、エレンがわたしと一日過ごすためにこちらに来ていたのを、あなたたちは知らないのね？　夏中ここで過ごすことにしないなんて、エレンもまったく馬鹿げていますよ。でもね、若い人たちと言い争うのは、五十年も前にやめましたからね。エレン！　エレン！」夫人は老人特有の甲高い声を張り上げ、ベランダの向こうの芝生が少しでも見えるように、何とか身体を前に乗り出そうとした。

何も答えはなかった。夫人はいらいらして、手にした杖で、艶のある床を打った。するとそれに応えて、色鮮やかなターバンを巻いた混血のメイドが現れ、「ミス・エレンなら、海岸に向かう小道を歩いて行かれるのを見ました」と告げた。そこでミンゴット夫人は、ニューランドのほうを見た。

「急いで行って、エレンを連れて来て――頼りになる孫息子だというところを見せてちょうだいね。その間、わたしはこの綺麗なお嬢さんに、パーティーのことを聞かせてもらいますよ」そう言われてニューランドは、夢でも見ているように立ち上がった。

最後に会ってからの一年半、オレンスカ伯爵夫人という名前はよく耳にしていたし、その間にエレンの身に起きた主要な出来事にも通じていた。昨年の夏はニューポートで過ごし、社交界に頻繁に出入りしていたらしいこと、しかし秋になって、ボーフォートがかつて大変な苦労をして見つけてくれた「完璧な家」を突然又貸しして、ワシントンに落ち着くと決めたこと、などである。冬の間のエレンについて聞いた噂では（ワシントンの美しい女性たちの噂は必ず耳に入るものだ）、公の政策の不足を補うような「輝かしい外交の行われる社交界」において光っていたとのことだった。ほかにも、エレンの容姿に関する相反する評価、会話の内容、考え方、友人の選択などが伝わって来ると、ニューランドはまるでずっと昔に他界した人の思い出を聞くような冷静さで聞いていた。だが、アーチェリーの試合のときにメドーラが突然その名前を口にした瞬間、エレン・オレンスカはニューランドにとって、再び生きている存在になったのだ。暖炉の火に照らされた小さな客間の光景、人気《ひとけ》の絶えた通りを戻って来る馬車の車輪の音――侯爵夫人の愚かしいおしゃべりによって、それらがよみがえり、ニューランドは前に読んだことのある、トスカナ地方の農民の子供たちの物語を思い出した。路傍の洞窟で一束のわらを燃やしたら、墓の壁に描かれた物言わぬ昔の人たちの姿をその火が照らし出した、というお話だった。

海岸への道は、家が建っている丘から、シダレヤナギの植えられた海辺の遊歩道へと下っていた。ヴェールのようなヤナギの葉の向こうに、ライム・ロック(9)がちらっと見える。白く塗られた小塔、一軒の小さな家――その家では、勇敢なことで有名な灯台守のアイダ・ルイスが、神聖な晩年を過ごしていた。その向こうに広がるのは平坦なゴート島、そして政府の醜い煙突だ。湾はかすかな金色に光って北に広がり、低いカシの林のあるプルーデンス島とコナニカットの岸辺が、夕暮れ時のもやの中にかすんで見えた。

ヤナギのある遊歩道から、木製の細い桟橋が突き出しており、突端に仏塔《パゴダ》のような東《あずま》屋《や》があった。そしてその東屋の中に、一人の女性が手すりに寄りかかり、手前の岸辺に背を向けて立っていた。ニューランドはその光景を見ると、まるで眠りから覚めたように立ち止まった。過去の幻影は夢であり、現実はあの丘の上の家で自分を待つものだ——玄関前の楕円形の植え込みの周りを回る、ウェランド夫人のポニー付き馬車、慎みのないオリュンポスの神々の絵の下に座って、密かな希望に顔を輝かせるメイ、ベルヴュー通りの遠い端にあるウェランド家の別荘、早くも夕食のための着替えを済ませ、時計を手に客間の中を行ったり来たりして、胃弱体質の人特有の性急さを見せるウェランド氏の姿——何しろウェランド家ときたら、ある時刻に何が起きるかが、常に正確にわかるような家なのだから。

「僕は何者なんだろう。義理の息子か——」とニューランドは思った。

桟橋の突端に佇む人影は、まだ動かなかった。丘の途中で立ち止まったまま、ニューランドは長いこと入り江を見つめていた——ヨット、発動機付きヨット、漁船、大きな音をたてる引き船に引かれた石炭運搬船などが航跡を残して往来している。東屋の女性も同じ光景に見入っている様子だった。アダムズ要塞の灰色の稜堡《りょうほ》の向こうに、沈もうとしない夕日が砕けて無数の火となり、ちょうどその輝きが、ライム・ロックと海岸との間を通り抜けていく一本マストの小船の帆にあたっていた。ニューランドはそれを見つめながら、『ショーラーン』のモンタギューが、部屋にいることをエイダ・ディアスに気づかれることなく、そのリボンを唇に当てるシーンを思い出した。

「エレンは気づいていない。思いもよらないことだろう。もしエレンが後ろから近づいて来たとしたら、僕は気づくだろうか」そう考えながら、ニューランドは突然、あることを思いついた。「もしあの帆船がライム・ロック灯台を過ぎるまでにエレンが振り向かなかったら、そのときは引き返すことにしよう」

帆船は引き潮に乗って、滑るように進んだ。ライム・ロックの前を過ぎ、アイダ・ルイスの小さな家をしばらく隠し、中に明かりが吊り下げられた小塔の前を横切って行った。島の岩礁と船尾との間隔が広がり、その海面がきらめくのを見るまで待ってみたが、東屋の人は動かなかった。

ニューランドは向きを変え、丘を登った。

「あなたがエレンを見つけられなくて残念だわ。もう一度会いたいと思っていたのよ」メイがそう言ったのは、夕暮れの道を帰る馬車の中だった。「でもエレンは、そうではなかったかもしれないわね。とても変わってしまったようだから」

「変わった?」ニューランドはポニーのぴくぴく動く耳を見つめたまま、冷めた口調で聞き返した。

「お友達に関心がなくなったということなの。ニューヨークを離れて、家も手離して、あんな変わった人たちと一緒に過ごすなんてね。ブレンカー家でどんなに居心地が悪いことか、思ってもみてちょうだい。メドーラおば様が変なことをしないように——ひどい人と結婚するのを防ぐために、そうしているのよ、とエレンは言うの。でも、わたしたちにずっとうんざりしていたんじゃないかと、わたし、時々思うことがあるのよ」

ニューランドの答えがなかったので、メイは言葉を続けた。いつも率直で若々しいメイの声に、それまでニューランドが一度も気づいたことのない、かすかな冷たさがこもっていた。「結局あの人は、ご主人と一緒にいるほうが幸せなのではないかしら」

ニューランドは、いきなり笑い出し、「神聖なる単純さ!」と大きな声で言った。メイが困惑して眉をひそめながら振り返ると、続けて言った。「君が残酷なことを言うのを、僕はいま初めて聞くよ」

「残酷ですって？」

「つまりね――永遠の罰を宣告された者たちの苦しみを見るのが天使たちのお気に入りの楽しみだとされているけれど、その天使たちだって、人間が地獄にいるほうが幸せだとは思わないはずだよ」

「そう、それならあの人が外国で結婚したのは残念だった、ということね」メイは穏やかに言った。その口調は、ウェランド氏の気まぐれな言動に対処するときの、母ウェランド夫人の口調にそっくりだった。そしてニューランドは、無分別な夫というグループに自分がそっと分類されるのを感じた。

　二人の馬車はベルヴュー通りを進み、上に鋳鉄製の外灯がついた、面取りした木製の門柱の間を入って行った。ウェランド家の別荘の入り口である。窓にはもう明かりが灯り、馬車が止まったとき、ニューランドの目には義父の歩く姿がちらっと見えた。自分がさきほど思い浮かべた通り、時計を片手に客間を行ったり来たりしている――怒りよりずっと有効だとだいぶ前に気づいた、苦しげな表情を浮かべながら。

　妻に続いて玄関に入ったとき、ニューランドは気分が不思議に反転していることに気づいた。ウェランド家の贅沢な暮らし、細かいこともきちんと守るこの一家の、密度の濃い雰囲気――そこには何か、麻薬のようにニューランドの体内に忍び込むものがあった。厚い絨毯、注意怠りない召使たち、絶えず時間を意識させる規則正しい時計、次々と届いては玄関テーブルに積み重なり、次々と新しいものと入れ替わる名刺や招待状の数々、ある時間を次の時間へ、家族の一人をほかの全員へと圧政的に縛りつける些細な事柄の連鎖――こういったものに触れているうちに、これほど秩序立っていなかったり裕福でなかったりする生活などあり得ない、危なっかしい、と感じるようになった。しかし今、不自然で意味のないものになったのは、ウェランドの家と、そこでニューランドが送ることを予定されている生活のほうだった。丘の途中でためらいながら立っていた、海辺での束の間の光景は、今や血管を流れる血のように近しいものだった。

艶やかな更紗木綿《チンツ》で調度の整えられた広い寝室で、その晩ニューランドは一睡もできず、メイの傍らで横になったまま、絨毯に斜めに差し込む月の光をじっと見つめていた。そして、ボーフォートの俊足の馬に引かせた馬車に座るエレン・オレンスカが、輝く海辺を帰っていく姿を思い浮かべていた。

第二十二章

「ブレンカー家の方々のためのパーティー——ブレンカーだと？」

ウェランド氏はナイフとフォークを置くと、信じられないという面持ちで、昼食の食卓の向こう側にいる妻のほうを心配そうに見た。夫人は金縁の眼鏡をかけ直し、上流社会を扱う、いわゆる本格喜劇のような調子で招待状を読み上げた。「ウェランドご夫妻におかれましては、エマソン・シラトン教授夫妻が、ブレンカー夫人ならびにその令嬢方のご紹介のため開催する、八月二十五日午後三時、「水曜午後クラブ」の会合にご出席いただきたく存じます。キャサリン通り、レッド・ゲイブルズまで、出欠のお返事をお願い申し上げます」

「あきれたものだ」ウェランド氏は、あえぎながらそう言った。そのような馬鹿げた話を飲み込むためには二度読む必要がある、と言いたいかのようだった。

「エイミー・シラトンもかわいそうに——あの人のご主人が次に何を始めるか、誰にもまったくわからないんですもの」ウェランド夫人はため息をついた。「ご主人、ちょうどブレンカー家の人たちを発見したというわけなのね、きっと」

エマソン・シラトン教授は、ニューポートの社交界の脇腹に刺さったとげのような存在だったが、抜き取ることはできなかった。尊敬を集めてきた立派な家柄という木に生えていたからである。人々に言わせれば「あらゆる強み」を備えた人だった。父親はシラトン・ジャクソンのおじにあたり、母親はボストンのペニロー家の出と、どちらも富と地位を備えており、お互いにふさわしい縁組だった。ウェランド夫人がよく言っていたように――エマソン・シラトンが考古学者になる必要は何一つなかったのよ、いえ、それどころか、どんな分野の教授にだってなる必要はなかったし、もちろん、冬をニューポートで過ごすとか、あの人がやって来たようなほかの革命的なことだって、全然する必要はなかったんですからね。ともかく、もしあの人が伝統を捨てて公然と社交界を嘲るつもりだったなら、気の毒なエイミー・ダゴネットを妻にする必要なんかなかったのに、ということよ。エイミーには、人生に「何か別のこと」を期待する権利と、自分自身の馬車を所有するだけの財力があったんですからね、というわけだった。

エイミー・シラトンがなぜ夫の奇行におとなしく従うのか、ミンゴット一族の者は誰一人として理解できなかった。長髪の男性と短髪の女性を家が満員になるほど集めたり、旅行といえば、パリやイタリアへ行く代わりに、ユカタン半島の墓地の調査に妻を伴ったりする教授なのだ。しかも夫妻は自分たちのやり方にすっかりなじんでいて、ほかの人たちと違っていることに気づいてもいないようだった。そこで毎年恒例の退屈なガーデン・パーティーが開かれると、シラトン家－ペニロー家－ダゴネット家というつながりがあるという理由で、クリフに住む全世帯の人々がくじを引いて、気が進まなくとも出席する者を選ばなくてはならなかった。

「あの人たちがレースの日を選ばなかったのは奇跡ですよ」とウェランド夫人は言った。「二年前のこと、覚えていらっしゃる？　ジュリア・ミンゴットの舞踏会の日だというのに、一人の黒人のためにパーティーを開いたんですからね。幸い今回は、わたしの知る限り、ほかに何も重なってないようだわ。だからもちろん、誰かが出席しなくてはね」

ウェランド氏は神経質にため息をついた。「その誰かというのは、複数名という意味かね？　三時というのは、きわめて具合の悪い時間でね。わたしは薬を飲むために、三時半にはここに戻らねばならん。時間通りにきちんとやるのでなければ、ベンコムの新しい治療法を試す意味がないからね。そこでもし後から行くとすれば、いつもの遠出には当然行かれなくなるな」ウェランド氏は再びナイフとフォークを置いた。そこまで考えて不安になったのか、細かい皺のある、その頰が紅潮した。

「あなたがいらっしゃる必要は、まったくありませんわよ」無意識の習慣になっている朗らかさで、夫人は答えて言った。「わたし、ベルヴュー通りの向こう端に、名刺を置いてこなくてはならないお宅がいくつかあるんです。だから三時半頃にちょっと寄って、かわいそうなエイミーが軽んじられたと思わない程度の時間、あちらにいてあげますわ」それから夫人は、ためらいながら娘をちらっと見た。「もしニューランドの午後の予定が決まっているのなら、ポニーをつけた馬車でメイがあなたを遠出に連れ出して、新しい朽ち葉色の馬具の具合を確かめることができるかも」

人の一日の時間はすべて、夫人の言葉を借りれば「予定が決まっている」べきだというのが、ウェランド家の根本方針の一つだった。「暇をつぶす」ことが必要となるかもしれないという憂鬱な可能性は(特にトランプのホイストやソリティアを好まない人にとっては問題なのだが)、夫人にとって、まるで慈善家にとりつく恐ろしい失業者の幽霊のようなものだった。夫人にはもう一つ、結婚した子供の計画に対して親は(少なくとも目に見える形では)決して干渉すべきでない、という方針もあった。そこで、娘であるメイの自主性への考慮と、夫ウェランド氏の要求とを調整する難しさは、夫人自身の時間がまったく残らないほどの巧妙な策によって初めて解決できたのだった。

「お父様との遠出、もちろん行きますとも。きっとニューランドは、何かすることがあるでしょうから」ニューランドが予定について答えなかったことを優しく気づかせる口調で、メイはそう答えた。義理の息子となったニューランドが、日々の予定を立てていく計画性をほとんど見せないことは、ウェランド夫人にとって不断の嘆きの種になっていた。ニューランドがウェランド家で過ごした二週間の間にすでに、午後はどうするつもりなの、と夫人が聞くと、ニューランドが「そうですね、たまには使わずに貯めておきましょう」と、時間を金銭におきかえた答え方をしたことがあった。またある日は、夫人とメイがそれまで延期していた一連の午後の訪問に行っている間、家の下の海辺の岩陰で午後中のんびりと横になっていた、と打ち明けたこともあった。

「ニューランドには、先を考えるっていうことが全然ないみたいね」ウェランド夫人はあるとき、思いきってメイにこぼしたことがあったが、メイは穏やかに答えた。「そうね、でも大して問題じゃないと思うわ。特に何もすることがなければ、読書していますから」

「ああ、そう。あの人のお父様と同じね」親譲りの奇癖でも認めるかのように夫人は述べ、それ以降、予定のないニューランドという話題は、暗黙のうちに避けられるようになった。

それにもかかわらず、シラトン家のパーティーの日が近づくにつれて、当然のことながらメイはニューランドが快適に過ごせるかどうか心配し始めた。一時的とはいえ夫と一緒にいられないことを埋め合わせる手段として、チヴァーズ家でテニスをすること、ジュリアス・ボーフォートの帆船に乗ることなどを提案し、「六時までには戻って来ますわ。お父様がそれより遅い時間まで馬車に乗ることは絶対にありませんから」と言った。そして、ニューランドの考え――メイの箱馬車につける予定の二頭目の馬を見るために、小型馬車を一台借りて島の北側の馬の飼育場に行ってみるという考えを聞かされるまで、ずっと気を揉んでいたのだった。ウェランド家では前からこの馬を探していたので、ニューランドの計画は大歓迎だった。「ほらね、ニューランドだって、うちの家族と同じくらい上手に予定を立てられるのよ」とでも言いたそうなまなざしで、メイは母親を見た。

箱馬車用の馬を見に飼育場に行く計画は、エマソン・シラトンからの招待状が初めて話に出た日に思いついたものだった。まるでその計画が何か秘密にしなければならない、知られると実現できなくなるものであるかのように、ニューランドは誰にも言わずにいたが、その一方で周到に、若くはないが起伏のない道ならまだ十八マイルは走れる、速足の馬二頭つきの小型馬車を貸馬車屋に予約しておいた。そして二時になると、昼食のテーブルを慌ただしく離れ、この軽快な馬車に飛び乗って出発した。

申し分のない天気だった。北からのそよ風に吹かれて、白い綿雲が群青色の空を渡り、その下には海が明るく輝いていた。その時間のベルヴュー通りに人影はない。ニューランドは、馬車屋の青年をミル通りの角で降ろしてから、オールド・ビーチ通りへと折れ、イーストマンズ・ビーチを横切って馬車を走らせた。

学校に通っていた頃ニューランドは、半休の日に、知らない場所によく出かけたものだが、そのときと同じ説明し難い興奮を感じていた。パラダイス・ロックからあまり遠くない飼育場には三時前に着く計算で、二頭の馬をゆったりした足並みで進ませた。目当ての馬を調べ（もし期待できそうなら試乗しても）、自由に使える素晴らしい時間が四時間も残るだろう。

シラトン家でのパーティーのことを聞いたとき、ニューランドは即座に考えたのだった――マンソン侯爵夫人はブレンカー家の人たちと一緒に必ずニューポートに来るだろうし、オレンスカ夫人もこの機会に、また祖母と一日を過ごすことにするかもしれない、と。ともかくブレンカー家の住まいはおそらく留守になるだろうから、その家についての漠然とした好奇心を満足させても軽率とは言われずに済むだろう、とも思った。オレンスカ伯爵夫人にもう一度会いたいかどうか、自分でもはっきりとはわからなかったのだが、入り江の上の小道からその姿を見たとき以来ニューランドは、夫人の暮らしている場所を見たい、東屋にいる夫人の現実の姿を見つめたのと同じように、想像上の姿でもよいからその動きを目で追いたい、という、不条理で説明のつかない願いを抱くようになった。その願望は、昼も夜もニューランドについてまわった――一度味わっただけでその後ずっと忘れていた食べ物や飲み物を、突然衝動的に欲する病人のような、絶えることのない、定義を下し難い渇望だった。その願望の先に何があるのか、願望の結果はどうなるのか、ニューランドにはわからなかった。オレンスカ夫人に言葉をかけたいとか、声を聞きたいとかいう望みはなかったからである。夫人が地上で歩いた場所と、それを取り巻く空と海、それらの光景をさらってくることができれば、残りの世界は今ほど空虚ではなくなるかもしれない、と感じたに過ぎなかった。

飼育場に着いてその馬を見ると、求めていたものではないと一目でわかった。だが、急いでいるわけではないことを自分に示すために、その馬をつけた馬車で一周してみた。そして三時になると、速足の馬の手綱をとり、ポーツマスに向かう脇道に入った。風はやみ、水平線にはかすかなもやが漂っていた。潮が変われば、サコネット川に沿って霧が上って来ることが予想された。しかしニューランドの周囲では畑も森も、すべてが金色の光に覆われていた。

果樹園に囲まれた、灰色の板屋根の農家を過ぎ、牧草地やカシの木立を過ぎ、光の薄れる空に白い尖塔がくっきりとそびえる村々を過ぎて走った。そして馬車を一度止めて、畑仕事をする農夫たちに道を聞いたあと、生い茂るアキノキリンソウとキイチゴの間にある小道に入った。小道の先には青くきらめく川面が見え、左手にはカシやカエデなどの木々を背景にして、羽目板の白いペンキがはげかかった、一軒の荒れ果てた家が立っていた。

門に面した道路の傍らに、扉のない納屋があった。ニューイングランドの人たちが農具をしまったり、訪問客が「乗って来た馬や馬車をちょっとつなぐ」のに使ったりするものだ。ニューランドは飛び降り、二頭の馬を納屋に引き入れて支柱につなぐと、家に向かった。家の前の芝生は牧草地の状態に戻ってしまっていたが、左手にはダリアと色のさめたバラでいっぱいの、うっそうとした庭が、古びた東屋を取り囲んでいた。その格子細工はかつては白かったらしく、天辺には木製のキューピッドが、弓矢を失っていながらも、狙いを定める姿勢を虚しくとり続けていた。

ニューランドはしばらくの間、門に寄りかかっていた。人の姿はまったくなく、開いた窓からは物音一つしなかった。ドアの前で居眠りをしていた灰色のニューファンドランド犬は、矢を持たないキューピッドと同じくらい役に立たない見張り番に思われた。

沈黙と荒廃の支配するこの家が騒々しいブレンカー一家の住まいだと思うと不思議な感じがしたが、ここで間違いないという確信がニューランドにはあった。

この場を眺めることに満足してずっと立っているうちに、ニューランドはいつしか睡魔に襲われたが、しばらくするとだいぶ時間が過ぎたように感じて我に返った。存分に見て、それで帰ろうか。ためらっているうちに、ある願望が突然に生まれてきた――家の中を見たい、オレンスカ夫人の座る部屋を思い浮かべられるように、と思ったのだ。玄関に行って呼び鈴を鳴らしても、いっこうに問題はなかった。もし想定した通りに夫人がほかの人たちと一緒に出かけていたら、自分の名前を告げて、伝言を記すために居間に入る許可を得るのは容易なことだった。

けれどもニューランドはそうせず、芝生を横切って庭に入った。すると東屋に何か明るい色のものが見え、間もなくそれはピンク色の日傘だとわかった。日傘は磁石のようにニューランドを引き寄せた。きっと夫人のものだと確信したからである。そこで東屋に入り、ぐらつくベンチに腰を掛けて、その絹の日傘を手にとった。傘の柄は彫り物のある珍しい木でできていて、よい香りがする。ニューランドはそれを眺め、柄に唇を寄せた。

スカートがツゲの木にさらさらと当たる音が聞こえた。ニューランドはじっと座ったまま、両手で日傘の柄を握ってそれにすがり、衣擦れの音が近づいて来る間も目を上げなかった。こうなるに違いないと、始めからわかっていた……。

「まあ、アーチャーさん！」若々しい大きな声がした。顔を上げると、ブレンカー家の末の、一番大柄な娘が目の前に立っていた。金髪で赤ら顔、皺になったモスリンの服を着ている。片側の頰の赤みは、少し前まで枕に押しつけられていた印のようだった。まだ覚めきらない目で、親切そうに、だが戸惑いながらこちらを見つめていた。

「びっくりですわ！　いったいどこからいらっしゃったの？　わたし、ハンモックでぐっすり眠ってしまったみたい。ほかの人たちは、みんなニューポートに行っています。呼び鈴は鳴らされました？」娘はとりとめなく質問した。

ニューランドの混乱は、相手以上だった。「僕は――あ、いいえ、まだ――これから鳴らそうとしていたところで。馬を見に近くまで来たので、ブレンカー夫人やお客の皆さんにお会いできればと思ってお寄りしたんです。でも、どなたもいらっしゃらないご様子だったので――それで座ってお待ちしていました」

ブレンカー嬢は、まつわる眠気を振り払い、いっそう興味深そうにニューランドを見た。「ええ、確かに家には誰もいません。母も侯爵夫人もいなくて――わたし以外には誰も」そしてその目に、かすかな非難の色を浮かべて言った。「今日の午後、シラトンご夫妻が母とわたしたちのためにパーティーを開いてくださっていること、ご存じなかったんですか？　わたしだけ行けなかったのは、とっても残念——喉が痛かったから、夜の帰り道のことを母が心配したんです。こんなにがっかりすること、ほかにないですよね。だけど、もちろん」ブレンカー嬢は明るく続けた。「もしアーチャーさんがいらっしゃると知っていたら、半分も気にしなかったでしょう」

ぎこちなく媚びるような様子が見てとれたので、ニューランドは口をはさむ勇気が出た。「でも、オレンスカ夫人——あの人もニューポートへいらしたんですか？」

ブレンカー嬢は驚いてニューランドを見た。「オレンスカ夫人——あの方が呼び戻されたこと、ご存じないのですか？」

「呼び戻された？」

「まあ、わたしの一番いい日傘じゃないの！　リボンに合うからというのでケイティのお馬鹿さんに貸したのに、あの子ったらうっかり者だから、ここに置いて行ったんだわ。わたしたちブレンカー一家は、みんなこんなふうなんです——ほんとうのボヘミアンですね」そう言って力強い手で日傘を取り戻すと、ブレンカー嬢はそれを開き、頭上に薔薇色の円蓋《ドーム》を作った。「そう、エレンは昨日呼び戻されたんです。あ、わたしたち、あの方をエレンって呼ばせてもらっているんですけどね。ボストンから電報が来て、二日間行って来ますとおっしゃいました。あの方の髪の結い方、素敵ですよね！」ブレンカー嬢はあれこれ話し続けた。

　ニューランドは、まるでブレンカー嬢が透明にでもなったかのように、その向こうを凝視し続けた。目に入るのはただ、くすくす笑う顔の上にピンクのドームを作っている、安っぽい日傘だけだった。

　少しするとニューランドは、思いきって口を開いた。「オレンスカ夫人がなぜボストンにいらしたか、ご存じありませんか？　悪い知らせのためでないと良いのですが」ブレンカー嬢は、明るい口調でそれを否定した。「いいえ、それは考えられません。電報に書かれていたことは教えてくださらなかったけど、侯爵夫人に知られたくなかったからだと、わたしは思います。オレンスカ夫人って、ほんとうにロマンティックなご様子じゃありません？　あの「レディ・ジェラルディーンの求愛」[10]を朗読するときのスコット・シドンズ夫人[11]を思い出させませんか？　有名な朗読、お聞きになったことありません？」

　ニューランドは、次々に浮かぶ考えに忙しく対処した。自分の未来全体が、目の前に突然開示されたような心地だった。果てしなく続く空虚さを進んで行くと、一人の男――その身の上に何一つ起こりそうにない男の、次第に小さくなる姿が見えた。周りを見回すと、荒れるに任せた庭、倒れそうな家、カシの木立には夕闇が迫りつつあった。オレンスカ夫人を見つけるのはまさにここだと思えたのに、夫人は遠くにいて、ピンクの日傘さえあの人のものではなかった……。

ニューランドは眉をひそめ、ためらいながら言った。「ご存じないと思いますが――明日僕はボストンに行くんです。もし何とかお目にかかれれば――」

ブレンカー嬢が自分への関心を失いつつあるのは感じられたが、それでも微笑は絶やさずに教えてくれた。「ええ、もちろんですとも。なんていい方なんでしょう！　あの方はパーカーハウスにお泊まりです。この陽気だと、ボストンはさぞかし暑いでしょうね」

そのあとの会話を、ニューランドは断片的にしか覚えていなかった。覚えているのは、家族が戻るまで待って午後のお茶《ハイティー》を済ませてからお帰りになれば、という勧めを断固として辞退したことだけだった。とうとう諦めて門まで見送りに出てくれたブレンカー嬢とともに、ニューランドは木製のキューピッドの射程距離の外まで歩き、馬の綱をほどいて辞去した。小道の曲がり角で振り返ると、ブレンカー嬢が門のところでピンクの日傘を振っているのが見えた。

第二十三章

次の朝、フォール・リヴァー線の汽車を降りたニューランドを迎えたのは、真夏の蒸し暑さのボストンだった。駅の近くの通りは、ビール、コーヒー、傷みかけの果物などの匂いに満ち、その中をワイシャツ姿の人たちが、まるで廊下を通ってバスルームに行く人のようにくつろいだ自由さで動き回っていた。

ニューランドは辻馬車を見つけ、朝食をとるためにサマセット・クラブに向かった。上流の人々の住む地区でさえ、乱雑な家の中のような雰囲気で、ヨーロッパの都市ならどんなに暑くとも決してこれほどにはならないだろうと思われた。更紗の服を着た管理人たちは金持ちの家の戸口の石段に座って休んでいたし、ボストン・コモン(12)はフリー・メイソンの集会後のようだった。ニューランドがどんなにエレン・オレンスカに似合わない場を想像しようとしても、暑さに打ちのめされ、さびれた、このボストンほど、エレンのいる姿を思い浮かべるのが困難な情景はなかったことだろう。

ニューランドは、順序よく食欲旺盛に朝食をとった。一切れのメロンからスタートし、次にトーストとスクランブル・エッグが来るまでの間、朝刊を読んだ。前の晩メイに向かって、ボストンで仕事があるので今晩のフォール・リヴァー行きの船に乗って行き、翌日夕方にニューヨークに着く予定だよ、と話して以来、新しい力と活力が湧くのを感じていた。週の初めにニューヨークに戻ることは前から決まっていたし、ポーツマスへの遠出から戻った際に玄関のテーブルの端に目立つように運命が置いてくれた事務所からの封書が、急な計画変更の正当性を裏付ける助けになった。あまりに楽々と事が運ぶので、自分で恥ずかしくなるほどだった。ローレンス・レファーツが自由を獲得するために弄する巧妙な策を思い出して、少々落ち着かない気持ちにも襲われたが、長く思い煩うことはなかった。心理分析をしているような気分ではなかったからである。

朝食後には煙草を一本吸い、『コマーシャル・アドヴァタイザー』に目を通した。その間に二、三人の知人が入って来て、そのたびにいつもの挨拶が交わされた。ああ、結局、世界に変わりはないのだ——時間と空間の網の目をくぐり抜けたようなとても奇妙な感覚が、自分にはあったのだけれども。

腕時計を見て九時半を過ぎたとわかると、ニューランドは立ち上がって書き物机のある部屋に行った。そこで数行の手紙を書くと、辻馬車でパーカーハウスまで行って返事をもらってくるように、と使い走りに指示した。そして別の新聞を広げて座り、パーカーハウスまで辻馬車でどのくらい時間がかかるか、計算してみたりした。

「ご婦人はお出かけになっていました」突然、すぐ脇でウェイターの声がした。「お出かけ?」ニューランドは、まるでそれが知らない外国語でもあるかのように、口ごもりながら聞き返した。

立ち上がると玄関ロビーに出て行った。間違いに違いない、あの人がこんな時間に外出するはずがない——ニューランドは、自分の愚かしさに対する怒りで赤くなった。なぜ到着後すぐに手紙を送らなかったのだろうか。

帽子とステッキを手にとり、通りに出た。自分がまるで遠い国から来た旅人になったように、ボストンは突然、広大で空虚な、見知らぬ街になっていた。戸口の石段で一瞬立ち止まったが、パーカーハウスに行くことに決めた。使いの者が得たのは間違った情報で、夫人はまだホテルにいるとしたら?

ニューランドはボストン・コモンを横切って歩き始めた。すると、木の下の最初のベンチにあの人が座っていたのだ。グレーの絹の日傘をさしている——ピンクの日傘を持っているだなんて、どうして想像したのだろう。近づいて行きながら、ニューランドはその物憂げな様子に驚いた。ほかにすることがない、というかのように座っている。うつむいた横顔、黒っぽい帽子の下のうなじの低い位置でまとめた髪、日傘を持つ手の、皺の寄った長手袋などが目に入った。もう一、二歩近づいたとき、夫人は振り向いてニューランドを見た。

「まあ！」夫人はそう言った。動揺する表情が浮かぶのを見るのは初めてだ、とニューランドは思った。だが次の瞬間、その表情は驚嘆と満足の微笑みにゆっくりと変わっていった。

ニューランドが立ったままで見おろしていたので、夫人はもう一度、今度は違った調子で「まあ」とつぶやくと、自分は立ち上がらず、ベンチに相手の座る場所を作った。

「仕事で来ています――着いたばかりです」ニューランドは説明した。そしてなぜか、ここで出会ったことに驚いたふりをし始めた。「でもあなたは、こんな荒れ野のような場所で、いったい何をなさっているのです？」自分でも何を言っているのかわからなかった。まるで果てしなく遠い距離を隔てて叫んでいるかのようで、追いつく前に夫人が消えてしまいそうな気がしてならなかった。

「わたくし？　ああ、わたくしも仕事です」夫人はニューランドと向き合うように顔を向けながら、そう答えた。ニューランドには言葉の意味はほとんど届かず、声だけを、そして記憶の中にその声がまったく残っていなかったという衝撃の事実だけを、意識していた。声が低く、子音の発音にかすかな粗っぽさがあるのさえ、覚えていなかった。

「髪の結い方を、前とは変えたのですね」とニューランドは言ったが、まるで取り返しのつかないことを口にしたかのように胸の鼓動が高まった。

「前と変えた？　いえ、ナスタシアがいないので、自分で何とか結っただけなんです」

「ナスタシア――一緒にお連れにならなかったのですか？」

「ええ、一人で来ました。二日間だけですから、連れて来ることもないと思って」

「ではお一人で――パーカーハウスに？」

夫人は、かつての恨みをちらりとのぞかせながら、ニューランドを見た。「危険だと思われるのですか？」

「いいえ、危険というわけでは――」

「でも、異例なことだとおっしゃりたいのね？　ええ、そうでしょうね」夫人は少し考えるふうだった。「そうは思いませんでした。というのも、それよりずっと異例なことをしたばかりなので」夫人の目に、かすかな皮肉の色が浮かんだ。「まとまったお金を取り戻すのを、いま断ったところなんです――わたくしのものだったお金を」

ニューランドは弾かれたように立ち上がって、一、二歩離れた。夫人は日傘をたたんでぼんやりとすわったまま、砂利に模様を描いていた。ほどなくニューランドは戻り、その前に立った。

「誰か——ここに来たのですね、あなたに会いに」

「ええ」

「そのお金の申し出を持って？」

夫人は頷いた。

「で、あなたはそれを断った——条件が理由で？」

「断りました」少し間をおいて、夫人はそう答えた。

ニューランドはまた、夫人の横に腰を下ろした。「どんな条件だったのですか？」

「ああ、面倒なことではありませんでした。あの人の家の食卓で、女主人の役を時々果たせというのです」

再び沈黙があった。ニューランドの心は独特の奇妙なやり方で扉を閉ざしてしまい、そこに座ったまま、虚しく言葉を探した。

「ご主人はあなたに戻って来てほしいのですね——どんな代償を払ってでも」

「そうね、相当の代償——少なくとも、わたくしにとっては相当の金額です」

ニューランドは再び言葉を切り、聞かなくてはならない質問を何とか口にしようとした。

「ここにいらしたのは、彼に会うためですか?」

夫人は目を見開いてニューランドを見つめたかと思うと、急に笑い出した。「彼に会う、って――夫に、ですか?　ここで?　あの人ならこの季節、いつもカウズかバーデンにいますのよ」

「では、誰かを来させたのですね?」

「ええ」

「手紙を持たせて?」

夫人は首を横に振った。「いいえ、伝言だけです。手紙は書かない人で、今までに一通しかもらったことはありません」このことを話したせいで夫人の頬は紅潮し、それを受けてニューランドも真っ赤になった。

「手紙を書かないのはどうしてです?」

「なぜ書く必要があります?　そのために秘書がいるのではありませんか?」

ニューランドはますます赤くなった。夫人は秘書という言葉を、自分の語彙にあるほかの言葉同様、それ以上の意味はないかのように口にした。一瞬ニューランドは、「それではご主人は、秘書を来させたのですか?」と訊ねそうになったが、オレンスキ伯爵が妻に宛てた唯一の手紙の記憶が、まだあまりに鮮烈だった。そこで再び沈黙し、それからもう一度思いきって聞いた。

「で、その人は?」

「使者ですか? その使者は」オレンスカ夫人は、微笑を浮かべたままで答えた。「わたくしにはどうでもよいのですが、もう発ってしまったかもしれません。でも、今夜まで待つと言い張って――もしかしてと――ひそかに願って――」

「それであなたは、そのことを考えるためにここに出ていらした?」

「新鮮な空気を吸うために出て来ました。あのホテルは、息が詰まるようですから。午後の汽車でポーツマスに戻ります」

二人は黙って座り、お互いを見る代わりに視線をまっすぐ前に向け、小道を通る人たちを眺めた。しばらくたってから、夫人がニューランドの顔に視線を戻し、口を開いた。

「お変わりになりませんね」

ニューランドは「変わっていたのです――あなたと再会するまでは」と言いたい気がしたが、それは言わずにいきなり立ち上がると、蒸し暑く雑然とした公園を見渡した。

「ここはひどい場所ですね。ちょっと海に出てみませんか? 風があって、きっとここより涼しいでしょう。アーレイ岬まで蒸気船で行くこともできます」そう言うニューランドを、夫人はためらうように見上げた。ニューランドは相手を見おろしながら、

「月曜の朝ですから、船には誰も乗っていないでしょう。僕の乗る汽車は夜まで出ません——ニューヨークに帰るんです。だから行きましょう」と熱心に言葉を続け、それから改めて急に、「僕たち、できることはすべてやったではありませんか」と言った。

「ああ」夫人は再びつぶやき、立ち上がって日傘を開いた。そして、確認するかのように周りを見回してから、やはりここにとどまることはできない、と心を決めたようだった。ニューランドに視線を戻した。「そんなことを、わたくしにおっしゃってはいけません」

「あなたの望まれることは、何でも言います。それ以外には何も言いません。あなたがそうしろとおっしゃるまで、口を開かずにいましょう。ほかの誰かにどんな害を加えることがあるでしょうか。僕の望みはただ、あなたが話すのを聞くことだけです」ニューランドは口ごもりながら言った。

夫人は七宝で飾られた鎖付きの金色の時計を引き出した。それを見てニューランドは、強い口調で言った。「ああ、時間など計らないで、この一日を僕にください！　あなたをその男から引き離したいのです。何時に来る予定なのです？」

夫人の顔がまた紅潮した。「十一時です」

「では、すぐに行かなくては」

「もしわたくしが行かなくても、ご心配は要りませんわ」

「もしいらしたとしても、あなたもご心配は要りませんよ。僕はただ、あなたのことを、あなたが何をしていらしたかを聞きたいだけなのです。前にお目にかかってから百年も経ったみたいです。次にお会いするまでに、また百年経ってしまうかもしれません」

夫人はまだためらいながら、心配そうな目でニューランドの顔を見た。「祖母の家にいた日、なぜわたくしを連れに海岸まで降りていらっしゃらなかったのですか?」

「それは、あなたが振り向かなかったから——僕がいるのをご存じなかったからです。振り向かれるまで降りて行かない、と心に決めていたので」そう言ってから、我ながら子供っぽい告白だと気づき、ニューランドは笑った。

「でもわたくしは、わざと振り向かなかったのですよ」

「わざと、ですって?」

「いらしたのは知っていました。到着されたとき、馬車のポニーを見てわかりましたもの。それで海岸に降りました」

「僕からできるだけ遠くへ逃げるために?」

夫人は静かな声で、相手の言葉を繰り返した。「あなたからできるだけ遠くへ逃げるために」

　ニューランドはまた笑ったが、今度は幼い満足感からだった。「そう、でもそんなことは無駄だとおわかりでしょう。お話ししてもよいかと思いますが、僕がここに来た仕事というのは、あなたに会うことだけだったのです。でも、ほら、もう行かないと予定の船に乗り遅れますよ」

「予定の船?」夫人は当惑したように眉をひそめ、それから微笑した。「ああ、でもまずホテルに戻らなくては——手紙を一通残しておかないと」

「手紙なら、何通でもお好きなだけどうぞ。ここで書けます」ニューランドは便箋入れと新型の万年筆を取り出した。「封筒まで持っていますよ。ね、すべてがあらかじめ定められているのです! さあ、これをしっかりと膝の上に置いてください。すぐにペンを書けるようにします。この種のペンは、機嫌をとらなくてはならないんです。ちょっと待って」ニューランドは万年筆を持っている手をベンチの背に打ちつけた。「体温計の水銀を下げる要領で、ちょっとしたこつです。さあ、どうぞ」

　夫人は笑い声を立て、ニューランドが便箋入れの上に置いた紙に向かって前かがみの姿勢をとって書き始めた。ニューランドは数歩離れて立ち、通行人に目を向けたが、喜びでいっぱいだったため、何も見えてはいなかった。一方、通りかかった人たちは、ボストン・コモンのベンチに座った立派な服装の婦人が膝の上で手紙を書いているという珍しい光景に、目を丸くして立ち止まった。

オレンスカ夫人は手紙を封筒に納めると宛名を書き、それをポケットに入れて立ち上がった。

二人はビーコン・ストリートのほうへ引き返した。するとクラブの近くでニューランドは、今朝[13]パーカーハウスに自分の手紙を持って行った、内部がビロード張りのハーディック馬車を見つけた。馭者はその仕事後の休息なのか、通りの角の給水栓で顔を洗っているところだった。

「言ったでしょう、すべてがあらかじめ定められているって！　僕たちのための馬車がここで待っていましたよ」こんな時刻に、しかも辻馬車乗り場がまだ「外国の」珍しいものと思われている街の、とても馬車など見つけられそうもない場所で、こうして公共の乗り物を拾えたという奇跡に驚いて、二人は笑った。

ニューランドは腕時計を見て、蒸気船乗り場に行く前にパーカーハウスに寄る時間があると計算した。そこで二人は、暑い通りをがたがたと馬車で進み、ホテルの入り口の前で馬車を停めた。

ニューランドは手紙を受け取ろうと片手を差し出し、「僕が渡して来ましょうか？」

と言った。けれどもオレンスカ夫人は首を振り、馬車からさっと降りると、ガラス張りの扉から中に入って行った。まだ十時半になったばかりだが、もしその使者が返事を早くもらいたいと思いながらも時間のつぶし方を知らず、ほかの旅行者たち――さっきちらっと見えたロビーに、冷たい飲み物をそばに置いて座っているのが見えた人たち――に混じってすでに座っていたとしたら、どうすればいいのだろう……。

ニューランドは、停めたハーディック馬車の前を行ったり来たりしながら待った。ナスタシアのような目をしたシチリア人の若者が靴を磨かせてくれと言ってきたり、アイルランド人の年配の女性が桃を売りつけようとしたりした。扉はひっきりなしに開いて、麦わらの夏帽子を後ろに傾けてかぶった、暑そうな男たちが吐き出されてきたが、誰もが通り過ぎながらニューランドをちらっと見た。扉があまりに頻繁に開くことにニューランドは驚いた。そして、出て来る人たちがあまりによく似ていることにも驚いた。きっとこの時間、アメリカ中どこでも、ホテルのスイング・ドアを絶え間なく出入りする暑そうな男たちはみんなそっくりなのだろう。

するとと突然、ほかの顔との関連がまったく見つけられない、一つの顔が現れた。行きつ戻りつしていたニューランドが、ちょうどホテルから一番離れたところまで行って、引き返そうとしたときだったので、ちらりと見えただけだった。ほかの典型的な顔――

やせて疲れ切った顔、驚いたような丸顔、顎の突き出た穏やかな顔、などの一群の中で、この顔はもっと多くの、もっと異なるものを同時に示していた。暑さか心配事で、あるいはその両方のために、半ば憔悴して青白い若者の顔をしていたが、なぜかほかの人たちより機敏で生き生きとし、理性が感じられた。いや、もしかすると、あまりにほかと異なっていたためにそう思えたのかもしれなかった。少しの間ニューランドは、記憶の細い糸をたどろうとしたが、その顔が見えなくなるとともに糸もぷつんと切れて押し流されてしまった――きっとあれは仕事で来ている外国人で、周囲の状況のために二重に異質に見えたのだろう。その人は通行人の流れの中に消え、ニューランドは再び見張りを始めた。

時計を手にしている姿をホテルの周囲で人に見られたくなかったので、ニューランドは時間の経過を時計なしで計り、オレンスカ夫人がこれほど長く出て来ないのは待ち伏せしていた使者に見つかったせいとしか考えられない、と結論を下した。そのため、懸念は苦悩にまで高まった。

「すぐ出て来なければ、もう中に入って行って捜そう」

扉が再び開き、次の瞬間、夫人は隣にいた。二人は馬車に乗りこんで走り始めたが、ニューランドが時計を取り出して確かめると、夫人がいなかったのはわずか三分間だったことがわかった。がたつく窓の立てる騒音で会話はできず、ゆるんだ敷石の道を、馬車は揺れながら埠頭へと走った。

乗客が半分ほどしかいない船のベンチに並んで座っても、二人はお互いに話すことがほとんどないのに気づいた。というよりもむしろ、ほかから隔絶されて自由な、この幸せな沈黙の中でこそ、言わなければならないことは一番よく伝わる、と気づいたのだった。

汽船の外輪が回り始め、埠頭や船舶が熱気のヴェールの向こうに遠ざかっていくとき、昔から親しんできた習慣の世界もすべて遠ざかるように、ニューランドには思われた。オレンスカ夫人も同じように感じているかどうか、二度と帰って来ないかもしれない長い航海に出るような気持ちを感じているかどうか、訊ねてみたいと強く思った。しかし、そんなことを聞いたり、自分への信頼の微妙な均衡を崩すようなことを言ったりするのが怖かったし、実際、その信頼を裏切ることは望まなかった。口づけの記憶が夜となく昼となく唇で熱く燃えたことがあったし、前日ポーツマスに向かう馬車の中でさえ、夫人への思いは火のように全身を駆け抜けた。しかし、夫人が傍らにいて、ともに未知の世界へと漂い出ようとする今、二人は触れるだけで裂けてしまうかもしれない、より深い親密さに達したように思われた。

船が港を出て沖に向かうと、海風が吹き始めた。湾は油を引いたような長いうねりを見せ、やがてしぶきを上げるさざ波を立てた。街の上空にはまだ暑さのもやが立ち込めていたが、前方には波立つ海、日を浴びた灯台の立つ岬を遥かに望む、新たな世界が広がっていた。オレンスカ夫人は船の手すりに寄りかかり、少し唇を開いて、涼しさを味わっていた。帽子に長いヴェールを巻いていたが、顔は覆われておらず、その穏やかで明るい表情にニューランドは打たれた。夫人はこの冒険を当然のこととして受け入れ、思いがけない出会いを恐れる気持ちもなければ、(それ以上に困るわけなのだが)これから起こりうることに有頂天になってもいないようだった。

宿屋の食堂についてみると、自分たち以外にお客はいないだろうというニューランドの期待に反して、無邪気そうだが騒々しい若い男女の一団がいた。宿の主人によれば、休暇中の学校教師たちだということだったが、その騒がしさの中での会話を思うと、ニューランドは気持ちが沈んだ。

「これではどうしようもないですね。個室を頼んでみます」ニューランドがそう言うと、夫人は異議を唱えることもなく、ニューランドが戻るまで待っていた。その部屋は木造の長いベランダに面し、窓から海が間近に見えた。装飾のない、涼しい部屋で、布目の粗い格子縞のクロスを掛けたテーブルの上に、一瓶のピクルスとブルーベリーパイが載せられていた。人目を忍ぶ二人の人間に、これほど素朴な個室《キャビネ・パティキュリエ》が隠れ家として用意されたためしはなかったことだろう。自分と向かい合って座るときに夫人が浮かべた、かすかに愉快そうな微笑みの中に、安心させるようなふくみを見たようにニューランドは思った。夫の元から逃げてきた女性――しかもほかの男の協力が噂されているような女性は、物事を当然のこととして受け入れるこつを身につけているのだろう。けれども、夫人の落ち着きの何かが、ニューランドの皮肉を鈍らせた。夫人の、控えめで平静で率直な物腰――そのために慣習は一蹴され、積もる話のある旧友が二人きりになりたいと望むのは自然なことだと、ニューランドは感じるのだった……。

第二十四章

二人は物思いにふけりながら、ゆっくりと昼食をとった。堰を切ったように語り合うかと思うと、沈黙の時間が来る。いったん呪縛が解けると話すことは多かったが、時には言葉が長い沈黙の対話の付随物に過ぎなくなることもあった。ニューランドが自分について話すことはなかったが、意識的にそうしたわけではなく、夫人の身の上話を一言も聞き逃したくないという思いからだった。夫人はテーブルに身を乗り出し、組み合わせた両手に顎をのせて、この一年半のことを話した。

「社交界」と呼ばれるものが嫌になったのです、と夫人は言った。ニューヨークの皆さんは親切で、ほとんど息が詰まるほど温かく迎えてくれました。帰郷に向けられたあの歓迎を、決して忘れることはないでしょう。でも、珍しさによる当初の興奮が去ると、自分が皆さんととても「違っている」ために、皆さんが大事だと思っていらっしゃることが自分にはそうでない、と気づいたのです。それでワシントンに行ってみることに決めました。きっといろいろな人や考えに出会えると思ったので。そして、何もかも考えあわせた結果、ワシントンに落ち着いて、メドーラおばのために家庭を持とうかと考えています。気の毒にあの人は、結婚の危機から守られ、世話をしてもらうことが必要なときに、他の親戚全員の忍耐を尽きさせてしまったのですから、と語るのだった。

「でも、カーヴァー博士は——博士のことは不安ではないのですか？　ブレンカー家にご一緒に滞在中と聞いていますが」

夫人は微笑して答えた。「ああ、カーヴァー危機はもう過ぎました。カーヴァー博士は頭の切れる人です。自分の計画の資金を出してくれる裕福な妻を求めているのに、メドーラはよき帰依者の広告にしかならないんですもの」

「何に帰依するのですか？」

「あらゆる種類の、新しくて途方もない社会計画に、です。でもね、伝統に、それも誰かほかの人の伝統に盲目的に服従するという、友人の中にも見うけられる態度より、わたくしはそのほうが興味を感じます。ほかの国の複製を作るためにアメリカを発見したとしたら、つまらないと思います」夫人はテーブルの向こうで微笑んだ。「セルフリッジ・メリー夫妻と一緒にオペラに行くという、それだけのために、クリストファー・コロンブスはわざわざあんなに苦労したと思いますか？」

ニューランドは顔色を変えて、唐突に切り出した。「で、ボーフォートですが――ボーフォートにもこういう話をなさるのですか？」

「もう長いことお目にかかっていません。前にはよくお話もして、わかってくださいました」

「ああ、前から僕が言っていた通りだ――あなたは僕たちがお好きではないのですね。ボーフォートは僕たちとまったく違う、だからお好きなのでしょう」ニューランドはがらんとした部屋の中を、寂しい海岸を、そして海岸沿いに並ぶ、村の簡素な白い家々を眺めまわした。「僕たちはひどく退屈な人間です。個性も特徴も多様性もありません。僕には不思議です――あなたはなぜお帰りにならないのか」

夫人の目は暗くなった。憤慨した返事が返って来るのを、ニューランドは覚悟した。だが、夫人は黙って座ったままで、ニューランドの言葉について熟考しているかのようだった。自分でも不思議です、という答えが返されるのではないかと、ニューランドは恐ろしくなった。

とうとう、夫人が口を開いた。「あなたのためだと思います」

これ以上冷静に、また相手の虚栄心をこれ以上くじくように、気持ちを告白するのは不可能だった。ニューランドはこめかみまで真っ赤になったが、動くことも口をきくこともできなかった。まるで夫人の言葉が珍しい蝶のように——ほんの小さな動きにも驚いて飛び去ってしまいそうだが、そっとしておけば周りに仲間の群れを集めるかもしれない蝶のように思えたのだ。

「少なくとも」と夫人は続けて言った。「退屈さの下には、卓越した、微妙で繊細な何か——それと比較すると、昔わたくしが一番大事にしていたものさえ、とるに足りないものに思わせるような何かがあるとわからせてくれたのは、あなたです。どう説明すればいいか、わたくしにもわからないのですが」夫人は当惑して眉を曇らせた。「ですが、最も絶妙な喜びのためには、いかに多くの耐え難く、みすぼらしく、卑しいものが代償として必要か、これまでわかっていなかったように思います」

「絶妙な喜び——それを経験されたとは大したことです！」ニューランドはそう言いたいところだったが、夫人の目の懇願するような表情に気づいて黙っていた。

夫人は話を続けた。「あなたに対して——そして自分自身に対しても、完全に正直でありたいと思っています。こんな機会が来るのを、長いこと願っていました——あなたがどんなにわたくしを助けてくださったか、どのようにわたくしを変えてしまったか、それをお話しできるような機会を——」

ニューランドは座ったまま、眉をひそめて夫人を見つめていたが、ここでいきなり笑い声を上げ、夫人の言葉をさえぎった。「で、僕のことをどう変えたかについては、どのように思われるのですか?」

夫人は少し青ざめた。「あなたを?」

「ええ。だって、僕があなたを変えたのより、あなたが僕を変えたほうがずっと大きいのですから。僕という男は、ある女性にそうしろと言われて、別の女性と結婚した人間です」

夫人の青白い顔が、一瞬紅潮した。「今日はそういうことは言わないというお約束――だったと思いますけれど」

「ああ、いかにも女性らしいおっしゃりようだ! 女の人ときたら、よくないことを絶対に最後まで見届けようとしないのですから!」

夫人は小声になって訊ねた。「よくないこと、なのですか――メイにとって?」

ニューランドは窓のそばに立ち、上げた窓枠を指でこつこつとたたきながら、夫人がメイの名前を言ったときの、哀愁を帯びた優しさを、身に染みわたるもののように感じた。

「だって、それこそが、わたくしたちの常に考えなくてはならないことですもの、そうでしょう? あなたがご自分で示してくださったように」夫人は強く言った。

「僕が自分で示したように？」ニューランドは、海にうつろな目を向けたままで聞き返した。

「もしそうでないのなら」夫人は痛ましいほどの努力で自分の考えをつきつめながら続けた。「ほかの人たちを幻滅や苦痛から救うために、いろいろなことを逃したり諦めたりしてきて、それが何の価値も持たないとしたら――わたくしがアメリカに帰って来た目的のすべてが――向こうでは誰も考えてみないため、対比によってあちらでの暮しを空虚で貧弱としか思えなくなるようなもののすべてが――まがい物か夢になってしまいます」

ニューランドはその場を動かずに、向きだけを変えた。「その場合には、帰らない理由は一つもない、というわけですね？」ニューランドは、夫人に代わって結論を述べた。

夫人は、必死に救いを求めるような目でニューランドを見た。「ああ、理由は一つも？」

「あなたが僕の結婚の成功にすべてを賭けているとすれば、ええ、一つもありません」そしてニューランドは、邪険な言い方をした。「僕の結婚は、あなたをこちらにとどめておけるような見ものにはならないでしょう」それに対する夫人からの答えはなかった。

ニューランドは続けた。「何にもなりませんよ。ほんとうの人生を僕に初めて見せてくれたあなたが、それと同時に、まがい物の人生を続けるよう求めたのです。これはもう、人間の忍耐の限界を超えています――これ以上、言うことはありません」

「おお、そんなことは言わないで！　わたくしが耐えているのに」夫人は目に涙をため、突然強い口調で言った。

夫人は両腕をテーブルに投げ出し、絶望的な危機に瀕して無謀になった人のように、相手の視線に顔をさらして座っていた。その顔は、魂を背負った、その人そのものであるかのように、夫人という人間を余すところなくあらわにしていた。ニューランドは目の前に急に示されたものに圧倒される思いで、何も言えずに立ち尽くした。

「あなたも――ああ、ずっとこれまで、あなたも？」

答えの代わりに夫人の目から涙があふれて、ゆっくりと流れた。

二人の間には、まだ部屋半分の距離があった。どちらも動こうとはしない。ニューランドは、肉体としての夫人の存在に、自分が奇妙に無関心であることを自覚した。もしテーブルに置かれた片手に視線を引きつけられていなかったら、存在に気づきもしなかったであろう――二十三丁目の小さな家でも、顔を見ないようにするためにその手を見つめていたものだが。いまニューランドの想像は、渦巻きの縁を回るようにその手の周りを回っていたが、近づこうとはしなかった。優しい愛撫によって深まり、さらなる愛撫を招くような愛をすでに知っているニューランドだったが、より深く骨にしみ入るようなこの情熱は、表面的に満たされるものではなかった。いま感じる唯一の恐怖は、夫人の言葉の響きと印象を消し去ってしまうような行為をすることであり、唯一思うのは、二度と孤独を感じる恐れはないだろうということだった。

けれども間もなく、虚しさと崩壊の感覚がニューランドを襲った。二人はいま、お互いのすぐそばで、安全に外界から隔てられている。だが別々の運命に縛りつけられている以上、世界の半分を間にはさんでいるも同然なのだ。

「いったい何になるのです――あなたが帰ってしまったら」ニューランドは突然そう言った。その言葉の陰には、「いったいどうしたら、あなたを引き留めておけるのだろう」という絶望的な叫びが潜んでいた。

夫人はうつむいてじっと座っていた。「おお、わたくしはまだ帰りません！」

「まだ、ですか？　では、いつか帰る？　それがいつになるか、もうわかっているのですか？」

ニューランドのこの言葉で、夫人は澄みきった目を上げて言った。「お約束します――あなたが耐えている間は帰りません――こんなふうに、お互いをまっすぐに見つめることができる間は」

ニューランドは、がっくりと椅子に腰を下ろした。夫人の答えのほんとうの意味は、「もしあなたが指を一本動かすほどの動きをすれば、わたくしを追い返すことになるのです――ご存じの忌まわしさの極みへ、そして半ば推測している誘惑の数々へ」ということだった。それが言葉に出して言われたかのようにはっきりと理解できたので、ニューランドは一種の感動と神聖な服従の気持ちを覚え、テーブルのこちら側に釘付けになっていた。

「あなたにとって、なんという人生なのだろう!」ニューランドは苦しげに言った。

「ああ、それがあなたの人生の一部である限り」

「そして、僕の人生があなたの人生の一部である限り?」

夫人はうなずいた。

「そして、それがすべてになるのですか?――二人のどちらにとっても」

「ええ、すべてです。そうではありませんか?」

それを聞くと、ニューランドは弾かれたように立ち上がった――夫人の顔の優しさ以外のことはすべて忘れて。夫人も立ち上がったが、相手を迎えようとするわけでもなく、逃げようとするわけでもなく、最も嫌な仕事は済ませたのであとはただ待つだけ、というかのように、静かにたたずんでいた。それがあまりに静かなため、近づくニューランドに差し伸べた両手は、相手を止めるのではなく、導く働きをした。その手はニューランドの手に包まれたが、たおやかに伸ばされた腕が二人の距離を保ち、言葉に出さない気持ちのすべてを表情に語らせていた。

長い間——いや、ほんの短い時間だったかもしれないが——二人はそうして立っていた。それは、沈黙によって夫人が伝えるべきことのすべてを語り、また、大事なのはたった一つのことだけだとニューランドが感じるのに十分な長さだったのは確かであった。会うのがこれで最後になるようなことを、自分は決してしてはならない、二人の将来を夫人に託し、それをしっかり守ってくれることを願うばかりだ、と思った。

「どうか——どうか悲しまないで」夫人は両手を引き寄せながら、途切れがちな声で言った。ニューランドは「帰らないでしょうね——帰ってしまわないでしょう?」と答えた。まるでそれが、唯一耐えられないことであるかのように。

「帰りません」そう言って夫人は向きを変え、先に立って扉を開けると食堂のほうへ歩いて行った。

騒々しい学校教師たちは、三々五々波止場に急ぐために、持ち物をまとめているところだった。浜辺の向こうの桟橋には白い蒸気船が停泊し、日に照らされた海のかなたには、ボストンがぼんやりした一筋のもやになって浮かんでいた。

第二十五章

再び船に乗ってほかの人々と一緒になると、ニューランドは心の落ち着きを感じ、それに力づけられると同時に、そのことに驚いた。

一般的な評価からすると、その一日は馬鹿げた失敗だったと言えるだろう。ニューランドの唇がオレンスカ夫人の手に触れることさえなかったし、今後の機会を期待できる言葉の一つも得ることができなかったからだ。それにもかかわらず、満たされない恋の病に悩む身で、いつまでともわからず情熱の対象から引き離される者にはほとんど屈辱的と思えるほどの平静さと安心感を自分が得ていると感じていた。ニューランドを感動させ、しかも心穏やかにしたのは、他者への忠誠とお互いへの誠実さとの間に夫人が保っていた、完全な均衡のためにほかならなかった。それは巧みな計算による均衡ではなく、夫人の涙とためらいが示していたように、臆するところのない誠実さから自然に生まれたものだった。危険が去ったいま、ニューランドは静かな畏敬の念で満たされていた。うぬぼれや、世慣れた観客の前で役を演じているかのような錯覚に陥って夫人を誘惑したりしなくて良かったと、ニューランドは運命に感謝せずにはいられなかった。フォール・リヴァー駅で握手をして別れ、一人で帰途についてからも、その日の夫人との時間から得たものは、犠牲にしたものより大きいという確信があった。

クラブまでぶらぶら歩いて戻り、人気《ひとけ》のない図書室に一人で座って、二人で過ごした時間の一瞬一瞬を心の中で幾度も思い返した。それではっきりわかったのは――そして、じっくり検討するほど、より明確になったのは――もし夫人が最終的にヨーロッパへ、つまり夫の元へ帰ると決心するとしたら、それは、たとえ新しく条件を提示されたにせよ、昔の生活に惹かれたからではない、ということだった。そう、もし帰るとしたら、それは自分がニューランドにとって誘惑に――二人で決めた基準から逸れることを促すような誘惑になっていると感じたときに限られるだろう。夫人の選ぶ道は、自分がさらに近くへと求めることがない限り、自分のそばにとどまることであり、安全だが人目を忍ぶ今の状況に夫人を留めておけるかどうかは、自分次第なのだ、とニューランドは思った。

汽車の中でも、こうした考えが頭から離れなかった。金色のもやのようなものに包まれ、周囲の人の顔がぼんやりと遠くに見えて、もしいまほかの乗客に話しかけても、何を言っているのかわかってもらえないだろうと感じた。ニューランドは翌朝もこのような放心状態のまま、ニューヨークの重苦しい九月の日の現実へとめざめた。人々は暑さに疲れた顔をして長い列を作り、流れるように脇を通り過ぎていく――ニューランドはそれを、まだ金色のかすみを通して見つめていたが、駅を出ようとしたとき、突然一つの顔がほかから離れ、近づいて来て、ニューランドの意識に入りこんだ。前日にパーカーハウスから出て来るのを見た青年の顔だ、とニューランドはすぐに思い出した。型にはまらない、アメリカのホテルにはなじまない顔だと、そのとき思った顔だった。

今回も同じ印象を受け、以前の連想がぼんやりとよみがえるのを感じた。青年は、アメリカの荒々しい往来に放り出された外国人の、茫然とした面持ちで周囲を見回していた。それからニューランドに近づいて来ると、帽子を上げて挨拶しながら「あのう《ムッシュー》、確か、ロンドンでお目にかかりましたね？」と英語で言った。

「ああ、そうです、ロンドンでしたね！」ニューランドはそう答えて、好奇心と同情をこめて握手した。「やはり来たんですね、ほんとうに」語気を強めてそう言いながら、カーフリー家の若いフランス人家庭教師の、機敏ながら憔悴した小さな顔を驚きの目で見た。

「ええ、そうです。来ました」リヴィエール氏は唇をすぼめて微笑した。「でも、長くはおりません。明後日、帰ります」きちんと手袋をはめた手に軽そうな鞄をさげて立ち、気づかわしげに、困ったような、ほとんど訴えるような様子でニューランドの顔をのぞきこんで言った。

「幸運にもこうしてお会いできたわけですから、もしよろしければ――」

「同じことを、いま僕も提案しようとしていました。昼食を一緒にいかがですか？もちろん、ビジネス街でね。もし事務所を訪ねてくだされば、近くのちゃんとしたレストランにお連れします」

リヴィエール氏は明らかに驚き、心を動かされたようだった。「それはご親切に恐れ入ります。でも僕はただ、何か乗り物に乗る方法をお聞きしたかったんです。ポーターはいないし、耳を貸してくれる人もいそうになくて――」

「わかります。アメリカの駅には驚かれたに違いありません。ポーターを、と言えば、チューインガムをくれるんですからね。でも、一緒に来てくださるならお助けしますよ。そして昼食にも、ぜひともいらしていただきたいですしね」

青年は少しためらっていたが、あふれるほどの感謝の言葉とともに、いくらか曖昧な口調で、先約があると述べた。だが、通りの地理が比較的わかりやすい場所に出ると、今日の午後にお訪ねしてもいいでしょうか、と聞いた。

真夏で事務所も暇なので、ニューランドは時間を決め、住所を走り書きして手渡した。リヴィエール氏はまた何度も礼を言いながらそれをポケットに入れると、帽子を大きく振りながら別れて馬車に乗った。ニューランドは歩いてそこを離れた。

約束の時間通りにリヴィエール氏は現れた。ひげを剃り、髪もなでつけていたが、まだ明らかに緊張して、深刻な様子だった。事務所には、ニューランドのほかには誰もいなかった。勧められた椅子に座る前に、リヴィエール氏は突然こう切り出した。「昨日、ボストンでお見かけしたように思うのですが」

大して重要なこととも思わず、ニューランドは肯定の返事をしようとしたところで、相手の執拗なまなざしに、何か不可解な、それでいて啓示的なところもあるのに気づいた。

「僕がいま置かれた状況で、お会いできたのはまさに、まさに驚くべきことです」とリヴィエール氏は続けた。

「どんな状況なんですか？」ニューランドは、もしや金が欲しくて来たのかと、ぶしつけなことを考えた。

リヴィエール氏は、おずおずした目でニューランドを見つめ続けていた。「こちらに来たのは、この前お話ししたような職探しの目的ではありません。ある特別な使命を受けて——」

「あ！」ニューランドは、思わず声を上げた。二つの出会いが、一瞬のうちに心の中で結びついたのだ。突然明らかになった状況を理解するために、ニューランドは一息おいた。リヴィエール氏のほうも、自分の言ったことで十分だとわかっているかのように、黙っていた。

「特別な使命、ですか」ニューランドは、ようやく口を開いてそう言った。

リヴィエール氏は左右の掌を開き、少し上に上げた。そして二人とも事務机をはさんで相手を見つめていたが、ニューランドが我に返って、「どうぞお掛けください」と言った。リヴィエール氏はそれを受けて会釈すると、離れた場所にある椅子に座り、再び相手の言葉を待った。

「僕に相談したいことというのは、その使命についてだったのですか？」ニューランドはついにそう訊ねた。

リヴィエール氏はうつむいた。「僕自身のことではありません。その点は自分で十分に対処できています。僕はできれば——オレンスカ伯爵夫人のことでお話ししたいのです」

その名前が出て来ることは数分前から予想していたが、いざ出されてみると、まるで藪の中でたわめられていた枝が跳ね返ってきて当たったように感じて、ニューランドのこめかみにさっと血が上った。

「で、誰のためにそうしたいのですか?」

リヴィエール氏は、質問をしっかり受けとめた。「そうですね――もしこう言っても失礼にならなければ、夫人のために。でもその代わりに、抽象的な正義のため、とでも申しておきましょうか」

ニューランドは、皮肉をこめた目で相手を見つめた。「言い換えると、オレンスキ伯爵の使者なんだね、きみは」

自分の紅潮した顔色が、リヴィエール氏の顔の青白さを反映して、さらに濃くなったことにニューランドは気づいた。「あなたへの使者ではありません。伺ったのはまったく別の理由です」

「あなたの立場で、別の理由などを持ち出す権利があるのですか?」とニューランドは言い返した。「使者ならば、使者であるだけでしょう」

青年は慎重に考えた。「僕の使命は終わりました。オレンスカ伯爵夫人に関する限り、失敗です」

「僕にはどうしようもありませんね」ニューランドは皮肉な口調のまま、そう答えた。

「その通りです。でも、あなたにもおできになることが――」リヴィエール氏は言葉を切って、まだ手袋を丁寧にはめたままの手で帽子を回した。裏地を眺め、それからニューランドの顔に視線を戻した。「この件を、夫人のご家族にも等しく失敗にすることが、あなたにはおできになる――僕は、そう確信しています」

ニューランドは椅子を後ろに押しやって立ち上がり、「なんと――絶対に！」と語気を強めて言った。両手をポケットに入れて、小柄なフランス人青年を憤然とにらみつけた。青年が立ち上がっても、その顔はニューランドの目の一インチか二インチ下にあった。

リヴィエール氏はいつもの青ざめた顔色をして、もうそれ以上青くはなれないほどだった。

「おそらく僕とオレンスカ夫人との間柄をみて話をされているのだと思いますが、一体どうして、あの人の親戚一同と違う意見を僕が持っていると考えたのです？」ニューランドは、怒りをあらわにして訊ねた。

少しの間、リヴィエール氏は表情の変化だけで答えた。気弱な顔つきが完全な苦悩に変わった。普段は臨機応変な対応のできる青年が、これ以上無力で無防備な様子になるのは困難だろうと思わせるほどだった。「おお、あなた《ムッシュー》――」

ニューランドは言葉を続けた。「伯爵夫人にずっと近しい人がほかにいるのに、どうして僕のところにいらしたのか、その理由がわかりません。さらに言えば、あなたがこちらに送られてきた使命に関する問題について、僕なら近づきやすいと思われた理由も、いっそうわかりませんよ」

ニューランドからのこの攻撃を、リヴィエール氏は相手が困惑するほどの謙虚さで迎えた。「僕がお話ししたいのは、使命とは別の、僕自身に関する問題なのです」

「それならいっそう、話を伺う理由はないですね」

リヴィエール氏は再び帽子の中をのぞきこんだ——ニューランドの言葉を、その帽子を被って立ち去れという露骨なヒントととるべきかどうか、思案するかのように。それから、急に心を決めて、口を切った。「一つ伺ってもよろしいでしょうか。問題にしていらっしゃるのは、僕がここに来る権利があるかどうか、という点ですか？　それともひょっとして、この件はすでに決着がついたと思っていらっしゃるのでしょうか？」

穏やかな粘り強さを受けて、ニューランドは自分のとげとげしい物言いのぶしつけさに気づいた。リヴィエール氏は自分の存在を認めさせるのに成功したのだ。ニューランドは少々赤くなって再び椅子に腰を下ろし、相手にも座るようにと身振りで勧めた。

「失礼ですが、どうして決着がついていないと？」

リヴィエール氏は、苦悩の表情でニューランドの目を見返した。「それでは、あなたも親戚のほかの皆さん同様に、僕の預かってきた提案を考えるとオレンスカ夫人は夫の元に帰るしか道はないと思っていらっしゃるのですか？」

「何ということを！」ニューランドは声を上げ、リヴィエール氏は「やはり」と小声でつぶやいた。

「夫人と会う前に僕は――オレンスキ伯爵の要望で――ラヴェル・ミンゴット氏に会いました。ボストンに行く前に何度かお話ししたのです。ミンゴット氏がお母様のご意見を代弁していらっしゃるということ、そして一族内でマンソン・ミンゴット夫人の影響力は絶大だということは存じています」

ニューランドは黙って座っていた。崖崩れが起きている断崖にしがみついているような気持ちだった。そのような話し合いから自分が除外されていた事実、それどころか話し合いが進められていることさえ知らなかったという事実を知った驚きは、いま聞かされている内容による驚きに勝るとも劣らないものだった。ニューランドは一瞬のうちに悟った――一族が自分に相談するのをやめたとすれば、それは自分がもう味方ではないと、部族としての本能が警告したからだろう。アーチェリーの大会のあった日に、マンソン・ミンゴット夫人の家からの帰り道でメイの言った言葉をいま思い出して、ニューランドはその意味にはっと思い当たるところがあった――「結局あの人は、ご主人と一緒にいるほうが幸せなのではないかしら」

数々の発見をして心が騒ぐ中にあっても、憤慨した自分があのときに発した言葉を思い出し、メイがあれ以来オレンスカ夫人の名前を自分の前で一度も口にしなくなったことに思い至った。メイが何気なく夫人に触れたのは、きっと風向きを調べるために掲げた一本のわらだったのだ。その結果は一族に報告され、以後ニューランドは暗黙のうちに協議からはずされたのだろう。その決定にメイを従わせた、一族の統制ぶりに、ニューランドは敬服した。もし良心のとがめがあればメイが従うことはなかっただろうと、わかっていたからだ。だがそのメイも、オレンスカ夫人は別居中の妻でいるより不幸な妻でいるほうが賢いという一族の見解に、また、ニューランドのようにもっとも基本的なことを急に当然としなくなる困った相手とは話し合っても無駄だという意見に、おそらく同意しているのだろう。

顔を上げたニューランドは、心配そうにこちらを見つめる相手と目が合った。「ご存じないのですか――ご存じない、などということがあり得るのでしょうか――伯爵が出してきた最後の提案を拒否するべきだと夫人に忠告する権利が、いったい自分たちにあるのだろうかと、一族の皆さんが考え始めたことを」

「あなたの預かってきた提案のことですか?」

「僕が預かってきた提案です」

僕が何を知ろうと知るまいと、あなたの知ったことじゃありませんよ、とニューランドはもう少しで叫びそうになったが、リヴィエール氏の、謙虚だが勇敢に何かを訴え続ける瞳に負けて、その決定的な言葉は控え、代わりに一つ質問をすることにした。「僕にこんなことを話す目的は何ですか?」

間髪を容れずに答えが返ってきた。「どうかお願いです——全力であなたにお願いしたいのです。あの方を帰らせないように——ああ、お願いですから、帰らせないでください!」リヴィエール氏は叫ぶように言った。

ニューランドは、次第に増していく驚きの念をもって相手を見た。この青年の苦悩の誠実さや決意の強さに疑問はない。このように自分の考えを明らかにしたいという究極の欲求以外、すべてを捨ててもいいと決意しているのは明白だ——ニューランドは熟考の末、ついにこう言った。

「よろしければお聞きしたいのですが——これはオレンスカ伯爵夫人と相談の上での方針ですか?」

リヴィエール氏は顔を紅潮させたが、目にゆらぎはなかった。「いいえ、そうではありません。僕は誠意をもって今回の使命を引き受けました。いちいち申し上げませんが、いくつもの理由によって、僕は信じていました——夫人がそのお立場、財産、そしてご主人の地位から得られる敬意などを取り戻されるほうが良いと」

「そうでしょうね。そうでなかったら、そのような使命を引き受けることはできなかったでしょうから」

「引き受けるべきではありませんでした」

「それで?」ニューランドは再び言葉を切った。しばらくの間、二人はお互いを探るように見つめ合った。

「僕は、夫人に会ってお話を聞いてから、こちらにいらっしゃるほうがお幸せだとわかったのです」

「わかった、とは?」

「僕は忠実に使命を果たしました。伯爵の主張を、私見などまったく交えずに伝え、伯爵からの提案を示しました。親切にも伯爵夫人は、それを忍耐強く聞いてくださいました。二回も会ってくださったのですからね。偏見を持つことなく、申し出について考えてくださったのです。僕の意見が変わったのは——事態を別の見方で見るようになったのは——この二回の話し合いの間のことでした」

「その原因は何だったのか、伺ってもいいですか？」

「要するに、夫人の変化を見たということです」リヴィエール氏は答えた。

「変化ですか。すると、以前から夫人を知っていたわけですね？」

青年の顔が再び紅潮した。「ご主人のところでお目にかかっていました。オレンスキ伯爵とは長年のお付き合いなのです。今回のような件に、よく知らない人を送るとは考えられないでしょう」

ニューランドの視線は、事務所の部屋の、何もない壁をさまよった末に、合衆国大統領のいかめしい顔の載るカレンダーで止まった。この人の統治する何百万平方マイルの中のどこかでこのような会話が交わされているなどとは、想像を超えたことのように思われた。

「変化とは——どんな変化でしょう」

「ああ、僕にお話しできれば！」リヴィエール氏の言葉は、ここで再び途切れた。「いいですか《トゥネ》——思うにそれは、僕が思ってもみなかったことの発見——夫人はアメリカ人だという発見です。そして、夫人のような——いえ、あなたのような——アメリカ人にとって、ほかの社会では認められている、あるいは少なくとも都合の良い妥協の一部として許容されている事柄であっても、あり得ない、まったくあり得ないとしか言いようのないことなのです。もしオレンスカ夫人の親戚の方々にそれが理解できれば、夫人が向こうに帰ることについては本人同様、無条件に反対されるでしょう。しかし皆さんは、夫人を取り戻したいという伯爵の願いを、家庭生活への抑え難い願望の証と見なしていらっしゃるようで」リヴィエール氏はいったん言葉を切ってから続けた。「ところが、とてもそんな単純なことではないのです」

ニューランドは、合衆国大統領にまた目をやってから、自分の机に――そしてそこに散らばる書類に視線を落とした。ほんの数秒のことだがちゃんと口をきけるかどうか、自信が持てなかったからである。その間にリヴィエール氏が椅子を後ろに押しやるのが聞こえ、立ち上がった気配が感じられた。目を上げると、相手も自分と同じくらい深く心を動かされているのがわかった。

「ありがとう」ニューランドはあっさりと、それだけ言った。

「感謝されるようなことは何もありません。むしろ、僕のほうが――」言葉が途切れた。リヴィエール氏も話ができなくなったかのようだった。だが、ややしっかりした声になって言った。「一つ、申し添えます。オレンスキ伯爵に雇われているのかと、僕にお聞きになりましたね。ええ、いまはそうです。数か月前に伯爵のところに戻ったのも、病気がちで高齢の扶養家族を持つ者にありがちな必要にかられてのことでした。でも、今回のようなことをお話ししにあなたの元に伺うという行動に出た瞬間から、僕は解任されたと考えています。戻りましたら伯爵にそう述べ、理由も話すつもりです。申し上げたいことは以上です」

リヴィエール氏は頭を下げて、一歩退いた。

「ありがとう」二人が握手したとき、ニューランドはもう一度、そう言った。

第二十六章

毎年十月十五日、五番街では屋敷の鎧戸を開け、巻いてあった絨毯を広げ、三重のカーテンを窓に掛けるのがしきたりだった。

十一月一日までにはこのような恒例の儀式は終了し、そろそろ社交界も点検・評価を始めることになった。十五日までに社交シーズンは最盛期に達し、歌劇場や劇場では新しい演目がかかり、晩餐の約束が増え、舞踏会の日も決められていく。そしてこの時期になると、ニューヨークはすっかり変わってしまったと、アーチャー夫人が言い出すのが常だった。

当事者ではないからこそ立てる高みからの観察で、アーチャー夫人は、シラトン・ジャクソン氏とソフィー嬢の助けを借り、地表に新しくできた亀裂の一つ一つを、また社交界という畑に整然と並ぶ野菜の畝の間に伸びた見慣れない雑草のすべてを、見つけ出すことができた。母の毎年恒例のコメントを待ち受け、自分のぞんざいな観察が見落としていた、崩壊の微細な兆候を母が数え上げるのを聞くのは、ニューランドの若い頃の楽しみの一つだった。アーチャー夫人にとって、ニューヨークは悪くなる一方で、ソフィー・ジャクソン嬢もこの見解にすっかり賛成だった。

シラトン・ジャクソン氏は、世慣れた人らしく自分の判断を保留して誰にも加担せず、婦人たちの嘆きに面白そうに耳を傾けていた。だがそのジャクソン氏でさえ、ニューヨークが変化したことを否定したためしはなかった。そして結婚二年目の冬を迎えたニューランド自身、ニューヨークが実際に変わってしまったとは言えないまでも、確かに変わりつつあると認めないわけにはいかなかった。

いつものように、こういった論点がアーチャー夫人の感謝祭の晩餐で取り上げられた。一年の恵みに感謝を捧げることになっている日だというのに夫人は、憤激とまではいかなくとも、嘆かわしさをにじませながら周囲の世界を吟味し、感謝すべきことなんて何かあるかしら、という姿勢を見せるのが習慣だった。少なくとも感謝の対象が、社交界の現状でないことは確かだった。たとえ社交界が存在しているとはまだ言えるとしても、それはむしろ聖書の呪いを招くような光景と言うべきだった。実際、牧師のアシュモア博士が感謝祭の説教にエレミヤ書の一節（第二章二十五節）[14]を選んだとき、誰もがその意図を理解したであろう。アシュモア博士が聖マタイ教会の信任教区牧師に選ばれたのは、とても「進歩的」だったからで、その説教は思想的には大胆、言葉は奇抜と考えられていたのである。上流社交界を激しく非難するときには必ずその「趨勢《すうせい》」に言及したので、自分がその趨勢に従う社会の一員であると思うと、アーチャー夫人は恐ろしくなるのと同時に、うっとりした気持ちにもなるのだった。

「アシュモア博士のおっしゃることは、絶対に正しいと思いますわ。だって、はっきりした趨勢が確かに存在するんですから」とアーチャー夫人は、それがまるで家の壁のひび割れのように目に見え、計りうるものであるかのように言った。

「でも、感謝祭のお説教でそのことを話されるのは、ずいぶん変ではないかしら」とジャクソン嬢が言うと、アーチャー夫人はそっけない調子で「ああ、それはね、残っているものに感謝しなさい、とおっしゃりたいんですよ」と答えた。

ニューランドは、毎年お決まりの母の予言を聞いて微笑するのが常だったが、変化の印が列挙されるのを聞いていると、今年はさすがのニューランドでさえ、「趨勢」が明白だと認めざるをえなかった。

「服装の贅沢なこと――」ジャクソン嬢が述べ始めた。「シラトンが歌劇場の初日に連れて行ってくれたんですけれど、去年のドレスだとわかるのはジェイン・メリーのだけでした。それも、前立て《パネル》の布は替えてあるんですよ。でもね、それ、たった二年前にワースから取り寄せたばかりのものだっていうことを、わたしは知っています。何しろジェイン・メリーがパリの服を着る前はいつも、仕立て直しのために、うちのお針子があちらのお宅に行っているので」

「ああ、ジェイン・メリーはわたしたちの同類ですからね」アーチャー夫人は、ため息をついた。わたしたちの世代では、パリから届いた服は熟成するまで鍵をかけてしまっておくものだったのに、税関を出て来るとすぐに身に着けて得々と練り歩くような、こんな時代に生きるなんて嬉しくありませんよ、というふうに。

「そう、あの人は数少ない一人ですね」とジャクソン嬢は答えた。「わたしの若い頃には、最新流行の装いは下品だと考えられていたものです。それにエイミー・シラトンがいつも言っていました、パリの服は二年間しまっておくのが、ボストンでは決まりだったと。バクスター・ペニロー老夫人は何事もきちんとした方でしたが、一年に十二着ずつ取り寄せることにしていらっしゃいました。ベルベットを二着、サテンを二着、絹を二着、そしてポプリンや上質のカシミヤなどを六着。自動的に届く継続注文にされていて、亡くなる前の二年間はご病気だったので、届いたときの薄紙に包まれたままのワースのドレスが四十八着、遺されていたんです。それで喪が明けたとき、娘さんたちは流行の服装だと思われる心配なしに、最初の一そろいを着て交響楽団の演奏会に行ったというわけです」

「そうですか、ボストンはニューヨークよりも保守的ですからね。でも、パリの服は一シーズンしまっておくのが淑女としての間違いない習わしだと、わたしはずっと思っていますよ」とアーチャー夫人は譲歩して言った。

「服が到着するとすぐに妻に着せるという、新しいやり方をはやらせたのはボーフォートです。時々わたし、思うんですけれど、レジーナがあまりにほかよりも……ほかよりも……」ジャクソン嬢はテーブルを見回して、大きく目を見開いたジェイニーと目が合った途端に、意味不明のつぶやきでごまかした。

「競争相手たちよりも抜きんでて、というわけだ」警句を述べるように、シラトン・ジャクソン氏があとを補った。

「まあ――」婦人たちの口からつぶやきが漏れた。禁じられた話題から娘の注意をそらすためもあって、アーチャー夫人は言葉を添えた。「レジーナもかわいそうに！　あの人にとって昔から感謝祭は、あまり楽しいものではなかったでしょう。シラトン、ボーフォートの投機についての噂はお聞きになった？」

ジャクソン氏は無造作にうなずいた。その噂は誰もが聞いており、周知の話題の確認などは潔しとしなかったのだ。

一同は重苦しい沈黙に包まれた。ボーフォートのことをほんとうに好きな者は一人もいなかったし、その私生活について最悪のことを想像するのも、必ずしも気の進まないこととは言えなかった。だが、妻の一族にまで財政的な不名誉をもたらしたことを考えると衝撃が大きすぎて、敵でさえ喜べないほどだった。ニューランドの生きているニューヨークは、私生活での偽善には寛大である一方、仕事には非の打ちどころのない清廉潔白さを求めていた。名の知れた銀行家が不名誉な破産をした事件からかなり経っていたが、その一番新しい例において経営者たちが社交界から完全に姿を消したことは誰もが記憶していた。ボーフォートには力が、妻には人気があるにせよ、夫妻は同じ運命をたどることになるだろう。ボーフォートの違法な投機の噂にいくらかでも事実が含まれているなら、ダラス家が団結してもレジーナを救うのは無理だろう。

縁起の悪い話を避けようと、いくらかましな話題へと移ったものの、何を話してもアーチャー夫人の言う「加速している趨勢」は確かなものとなるばかりのように思われた。

「そうそう、ニューランド、メイがストラザーズ夫人の日曜日の晩の会に行くのをあなたは許しているようだけど――」アーチャー夫人がそう言い出したとき、メイが明るい口調で言葉をはさんだ。「ああ、今では誰でもストラザーズ夫人のところに伺いますわ。それに夫人は、おばあ様の先日の歓迎会にも招かれていらしたし」

こうしてニューヨークは変化を遂げていくのだ、とニューランドは思った。変化がすっかり完了するまではひそかに共謀して無視し、次にその変化は前の時代に起こったものなのだと、心から思いこむ。砦には裏切り者が必ずいるもので、その男（むしろ、たいていは女である）がいったん鍵を渡してしまったら、難攻不落だと偽りを言ってみたところで何になるだろう。人々がストラザーズ夫人宅での日曜日の快適なもてなしを一度味わってしまったら、あの家のシャンパンは靴墨みたいにひどいものだから家にいよう、などと考えて出かけずにいることはありそうもなかった。

「ええ、ええ、わかっていますとも」アーチャー夫人はため息をついた。「人が外に求めるものが娯楽である限り、そうなってしまうのでしょうね。でも、ストラザーズ夫人を最初に認めたあなたのいとこのオレンスカ夫人を、わたしは完全には許せないでいるんですよ」

メイの顔が突然紅潮したので、テーブルの周りの人たちだけでなく、ニューランドも驚いた。「おお、エレン――」とメイはつぶやいた。それはあたかもメイの両親が「おお、ブレンカー一族――」と言うときのような、非難と軽視のこもった口調だった。

オレンスカ伯爵夫人が夫からの申し出を頑なに拒否して一族を驚かせ、また困らせて以来、一族の皆は伯爵夫人の名前を口にするときそのような調子になった。だがメイがそれを口にするとニューランドは気になって、メイが周囲と口をそろえているときに時々感じる不思議な感覚でメイを眺めた。

普段は雰囲気を敏感に読むアーチャー夫人なのに、今はその才をあまり発揮せず、話を続けた。「わたしはいつも思いますよ――オレンスカ伯爵夫人のように、貴族的な社交界で暮らしてこられた方なら、わたしたちの社会の特徴を無視するのでなく、維持するのを助けていただきたいものだと」

メイの顔は鮮やかに赤く染まったままだった。そこには、オレンスカ夫人の社会的な不誠実を認める以上の意味があるように思われた。

「外国人には、わたしたちはみんな同じに見えるに違いありませんよ」ジャクソン嬢が辛辣な発言をした。

「エレンは社交界が好きではないと思います。でも、それでは何が好きなのか、はっきりわかる人は一人もいないんです」当たり障りのない言い方を探っていたらしいメイがそう言った。

「ああ、なるほどね」アーチャー夫人は、またため息をついた。

オレンスカ伯爵夫人が一家のお気に入りでなくなったことは、今や誰もが知る事実だった。熱心な擁護者だったマンソン・ミンゴット老夫人でさえ、夫の元に戻るのを拒んだことを弁護するわけにはいかなかった。ミンゴット一家は、非難の気持ちを言葉ではっきりと示したりはしなかった。強い団結心があったからである。ウェランド夫人の言葉を借りれば、一同はただ、「かわいそうなエレンが自分にふさわしい居場所を見つけるのを許しておいた」だけで——残念かつ理解できないことに、それはブレンカー一家が力を持ち、「物書き」連中がだらしない儀式をくりかえしている、薄暗い底辺なのだ。エレンは機会や特権の数々を持っていたにもかかわらず、「ボヘミアン」になってしまった——信じ難いことだが、それは事実だった。そしてその事実が、オレンスキ伯爵の元に戻らないなんて致命的な間違いを犯したことになる、という主張を支える役割を果たした。結局、若い女性のいるべき場所は夫の家なのであり、とりわけ家を出た状況があのような場合は……。

「オレンスカ夫人は、男の方にとても人気がおありなのよ」ソフィー嬢は言った。場をとりなすようなことを何か言いたいと願っている様子を見せていたが、自分が矢のように鋭い辛辣な言葉を投げていることは、もちろん承知の上だった。

「ああ、それこそオレンスカ夫人のような若い人が常にさらされている危険なんですよ」とアーチャー夫人は悲しそうに同意したが、これで結論が出たかのように、女性たちはドレスの裾をつまんで、丸いカルセルランプの灯る客間に向かい、ニューランドとシラトン・ジャクソン氏はゴシック風の書斎へ行った。

暖炉の前に落ち着き、晩餐の物足りなさを葉巻で解消すると、ジャクソン氏は饒舌になって語り始めた。

「もしボーフォートが破産すれば、いろいろ露見するだろう」とジャクソン氏はいかにも重々しく言った。

それを聞くとニューランドは、さっと顔を上げた。その名前を耳にすると、豪華な毛皮と靴でスキタクリフの雪の中をやって来る、ボーフォートの大柄な姿がはっきりと目に浮かぶのだった。

「きっと非常に不快な粛正があるはずだ。ボーフォートはレジーナだけに金を使っていたわけではないだろうからね」とジャクソン氏は続けて言った。

「ああ——それは考慮してもらえるのでは？　ボーフォートはまだこの苦境から抜け出せると、僕は信じています」ニューランドは、話題を変えたいという思いからそう言った。

「ひょっとすると——ひょっとするとな。有力人物の何人かと、今日会う予定だと聞いている」ジャクソン氏は、しぶしぶ認めた。「もちろん、彼らの力で乗り切らせてくれることを願っているよ——とにかく今回はね。破産者相手の、外国のわびしい湯治場でレジーナがこの先暮らすことになるという、かわいそうな図は想像したくないよ」

ニューランドは黙ったままだった。どんなに痛ましい顚末になろうと、不正に得た金は厳しく償わせるのが当然だと思ったので、心はボーフォート夫人の悲運に関する心配を早々に通り越して、より切実な問題へと戻って行った。オレンスカ伯爵夫人の名前が出たときにメイが顔を赤らめたのには、どんな意味があったのだろうか。

オレンスカ夫人と過ごした真夏の日から四か月経っていた。それ以来、一度も会っていない。メドーラとともに借りた、ワシントンの小さな家に帰ったことは知っており、一度だけ短い手紙を書いて、次はいつ会えるだろうかと訊ねたが、夫人からの返事はさらに短かった――「まだです」

二人の間に、その後それ以上の連絡はなかった。ニューランドは自分の中に一種の聖域を作った。そこではオレンスカ夫人が、秘密の思索と憧憬とに囲まれた王座についている。そこが少しずつ、ニューランドの現実の生活の場、理性的な活動の唯一の場になっていった。読んだ本、自分を育んでくれる思想や感情、判断や洞察などを、ニューランドはそこに運んで行った。外にある実際の生活の場では、次第に大きくなる非現実性と無力感に襲われたり、見慣れた偏見や伝統的な視点にぶつかったりしながら、まごまごと動き回っていた――ぼんやりした人が自分の部屋の家具に突き当たるように。心ここにあらず――それがニューランドの状態だった。周囲の人たちにとってごく身近な現実のものすべてからあまりに遠ざかっていたので、自分が今も元の場所にいると思われているのに気づいて、ぎくっとすることも時々あった。

ジャクソン氏がいま咳払いをして、さらに何か新事実を述べようとしていることに、ニューランドは気がついた。

「もちろん、わたしにはわからない――オレンスカ夫人がご主人の最新の提案を退けたこと、それについて人にどう言われているかを、きみの奥さんの家族がどこまで承知しておられるのか」

ニューランドは黙ったままだった。ジャクソン氏は遠回しに言葉を続けた。「残念だ。実に残念だよ――提案を退けたのは」

「残念ですって？　いったいどうしてです？」

ジャクソン氏は、皺のない靴下と礼装用のつやつやした靴をはいた自分の足に目をやった。

「つまりだね、露骨なことを言ってしまうと――夫人はこの先、どうやって暮らしていくつもりだろうか？」

「この先？」

「もし、ボーフォートが――」

ニューランドはいきなり立ち上がると、黒胡桃材の黒い書き物机の縁を、こぶしで強くたたいた。真鍮のスタンドにつけられたインク壺が揺れた。

「いったい全体、何をおっしゃりたいのですか?」

ジャクソン氏は椅子に掛けたままでわずかに姿勢を変えると、相手の紅潮した顔を穏やかな目で見つめた。

「そうだね――かなり確かな筋から――実は、ほかならぬ老キャサリンから聞いたのだが、夫人が夫の元に戻るのをきっぱりと拒否したとき、あの一族はオレンスカ伯爵夫人への支給額をかなり減らした。さらに夫人はその拒否によって、結婚したときに得た財産も失うわけだ――もし戻れば、オレンスキがすぐにも渡すつもりだったものを。そういう次第なのだからね、きみ、何を言いたいのか、などとわたしに訊ねるきみのほうこそ、いったい何が言いたいんだね?」ジャクソン氏は、上機嫌で切り返した。

ニューランドは暖炉に近づき、前かがみになって葉巻の灰を火床の中に落とした。

「オレンスカ夫人の私的な事情について、僕は何も知りませんし、知る必要もありません。僕に遠回しにおっしゃったことが確かかどうかも――」

「ああ、このわたしだってわからないよ。わかるとしたらレファーツかな」ジャクソン氏が言葉をはさんだ。

「レファーツ――あれは夫人に言い寄って、はねつけられた男ですよ」ニューランドはさげすむように言った。

「ああ、そうだったのかね？」これこそが罠を仕掛けて狙っていた事実であるかのように、ジャクソン氏はすばやく応じた。まだ暖炉に対して斜めの位置に座っていたので、その老いた冷徹な目は、ニューランドの顔を、まるで鋼鉄製の仕掛けばねのようにとらえていた。

「いやいや、ボーフォートのことがはっきりする前に夫人が帰らなかったのは残念だ」とジャクソン氏は繰り返した。「もしいま帰って、おまけにボーフォートが破産したら、世間の持っているイメージを裏付けるだけになるだろう。ちなみに、そのイメージはレファーツだけにとどまらないのだよ」

「ああ、今は帰りませんよ。こうなったら、ますます帰らないでしょう！」そう口にしたとたんにニューランドは、これこそ相手が狙っていたことだと再び感じとった。

老紳士はニューランドを油断なく見つめていた。「それがきみの意見だね？　そう、きみはきっとわかっているのだ。しかし、メドーラ・マンソンのものだった、わずかな財産のすべてが今ボーフォートの手にあることは、誰でも知っている。ボーフォートが破産を免れなかったら、二人の婦人たちがどうやって生きていけるのか、見当もつかないよ。もちろんオレンスカ夫人は、自分がこちらにとどまることに断固として反対してきた老キャサリンの心を和らげることが、まだできるかもしれない。そして老キャサリンは、好きなだけの額の手当てを渡すことができるだろう。だが、まとまった金を手放すのを嫌う老キャサリンの性格は周知のとおりだし、家族のほかのメンバーは、オレンスカ夫人を引き留めることに特に関心はないわけだし」

ニューランドは虚しい怒りに燃えていた。そうとわかっていながら愚かなことをしでかすのが確実な状態と言えた。

オレンスカ夫人と祖母や他の親類たちとの間の不和について、自分が何も知らなかったことをジャクソン氏がすぐに見抜いて驚き、また家族会議から自分が除外されている理由に関してジャクソン氏が独自の見解を持つに至っているのだと、ニューランドは悟った。ここは慎重に行くべきだと思わざるをえない一方で、ボーフォートのことをほのめかされたために前後の見境がなくなっていた。だが、たとえ自分自身の危険が念頭になかったとしても、ジャクソン氏が母の屋敷に招かれてきた人であり、従って自分にとっても客人であることを、ニューランドは忘れなかった。古いニューヨークではもてなしの礼儀をきちんと守るのが習慣であり、客との議論が口論に至るなどはもってのほかだった。

ジャクソン氏の葉巻の最後の円錐形の灰が、そばにある真鍮の灰皿に全部落ちるのを見届けてから、ニューランドは「母のいる二階に上がりましょうか」とそっけなく誘った。

帰りの馬車の中で、メイは妙に押し黙っていた。暗闇の中でもニューランドは、メイの脅すような紅潮にまだ包まれているのを感じるのだった。脅しにどんな意味があるのかは見当がつかなかったが、オレンスカ夫人の名前が引き起こしたという事実を考えると、用心に越したことはないという心境だった。

二人は二階に上がり、ニューランドは書斎に入った。いつもはついて来るメイが、そのまま自分の寝室に向かって廊下を通り過ぎる気配が感じられた。

「メイ！」ニューランドはいら立たしげにメイを呼んだ。メイはその口調に少し驚いたような目で、こちらに引き返してきた。

「このランプ、また煙が出ているよ。召使には、いつもきちんと芯を切っておくように気を配らせてほしいな」ニューランドは神経質に文句を言った。

「ごめんなさい。これからは気をつけます」メイのしっかりした明るい口調は、母親の言い方を聞いて覚えたものだった。メイがもう自分をウェランド・ジュニアのように見なして、うまくあしらい始めている、と感じて、ニューランドは憤慨した。芯を下げるために身をかがめたメイの白い両肩やすっきりと綺麗な顔の輪郭に光が当たった。「メイはなんて若いのだろう！　一体この生活はいつまで、延々と続くことになるのだろう！」

一種の恐怖とともに、ニューランドは自分の揺るぎない若さとたぎる血潮を感じた。そして出し抜けに言った。「そうだ、僕は何日間か、ワシントンに行かなくてはならないかもしれないんだ――近いうちに。ひょっとしたら、来週にでも」

メイはランプのねじに手を置いたままで、ゆっくり振り向いた。炎の熱でまた赤くそまっていた顔が、姿勢を変えたときには青ざめていた。

「お仕事で？」ほかに思いつく理由はないので無意識に聞いた――単に夫の言いかけたことを最後まで言った、というような調子で、メイはそう言った。

「もちろん、仕事さ。特許の件が最高裁判所に出されるので」ニューランドは創案者の名前を挙げ、ローレンス・レファーツ並みに熟練した、達者な口調で詳細を述べた。メイは時々「ええ」と相づちを打ちながら、注意深く聞いていた。

「良い気分転換になるでしょうね」話が終わったとき、メイはあっさりとそう言った。「そして、必ずエレンに会いに行ってくださらないとね」いつもの晴れ晴れとした微笑を浮かべながら、ニューランドの目をまっすぐに見て、メイはつけ加えた。家庭内の何か面倒な仕事を、忘れないでねと促すときのような口調だった。

その件について、二人の交わした言葉はこれだけだった。だが、それまで身につけてきた暗黙の符合の法則に照らすと、次のような意味になるのだった。「もちろんおわかりでしょうけど、エレンについて皆が言っていることは全部、わたしも知っていますし、エレンを夫のところに帰らせようとするわたしの家族の努力に、心から賛同しています。わたしに話そうとなさらない何らかの理由で、あなたがそれに反対の道を勧めたこともわかっていますわ。祖母だけでなく、年配の男性たちも揃って同意していた方針でしたのに。エレンがわたしたち皆に逆らうのは、あなたの励ましがあるからだし、シラトン・ジャクソン氏が多分今夜あなたにほのめかしたような批判にさらされるのもそのせい……それであなたはいま、そんなにいらいらしているのね。同じようなことは暗に言われてきたはずですけれど、他人から指摘されるのをあなたは好まないみたいですから、わたしから一つ伝えるわ――わたしたちのように育ちの良い人間が不快なことをお互いに伝えるときの、唯一のやり方で。あなたがワシントンでエレンに会うつもりだということ、いえ、もしかするとそのためにわざわざいらっしゃるのかもしれないということ、わたしは知っています。そしてエレンに会う以上、わたしの完全な承認のもとで会っていただきたいし、あなたが勧めた道の行く先を、この機会にエレンに知らせていただきたいと思っていること——伝えておきますね」

この無言のメッセージの最後の部分がニューランドに届いたとき、メイの手はまだランプのねじに置かれていた。メイは芯を下げてほやを外し、くすぶる炎を吹き消した。

「消したほうが、匂いが少ないのよ」メイは明るい口調で主婦らしい説明をした。そして敷居のところで振り返り、夫のキスを受けようと立ち止まった。

第二十七章

次の日のウォール街では、ボーフォートの状況に関して、いくらか希望の持てる情報が流れた。確実ではなかったが、明るいものだった。ボーフォートは、危機的な状況に陥ったときに強い力を持つ人物に頼ることができるし、今回それがうまくいったと周囲は解釈した。そしてその晩、ボーフォート夫人がいつもの微笑を浮かべながら、新しいエメラルドのネックレスを着けて歌劇場に現れたのを見て、社交界はほっと安堵の息をついた。

仕事上の不正に関して、ニューヨークは容赦なく糾弾するのが常だった。清廉潔白であるべしという掟を破った者はその償いをしなくてはならない、という暗黙の法則にこれまで例外はなく、ボーフォート夫妻にさえ、この原則が断固として適用されるであろうことは、誰もが承知していた。しかし、二人に償いをさせるのは、苦痛を伴うだけでなく不都合でもあった。ボーフォート夫妻がいなくなると、自分たちのこぢんまりした輪の中に、かなり大きな空白ができそうだったからである。道徳的な破滅に身震いしないほど無知な、あるいは呑気な人たちは、ニューヨーク一の舞踏室が失われることを、事件前から嘆いていたほどだった。

ニューランドは、ワシントン行きを堅く心に決めていた。メイに話した訴訟の開始と日取りを合わせるためだけに訪問をここまで延ばして待っていたのに、次の火曜日にレタブレア氏から、訴訟が数週間延期されるかもしれないと聞かされた。だがその午後ニューランドは、何があっても翌日には出発しようと決心して家に帰った。メイは自分の仕事について何も知らず、これまで関心を示したこともなかった。訴訟が延期されても何もわからないだろうし、訴訟当事者の名前を聞いても覚えていないだろう——そこに勝算があった。とにかく、オレンスカ夫人に会うのをこれ以上延ばすことはできない。夫人に言わなければならないことがたくさんありすぎるのだ。

水曜日の朝、ニューランドが事務所に着くと、心配そうな表情のレタブレア氏が待っていた。ボーフォートは結局、うまく「切り抜ける」ことができなかった。それにもかかわらず、乗り切ったという噂が広まり預金者を安心させたので、多額の払込金が前日の夕方まで銀行に入り続けたのだが、その頃から不穏な噂が再び広まり始めたのである。その結果、取り付け騒ぎが起こり、その日のうちに銀行閉鎖に至りそうだということだった。ボーフォートの卑劣な手段に対してこの上なく不快なことが言われ、その破産はウォール街史上で最も不名誉なものの一つになる恐れがあった。

この惨事の及ぼす甚大な影響に思い至ったレタブレア氏は、気力も衰えた様子で顔面蒼白だった。「昔からひどい不運は見て来たが、これほど悲惨なのは初めてだ。我々の知る人は誰もが皆、何らかの打撃を免れないだろうね。それにボーフォート夫人はどうなるんだろうか。あの人のために、いったい何ができるだろう。マンソン・ミンゴット夫人だって、実に気の毒だよ。あんなに高齢の人に、この事件がどんな影響を与えるか、まったくわからない。ミンゴット夫人はいつもボーフォートを信じて、友達付き合いをしてきたんだから！　それに、ダラス家とのつながりも深い。ボーフォート夫人はニューヨーク中の人間と縁続きだよ。道があるとすれば離婚だけだが、そんなことをあの人に向かって、誰も言えるわけがない。夫の傍らにいるのが務めだし、幸いなことに、夫の密かな弱みがこれまであの人に見えたためしはないようだからね」

ノックの音がした。レタブレア氏はさっと振り向き、「何かね？　今は困るんだが」と言った。

それはニューランド宛ての手紙を持った事務員で、手渡すとすぐに引き下がった。メイの筆跡だとわかったので、ニューランドは封を切って読んだ。「できるだけ早くこちらに来ていただけませんか？　おばあ様が昨晩、軽い発作を起こしたのです。銀行についてのこの恐ろしい出来事を、どのようにしてかはわかりませんが、誰より早く聞かれたみたいなの。ラヴェルおじ様は狩猟にお出かけでお留守だし、不名誉な知らせにお父様はお気の毒にひどく心を痛めて、熱を出されてお部屋から出られません。お母様にはあなたの助けがどうしても必要です。すぐに事務所を出て、おばあ様の家に向かってくださったらと願っています」

ニューランドはその手紙をレタブレア氏に渡すと、数分後には混みあう鉄道馬車に乗り込んで、のろのろと北に進んでいた。十四丁目まで行ったところで、高い車高でよろよろ走る、五番街方面行きの乗合馬車に乗り換えた。時間ばかりかかって忍耐力の試されるこの乗り物から、老キャサリンの屋敷前に降り立ったとき、時刻は十二時を過ぎていた。老キャサリンがいつも君臨している一階の居間の窓際には、その場にあまりそぐわない雰囲気の、娘のウェランド夫人の姿があった。ニューランドを見ると、ウェランド夫人は憔悴した様子で、身振りで歓迎の意を表した。メイも入り口で出迎えた。玄関ホールは、普段きちんとしている家に病魔が突然侵入してきた場合に特有の、異様な様相を呈していた。椅子には外套や毛皮が積み重なり、医師の鞄と外套がテーブルの上に、そしてその傍らには、手紙や名刺が誰からも顧みられることなく山積みになっていた。

メイは青ざめていたが、微笑を浮かべていた。ベンコム先生はいま二度目の往診に見えているのだけど、前より明るい見通しなの、という。絶対に生きて元気になるのだというミンゴット夫人の強い意志が、すでに家族に影響を与え始めているようだった。メイはニューランドを老キャサリンの居間に案内した。寝室に通じる引き戸は締め切られていて、厚いダマスク織りの黄色の仕切りカーテンが下がっていた。この居間でウェランド夫人は惨事の詳細を、怯えたような小声でニューランドに話して聞かせた。前日の晩に、何か謎めいた、恐ろしい出来事が起きたようだった。ミンゴット夫人はいつも夕食後にソリティアをするのだが、ちょうどそれが終わる八時頃に呼び鈴が鳴った。しっかりとヴェールに包まれていたために、誰なのか召使たちにはすぐにわからなかったのだが、その婦人は、ミンゴット老夫人に会わせてほしいのですが、と言った。

執事には聞き覚えのある声だったので、居間の扉を大きく開き、「ジュリアス・ボーフォート夫人がお見えです」と告げ、二人きりにして扉を閉めた。執事によると、二人が会っていたのは一時間ほどだったという。ミンゴット夫人がベルを鳴らしたとき、ボーフォート夫人はすでに、誰にも見られずに姿を消していた。老夫人は蒼白で、ひどく具合が悪そうに見え、いつもの大きな椅子に巨体を預けていたが、寝室に行くのに手を貸してほしいと、執事に合図した。明らかに深い心痛を抱えているようではあったが、そのときは心身ともにしっかりしていた。ベッドに入るまで混血のメイドが世話をし、いつものようにお茶を一杯持って行ってから部屋をきちんと整えて退室したという。ところが午前三時に再びベルが鳴り、いつにない呼び出しに二人の召使が驚いて（というのも、老キャサリンは赤ん坊のようにぐっすり眠る質なので）駆けつけると、夫人は歪んだ笑みを浮かべながら枕にもたれて座っており、片方の太い腕から小さな手がだらりと下がっているのが目に入った。

発作は明らかに軽いものだった。はっきりした発音で話ができ、意思を伝えられたからだ。医師の最初の往診後まもなく、顔の筋肉も随意に動かせるようになり始めた。しかし、周囲に与えた驚きは大きく、またミンゴット夫人の断片的な言葉から、レジーナ・ボーフォートの信じ難いほど厚かましい頼み事を知るに至って、驚きに劣らず憤りも大きくなった。ミンゴット夫人に向かってレジーナは、夫を支えて最後まで助けてほしい――わたしたちを「見捨てないで」と言ったらしいのだが――要するに、自ら招いた自分たちの途方もない不名誉を覆い隠し、見逃してくれるよう一族を説きつけてほしい、と頼みに来たというのだ。

「わたしは言ったのよ。「マンソン・ミンゴットの家ではね、名誉は常に名誉だし、正直は正直。それはずっと変わりませんよ、わたしが棺に入ってここから運び出されるまで」とね」老夫人はまだ麻痺の残る不明瞭な口調でどもりながら、娘の耳にささやいた。「レジーナが「でもおば様、わたし――わたしの名前はレジーナ・ダラスですのよ」って言ったとき、わたしは答えて言ったの。「ボーフォートに宝石で飾り立てられた日に、あなたの名前はボーフォートになったでしょ。だから、恥で包まれた今も、ボーフォートでいなければならないわ」とね」

以上のような次第を、ウェランド夫人は、恐ろしさにあえぎ、涙ながらにニューランドに伝えた。不愉快で不名誉なことをついに直視しなくてはならないという、不慣れな義務に青ざめ、気力を失っていた。「あなたのお父様にこのことを伏せておければいいのだけれど。「お願いだから、オーガスタ、最後に残された僕の幻想を壊さないでおくれ」って、いつも言っている人だし、どうしたらこんなひどいことを知らせないでおけるかしら」気の毒に、ウェランド夫人は嘆いた。

「お父様は結局、見ないで済むかもしれないわ、お母様」と娘が言うと、夫人はため息をついた。「ああ、そうね。ありがたいことに、ベッドにいてくれて安心だわ。お母様の具合が良くなって、レジーナがどこかに行ってしまうまで、ベッドにとどめておきましょう、とベンコム先生が約束してくださったから」

ニューランドは窓のそばに座って、人通りのない街路をぼんやりと眺めていた。ここに呼ばれたのは、何か具体的な手助けのためというより、打ちひしがれた婦人たちの精神的な支えとなるためなのは明らかだった。ラヴェル・ミンゴット氏には帰宅を促す電報が打たれ、ニューヨークに住む親戚たちには手渡しで知らせが送られているそうで、差し当たりここでは、ボーフォートの不名誉とその妻の弁護の余地のない行為の影響について、小声で話し合うこと以外、何もすることはなかった。

別室で手紙を書いていたラヴェル・ミンゴット夫人がほどなく現れ、話に加わった。わたしたちの若い頃には、仕事上で不名誉なことをした男の妻の取るべき道はただ一つ、姿を消すこと、夫とともに姿を隠すことだったわね、と年配の婦人たちの意見は一致した。「お気の毒なスパイサーおばあ様のケースがあったわ。メイ、あなたのひいおばあ様よ」ウェランド夫人はこう言い、急いでつけ加えた。「もちろん、ひいおじい様の金銭問題は個人的なもの――トランプの負けとか、誰かの手形への署名とか――だったらしいけれど、よくわからないの。お母様は決して話そうとしなかったから。でも、お母様が田舎で育てられたのは、詳細のわからないその不名誉な出来事の後、スパイサーおばあ様がニューヨークを離れなくてはならなかったからでね。お母様は十六歳になるまで母娘二人で、冬も夏もハドソン川上流で暮らしたの。「大目に見て許してほしい」とレジーナが言ったと聞くけれど、そんなことを一族に頼むなんて、スパイサーおばあ様は考えもしなかったでしょうね。個人的な不名誉などは、落ち度のない何百人もの人たちを破産させる不祥事とは比べものにもならないけど」

「ええ、そうよ。ほかの人からの支援をどうこう言うより、自分の顔を隠すほうがレジーナにはよっぽどふさわしいことだわ」とラヴェル・ミンゴット夫人が同意を示した。「金曜日に歌劇場であの人が着けていたエメラルドのネックレスは、気に入れば買うという約束の試用販売で、ボール・アンド・ブラック宝石店からその日の午後に届いたものだそうよ。お店はちゃんと取り戻せたかしら」

ニューランドは、容赦のないこんなやりとりを、冷静に聞いていた。金銭上の絶対的な廉潔さの観念は、紳士の守るべき掟の第一条として心に深く染み込んでいたので、感情的な理由からそれがぐらつくことはなかった。レミュエル・ストラザーズのような策士なら、疑わしい取引を重ねて何百万ドルもの富を築くかもしれないが、傷のない誠実さこそが、昔からのニューヨーク財界での徳義上の義務《ノブレス・オブリージュ》だったのだ。また、ボーフォート夫人の運命についても、ニューランドはあまり心を動かされなかった。怒りのおさまらない親戚たちより同情しているのは確かだったが、夫婦の絆というものは、順境の間はともかく、逆境にあっては断つべきではないと思っていた。レタブレア氏が言ったように、夫が苦境に立っているとき、妻のいるべき場所は夫の傍らだが、社会が夫の側につくとは限らない。それなのに厚かましくも味方してもらえると考えて頼み事に来るなんて、ボーフォート夫人が夫の共犯者に思えてしまうほどだ。そもそも、夫の仕事上の不名誉を隠してくれるように家族に訴える行為は許し難い。それは組織としての家族には決してできない唯一のことだからだ。

混血のメイドに廊下に呼び出されたラヴェル・ミンゴット夫人は、眉をひそめながら、すぐ戻って来て言った。

「エレン・オレンスカにわたしから電報を打ってほしいと言っているんですって。もちろんわたしは、エレンとメドーラに手紙を書きましたけど、それでは足りないらしいの。すぐに電報を打って、一人で来るように言いなさいと」

一同は黙ってその言葉を聞いた。ウェランド夫人は諦めたようにため息をつき、メイは立って、床に散らばる新聞を片付けに行った。

「そうしなければならないでしょうね」ラヴェル・ミンゴット夫人が、反対の意見を期待するかのように言葉を続けた。するとメイが、部屋の中央にいる一同のほうを振り返って言った。

「もちろん、そうしなければ。おばあ様は、自分のしたいことをちゃんとわかっていらっしゃるのだから、ご希望はすべてかなえてあげなくてはね。おば様、わたしが電文を書きましょうか？　すぐに打てば、たぶんエレンは明日の朝の汽車に乗れるでしょう」メイはエレンの名前をはっきりと、まるで銀の鐘を打つような、独特の透明さで発音した。

「ところがね、すぐには無理なの。ジャスパーも台所の下働きの子も、手紙や電報の用事でみんな出払っているので」

メイは微笑しながら、夫のほうを向いた。「大丈夫よ。ここにニューランドが、何でも引き受けようと控えていますもの。電報を打ちに行ってもらえるかしら、ニューランド。お昼ご飯までに、ちょうど時間があるわ」

喜んで行くよ、とつぶやきながら、ニューランドは立ち上がった。メイは老キャサリンの紫檀の小型の書き物机《ボヌール・ドゥ・ジュール》に座って、角張った大きな文字で電文を書いた。そして書き終えると、吸い取り紙で手際よく押さえてから、ニューランドに手渡した。

「あなたとエレンが行き違いになるのは、とても残念ね」メイはそう言ってから、母とおばに向かって続けた。「ニューランドは最高裁判所に出される特許法の訴訟のことでワシントンに行かなくてはならないの。明日の晩までにはラヴェルおじ様も戻られるでしょうし、おばあ様もずいぶん回復していらっしゃるから、事務所の大事な予定を取りやめてほしいとニューランドに頼むのは、よいやり方とは思えないけれど、どうでしょう」

答えを待つかのように、メイはそこで言葉を切った。ウェランド夫人が急いで言いきった。「ええ、もちろんですとも、メイ。おばあ様は、そういうことを一番望まない人ですからね」電文を手に部屋を出るとき、ウェランド夫人がおそらくラヴェル・ミンゴット夫人に向かってつけ加える言葉がニューランドの耳に入った。「でも、いったいなぜ、エレン・オレンスカに電報を打たせるのかしら」それを受けて、メイの澄んだ声が答えた。「結局、夫とともにいるのが妻としての義務だと、もう一度説得するためかもしれないわ」

ニューランドの後ろで玄関の扉が閉まった。ニューランドは電報局に向かって、急いで歩いて行った。

第二十八章

「オー・エル、オー・エル、とにかく、どんな綴りです？」妻の書いた電文を、ニューランドが真鍮のカウンター越しに差し出すと、ウェスタン・ユニオン電報局の窓口の若い女性局員は切り口上で訊ねた。

「オレンスカ――オ、レン、スカ」ニューランドは名前を繰り返し、電文の紙を引き戻して、外国名の綴りをメイの幼い書体の上に活字体で書こうとした。

「ニューヨークの電報局では、あまり馴染みのない名前だね、少なくとも、このあたりでは」不意にそういう声がした。振り返ると、すぐそばにローレンス・レファーツが、落ち着きはらって口髭をひねりながら、電文を見ないふりをして立っていた。

「やあ、ニューランド。ここで追いつけると思ったよ。老ミンゴット夫人の発作のことを聞いたところなんだ。お見舞いに行こうとしていたら、途中で君が通りを行くのが見えたものだから、急いで追ってきたんだよ。ミンゴット夫人のお宅から来たんだろう?」

ニューランドはうなずき、電文をカウンターの格子の向こうに押しやった。

「かなり具合が悪いのかい?」とレファーツは続けた。「一族に知らせているんだね。オレンスカ伯爵夫人まで含めるとしたら、ほんとうに容態が悪いわけだ」

ニューランドの唇がこわばった。顔立ちを鼻にかけて気取っているこの男の、その整った顔に拳骨を見舞ってやりたいという、粗暴な衝動に襲われた。

「なぜ?」ニューランドは訊いた。

もともとレファーツは議論を好まないことで知られていたが、今も皮肉に顔をゆがめながら、眉を上げた。それは格子の向こうで様子を見守っている若い女性局員の存在に注意するよう相手に促すものだった。その表情を見てニューランドも、公共の場で怒気をあらわにするほど「無作法」なことはないと、改めて悟った。

このときほど作法の順守に無関心になったことはなかったが、ローレンス・レファーツに危害を加えたいという衝動はほんの一瞬のものに過ぎなかった。この男とこんなときにエレン・オレンスカの名前を話題にするなどというのは、どんな挑発があったにせよ、問題外のことだった。ニューランドは電報の料金を払うと、レファーツと一緒に通りに出た。そして自制心を取り戻し、言葉を続けた。「ミンゴット夫人はずっと良くなっているし、心配ないと医者も言っているんだ」レファーツは、それを聞いて安心したよ、と大げさに繰り返してから、ボーフォートについてまたひどい噂が流れているんだが聞いたかい、とニューランドに訊ねた。

その日の午後、ボーフォート破産の記事が、すべての新聞に載った。そのためマンソン・ミンゴット夫人の発作に関するニュースは目立たなくなり、老キャサリンの病気が肥満と年齢によるものではないとわかっていたのは、この二つの出来事の間の不思議な関連を聞いている少数の人のみだった。

ニューヨーク全体が、ボーフォートの不名誉な事件のせいで暗くなった。レタブレア氏が述べたように、これほどひどい例は氏の記憶になく、自分の名前を事務所に冠した頃の、遠い昔のレタブレア氏の記憶にもなかっただろう。ボーフォートの破産が避けられなくなった後も、銀行は丸一日、金の受け入れを続けた。顧客の多くが有力な一門のどれかに属していることを考えると、ボーフォートの欺瞞は二重の皮肉に思われた。もしボーフォート夫人が、このような「不運」(本人がそう表現したのだが)は「友情の試金石だ」などという言い方をしなかったならば、夫人への同情が夫に対する世間の憤激を和らげる助けとなったかもしれない。しかし、深夜のマンソン・ミンゴット夫人訪問の目的が知れ渡ってからは特に、夫人の態度は夫以上に不誠実だと見なされるようになった。しかも夫人には、「外国人」だからという口実がなく、誹謗する側にもそう指摘する満足感がなかった。ボーフォートが「外国人」だという事実を思い起こすことは(所有する証券が損失の危機にない人々にとっては特に)いくらか慰めになったのである。だがもし、サウス・キャロライナのダラス家の一員が、同じ考えの持ち主で、ボーフォートはまたすぐに「立ち直る」などと出まかせを言い立てるようなことがあれば、結局主張は力を失い、結婚の解消は不可能だという、恐ろしい証拠を受け入れるほかはなかった。社交界はボーフォート夫妻なしで何とかやっていかねばならない、そしてそれまでだ——実際、メドーラ・マンソン、ラニング姉妹など、方針を誤って不幸な犠牲者となった、良家の婦人たちを除けば。あの婦人たちがヘンリー・ヴァン・デル・ライデン氏の言葉を聞いてさえいたら……。

「ボーフォート夫妻にできる最善のことは」とアーチャー夫人は、まるで診断を下して治療法を指示するような口調で、話を締めくくろうとした。「ノース・キャロライナに行って、レジーナが持っている小さな家に住むことですよ。ボーフォートは競走馬の厩舎を前から持っているんですから、速歩競走用の馬の飼育をするといいのよ。馬商人として成功する素質のすべてを持っていると思うわ」一同はこれに賛成したが、ボーフォート夫妻がほんとうはどうするつもりなのか、聞いてみようとする者は一人もいなかった。

その翌日になると、マンソン・ミンゴット夫人の加減はずっと良くなった。ボーフォートの名前は誰も自分の前で二度と口にしないように、と命じることができるほど声が出るようになったし、往診に来たベンコム先生には、わたしの健康についてこれほど大騒ぎをするなんて、うちの家族は何を考えているんでしょう、と訊ねたりしたものだった。

「わたしほどの年齢の者が夕食にチキンサラダを食べると言い出したら、どんなことになるかしら」そう言われたドクターは、ちょうどよい機会だとして夫人の食事制限に変更を加えたので、発作は消化不良の問題にすり替わってしまった。しかし、そのしっかりした口調にもかかわらず、夫人が人生に対して元のような姿勢を取り戻すことはできなかった。隣人たちへの好奇心は衰えなかったものの、高齢による無関心のせいか、周囲の人の不幸に対する、もともとそれほどでもなかった同情心は弱まってしまった。それで夫人は、ボーフォートの災難を、造作なく忘れてしまったようだった。代わりに夫人は、自分自身の症状に初めて注意を奪われるようになり、それまで軽蔑とともに冷遇してきた一部の家族に心情的な関心を寄せ始めた。

特に老キャサリンの注目を引くという恩恵に浴したのが、ウェランド氏だった。夫人の義理の息子たちの中でも一貫して無視されてきた人で、妻であるウェランド夫人は、夫が強い性格と（その気になりさえすれば）素晴らしい知的能力の持ち主だとずっと主張してきたのだったが、嘲るような含み笑いで迎えられるのが常だった。けれども病弱であることが抜きんでた長所となった今、ウェランド氏は他を寄せつけないほど絶大な興味の対象になったのだ。ミンゴット夫人はウェランド氏に対して、食事療法の話をしたいので、熱が下がり次第来るようにという、有無を言わせぬ命令を出した。体温にはいくら注意してもしすぎることはないと、ためらうことなく認めるようになっていたからである。

オレンスカ夫人呼び出しの電報から二十四時間後に、ワシントンから翌日の夕方到着予定だという返信の電報が届いた。そのときウェランド家ではニューランド・アーチャー夫妻がたまたま昼食に訪れていたので、ジャージー・シティまで誰が夫人を迎えに行くかという問題が、すぐに話題になった。まるで辺境の植民地であるかのように、ウェランド家では役割分担に苦労していたので、討議は活発になった。まず、ウェランド夫人がジャージー・シティに行くのは無理だということで、意見が一致した。というのは、ウェランド夫人はその日の午後、夫とともに老キャサリンの元に行くことになっており、四輪馬車はどうしても必要――ウェランド氏が発作後初めて義母に面会して「動揺」するようなことがあれば、すぐに自宅に連れ帰る必要があるから、というわけだった。ウェランド家の息子たちは、もちろん「オフィス街」だし、ラヴェル・ミンゴット氏は狩猟から急いで戻って来るところで、ミンゴット家の馬車はその迎えに差し向けることになっている。たとえ自分の馬車であっても、冬の日の午後遅くにジャージー・シティまで一人で行ってほしいとメイに頼むことはできないだろう。それでもその一方、もしオレンスカ夫人が到着したときに出迎える家族が一人もいなかったら不愛想に思われかねないし、老キャサリンのたっての願いで呼んだとも言えなくなる。わたしたちをこんなに困らせるなんていかにもエレンらしいわ、という気持ちが、ウェランド夫人の疲れた声にはこもっていた。「いつだって、一難去ってまた一難、というところよ」気の毒に、珍しく運命に反抗して、ウェランド夫人は嘆いた。「エレンを迎えに行くのがこんなに厄介なのに、すぐに来てほしいなんて病的なわがままを言うとは、ベンコム先生がおっしゃるほどお母様はよくなっていないんじゃないかと思ってしまうわ」

いら立っているときの言葉が往々にしてそうであるように、この発言は軽率だった。ウェランド氏は、すかさず攻撃を開始した。

「オーガスタ」ウェランド氏は真っ青になってフォークを置くと言った。「ベンコムが以前より信頼できなくなったと思う理由が、ほかにもあるのかね？　わたしや、きみのお母さんの診療にあたって、前ほど良心的でないと気づいたというのかい？」

自分の失言が目の前で際限なく広がっていくのを目にして、今度はウェランド夫人が青くなった。だが、何とか笑って見せると、牡蠣のグラタンのお代わりを取り、苦労していつもの快活さの鎧をまとってから言った。「まあ、あなたったら、どうしてそんなことを思いつくの？　わたしが言ったのはね、夫の元に戻るのがエレンの義務だという、はっきりした立場をとったお母様が、急にエレンに会いたくなるという気まぐれを起こしたのが不思議に思えるっていうことだけなの。会いたいと言ってもおかしくない孫が、ほかに半ダースもいるのにね。でも、決して忘れちゃいけないわ――素晴らしく元気ではあっても、お母様はとても高齢だということを」

ウェランド氏は、表情を曇らせたままだった。心がかき乱されたため、最後の言葉に注意が集中したのは明らかだった。「ああ、もちろんお母さんはとても高齢だ。そしてもしかすると、ベンコムは老人の診察があまり得意ではないかもしれない。君の言う通り、いつだって、一難去ってまた一難だ。あと十年か十五年もしたら、新しい医者を探すという愉快な仕事もやらねばなるまいな。そういう対応は常に、必要に迫られる前に済ませるほうがいいのだよ」このようにスパルタ式の結論に達すると、ウェランド氏はきっぱりした手つきでフォークを取りあげた。

「そうは言うものの」ウェランド夫人はランチの食卓から立ち上がり、奥の客間と呼ばれる、紫のサテンと孔雀石をふんだんに使った調度の部屋に一同を案内しながら再び口を開いた。「明日の晩、どうやってエレンをここに連れて来たらいいのか――それにわたしは、いつも物事を二十四時間前には決めておきたい質なのに」

丸い縞瑪瑙《オニキス》の装飾付きの、八角形の黒檀の額縁に入った小さな絵――描かれているのは二人の枢機卿が騒いでいるシーンだった――を興味深そうに眺めていたニューランドが振り向いて申し出た。

「僕が迎えに行きましょうか？　もしメイが馬車を船着き場に差し向けてくれれば、間に合うように事務所を出るのは簡単ですから」そう言いながら、興奮で心臓の鼓動が激しくなっていた。

ウェランド夫人は感謝のため息をついた。窓際にいたメイは、振り向くとニューランドに微笑んで、満足の意を表した。そして「ほら、お母様、すべては二十四時間前に決まるものよ」と言いながら身をかがめ、不安そうな母の額にキスした。

玄関にメイの馬車が待っていた。その馬車でメイがニューランドをユニオン・スクエアまで送って行き、ニューランドはそこから事務所まで、ブロードウェイを走る鉄道馬車で行くことになっていた。馬車でいつもの席に落ち着くと、メイが言った。「新しい障害を持ち出すとお母様を心配させることになるから言わなかったんだけど、ワシントンに行くあなたが、どうやって明日エレンを迎えに行ってニューヨークに連れて来ることができるの？」

「ああ――行かないことになってね」

「行かないですって？　いったい何があったの？」メイの声は鐘の音のように澄み、妻らしい気遣いに満ちていた。

「訴訟は取りやめに――延期になった」

「延期？　それは変だわ！　レタブレアさんからお母様へのお手紙を今朝見たんだけど、最高裁判所で陳述なさる、大事な特許訴訟のために、明日ワシントンに行くと書かれていたもの。特許の訴訟の件で行くと、あなたも言っていたわよね？」

「うん、そうなんだ。しかし、事務所をまったく留守にするわけにも行かない。で、レタブレアが今朝行くことに決めた」

「それなら、延期ではないわけね？」メイにしては珍しいこだわり方だったので、ニューランドは顔に血が上るのを感じた。まるで、伝統的な細やかな心遣いをうっかり忘れたメイの過失を、自分が代わって恥じるかのように。

「そう。でも、僕が行くのは延期、だよ」ニューランドはそう答えながら、ワシントンに行くと言ったときに余計な説明をしたことを呪った。利口な嘘つきは詳細を語るが、一番利口な嘘つきは詳細を語らない、という説を読んだのはどこだっただろう、と考えていた。メイに偽りを言うことより、嘘に気づかないふりをするメイを見ているほうが倍もつらかった。

「僕が行くのは先になる――君の家族にとって幸いなことにね」ニューランドは、皮肉という低劣な道に逃げ込んだ。そしてそう言いながら、メイが自分を見ているのを感じ、視線を避けている印象を与えないために、メイの目を見た。視線が出会った一瞬の間に、二人はどちらも意図した以上に深く、自分の思いを相手に悟らせたかもしれなかった。

「ええ、ほんとうに幸いだわ、結局あなたがエレンを出迎えてくれることになって」メイは明るく同意した。「あなたの申し出を、お母様がどんなに喜んでいたか、見たでしょう？」

「うん、役に立てて嬉しいよ」馬車が止まった。ニューランドが飛び降りるとき、メイは夫のほうに身を乗り出して、その手に自分の手を重ね、「行ってらっしゃい」と言った。メイの瞳がとても青かったので、あれは涙をたたえていたのだろうかと、ニューランドはあとになって考えたものだった。

馬車に背を向けてユニオン・スクエアを足早に横切りながら、ニューランドは詠唱のように心の中で繰り返していた。「ジャージー・シティから老キャサリンの家までは、たっぷり二時間ある。たっぷり二時間――それ以上かもしれない」

第二十九章

妻の紺色の四輪馬車（結婚式の日の塗装のままである）が船着き場でニューランドを迎え、ジャージー・シティにあるペンシルベニア鉄道の終着駅まで快適に運んで行った。

今にも雪の降りそうな、どんよりした午後だった。音の反響する大きな駅にはガス灯が灯されていた。ワシントンからの急行の到着を待ってホームを行ったり来たりしているときに、ニューランドが思い出したのは、いつの日かハドソン川の下にトンネルが通じ、ペンシルベニア鉄道の列車がそこを通って、直接ニューヨークに乗り入れるようになるだろうと考えている人たちの存在だった。そのような人たちは、ほかにも例えば、五日間で大西洋を横断できる船の建造や、空飛ぶ乗り物、電気による照明、無線の電話通信などといった、アラビアンナイトのような驚異を予言する夢想家グループの仲間なのだ。

「そんな空想のどれが実現しようと、僕にはどうでもいい」とニューランドは考えた。

「まだトンネルはできていないんだから」意味のない、子供っぽい幸福感に浸って、ニューランドはさまざまな情景を心に描いてみた――オレンスカ夫人が列車から降りる、雑踏の見知らぬ顔の中に混じる夫人の顔を自分が遠くから見つける、馬車に案内する自分の腕に夫人がすがる、滑りやすい道を進む馬や荷を満載した荷車や大声で叫ぶ駆者たちなどの間をゆっくりと波止場に向かう、そして驚くほど静かな船で、二人は雪の中で並んですわる、馬車は動かず、代わりに二人の下の大地が太陽の向こう側へと滑るように進んで行く。夫人に話さなくてはならないことの、信じ難いほどの多さ、そしてそれらは、どんな順序で自分の唇に上って来るのだろうか……。

ガチャガチャという金属音を立て、車体をきしませて汽車が近づき、揺れながらゆっくりと駅に入って来た――まるで獲物をいっぱいに背負った怪物がねぐらに戻って来るように。ニューランドは人混みをかきわけ、高い位置にある車両の窓を次々とのぞきながら前進した。すると、驚いた表情で青ざめたオレンスカ夫人の顔がいきなり目の前に現れた。そして、夫人の顔がどんなふうだったかを忘れていた自分に、再び腹立たしさを感じた。

二人は歩み寄り、手を取り合った。ニューランドは夫人の腕を自分の腕にかけて、「さあ、こちらへ。馬車で来ていますので」と言った。

その後は、すべてニューランドが心に描いた通りに進んだ。手を貸して旅行鞄とともに夫人を馬車に乗せてから、祖母の病状についてきちんと伝えて安心させ、ボーフォートの状況をかいつまんで話したような覚えがあった。（夫人が「レジーナ、お気の毒に！」と言ったときの優しさには胸を打たれた。）その間に馬車は、駅周辺の混乱を何とか抜け出して、波止場への滑りやすい急坂をのろのろと下って行った――石炭で傾きそうな荷馬車、まごまごする馬、むさくるしい大型荷馬車などに邪魔されながら。また、空の霊柩車にも出会い、それが通り過ぎるとき、夫人は目を閉じてニューランドの手をしっかり握った。

「ああ、霊柩車。おばあ様のためではありませんように！」

「いえいえ、違いますとも。おばあ様はずっと良くなられていますよ。大丈夫なんです、ほんとうに。ほら、もう通り過ぎました」まるでそれが重大な違いを生じることであるかのように、ニューランドは声を大にしてそう言った。夫人の手はまだニューランドに預けられたままで、船への道板を渡ろうとする馬車が不意に揺れたとき、ニューランドは前に身をかがめてそのぴったりした茶色の手袋のボタンをはずすと、聖遺物にするように夫人の掌にキスした。夫人はかすかに微笑みながら手を引いた。ニューランドは「今日、僕が来るとは思わなかったでしょう？」と聞いた。

「ええ、もちろん」

「僕はあなたに会うためにワシントンに行くつもりでした。すっかり準備もできていて——もう少しでお互いの汽車がすれ違うところでしたよ」

「まあ！」間一髪だったと知ってぞっとしたかのように、夫人は言った。

「実はね——僕はあなたの顔が、よく思い出せなかったんです」

「よく思い出せない？」

「つまり……どう説明すればいいんだろう。僕は——いつもそうなんです。会うたびにいつもあなたは、僕にとってまた新しく始まるようで」

「ああ、わかります！　よくわかります！」

「僕も——あなたにとって——そうでしょうか？」ニューランドは熱心に聞いた。

夫人はうなずき、窓の外を眺めた。

「エレン——エレン——エレン！」

夫人は黙ったままだった。ニューランドも無言のまま、雪の降りしきる窓外の夕闇を背景にした夫人の横顔がぼやけていくのを見つめていた。この長い四か月の間、この人は何をしていたのだろうか、とニューランドは考えた。結局、二人ともお互いのことをほとんど知らないではないか。貴重な時間が過ぎ去っていくのに、言おうと思っていたことを全部忘れてしまった。できることと言えば、二人の間の遠さと近さの不思議について考えてみるだけ――こんなに近くに座っていながら、お互いの顔が見えない、これがその象徴ではないか。

「この馬車はなんて綺麗なんでしょう！　メイの馬車かしら？」夫人が窓から急にこちらを振り向いて訊ねた。

「そうです」

「では、あなたを来させたのはメイなのね？　親切な人だこと！」

ニューランドはすぐには答えず、次に出たのは激した言葉だった。「僕たちがボストンで会った翌日、ご主人の秘書が僕に会いにきましたよ」

ニューランドは、夫人に一度出した短い手紙の中でこの訪問には触れなかったし、自分の胸に納めておくつもりだった。だが、メイの馬車に乗っていることを夫人が持ち出したので、報復したい衝動に駆られたのだった――そうやってメイのことを言い出すのなら、リヴィエールへの言及をあなたがどう受け止めるか、見せてもらおうじゃありませんか、と。以前にもあったことだが、動揺させていつもの平静さを失わせようと思っても、夫人はまったく驚きを示さない。「さてはリヴィエール、夫人と手紙をやりとりしているのだ」とニューランドはすぐに結論を出した。

「リヴィエールさんが、あなたに会いに?」

「はい。知りませんでしたか?」

「ええ」夫人はあっさり答えた。

「それなのに、驚かないんですね」

夫人は一瞬ためらってから答えた。「なぜ驚くわけがあるのでしょう。あなたを知っていると、ボストンで言っていました。確か、英国でお会いしたと聞きましたけど」

「エレン——一つ聞きたいことがあります」

「はい」

「リヴィエール氏に会った後に聞きたかったのですが、手紙には書けませんでした。あなたがご主人の元を去ったとき——逃げるのを助けたのはリヴィエールだったのですね?」

ニューランドの胸は早鐘を打つようで、息が苦しかった。この人はこの質問にも、いつものように落ち着いて答えようとするのだろうか。

「そうです。あの人には借りがたくさんあります」震えなど微塵もない、静かな声で夫人は答えた。

それがあまりに自然で、無関心とさえ言えるほどの口調だったので、ニューランドの動揺はおさまった。自分が慣習をかなぐり捨てていると思ったまさにそのときに、実は慣習に愚かしいほどとらわれていると感じさせる――夫人はその純粋な率直さによって、またしてもそれに成功した。

「僕が今まで会った女性の中で一番正直な人です、あなたは！」ニューランドは感嘆の声を上げた。

「とんでもない！　でもたぶん、面倒なことは一番言わない女の一人でしょうね」笑みを含んだ声で、夫人は答えた。

「好きなようにおっしゃってかまいません。あなたは物事をありのままに見るのですね」

「ああ――そうするほかなかったんです。怪物ゴルゴン(15)を見なくてはなりませんでしたから」

「そう――それでも、盲目にはならなかったんだ！　ゴルゴンもほかのお化けと変わらない老鬼に過ぎないとわかったわけですね」

「ゴルゴンは人を盲目にはしませんが、涙をすっかり涸らしてしまいます」

その答えを聞くと、懇願の言葉はニューランドの唇で止まった。手の届かない、経験の深みから出て来たように思われる言葉だった。ゆっくり進んできたフェリーの動きが止まったと思うと、舳先が船着き場の杭に強く当たって馬車が揺れ、そのはずみで乗っていた二人がぶつかった。ニューランドは震えながら、夫人の肩が押しつけられるのを感じて、片腕を夫人に回した。

「盲目でないのなら、これが続くはずのないことはわかるでしょう」

「何が続かないんですか？」

「僕たちが一緒にいながら——一緒でないという状態が、です」

「ええ。今日あなたは、いらっしゃるべきではなかったんです」それまでとは違った声で、夫人はそう言った。それから急に向きを変えると、両腕をニューランドに投げかけて、その唇に唇を押しつけた。その瞬間、馬車が動き始め、船着き場の先端にあるガス灯の光が窓から差し込んできた。夫人は身体を後ろに引き、船着き場周辺の混みあう馬車の間を苦労して進む間、二人とも黙ったまま、じっと座っていた。ようやく街路に出たとき、ニューランドがせかせかと口を切った。

「どうか、僕を怖がらないで。そんなふうに隅で小さくなることはありませんよ。唇を盗むなんて、僕の望む所ではないんです。ほら、あなたの服の袖に触れようとさえしていないでしょう？　僕たちの間の気持ちを、人目を忍ぶありふれた恋にしてしまいたくない、というあなたの意思、それを僕がわかっていないと思わないでほしいんです。

昨日の僕だったら、こんなふうには話せなかったでしょう。だってあなたと離れていて、会えるのを楽しみに待つときには、すべての思いが一つの大きな炎になって燃え上がるからです。でも、あなたが現れると――記憶しているあなたよりずっと素晴らしいし、切望を抱えて待つだけの虚しい時間をはさみながら、時々会える一、二時間以上のものを望む僕だからこそ――こうしてあなたのそばで、じっと座っていられるんです――夢の情景を心に抱いて、それが実現するのを静かに信じながら」

夫人は少しの間答えなかったが、それからほとんどささやくように聞いた。「実現するのを信じるって、どういうこと?」

「だって――実現するでしょう?」

「あなたとわたくしが一緒になるという夢の情景が?」夫人はいきなり、こわばった笑い声を上げた。「わたくしに向かってそう言うのに、良い場所を選んだものね」

「妻の馬車に乗っているからですか? では、降りて歩きましょうか? 少し雪が降っていてもかまわないでしょう?」

夫人は前よりは穏やかに笑った。「いいえ、降りて歩こうとは思いません。おばあ様のところにできるだけ早く行くのがわたくしの務めですもの。あなたはわたくしのそばに座ってね。夢ではなく現実を一緒に見るんです」

「あなたの言う現実とは何のことか、僕にはわかりません。僕にとって唯一の現実はこれですから」

夫人は長い沈黙で答えた。馬車はその間に、薄暗い脇道を走り抜け、まぶしい五番街に入った。

「では、わたくしがあなたの愛人として一緒に暮らすというのがあなたの考えなんですか——妻にはなれませんものね？」と夫人は訊ねた。

その露骨な質問に、ニューランドはぎくりとした。愛人などという言葉は、ニューランドの階層の女性であれば、そのような話題に話が最も近づいたときでさえ、努めて避ける類のものだった。それをオレンスカ夫人は、まるで自分の語彙の中に正当な位置を占めている言葉のように口にしたではないか。この人が逃れてきた恐ろしい生活においては、この言葉が目の前で普通に使われていたのだろうか、とニューランドは思った。夫人の質問にニューランドは、ぐいと手綱を引いて止められた馬のようにじたばたした。

「僕は——僕は何とかしてあなたと一緒に、そんな言葉が——そういう種類の人が——存在しない世界に逃げていきたい。僕たちがただ、愛しあう二人の人間であり、お互いに相手にとっての全人生であるような世界、そして地上のほかのことは重要でない世界です」

夫人は深いため息をつき、もう一度笑った。「ああ、そんな国はどこにあるのでしょう？　行ったことがあるのですか？」それに対してニューランドが不機嫌そうに黙っているので、続けて言った。「そんな国を見つけようとした人をたくさん知っていますけれど、実はね、みんな間違って途中の駅で降りてしまったの――ブーローニュ、ピサ、モンテ・カルロなどに。捨ててきた元の世界とまったく変わりがなくて、むしろもっと狭い、もっと薄汚い、もっと乱雑なだけの場所です」

夫人がこんな口調で話すのを、ニューランドはこれまで聞いたことがなかった。思い出したのは、少し前に夫人が言った言葉だった。

「なるほど。ゴルゴンはあなたの涙をほんとうに涸らしてしまったのですね」

「でも、わたくしの目を開いてもくれたんです。ゴルゴンが人間を盲目にするというのは間違いで、正反対――つまり瞼を開いて固定してしまうので、人は幸せな暗闇に二度と戻れないというわけ。そういう拷問が、中国にありませんか？　あっても不思議じゃないわ。ああ、ほんとうに、悲しい小さな国です！」

馬車は四十二丁目を横切った。メイの馬車を引くたくましい馬は、まるでケンタッキー育ちの駿馬のように、二人を北へ運んで行った。無駄になった時間と虚しい言葉を思うと、ニューランドの胸は詰まった。

「それではあなたは僕たち二人のこれからを、いったいどう考えているんですか?」

「わたくしたち? その意味での「わたくしたち」などは存在しません。わたくしたちは離れているときにだけ近くなれる——そのときだけ、わたくしたちになれるんです。そうでないときは、エレン・オレンスカのいとこの夫であるニューランド・アーチャーと、ニューランド・アーチャーの妻のいとこであるエレン・オレンスカに過ぎません——信頼してくれる人たちを裏切って、こっそり幸せになろうとする人間に過ぎないの」

「ああ、僕はそこを越えている」ニューランドはうめくように言った。

「いいえ、決して越えてなんかいませんよ。でも、わたくしは越えました」夫人はいつもと違う声で言った。「どんなところかも知っています」

ニューランドは言い表せないほどの苦痛に茫然として、黙って座っていた。それから馬車の暗がりで手探りして、駅者に合図するために使う小さなベルを見つけようとした。馬車を止めたいときにメイがそのベルを二回押していたのを覚えていたのだ。ニューランドがベルを押したので、馬車は道の縁石のところで止まった。

「なぜ止めるの? まだ、おばあ様のところではないのに」とオレンスカ夫人は声を上げた。

「まだですが、僕はここで降ります」ニューランドは口ごもりながらそう言うと、ドアを開いて舗道に飛び降りた。夫人のびっくりした顔、そして自分を引き留めようとする無意識の動きが、街灯の光で見えた。ニューランドは扉を閉めると、窓に一瞬寄りかかった。

「おっしゃる通りです。今日、僕は来るべきではありませんでした」ニューランドは、駅者に聞こえないように声を低くして言った。夫人は身を乗り出して何か言おうとしたが、すでにニューランドが馭者に馬車を出すよう命じていたので、馬車はニューランドを街角に残して走り去った。雪はやんでいたが、肌を刺す寒風が、立ち尽くすニューランドの顔を打った。まつ毛に何か堅い冷たさを突然感じて気がつくと、いつの間にか泣いていて、風が涙を凍らせたのだった。

ニューランドは両手をポケットに突っ込み、五番街を足早に歩いて家に向かった。

第三十章

その晩、ニューランドが夕食前に階下に降りて行くと、客間には誰もいなかった。マンソン・ミンゴット夫人の病気以来、家族で集まる予定はすべて延期になっていたので、食事をとるのはメイと二人だけだった。そして自分より時間に正確なメイが先に降りて来ていないことに、ニューランドは驚いた。家にいるのはわかっていた。自分が着替えているときに、メイも自室で動き回る気配がしていたからだ。では、なぜ遅いのだろう。

自分の思考を現実にしっかり結びつけておくための一つの手段として、ニューランドはこうした推測をする習慣がついていた。義父のウェランド氏が些細なことにこだわる理由を知る鍵を見つけたように感じることもあった。ひょっとするとウェランド氏にも、昔は逃避や夢想の癖があり、それらから身を守るために、こまごまとした家庭内の用事をたくさん並べ立ててきたのかもしれなかった。

やがて姿を現したメイを見て、疲れた様子をしているとニューランドは思った。ミンゴット家のルールでは最も打ち解けた場で着ることになっている、襟ぐりの深い、ぴったりしたディナー用の服を身に着け、金髪の巻き毛をいつものように高く結い上げていた。だが装いとは対照的に、顔は蒼白で、ほとんど力がなかった。それでもメイは、いつもと変わらぬ優しさでニューランドに微笑みかけた。目には前日と同じ青い輝きが保たれていた。

「あなた、どうしたの？　わたし、おばあ様のところで待っていたのよ。そうしたらエレンが一人で来て言うには、あなたはお仕事で急いでいて、途中で馬車を降りたそうね。困ったことではないのでしょうね？」とメイは言った。

「忘れていた手紙が何通かあって、食事前に済ませたかっただけだよ」

「ああ」とメイは言い、一息おいてから続けた。「おばあ様のところに来てくれなかったのは残念だったわ――もっとも、お手紙が緊急でなかったらの話ですけど」

「実際、緊急だったんだよ」ニューランドは、メイがこだわることに驚きながら言った。

「それに、どうして僕がおばあ様の家に行かなくてはならないんだい？　君が行っているなんて知らなかったんだから」

メイは向きを変えて、暖炉の上に掛かっている鏡のほうに行った。手の込んだ結い方からほつれてきたカールを留めるために、そこに立って長い腕を上げているメイの姿を見て、その動作がどこか物憂げで倦怠感のあることに、ニューランドは気づいた。二人の生活のどうしようもない単調さを、メイも重荷に感じているのだろうか。それから、ニューランドは思い出した――朝、家を出るときにメイが階段の上から、おばあ様の家で待っているから一緒に帰りましょう、と呼びかけたことを。それに対してあのとき自分は「わかった!」と明るく答えたのに、ほかの考えに気をとられて、その約束をすっかり忘れてしまったのだ。良心の呵責に苦しんだが、それと同時に、結婚生活も約二年になるのに、こんな小さな失敗が自分の咎として積み上げられていくことにいら立ちを感じていた。熱い情熱はないのに厳しい要求だけが出される、生ぬるい蜜月がずっと続くような暮らしにはうんざりだった。もしメイが不満を口にしていたら(不満はたくさんあるのではないかと、ニューランドは思っていた)こちらはそれを笑い飛ばすことができたかもしれない。だがメイはそういう架空の傷を、スパルタ式に鍛錬された微笑の陰に隠すようにしつけられていたのだ。

自分のいら立ちを隠すために、ニューランドはメイに祖母の様子を訊ねた。ミンゴット夫人は回復に向かっているが、ボーフォート夫妻の新しいニュースに心が乱されているみたい、とメイは言った。

「どんなニュース？」

「あの二人、ニューヨークにとどまるつもりらしいの。保険業か何かをするらしくて、小さい家を探しているんですって」

それはあまりに非常識で、話にならなかった。二人は夕食をとることにし、話題はいつもの域を出なかったが、メイはオレンスカ夫人についても、老キャサリンが夫人をどう迎えたかも、いっさい言及しなかった。ニューランドはそれに気づいてありがたく思ったが、漠然と不吉なものも感じるのだった。

食後のコーヒーのために、二人は書斎に上がった。ニューランドは葉巻に火をつけ、ミシュレ[16]の本を手に取った。詩集を選ぶと、朗読してほしいとメイに頼まれることが多かったので、夜は歴史書を読むことにしていた。自分の声が嫌いだというわけではなく、読んだものに対するメイのコメントが必ず予測できたからだ。婚約期間中、メイは（今になるとわかるのだが）自分の述べたことをそのまま繰り返していただけだった。ニューランドが意見を言わなくなったのでメイは自分自身の考えを口にするようになったが、それは作品に対するニューランドの楽しみを損なうものだった。

ニューランドが歴史書を選んだのを見て、メイは裁縫道具のバスケットをとり、緑色の笠のついた読書用ランプの近くに肘掛け椅子を寄せて座った。ニューランドのソファ用クッションに刺繡をしているのだが、メイは針仕事が得意とは言えなかった。その手は、乗馬やボートなど戸外のスポーツに才能を発揮する、大きな手だった。しかし、他の妻たちが夫のためにクッションに刺繡をするのであれば、皆がする献身の一つを自分も省きたくないと思ったのだ。

メイがそうして座っていたので、ニューランドは目を上げるだけで、刺繡枠を手にしてうつむくその姿を眺めることができた——ひだ飾りのある五分袖から出ているふっくらした腕、左手には幅広の金の結婚指輪の上にサファイアの婚約指輪が輝き、右手は苦心しながらゆっくりとキャンバス生地を刺している。そうしてランプの光を受けている、陰りのない額を見ながら、ニューランドは密かな失望感とともに思っていた——あの額の中にある考えはいつだってわかる、この人はこの先何年経とうと、予期せぬ感情、新しい考え、弱さ、残酷さ、激情などで自分を驚かすことは決してないだろう、と。二人の短い求愛期間に、メイは詩心とロマンスを使い果たしてしまい、必要がなくなったためにその機能は衰えてしまったのだ。今やメイは、母親の写しになろうとしており、その過程で不思議なことに、自分を第二のウェランド氏に変えようとしているのだ——ニューランドは本を置くと、いら立ちを抑えきれずに立ち上がった。同時にメイは顔を上げた。

「どうしたの？」

「この部屋は息が詰まりそうだ。少し外の空気がほしい」

書斎のカーテンを決めるときにニューランドは、カーテンレールの上を左右に動くタイプにしたいと強く希望した。客間のように金色に塗った蛇腹に釘で留められ、何層ものレースの上に固定されているものとは異なり、これなら夜には閉められる。それで今はそのカーテンを開き、窓枠を押し上げて、氷のように冷たい夜の空気の中に身を乗り出した。テーブルのそばのランプの元に座っているメイを見なくてすむという事実、他の家々、屋根、煙突などを眺めて、自分の生活とは別の生活があり、ニューヨークの外には別の都市が、そして自分の世界の向こうには全世界があると感じられる事実――それだけで頭がすっきりして呼吸が楽になった。

闇の中に身を乗り出して数分経った頃、メイの言葉が聞こえた。「ニューランド！どうか窓を閉めてちょうだい。死ぬほどひどい風邪を引いてしまうわよ」

ニューランドは窓枠を下ろして振り返った。「死ぬほどひどい風邪、か！」メイの言葉を繰り返した後に、こう付け加えたいと思った――「もう、そうなってるよ。僕は死んでいるんだ。何か月も何か月も前から」

こんな言葉遊びから、突然、途方もないことが閃いた。もし、死んでいるのがメイだったら、どうだろう。もし、メイが死にそうで――間もなく死にそうで――自分を自由にしてくれるとしたら！　見慣れた暖かいこの部屋に立って、メイの姿を見ながらその死を願うとは、あまりに異様で、心を奪う、圧倒的な力を持つ感覚だったので、重大な罪深さにすぐには思い至らなかった。感じたのは単に、自分の病んだ魂がすがることのできそうな新しい可能性を、運命が与えてくれた、ということだった。そう、メイは死ぬかもしれない、そんなこともある、メイのように若くて健康な人だって。死んで突然自分を自由にしてくれるかもしれないんだ。

メイがちらっと目を上げて、こちらを見た。目を見開いているところを見ると、自分の目に何か奇妙な色が浮かんでいるに違いない。

「ニューランド！　具合でも悪いの？」

ニューランドは首を横に振り、自分の肘掛け椅子のほうに戻った。メイは刺繡枠を持ってうつむいていたが、脇を通るときニューランドは、その髪に手をのせ、「かわいそうなメイ！」と言った。

「かわいそう？　なぜ？」メイは神経質に笑って訊ねた。

「だって、僕が窓を開けると、君は必ず心配するからだよ」ニューランドも笑いながら、そう答えた。

少しの間、メイは何も言わなかったが、それから刺繍の布の上にうつむいたまま、小声で言った。「あなたが幸せなら、心配はしないわ」

「ああ、メイ、僕は窓を開けることができないと、決して幸せになれないんだ!」

「こんな陽気でも?」メイはそう指摘した。ニューランドはため息をつき、顔を本に埋めるようにして隠した。

その後、六日か七日が過ぎた。オレンスカ夫人からの連絡はなく、自分の前で夫人の名前を口にする人が家族のうちに一人もいないことに、ニューランドは気づいた。自分から夫人に会おうとはしなかった。人目の多い老キャサリンの病床に夫人が付き添っている間は、会おうとしてもほとんど不可能だろうと思ったのだ。予測のつかない状況の中で、ニューランドは波に身を任せて漂っていた。書斎の窓から氷のような夜気に身を乗り出したときに浮かんだ決意が、心のどこかに潜んでいるのを意識しており、その決意の強さが、意思表示をせずに待つことを容易にしていた。

ある日のこと、マンソン・ミンゴット夫人がニューランドに会いたがっている、とメイが言った。それは意外な知らせではなかった。ミンゴット夫人は順調に回復していたし、義理の孫息子たちの中でニューランドが一番好きだと、いつも公言していたからだ。祖母の伝言を、メイは明らかに嬉しそうな様子で伝えた。夫が高く評価されていることを誇りに感じていたからである。

少し間があったが、ニューランドはこう答えるのが義務だと感じて、「わかった。じゃ、今日の午後、一緒に行こうか？」と言った。

メイは顔を輝かせたが、すぐに答えた。「あら、あなたが一人で行くほうがいいわ。あまりしょっちゅう同じ顔を見せると、おばあ様は飽きてしまうから」

老ミンゴット夫人の家の呼び鈴を鳴らしたとき、ニューランドの心臓の鼓動は激しく高まっていた。今回は一人で来たいと、何よりも願っていた。オレンスカ夫人と密かに言葉をかわす機会が、この訪問できっと得られるだろうと感じていたからだ。自然に機会が訪れるまで待とうと心に決めていたのだが、こうしてその機会が訪れた、そして自分は今、戸口に立っているのだ。扉の向こう、玄関からすぐの黄色のダマスク織りの部屋で、あの人は必ず待っている。次の瞬間にはあの人に会い、病人のいる部屋へ案内される前に話ができるのだ。

一つだけ質問したいことがある。進む道はその後はっきりするだろう。聞きたいのは、ワシントンに帰る日だ。あの人もその答えを拒否することはできないはずだ。

ところが黄色の居間で待っていたのは、混血のメイドだった。白い歯を鍵盤のように光らせながら引き戸を開けて、老キャサリンのところにニューランドを案内した。

老夫人はベッドのそばの、王座のように巨大な肘掛け椅子に座っていた。脇にはマホガニーの小テーブルがあり、浮彫のある丸いほやの上に緑の笠のついた、青銅のランプが置かれていた。手の届く範囲には、本も新聞もない。女性らしい手仕事の道具なども見られなかった。会話が老夫人の唯一の楽しみであり、手芸に興味があるふりをすることなど、夫人は潔しとしなかったであろう。

ニューランドの見る限り、発作による後遺症はまったくないようだった。ただ、顔色が前より青白く、太った身体のひだやくぼみの作る影が濃くなったように見えた。ひだ飾りのついた布製室内帽《モブキャップ》をかぶって、その糊のきいたリボンを何重にもなった顎の二段目で結び、大波のように波打つ紫色の部屋着の上にモスリンのスカーフを掛けている。食卓の楽しみにふけってしまった、抜け目なくも寛大な祖先の誰かのように思えた。

夫人は、大きな膝のくぼみにまるでペットの動物のように心地良さそうにおさまっていた手の片方を差し出し、メイドに声をかけた。「誰も通さないでね。もし娘たちが来たら、眠っていると言うのよ」

メイドがさがると、夫人はニューランドに向き直った。

「ねえ、わたし、ひどく醜いかしら?」胸を埋めるモスリンのひだに片手を探り入れながら、夫人は楽しげに聞いた。「わたしくらいの歳になると、そんなのどうでもいいことだって、娘たちは言うのよ——まるで、醜さを隠すのが難しくなればなるほど、もう気にしなくていい、って言うみたいに!」

「いえいえ、いよいよお綺麗になられました!」ニューランドが調子を合わせてそう言うと、夫人は大きくのけぞって笑った。

「ああ、でもエレンほどには綺麗じゃないでしょう?」夫人は意地悪そうに目くばせをしながら言い出し、ニューランドが答えられずにいるうちにつけ加えて言った。「船着き場から連れて来た日、あの子はそんなに綺麗だった?」

ニューランドは笑い、夫人は続けた。「あなたがそんなことを言ったから、あの子は途中であなたを降ろさなくちゃならなかったのかしら。わたしの若かった頃には、追い出されでもしない限り、若い男が綺麗な人を置き去りにすることなんか、なかったけれど」そう言うと、もう一度くすくす笑ったが、急に気難しい顔になった。「あの子があなたと結婚しなかったのは、残念ですよ。いつも、あの子にそう言っていたの。結婚してくれていれば、こんな苦労はしなくて済んだんだけど。でも、祖母に心配をかけないように、なんてことは誰も思わないものですからね」

病気のせいで夫人の身体機能が衰えたのだろうか、とニューランドが考えていると、夫人はこう切り出した。「まあ、とにかく決まったの――家族の誰が何と言おうと、あの子はわたしと一緒に住むということにね。あの子がここに来て五分もたたないうちに、わたしはひざまずくようにして、ずっとここにいてほしいと頼んだんですよ。もっとも、床がどこにあるのだか、この二十年間、一度も見てはいないのだけれど！」

ニューランドは、黙って話を聞いていた。夫人は続けて言った。「みんな、わたしの説得にかかりましたよ。ラヴェル、レタブレア、オーガスタ・ウェランドをはじめとして、誰も彼もね。オレンスキの元に帰るのが義務だとあの子がわかるまで、わたしは手当てを止めて頑張るべきだというわけなの。あの秘書とやらが最後の提案を持って来たとき、説得は成功したとみんな思ったでしょうね。正直なところ、気前のいい提案でしたからね。結局、結婚は結婚、お金はお金――どちらもそれぞれ役に立つものです。それでわたしは、何と答えればいいか、わからなかったわ」話をするのが大儀になったかのように、夫人はそこで言葉を切って、大きく息を吸った。「でも、あの子を見た瞬間に言ったのよ、「ああ、可愛い小鳥みたいなあなたを、あの鳥かごにまた閉じ込めるなんてこと、絶対にできませんよ」ってね。そういうわけで、あの子はここにいて、おばあちゃんがいる限り世話をする、ということに決まりました。明るい見通しではないけれど、あの子は気にしていません。そしてもちろん、きちんと手当ても渡すからと、レタブレアに言いました」

聞きながらニューランドは、血がたぎるような思いだった。だが、混乱していたため、夫人の話によって喜びを感じているのか苦痛を感じているのか、自分でもよくわからなかった。自分の道を進もうとはっきり決めていたので、すぐには考えを整理できなかったのだ。しかし、困難が延期され、奇跡的に機会が与えられたという快い感覚が次第に広がってきた。もしエレンが祖母と暮らすことに同意したのなら、それは自分を諦めるのが不可能だと認めたからに違いない。これが、先日の自分からの最後の訴えに対するエレンの答えだ。自分が熱心に主張した極端な行動はとらないにしても、ついに折れて妥協的な手段に出たのだ。すべてを賭ける覚悟をしていたのに、安全という危険な甘さを心ならずも突然味わうことになった――そういう男の安堵感とともに、ニューランドは黙想に戻って行った。

「あの人が夫君のところに戻るなんて、できなかったでしょう。不可能でした」とニューランドは、強い調子で言った。

「ああ、あなたがあの子の味方だということは、ずっとわかっていましたよ。だからこそ、今日来てもらったんだし、あなたの綺麗な奥さんがわたしも一緒に来ましょうと言ってくれたときに、「いいえ、いいのよ。わたしはニューランドに会いたくてたまらないから、せっかくのチャンスを誰にも邪魔されたくないわ」と答えたのも、そのためだったのよ。だってね――」老夫人は、できるだけ頭を後ろに引き、ニューランドの目をしっかりと見つめて言った。「あのね、わたしたちの闘いは、まだ終わっていないの。家族の皆は、あの子をここに置きたくないのだし、わたしが病気で弱い年寄りだからあの子に説得されたのだと言うに決まっています。わたしはまだ、一人一人と闘えるほどには良くなっていないから、代わりにあなたにやってもらわなくては」

「僕が、ですか?」ニューランドは言葉に詰まりながら言った。

「そうですよ。いいでしょう?」老夫人はきっぱりと言った。丸い目がそのとき突然小型ナイフのように鋭くなった。片手が羽ばたきをするように椅子の肘掛けを離れて、ニューランドの手に置かれ、青白い小さな爪が鳥の爪のようにしっかりとその手を握った。そして「いいでしょう?」という言葉が、鋭く繰り返された。

ニューランドは老夫人に見つめられながらも、落ち着きを取り戻していた。

「ああ、僕など物の数ではありません――力のない者ですから」

「まあ。でもあなたはレタブレアのパートナーでしょう? レタブレアを通して皆と闘ってくれればいいわ。反対の理由がなければだけど」老夫人は熱心に言った。

「それはそれは！　おばあ様が僕の助けなしでも皆を相手に頑張れるように、お支えしていましょう。でも必要とあらば、いつでもお助けしますよ」とニューランドは約束した。

「それならわたしたち、安心だわ」老夫人はため息をついた。そして年季の入った抜け目なさで微笑しながら、クッションに頭を預けてつけ加えた。「あなたがわたしたちの後押しをしてくれることは、ずっとわかっていましたよ。だって、夫の元に戻るのがあの子の義務だという話を皆がするとき、あなたの言葉を持ち出す者は一人もいないからね」

老夫人の恐ろしいほどの洞察力に、ニューランドは少々たじろいだ。「それでメイは――メイの言葉は出されるのですか？」と訊ねたいと思ったが、質問を変えるほうが安全だと考え直した。

「それでオレンスカ夫人は？　いつ会えるでしょうか？」

老夫人は両瞼に皺を寄せてくすくす笑い、いたずらっぽい身振りを見せた。「今日はだめ。一度に一人ずつですよ。いま外出中なの」

ニューランドはがっかりして、顔を紅潮させた。夫人は続けて言った。「あの子はね、出かけているの。わたしの馬車で、レジーナ・ボーフォートに会いに行ったわ」

この言葉に効果を持たせようと、夫人はそこで一息ついた。「あの子はもう、ここまでわたしを動かしているんですよ。うちに着いた次の日に、あの子は一番良い帽子をかぶって、レジーナ・ボーフォートを訪ねてきますって、落ち着きはらってわたしに言ったの。「そんな人は知りませんよ。誰かしら?」って聞くと、「あなたの姪の娘で、大変不幸な人です」と言うの。「悪党の妻ですよ」とわたしが言うと、「そうですね。わたしも同じです。でも、その夫のところにわたしが戻ることを、家族の皆が望んでいます」という返事でね。これにはわたしも負けましたよ。それで、行くのを許したの。そしてついにある日のこと、雨がひどくて歩いて行けないので馬車を貸してもらえますか、と言うので、「何のためなの?」と聞いたら、「いとこのレジーナに会いに行くので」ですって。いとこ、とね! しかも外を見たら、雨なんか一滴も降っていないの。でも、あの子の考えはわかったから、馬車を使わせました。結局、レジーナは勇敢な女だし、あの子もそう。わたしは昔から、勇気が何よりも好きですよ」

ニューランドは上体をかがめて、まだ自分の手に重ねられていた、小さな手に唇をつけた。

「あら、あら、あら! 誰の手にキスしているつもりかしら、お若い方? 奥さんの手のつもり?」老夫人はからかうような笑い声を立てながら、ぴしっと言った。そして、立ち上がって部屋を出て行くニューランドの背中に向かって言った。「おばあちゃんからよろしくと、あの子に伝えてね。でも、今日二人で話したことは、何も言わないで」

第三十一章

ニューランドは、老キャサリンから聞かされた話に衝撃を受けていた。オレンスカ夫人が祖母の呼び出しを受けて急いでワシントンから帰って来たのはもっともなことだったが、祖母の家にとどまると決心した点については――ことにミンゴット夫人がほぼ回復したのを考えると――説明が難しかった。

財政状態の変化による決心でないのは確かだと、ニューランドは考えた。別居の際に夫から認められた、ささやかな収入の正確な額を知っていたのだが、それは祖母からの手当てがなければ、ミンゴット家の辞書にある意味では、生きていくにも足りないほどだった。しかも、生計をともにしていたメドーラ・マンソンが破産してしまったので、そのわずかな額では二人の女性の衣食が辛うじて賄える程度だった。しかしニューランドは、オレンスカ夫人が自分の利害を考えて祖母からの申し出を受け入れたのではないと確信が持てた。

オレンスカ夫人には、莫大な財産に慣れ、金銭に無頓着な人に特有の、無思慮な気前の良さと衝動的な浪費の習癖があった。けれどもその一方で、一族の人間が絶対に必要だと見なす多くのものをなしで済ませることができるのも事実だった。オレンスキ伯爵家の暮らしのような洗練された贅沢を享受してきた人が、なぜ「物事のやり方」をあれほど気にかけないのかと、ラヴェル・ミンゴット夫人やウェランド夫人が嘆くのをよく耳にしていたものである。さらに、ニューランドも知っていることだったが、手当てが打ち切られて数か月経っていたにもかかわらず、夫人は祖母の好意に訴えようとする努力もまったくしていない。従って、夫人が自分の道を変えたとすれば、別の理由があるに違いなかった。

その理由を求めて遠くに行く必要はなかった。フェリーからの途次で、二人は離れていなくてはいけない、とあの人は言った。だが、自分の胸に顔を寄せてそう言ったのだった。その言葉に、打算的な媚などがまったくなかったのはわかっている。自分と同じで、あの人も自身の運命と闘っていた。そして、二人を信じてくれる人たちの信頼を裏切るべきではないという決意に、必死でしがみついていたのだ。けれども、ニューヨークに戻って来てからの十日間、自分が沈黙を守り、会おうとする動きもまったく見せなかったことから、決定的な行動――二度と引き返せない一歩となる行動を企てているのだと推測したのかもしれない。そう考えるとあの人は、自身の弱さが急に怖くなって、結局はこのような場合にお決まりの妥協策を受け入れ、最も抵抗の少ない方針に従うほうが良いと感じたのかもしれない。

一時間前にミンゴット家の呼び鈴を鳴らしたとき、自分の進む道ははっきり見えている、とニューランドは思っていた。オレンスカ夫人と二人だけでちょっと言葉を交わそう、もしそれができなければ、いつ、どの列車でワシントンに帰る予定か、祖母である老夫人から聞けばいい。汽車の中で落ち合い、ワシントンまで、あるいはあの人が行きたいところまで、どんなに遠くても一緒に行こう。ニューランドの空想の行き先は日本だった。ともかく、どこに向かおうとも、自分も行くつもりなのだと、あの人はすぐにわかってくれるだろう。ほかの選択肢をいっさい断つような置き手紙を、メイに書き残すつもりだった。

自分にはこのような思いきった行動をとる勇気があるだけでなく、何よりそうしたいと望んでいるのだと、ニューランドは思いこんでいた。だが、成り行きが変わったと聞いたときに最初に感じたのは、安堵のような思いだった。そして、それでいてなお、いまミンゴット夫人の家から自宅に向かって歩きながら、行く手にあるものに不快感がつのっていることにも気づいていた。自分がおそらくこれからたどるであろう道に、未知のことや不慣れなことは一つもなかった。しかし、以前にこの道を歩んだときは、自分の行動について誰にも責任を負う必要のない、自由の身であった。その役に求められる、用心、ごまかし、隠蔽、追従などを駆使するゲームに、距離を置いて面白がりながら加わっていられた。この手順は「女性の名誉を守る」ためのものとされ、小説だけでなく、晩餐後に年長の男たちから聞く話などによって、ニューランドはとっくにそのきまりごとの細部にまで精通していた。

いまニューランドは、この問題を新しい観点から見ていたが、そこでの自分の役割は非常に小さくなっているように思えた。実際それは、ソーレイ・ラッシュワース夫人が何も知らない優しい夫に対して、その愚かさをひそかに思いつつ演じているのを眺めたことのある、そのやり方と同じものだった。微笑み、からかい、機嫌を取りながら、油断なく、絶え間なく嘘をつくこと——昼も夜も嘘を、触れ合っても見つめてもそこに嘘を、抱擁にも喧嘩にも嘘を、言葉にも沈黙にも嘘を、というものだった。

概してそのような役割は、妻が夫に対して演じるほうが容易であり、卑劣さも薄まると考えられていた。暗黙の裡《うち》に、誠実さの基準は女性のほうが低いとされており、隷属する存在であるだけに、服従する者ならではの策略に長けているというわけだ。そしていつも女性たちは、気分や神経を言い訳として持ち出すことができ、あまり厳しく責任を問われずにすむという資格もあるので、最も厳格な社会にあっても、笑われるのは常に夫の側だったのである。

ただし、ニューランドの小さな世界では、裏切られた妻を笑う者は一人もおらず、一方、結婚後も戯れの恋を求める男に対しては、かなりの軽蔑が向けられた。輪作の畑でもカラスムギに適した時季は巡って来るが、若気の過ちもカラスムギも同じで、機会はただ一度しか来ないのだ。

ニューランドもこの考えをずっと受け入れてきたし、レファーツは見下げ果てたやつだと心ひそかに思っていた。だが、エレン・オレンスカを愛することは、レファーツのような男になることではない。ニューランドは、個別のケースを論じる恐ろしさに自分がいま初めて直面しているのを悟った。エレン・オレンスカはほかのどんな女性とも違うし、自分はほかのどんな男とも違う。だから自分たちの状況はほかの誰の状況とも異なるのであり、自分たち自身が裁きを下す法廷以外の場では弁明もできないのだ。

そう、しかし十分後に自分は、自宅の玄関への階段を上って行くだろう。その先にはメイがいて、習慣や名誉など自分が家族とともにずっと信じてきた昔からの良識のすべてがあるのだ。

自宅への曲がり角でためらった後、ニューランドは五番街を南に歩いて行った。

前方には、冬の夜の闇を背景に、明かりの灯っていない一軒の大きな家がぼんやりと見えた。かつてこの家が明るく輝き、日よけつきの階段に絨毯が敷かれ、縁石に寄せて停まろうと馬車が二列に並んで待っていた光景を、何度見たことだろうか。脇道のほうに大きく張り出した真っ暗なところは温室――そこでメイに初めてキスをしたのだった。若き女神ダイアナのように長身を銀色に輝かせて現れるメイの姿を見たのも、この屋敷の舞踏室の、無数のキャンドルの下だった。

この家はいま、墓所のように暗かった――地階にゆらめく、かすかなガス灯の明かりと、鎧戸が下ろされていない二階の一室を除いては。ニューランドがその角に着いたとき、戸口に停まっているのはマンソン・ミンゴット夫人の馬車だとわかった。もしシラトン・ジャクソンが偶然通りかかったら、何と絶好のチャンスが得られたことだろうか！　ニューランドは、ボーフォート夫人に対するオレンスカ夫人の態度を老キャサリンから聞いて、とても心を動かされていた。それを考えると、正義感から為されるニューヨークの非難は、困っている人を見ながら素知らぬ顔で通り過ぎる行為のように思えるのだった。だが、エレン・オレンスカのいとこ訪問についてクラブや客間でどんな説が述べられることになるか、ニューランドにはよくわかっていた。

足を止めて、明かりのついている唯一の窓を見上げた。その部屋に二人の婦人が一緒に座っているのは間違いない。おそらくボーフォートは、どこかほかの所に慰めを求めているのだろう。ファニー・リングとともにすでにニューヨークを出たという噂もあったが、ボーフォート夫人の態度を考えると、それはありそうもないと思われた。

ニューランドはいま、五番街の夜景をほぼ独占していた。たいていの人が室内にいて、晩餐のために着替えをしている時間だ。エレンが出て来る姿もあまり人目につかないだろうとひそかに喜んだ。そう思っていたとき、ドアが開いてエレンが出て来た。背後のほのかな明かりは、足元を照らすために二階から降りて来た案内の者の手にあるものらしい。エレンは振り向いて、誰かと短い言葉を交わした。そしてドアが閉まり、エレンは石段を降りて来た。

歩道に降りるのを待って、ニューランドは小声で「エレン」と呼びかけた。

エレンは少し驚いて立ち止まった。ちょうどそのとき、上等の身なりをした若者が二人、近づいて来るのがニューランドの目に入った。二人の外套や、白のネクタイの上に絹のマフラーをお洒落に巻いた様子には見覚えがあり、こういう上流の若者がなぜこんな早い時間に食事に出るのだろうか、とニューランドは不思議に思った。それから思い出したのは、何軒か先に住むレジー・チヴァーズ夫妻が、アデレード・ニールソン(17)の出る『ロミオとジュリエット』を見に、その晩大勢から成る一行を引き連れて行くという話だった。この二人もその参加者なのだろう。街灯の下を通るときに見ると、それはローレンス・レファーツと、チヴァーズ家の若者だった。

オレンスカ夫人がボーフォート家の玄関口にいるのを人に見られたくないというつまらぬ望みは、夫人の手の、身にしみるような温かさを感じたときに消え失せた。

「あなたにお会いしなくては——一緒にならなくては、と思うのです」ニューランドは自分の言っていることがほとんどわからないままに言い出した。

「ああ、おばあ様から聞いたんですね?」

エレンを見つめている間に、レファーツとチヴァーズの二人が街角の向こう側まで来て、そっと五番街を横切って行ったことに気づいた。自分にも以前何度も経験のある、男同士の連帯の一種だったが、見て見ぬふりをされたことが、今は不快に感じられた。自分とこんなふうにして生きていくのが可能だと、夫人はほんとうに思っているのだろうか。思っていないとしたら、ほかにどんな生き方を想像しているのだろうか。

「あなたと明日、お会いしなくてはなりません——どこか二人だけになれる場所で」自分自身の耳にはほとんど怒っているように響く声で、ニューランドはそう言った。

夫人は返事をためらいながら、馬車のほうに行った。

「でもわたくしは、祖母のところにいます――差し当たりは、ということですけれど」夫人は、計画の変更について説明が必要だと自覚しているかのように、そう言った。

「どこか二人だけになれる場所です」ニューランドは重ねて主張した。

すると夫人は小さく笑い、それがニューランドの神経に障った。

「ニューヨークで？　教会も……記念碑もありませんわね」

「美術館があります――公園に」説明を加えたのは、夫人がよくわからないという顔をしたからだった。「二時半に。入り口でお待ちしています」

夫人は答えずに向きを変え、すばやく馬車に乗り込んだ。走り去るときに夫人は、前に身を乗り出すようにした。薄暗かったが、手を振ってくれたとニューランドには思えた。矛盾する感情に混乱を覚えながら、じっと馬車を見送った。話をしていた相手が愛する女性ではなく、誰か別の人――すでに飽きてしまった楽しみをかつて与えてくれた恩義ある女性のように思われた。そして自分がこのような紋切り型の語彙に縛られているのを不愉快に感じた。

「あの人はきっと来るさ！」ほとんど傲慢な気持ちでそう思った。


鋳鉄と焼付けタイルでできた奇妙な荒野、メトロポリタン美術館――その主要な展示室の一つにウルフコレクション[18]がある。多くの逸話を持つ油絵の数々で人気のあるところだが、二人はそこを避けて通路をゆっくり歩き、「チェズノーラ古代遺物[19]」が、訪問者のないまま見捨てられているような一室に行った。

この暗い隠れ家を、二人は独占できた。中央の暖房装置を囲むように配置された長椅子に座り、黒く塗られた木製の台の上のガラスケースにおさめられたトロイの発掘品を黙って見つめた。

「意外だわ、今まで一度もここに来たことがないなんて」とオレンスカ夫人が言った。

「ああ、ここはいつか立派な美術館になると思います」

「そうね」夫人はうわの空で賛成した。

そして立ち上がると、部屋を横切って歩いて行った。ニューランドは座ったまま、その姿を見ていた。重い毛皮の外套を着ていても、身のこなしは乙女のように若々しい。毛皮の帽子にはサギの羽根を上手に挿して飾り、左右のこめかみのあたりには、らせん状に巻きつくブドウのつるのように黒い巻き毛が下がっている。ニューランドは夫人に会うといつも最初はそうなのだが、夫人をほかの誰とも違う人にしている、そういった細部の素晴らしさに心を奪われていた。ほどなくニューランドも立ち上がり、夫人が立っている陳列ケースのところに歩み寄った。ガラス製の棚には、ガラス、粘土、変色した青銅その他、経年変化した物質でできた小さな破片がたくさん並んでいて、それぞれ、日用品、装飾品、あるいは小さな身の回り品だったと思われるが、ほとんど判別できなかった。

「しばらく時が経つと、何でも意味がなくなってしまうなんて、残酷に思えます……こういう小さなものと同じように」と夫人が言った。「忘れ去られた人たちにとっては必要で大切なものだったのに、今では拡大鏡で観察され、推測された挙句に、「使途不明」のラベルを貼られたりするんですから」

「ええ、でもそれまでは――」

「ああ、それまでは――」

目の前に立つ夫人――アザラシの毛皮の長いコートをまとい、両手を小さな丸いマフに入れ、透明な仮面のようなヴェールを鼻の先端まで下ろしているが、ニューランドが持って来たスミレの花束が早い呼吸でかすかに揺れている――その姿を見ていると、輪郭と色彩のこのように純粋な調和が、変化の法則などという愚かしいものの影響を受けることは信じられないとニューランドは思った。

「それまでは、すべてが重要です――あなたに関するすべてが」とニューランドは言った。

夫人は考え深げなまなざしでニューランドを見ると、長椅子に戻った。ニューランドは夫人の傍らに座って待ったが、人気《ひとけ》のない遠くの部屋から響いてくる足音が突然耳に入り、時間が迫っているのを感じた。

「わたくしにお話って、何でしょう?」同じ警告を感じたように、夫人が訊ねた。

「僕が話したかったことですか? それは、あなたがニューヨークに来たのは怖かったからだと思う、ということです」

「怖かった?」

「ええ、僕がワシントンに行くことが、です」

夫人はマフに目を落とした。マフの中で両手がそわそわと動いているのがわかった。

「どうですか?」

「ええ、そうです」夫人は答えた。

「あなたは怖かった——僕が行くとわかっていたんですね?」

「ええ、わかっていました」

「で、どうなのです?」ニューランドはさらに聞いた。

「どうって——このほうがよかった——そうではありませんか?」夫人は問いかけるように長いため息をついて、そう言った。

「このほうがいい？」

「他人を傷つけることが少なくてすむでしょう。結局それこそ、いつもあなたの望んでいたことなのでは？」

「こうしてあなたが、手の届くところにいるのに、手が届かないこと――こんなふうにこっそり会うこと――これが、ですか？　これは僕が望むことのまったく逆ですよ。僕の望んでいることは、先日お話ししましたね」

夫人は答えを躊躇した。「では――このほうが悪いと、まだ考えているのですか？」

「千倍も悪いですよ！」ニューランドはそう言って、一度言葉を切った。「あなたに嘘をつくのは簡単でしょう。でもほんとうを言うと、こんな状態は、嫌でたまりません」

「ああ、わたくしも同じです！」夫人は深く安堵の息をついて、強い調子で言った。

ニューランドは、もどかしくなって、勢いよく立ち上がった。「では今度は、僕から聞きましょう。いったいどんな状態を、あなたはいいと思うのですか？」

夫人は頭を垂れ、両手をマフの中で握りしめたり開いたりし続けていた。足音は近づき、飾りモールのついた帽子の警備員が、まるで廃墟の町を歩き回る亡霊のように、大儀そうに部屋を通って行った。二人は向かい側の陳列ケースを同時に見つめ、警備員がミイラや石棺の向こうに消えていくと、ニューランドが再び口を切った。

「何がいいと思うのですか?」

答えの代わりに、夫人はこうつぶやいた。「一緒に住むと祖母に約束したのは、ここにいるほうが、心配が少ないと思えたからです」

「僕に関して?」

夫人はニューランドを見ずに、頭をわずかにうつむけた。

「僕を愛する心配がない、ということ?」

夫人の横顔は少しも動かなかった。しかし、一粒の涙がまつ毛からこぼれ、ヴェールの網目にかかっているのを、ニューランドは見た。

「取り返しのつかない害を及ぼさないように、です。ほかの人たちみたいにならないようにしましょう!」夫人はそう主張した。

「ほかのって、どんな人たちです? 僕は自分が人と違うなどとは言いません。同じ欲求、同じ憧れに心を奪われています」

夫人は漠然とした恐怖心を感じたかのように、ニューランドをちらっと見た。その頬にかすかな赤みがさすのが、ニューランドの目に入った。

「では——あなたのところに一度行って、それから帰りましょうか」夫人は思いきったように、静かだがはっきりした声で言った。

ニューランドの額にも、さっと血が上った。「いとしい人！」ニューランドは、身じろぎもせずに言った。まるで心臓を両手で捧げ持っているような気持ちだった――少しの動きでもあふれ出してしまいそうな、縁までいっぱいのカップを持っているかのように。

それから、夫人が最後に言ったことに気づいて、ニューランドは顔を曇らせた。「帰る？　帰るって、どういう意味ですか？」

「夫のところに帰る、ということです」

「それで、僕が賛成すると思いますか？」

夫人は困惑した目を上げて、ニューランドを見た。「ほかにどんな方法があるでしょう。ここにとどまって、親切にしてくださった方たちに嘘をつくことはできません」

「でも、それだからこそ、ここから出ようと僕は言ったのです」

「そして皆さんの――わたくしが人生を立て直すのを助けてくれた方たちの人生を壊してしまうの？」

ニューランドは勢いよく立ち上がり、言葉にできない絶望感で夫人を見おろした。「そうです、来てください、一度だけ」と言うのは容易だっただろう。もし自分に同意してくれれば、どんな力を自分に授けてくれるか、わかっていた。そうなれば、夫の元に戻らないように説得するのは難しいことではないだろう。

だが、何かがその言葉を、唇の手前で抑えた。夫人の持つ、情熱的な誠実さのようなものが、夫人をありきたりの罠に引きこもうとすることなどとんでもない、と思わせたのだ。「もしこの人を来させるのなら、再び行かせなくてはならないだろう」――それは想像もできないことだった。

しかし、濡れた頰に落ちるまつ毛の影を見ると、ニューランドの気持ちは揺れた。

「結局、僕たちにはそれぞれの人生があります……」とニューランドはまた口を開いた。「不可能なことを企てても無駄なわけです。事柄によっては、あなたにはまったく偏見がない――ゴルゴンを見ることに慣れている、という言い方をしましたね。それならなぜ、僕たちの置かれた状況をありのままに見るのを恐れるのか、僕にはわかりません――犠牲を払うだけの価値はない、と思っているのでないとしたら」

夫人も立ち上がり、唇を堅く結んで、急に眉をひそめた。

「それなら、そう言ってかまいません――わたくし、帰らなくては」夫人は胸元から小さな時計を取り出しながら言った。

夫人は背を向けたが、ニューランドはその後を追って手首をとった。「では、一度僕のところに来てください」この人を失う、という思いで急に頭がくらくらするのを感じめあった。

ながら、そう言った。そして二人はほとんど敵同士のように、お互いを一、二秒間見つ

「いつ？　明日？」ニューランドは答えを求めた。

夫人はためらって、「その翌日に」と言った。

「いとしい人！」ニューランドはもう一度言った。

夫人は手を振りほどいたが、少しの間、二人は視線を合わせたままでいた。青ざめていた夫人の顔が内面からの深い輝きにあふれるのを、ニューランドは見た。畏敬の念で胸の鼓動が高まった。愛が目に見える形をとるのを初めて見た、と思った。

「ああ、遅くなってしまうわ――さようなら。いいえ、これ以上いらっしゃらないで」夫人はそう言うと、細長い部屋を慌ただしく歩いて行った――まるでニューランドの目に反射した輝きに怯えたかのように。そして扉のところに着いたとき、ちょっと振り向き、すばやく手を振って別れを告げた。

ニューランドは、一人で家まで歩いて帰った。家に入ったときには夕闇が濃くなっていた。まるで墓の向こう側から眺めるように、玄関の見慣れたものを見回した。

小間使いが足音を聞きつけて、上の踊り場のガス灯をともそうと、階段を駆け上がっ

た。

「奥様は、うちにいるかな?」

「いいえ。ご昼食の後に馬車でお出かけになって、まだお帰りになっていらっしゃいません」

ニューランドはほっとしながら書斎に入り、いつもの肘掛け椅子に身を投げ出すように座った。小間使いが読書用ランプを手に後からついて来て、消えかけの暖炉の火に石炭を足して出て行ったが、ニューランドはその後もじっと座っていた。両肘を膝につき、組んだ手に顎をのせた姿勢で、赤い火床をじっと見つめていた。

意識して何か考えるわけではなく、時間の経過も気にとめず、人生を勢いづけるというよりとどめるような、深く厳粛な驚愕にとらわれていた。「こうなると決まっていたんだ――こうなると決まっていたんだ」運命の手で宙づりになっているかのように、自分に向かって、そう繰り返した。夢見ていたものとはあまりに異なっていたので、歓喜の中に、死の冷気を感じていたのだ。

ドアが開き、メイが入って来た。

「すっかり遅くなってしまって――心配したのじゃないかしら」メイにしては珍しいことに、片手でニューランドの肩を優しく撫でる仕草をしながら、そう言った。

ニューランドは驚いて顔を上げた。「そんなに遅いのかい？」

「七時を過ぎてますよ。居眠りしていたのね」メイは笑い、帽子を髪にとめていたピンを抜くと、ベルベットの帽子をソファに軽く投げた。普段より青ざめていたが、いつにない活気で、輝くようだった。

「おばあ様に会いに行ったの。ちょうど帰ろうとしていたら、エレンがお散歩から帰って来たので、エレンとゆっくりおしゃべりしたのよ。あの人と前にお話らしいお話をしてから、ずいぶん経ってしまったものだわ」メイは、ニューランドの向かい側の、いつもの肘掛け椅子に腰掛け、乱れた髪を撫でつけていた。自分が何か言うのを待っているのだとニューランドは思った。

「ほんとうに楽しいおしゃべりだったわ」メイは続けたが、その微笑はニューランドには不自然に感じられるほど生き生きとしていた。「とってもいい人――昔のままのエレンだった。最近わたし、あの人に対して公平でなかったように思えるの。時々、考えることがあって――」

ニューランドは立ち上がり、ランプの光の届かない、暖炉のところに行って寄りかかった。

「それで――何を考えたんだい？」メイが言葉を切ったところで、ニューランドはそう聞き返した。

「そうね、ひょっとしたら、あの人のことを公平に判断していなかったかもしれないと。あの人はとても変わっていて――少なくとも表面的には、ということだけれど。そして風変わりな人たちとお付き合いして――目立つのが好きなように思えてしまう。ヨーロッパの放埒な社交界で生活してきたからでしょうね。エレンにはわたしたちがとても退屈に見えるに違いないわ。でも、あの人を不当に判断したくないの」

メイはここで再び言葉を切った。珍しく長く話をしたために息を切らし、唇をわずかに開いて、紅潮した顔で座っていた

そんなメイを見てニューランドは、セント・オーガスティンの伝道所の庭でメイの顔を満たしていた輝きを思い出した。あのときと同じ隠れた努力、あのときのように日常の視野のかなたにある何かに手を伸ばそうとしている姿勢に、ニューランドは気づいた。

「メイはエレンを憎んでいる」と思った。「その気持ちに打ち勝とうとして、僕に手を貸してほしいと思っているんだ」

その考えにニューランドは心を動かされた。いっそ今の沈黙を破って打ち明け、寛大さにすがろうかと、一瞬考えたほどだった。

「おわかりでしょう?」メイは続けて言った。「なぜわたしたち家族が何度も困らされ

たのかを。あの人のために、最初はわたしたち、できるだけのことをしました。けれども、あの人はまったくわかっていなかったようでした。そして今度は、おばあ様の馬車でボーフォート夫人に会いに出かけていくなんて！　ヴァン・デル・ライデン夫妻とも疎遠になってしまったのではないかしら」

「ああ」ニューランドは、いら立ちのこもった笑い声を上げながら言った。二人の間に開かれていたドアは、再び閉じてしまった。

「着替えの時間だよ。外に食事に行くことになっていたね？」ニューランドは暖炉から離れながら訊ねた。

メイも立ち上がったが、暖炉の近くで歩を緩めた。ニューランドが脇を通りすぎようとしたとき、まるで夫を引き留めようとするかのようにメイが衝動的に前に出たので、二人の目が合った。メイの目が、ジャージー・シティに行く前に別れたときと同じ、うるんだ青色であることにニューランドは気づいた。

メイは両腕をニューランドの首に回し、頬をニューランドの頬に押しつけた。

「今日はまだキスしてくれていないわ」とメイはささやいたが、ニューランドは腕の中でメイが震えているのがわかった。

第三十二章

「チュイルリーの宮殿ではね」シラトン・ジャクソン氏は、追憶にふけるような微笑を浮かべながら言った。「その種のことはかなり公然と許されていましたよ」

それはニューランド・アーチャーが美術館に行った翌晩、マディソン街にあるヴァン・デル・ライデン家の、黒胡桃材の調度で整えられた正餐室でのことだった。ヴァン・デル・ライデン夫妻はボーフォートの破産を聞くとすぐ、スキタクリフに避難していたのだが、数日間の予定で街に戻って来ていた。今回の嘆かわしい事態によって社交界が混乱に陥っているいま、夫妻がニューヨークにいることはいつも以上に必要だ、という意見があったためだ。夫妻が歌劇場に姿を見せ、できれば来客にドアを開くことが、アーチャー夫人に言わせれば、「社交界に対する義務」になる、特別なケースの一つだというのだ。

「ねえ、ルイザ、レミュエル・ストラザーズ夫人みたいな人たちに、レジーナのあとがまに座れるなんて、絶対に思わせてはいけませんよ。ああいう新しい人たちが押し入って来て足場を築くのは、まさにこういうときなんですからね。ストラザーズ夫人が最初に姿を現したのはニューヨークで水疱瘡が流行った冬のことで、妻が子供部屋で看病している間に、夫たちはこっそりと夫人の家に出入りしたんです。ルイザ、あなたとヘンリーはこの難局に当たって、今までしてくださったように頑張ってくださらなくちゃ」

ヴァン・デル・ライデン夫妻は、このような要請に耳を傾けないわけにはいかず、気は進まなかったが雄々しく街に戻って来て、家具の覆いを外し、二回の晩餐会と歓迎会一回の招待状を出したのだった。

この晩、夫妻はシラトン・ジャクソン、アーチャー夫人、そしてニューランドとメイを招いていた。この冬初めて『ファウスト』が上演される歌劇場に、一緒に出向く計画である。ヴァン・デル・ライデン家ではすべてが作法に従って進められ、来客が四人だけであっても、食事は七時ちょうどに始まった。こうすると食事のコースを急がずにきちんと出すことができ、紳士たちにはその後落ち着いて葉巻を吸う余裕が生まれるからだ。

ニューランドは、前の晩以来妻の顔を見ていなかった。朝早く事務所に行き、さして重要でもない仕事の山を片づけることに熱中した。午後には先輩弁護士の一人が持って来た仕事に時間をとられた。そのため帰宅が遅くなったので、メイがヴァン・デル・ライデン家に先に行って、馬車を家に帰したのだ。

いま、スキタクリフのカーネーションとどっしりした皿の置かれた食卓越しに見るメイは、青ざめて物憂げな様子に思われたが、目は輝き、異常なほどの快活さで話をしていた。

シラトン・ジャクソン氏が好んで使う言い回しを引き出す元になった話題は、屋敷の女主人が(意図的でないわけはない、とニューランドは思ったが)持ち出したものだった。ボーフォートの破産、というよりむしろ破産後の態度は、いまだに客間の道徳家にとっての有益な話題だった。それが徹底的に検討され、非難されてから、ヴァン・デル・ライデン夫人はメイ・アーチャーに用心深い目を向けた。

「ねえ、メイ、わたしの聞いた噂がほんとうだなんてこと、あるかしら？ あなたのおばあ様のミンゴット夫人の馬車がボーフォート夫人の家の玄関前に停まっていた、という話なんですけどね」この発言の中でもうヴァン・デル・ライデン夫人が、厄介者を名前ではなくボーフォート夫人と名字で呼んでいる点は、注目に値した。

メイは顔を赤らめ、アーチャー夫人が急いで間に入った。「もしそうだとしても、きっとミンゴット夫人のあずかり知らぬことだと思いますわ」

「ああ、そうお思いになる?」ヴァン・デル・ライデン夫人はそこで言葉を切り、ため息をついて夫をちらっと見た。

ヴァン・デル・ライデン氏は、「オレンスカ夫人が親切心から、ボーフォート夫人を訪問するという無分別なことをされたのかもしれませんな」と言った。

「あるいは、変わった人への好みから」とアーチャー夫人はさりげなく言いながら、素知らぬふりで息子の目を見つめていた。

「オレンスカ夫人がそんなことをなさるとは残念ですね」とヴァン・デル・ライデン夫人が言うと、アーチャー夫人は「ああ――しかも、お二人があの人を、二度もスキタクリフにお招きになりましたのに!」とつぶやいた。

ジャクソン氏がお気に入りの言い回しを持ち出す機会をとらえたのは、まさにこのときだった。

「チュイルリーの宮殿ではね」期待のこもった一同の視線が集まっていることを確かめながら、ジャクソン氏はそう繰り[20]返した。「ある点に関して、基準はひどく緩いのです。そして、政界入りしたモルニーの金の出どころ、さらに、宮廷の美女たちの借金を誰が払っているのか――」

「まあ、シラトン、まさかそんな基準をわたしたちも受け入れるべきだ、と言うのではないでしょうね?」

「そんなことは、もちろん言いません」ジャクソン氏は、落ち着きはらって答えた。

「しかし、オレンスカ夫人は外国育ちだから、基準があまり厳しくないかもしれない――」

「ああ」年配女性二人はため息をついた。

「それにしても、自分のおばあさんの馬車を破産者の家の前に停めておくとは!」ヴァン・デル・ライデン氏は食い下がった。それを見たニューランドは、氏が以前二十三丁目の小さな家に送ったカーネーションの籠を思い出して憤りを覚えているのだろうと推測した。

「もちろん、あの人は物の見方がまったく違うのだと、わたしは常々申してきましたけれど」とアーチャー夫人は、話をまとめるように言った。

メイの額がさっと紅潮した。テーブル越しに夫を見ると、あわてた様子で口を切った。

「きっとエレンは、親切心からしたのだと信じます」

「分別のない人は、往々にして親切なものですよ」そんなことはほとんど情状酌量の理由にはなりません、という口調で、アーチャー夫人はそう言い、ヴァン・デル・ライデン夫人は「せめて誰かに相談してくれていたら——」とつぶやいた。

「ああ、決して相談なんかするような人ではありません！」とアーチャー夫人は答えた。

そのとき、ヴァン・デル・ライデン氏が妻にちらっと目をやり、夫人はアーチャー夫人のほうへかすかに顔を向けた。そして三人の婦人たちはちらちら光る裾を引いて部屋を出て行き、紳士たちは葉巻を吸い始めた。ヴァン・デル・ライデン氏はオペラの晩には短い葉巻を用意するのだが、それはとても上等のものだったので、客たちは氏の几帳面な時間厳守を嘆かずにはいられないのだった。

第一幕が終わったところで、ニューランドはこのグループから離れ、クラブのボックスの後ろのほうの席に行った。そしてそこから、チヴァーズ、ミンゴット、ラッシュワースなどの一族の肩越しに、二年前エレン・オレンスカと初めて会った晩に観たのと同じ場面を眺めた。老ミンゴット夫人のボックスにエレンが再び現れないかと半ば期待したが、ボックスは空だった。その席を見つめてじっと座っていると、ニールソン夫人の澄んだソプラノが、「マーマ、ノンマーマ」と突然歌い始めた。

ニューランドは舞台に目を向けた。巨大なバラと、ペン拭きを連想させるパンジーのある、見慣れた道具立て——そこではあのときと同じ金髪で大柄な犠牲者が、あのときと同じ褐色の肌の小柄な誘惑者に屈服させられようとしていた。

舞台から、年上の二人の婦人にはさまれてメイが座っている席へと、ニューランドの視線は馬蹄形の劇場内をさまよって行った。あの夜のメイが、ラヴェル・ミンゴット夫人と到着したばかりの「外国からの」いとこにはさまれて座っていたときと同じように。あの晩と同じくメイの装いは白ずくめで、妻が着ているものにそれまで注意を払っていなかったニューランドは、メイが青みがかった白のサテンと由緒あるレースでできた結婚衣装を着ていることに気がついた。

オールド・ニューヨークでは、花嫁は結婚後の一、二年間、公の場でこの高価な結婚衣装を着るのが習慣だった。そしてニューランドは、ジェイニーがいつか着るかもしれないとの思いから、母が自分の結婚衣装を薄葉紙に包んで仕舞っているのを知っていた。もっとも今ではジェイニーは、パールグレーのポプリンのドレスで付添人なしにするほうが「ふさわしい」とされる年齢になってしまっていたが。

ヨーロッパ旅行から戻って以来、メイが結婚衣装のサテンのドレスをめったに着ないことに思い当たったニューランドは、今宵その服を身に着けているのを見て驚き、二年前にあれほど幸福な期待とともに見つめた若い娘と現在のメイとを比べずにはいられなかった。

女神を思わせる体格から予想できたように、メイの輪郭はいくらか重みを増したが、運動選手のような姿勢の良さや、少女のように透明な表情に変わりはなかった。最近ニューランドが気づいたかすかなけだるさのようなものを除けば、婚約した晩にスズランの花束をいじっていた娘の姿そのままと言ってよかった。その事実が、ニューランドの抱いていた哀れみをいっそう深くした。これほどの純真《イノセンス》さは、人を信じて疑わずに手を預ける子供のように感動的だったからである。それからニューランドは、無頓着に見える冷静さの下に隠されている、メイの情熱的な寛容さを思い出した。二人の婚約をボーフォート家の舞踏会で発表したいと熱心に主張したときの、メイの理解あるまなざしが思い出された。伝道所の庭で「誰かほかの人に不正なこと――不当な行いをした上に自分の幸せを築くことなんてできません」と言ったときのメイの声が耳に聞こえてきた。メイに真実を告げ、その寛大さにすがって、一時は退けた自由を求めたいという、抑え難い願いがニューランドを襲った。

元来ニューランド・アーチャーは、物静かで自制心のある青年だった。小さな社会の規律を順守することが、ほとんど第二の天性となっていた。芝居がかったこと、人目を引くこと、あるいはヴァン・デル・ライデン氏から非難されたり、クラブのボックス席のメンバーから無作法だと思われるようなことをするのは、ひどく不快に感じる質だった。けれども今、クラブのボックス席も、ヴァン・デル・ライデン氏も、習慣という温かい避難所に長年の間ニューランドを囲い込んでいたすべてのものも、意識から突然消えてしまった。ニューランドは、劇場後方の半円形の通路を歩いて行き、ヴァン・デル・ライデン夫人のボックスの扉を開けた――まるでそれが未知の世界へ通じる門であるかのように。

「マーマ!」意気揚々としたマルガリーテの声が響き渡った。ニューランドが入って行くとボックスにいた人たちは驚いて、非難のまなざしを向けた。独唱の間はボックス席に入らないという、自分の属する世界の決まりの一つを、ニューランドはこれですでに破っていたのだ。

ヴァン・デル・ライデン氏とシラトン・ジャクソンの間に身体をそっと滑り込ませると、メイのほうに上体をかがめてささやいた。

「ひどい頭痛がするんだ。誰にも言わずに、一緒に帰ってもらえるかな」

メイは、わかりました、と目で合図し、ニューランドの母に小声で何か言った。母が同情するようにうなずくのが見えた。それからメイは、ヴァン・デル・ライデン夫人にお詫びの言葉をささやいて、席から立ち上がった。それはちょうど、マルガリーテがファウストの腕に倒れこむのと同時だった。メイにオペラ用マントを着せかけているとき、年配の婦人二人の間で意味ありげな微笑が交わされるのが、ニューランドの目に入った。

馬車が劇場を後にすると、メイは自分の手をおずおずと夫の手に重ねた。「気分がすぐれなくてお気の毒だわ。事務所でまた働きすぎなのではないかしら」

「いや――そういうわけじゃないんだ。窓を開けてもいいかい？」ニューランドはどぎまぎしてそう答え、自分の側の窓ガラスを下ろした。街路を見つめてじっと座りながら、横にいる妻を、無言で自分を見張る疑問符のように感じ、過ぎていく家々にずっと目を向け続けた。自宅に着いたとき、メイは馬車の踏み段にスカートを引っかけて、ニューランドのほうに倒れかかった。

「怪我はない？」ニューランドは、腕でメイを支えながら訊ねた。

「大丈夫。でも、ドレスがかわいそう――こんなに破いてしまったわ！」メイは悲鳴を上げるように言い、土で汚れた裾をかがんで手繰り寄せると、ニューランドの後から石段を上って玄関に入った。召使たちは二人がこれほど早く帰宅するとは思わなかったので、上の踊り場にガス灯の小さな明かりが灯っているだけだった。

ニューランドは階段を上って、その明かりを大きくし、書斎の暖炉の両側の張り出しガス灯にもマッチで火をつけた。カーテンは引かれており、部屋の暖かく心地よい雰囲気はニューランドを苦しめた。公言をはばかる用事の途中で出会ってしまった、親しい人の顔のように感じられたのだ。

メイの顔がとても青いのに気づいたニューランドは、ブランデーを少し持ってこようか、と聞いた。

「いいえ、いいわ」メイは外套を脱ぎながら、一瞬顔を紅潮させて答えた。「でも、あなたこそ、すぐにベッドに入ったほうがいいのでは？」ニューランドがテーブルの上の銀の箱から煙草を一本取り出すのを見て、メイはそうつけ加えた。

ニューランドは煙草を放り出し、暖炉のそばのいつもの席に歩いて行った。

「いや、頭痛はそこまでひどくないんだ」そこで一度言葉を切った。「話したいことがある。とても大事なことで——今すぐ言わなくてはならない」

メイは肘掛け椅子に座っていたが、ニューランドが話し始めると、顔を上げた。「はい、何かしら？」その答え方があまりに穏やかだったので、自分の前置きを少しも驚かずに受け止めた様子を、ニューランドが不思議に感じたほどだった。

「メイ」ニューランドはメイの座っている椅子から何フィートか離れて立ち、二人の間のわずかな距離がまるで埋められない深淵でもあるかのようにメイを眺めながら、話し始めた。心休まる静けさの中で、その声は薄気味悪く響いた。「話さなくてはならないことがある——僕自身のことで」

メイはまったく身動きをせず、まつ毛さえ震わせることなく、黙って座っていた。まだひどく青ざめていたが、心の奥の密かな泉から汲み出されたような、不思議な穏やかさが表情にあった。

ニューランドは、今にも唇から出かかった、型通りの自責の言葉を抑えた。この件については無益な非難や弁解なしに、率直に話そうと決めていたのだ。

「オレンスカ夫人は――」ニューランドの口から出たその名前を聞くと、メイは制止するかのように片手を上げた。その手の金の結婚指輪に、ガス灯の光が当たって光った。

「まあ、どうしてエレンのことを、今夜話さなくてはならないの?」メイはかすかないら立ちをにじませて聞いた。

「もっと前に話しておくべきだったからだよ」

メイの顔は落ち着いた表情のままだった。「お話しする意味が、ほんとうにあるのかしら?　わたしが時々エレンに対して公平でなかったのはわかっているの――ひょっとすると、わたしたち皆がそうだったかもしれないわ。確かにあなたは、わたしたちよりあの人を理解していて、いつも親切だったけれど、それはもうどうでもいいことでしょう?――すべてが終わった今となっては」

ニューランドは、うつろな表情でメイを見た。いま自分が閉じ込められたように感じている非現実感が、妻にまで伝わったなどということがあり得るだろうか。

「すべてが終わった――それは、どういう意味？」かすかに口ごもりながら、ニューランドは訊ねた。

メイは澄んだ目で、まだニューランドを見つめていた。「だって、もうすぐあの人はヨーロッパに帰ってしまうからよ。おばあ様が理解して賛成して、ご主人から独立して暮らせるように手配してくださったの」

メイはそこで言葉を切った。ニューランドは震える手で暖炉の角をつかんで身体を支えた。ぐるぐる回っている胸の思いも同様に制御しようとしたが、それは無理だった。

「事務所でその手続きのお仕事があったせいで、今夜は遅くなったのだと思っていたのよ。今朝決まったことだと思うわ」とメイが続けて言うのが聞こえた。ニューランドのぼんやりした目で見つめられて、メイは目を伏せ、ふたたびかすかに顔を紅潮させた。

自分の視線が耐え難いのだとわかって、ニューランドは身体の向きを変え、炉棚に肘をついて手で顔を覆った。耳の奥で何かが太鼓のように、また鐘のように、激しく鳴り響いていたが、それが血管を流れる血なのか、それとも炉棚の上の時計の音なのか、定かではなかった。

時計がゆっくりと五分の時を刻む間、メイはじっと身動きせず、何も言わずに座っていた。火床の石炭の塊が前に崩れたので、メイはそれを直そうと立ち上がった。その気配で、ニューランドはようやく振り向いてメイを見た。

「そんなことはあり得ない」ニューランドは語気を強めて言った。

「あり得ない――?」

「君はどうして知っているんだい――いま話してくれたようなことを」

「昨日エレンに会って――おばあ様のところで会ったって、話したでしょう?」

「話を聞いたのは、そのときではないんだろう?」

「ええ。今日の午後、エレンからお手紙をもらったのよ。見せましょうか?」

ニューランドは声が出せなかった。メイは部屋を出て行き、すぐに戻って来た。

「あなたは知っていると思ったわ」メイは、こともなげにそう言った。

メイが一枚の紙をテーブルに置くと、ニューランドは手を伸ばしてそれを取りあげた。

数行しかない手紙だった。

「親愛なるメイ。わたしがおばあ様のところに伺ったのはご挨拶のために過ぎないということを、ようやくおばあ様にわかっていただけました。おばあ様は今までと同じようにご親切で寛大です。もしわたしがヨーロッパに帰るなら、一人で、あるいは一緒に帰る気の毒なメドーラおば様と暮らすのだということを、今はわかってくださっています。荷物をまとめるために、これから急いでワシントンに戻り、来週出航します。わたしがいなくなったら、おばあ様によくしてあげてください――ずっとわたしにしてくださったように。エレン。

追伸　もしわたしの友人の誰かが、気持ちを変えるようにわたしを説得したいと思われたなら、それはまったく無駄なことですとお伝えくださいね」

ニューランドは二度、三度と繰り返し読み、それから手紙を投げ出して、いきなり笑い始めた。

自分の笑い声に、ニューランドはびくっとした。以前、結婚の日取りを早めると知らせるメイからの電報を受け取った深夜、不可解な笑いに身をゆすっている自分を見たときの、ジェイニーの怯えが思い出された。

「あの人はなぜ、これを書いたんだろう?」必死の努力で笑いを抑えながら、ニューランドは聞いた。

その問いを、メイは確固たる誠実さで受け止めた。「昨日わたしと、いろいろお話したからだと思うわ」

「どんなことを?」

「これまでわたしは、あなたに対して公平ではなかったようね、と言ったの――親戚でありながら他人のような人たちに囲まれて、一人で暮らすここでの生活がどんなに大変か、いつも理解していたとは言えないわ、と。批判する権利があると感じている人たちだって、事情が何もかもわかっているとは限らないんですもの」ここでメイは、一息ついた。「あなたが、あの人のいつも頼りにできる唯一のお友達だったこと、わたしはわかっていました。あなたとわたしがすべての気持ちで一致していることを、あの人に知ってほしかったの」

ニューランドが何か言うのを待ち受けるかのように、メイは間を置いたが、それからゆっくりと続けた。「わたしがそういうことを話したかった気持ちを、あの人は理解してくれました。きっとあの人は、何もかもわかっているんだわ」

メイはニューランドに近づき、その冷たい手の片方をとって、すばやく自分の頰に当てた。

「わたしも頭痛がするわ。おやすみなさい」そう言うとドアのほうに向き、破れて土のついたドレスの裾を引きながら、部屋を横切って行った。

第三十三章

アーチャー夫人が微笑みながらウェランド夫人に言った通り、若い夫婦にとって初めて大きな晩餐会を開くのは、重大な一件だった。

ニューランド・アーチャー夫妻は、一家を構えて以来、格式張らない形で多くの客を招いてきた。ニューランドは三、四人の友人を夕食に招くのを好んだし、メイは母親が家庭で示してくれた手本通りに、にこやかにいそいそとお客を歓迎した。もしすっかり任せておいたとしたら、メイが自分で誰かを家に招くことなどあっただろうか、とニューランドは疑問に思ったが、メイの真の自己と、しきたりと躾の型によって作られた姿とを区別する試みは、とっくにやめてしまっていた。ニューヨークの若い裕福な夫婦であれば、形式張らない招待を頻繁に行うのが当然とされていたし、アーチャー家の一員と結婚したウェランド家の娘となると、その伝統に従う義務が二重にあるというわけだった。

けれども、シェフを頼み、従僕を二人借り、ローマン・パンチを用意し、ヘンダーソンの店に注文したバラを飾り、メニューは金縁のカードに記す、といったような大掛かりな晩餐会となれば話は別で、軽々しく手をつけるべきものではなかった。アーチャー夫人の言うとおり、ローマン・パンチが出るかどうかで決定的な違いが生じるのだ。重要なのはローマン・パンチそのものではなく、それが暗示するさまざまな決まりごとだった――つまり、野鴨か亀料理《テラピン》、二種類のスープ、冷製と温製二種類のデザートなどが必要となり、婦人は肩を出す正式の夜会服を着なければならず、そして会にふさわしい、重要な地位のゲストが求められることになるのだった。

主催者名を「わたしたち」とせずに「〇〇夫妻」と三人称で書く、正式な招待状を若い夫婦が初めて出すのは、とにかく特別なことであった。そしてこの招待は、経験豊富で人気のある人たちからもめったに断られることはなかった。それにしても、ヴァン・デル・ライデン夫妻がメイの願いを入れて、オレンスカ伯爵夫人の送別会出席のためにニューヨークに留まったことは、まさに大成功とされた。

その重要な日の午後、メイの客間には二人の母が座っていた。アーチャー夫人はティファニーの一番厚手の金縁の上質紙にメニューを書いており、一方ウェランド夫人はシュロとフロアスタンドの置き方に指示を与えていた。

ニューランドが帰宅したときにも、二人はまだそこにいた。アーチャー夫人はテーブルに置く名前のカードに注意を向け、ウェランド夫人は金色の大きなソファを前に出すことの効果について考慮中だった。そうすれば、ピアノと窓との間にもう一つコーナーができる、という考えが閃いたからである。

メイなら正餐室ですよ、あちらで長テーブルの真ん中に飾る深紅のバラとシュロを点検したり、透かし彫りの銀の籠に入れたメイラード(21)・ボンボンを燭台の間に置いたりしているでしょう、と二人はニューランドに教えた。ピアノの上には、ヴァン・デル・ライデン氏がスキタクリフから送らせたランの大きな籠が置かれている。つまり、重要な催しを前にして、すべてがきちんと整えられていたのだ。

アーチャー夫人は細い金のペンで名前をチェックしながら、慎重にリストに目を通していた。

「ヘンリー・ヴァン・デル・ライデンとルイザ――ラヴェル・ミンゴット夫妻――レジー・チヴァーズ夫妻――ローレンス・レファーツとガートルード(ええ、二人を招くことにしたメイは正しかったと思いますよ)――セルフリッジ・メリー夫妻――シラトン・ジャクソン――ヴァン・ニューランドとその夫人(時の経つのは何て早いんでしょう！　結婚式であなたの付き添いをしてくれたのが昨日のことのように思えるのにねえ、ニューランド）――そしてオレンスカ伯爵夫人――そうね、これで全部でしょう」

ウェランド夫人は、義理の息子を優しく眺めた。「ニューランド、あなたとメイがエレンのために素晴らしい送別会をしてあげたということは、誰もが認めるでしょうね」

「ああ、そうね、メイはいとこから外国の人たちに、わたしたちが未開人ではないと言ってくれるように望んでいるのだと思いますよ」とアーチャー夫人が言った。

「エレンが感謝するのは間違いないわね。今朝到着の予定だったと思うわ。最後の印象がとても素敵になるでしょうね。出航の前夜は、たいてい寂しいものだから」ウェランド夫人は、明るい調子でそう続けた。

ニューランドがドアのほうに向かおうとしたとき、義母が声をかけた。「ちょっとテーブルの具合を見に行ってごらんなさい。そして、メイが疲れすぎないようにしてやってね」だがニューランドは聞こえなかったふりをして、階段を駆け上がると書斎に行った。書斎はまるで、儀礼的に気取った表情を作っている見知らぬ顔の人のようにニューランドを迎えた。無慈悲なまでに「片づけられて」、灰皿や葉巻の木箱などが上手に配置され、紳士たちの喫煙室として整えられている。

「まあ、いい。長いことではないんだから」そう考えながら、ニューランドは自分の化粧室に入った。

オレンスカ夫人がニューヨークを出発してから十日経っていたが、夫人からはその間、一度も連絡がなく、薄紙に包まれた鍵が、夫人の筆跡で宛名の書かれた封筒に入って事務所に返されてきただけだった。ニューランドの最後の訴えに対するこの返答は、おなじみのゲームの典型的な一手と解釈されてもよかったが、ニューランドは別の意味を与えるほうを選んだ——あの人はまだ運命と闘っている。ヨーロッパには帰るが、夫の元に帰るのではない。従って、自分があの人の後を追うのを妨げるものは何もないだろう。もし自分が変更のできない一歩を踏み出し、もう戻れないのだということを示せば、あの人は自分を追い返したりはしないだろう——そう信じていたのだ。

未来へのこのような自信があったので、ニューランドは現在の自分の役割を落ち着いて演じることができた。そのおかげで手紙を書かずにいられたし、苦悩や無念さを身振りや行動で露呈せずにすんだ。徹底的な沈黙のうちに二人の間で行われているゲームにおいて、切り札はまだ自分の手にあるように思われた。だからこそ、待っていたのだ。

とはいえ、かなり難しい局面もあった。例えば、マンソン・ミンゴット夫人が孫娘のために考えている信託の詳細について検討してほしいと、オレンスカ夫人が発った翌日、レタブレア氏から呼ばれたときがそうだった。レタブレア氏とともに証書の条項を検討した二時間ほどの間、自分が相談を受けたのは、親類だからという明白な理由だけではなさそうだと漠然と感じており、その理由はおそらく仕事の終わりにはっきりするだろうと思っていた。

「さて、これが手厚い取り決めだということを、あのご婦人も否定はできまい」レタブレア氏は、取り決めの概要についてぶつぶつと述べた後、そう言って結論を出した。「実際、あらゆる点から見て、とても気前のいい待遇を受けたと言わなくてはなるまいね」

「あらゆる点から見て?」ニューランドは、わずかに嘲笑をこめて聞き返した。「本人の財産を返すという夫の申し出のことをおっしゃっているのでしょうか?」

レタブレア氏の太い眉がほんの少し上がった。「ねえ、君、法律は法律だよ。君の奥さんのいとこは、フランスの法律の元で結婚した。それがどういうことか、当然理解しているものと見なされる」

「たとえ理解しているにせよ、その後起きたことは――」ニューランドはそこまで言って言葉を切った。レタブレア氏は、皺を寄せた大きな鼻にペンの軸を当てて、ペン先を見おろしていたが、その表情は、美徳と無知とは同意語でないということを年下の者にわからせたいと思うときに、年配の高徳の紳士が浮かべるものだった。

「ねえ、君、わたしは伯爵の罪を情状酌量しようとは思わない。しかし――わたしなら火中に手を突っ込むような真似はしないよ――まあ、報復はなかったみたいだね、若い擁護者への」レタブレア氏は、鍵付きの引き出しの一つを開けて、折りたたんだ書類をニューランドのほうへ押しやった。「この報告書は、慎重な調査の結果で――」ニューランドが書類を見ようとせず、反論しようともしないのを見て、レタブレア氏はいくらか気の抜けた様子で続けた。「見ての通り、これは決定的なものとは言えない――それとは程遠い。だが、これだけでも形勢はわかるものだ。全体から見て、この立派な解決に至ったのは、当事者全員にとって大いに満足すべきことだ」

「ああ、大いに、ですね」ニューランドは書類を押し戻しながら認めた。

その一、二日後にマンソン・ミンゴット夫人の呼び出しに応じたとき、ニューランドの心はさらに辛い試練を受けた。

老夫人は意気消沈し、気難しくなっていた。

「エレンがわたしを見捨てて行ったのをご存じかしら?」夫人はすぐにそう切り出し、ニューランドの返事を待たずに続けた。「ああ、なぜかなんて、わたしに聞かないで！あの子はいろいろ理由を並べたけど、あんまりたくさんあって、みんな忘れましたよ。退屈に耐えられなかったんだと、わたしは密かに思っているの。少なくとも、オーガスタや義理の娘たちはそう思っています。でも、あの子を必ずしも責めているわけじゃないのよ。オレンスキはまったくの悪党だけど、一緒の生活は五番街で暮らすよりずっと華やかだったに違いないから。もっとも、一族がそれを認めているというわけではないけれどね。あの人たちは、五番街とラ・ペ通りが一つになれば天国だ、くらいに考えているんです。そしてかわいそうに、エレンは夫の元に帰ることはまったく考えていない──その案には断固として反対なの。それであの愚か者のメドーラとパリに落ち着くことになったんですよ。まあとにかく、パリはパリだわ──ほとんどただで馬車が持てるしね。あの子は小鳥みたいに明るかったから、いなくなったら寂しくなるわ」老人らしい乾いた涙が二粒、丸々した頰を伝って、胸の間の深い淵に消えた。

「わたしの願いは、これ以上面倒をかけないでほしい、ということ。わたしがお粥くらいは満足に消化できるようにねえ」夫人はこう締めくくり、ニューランドに向かって、少し切なそうに目くばせして見せた。

エレンを送る晩餐会を開きたいとメイが言ったのは、その晩ニューランドが帰宅したときだった。エレンがワシントンに行ってしまった夜以来、二人の間でオレンスカ夫人の名前が出たことはなかったので、ニューランドは驚いてメイを見た。

「晩餐会──なぜだい？」

メイの顔が紅潮した。「だって、あなたはエレンが好きでしょう――だからきっと喜ぶと思ったの」

「とてもありがたいよ――そんなふうに言ってくれるなんて。でも実際、僕にわからないのは――」

「わたし、ほんとうに開くつもりよ、ニューランド」メイは静かに立ち上がると、自分の机のところに行った。「ほらこの通り、招待状は全部書いてあるわ。母が手伝ってくれたの――当然開くべきだって言って」メイは、どぎまぎしながらも微笑を浮かべてそう言った。ニューランドは突然目の前に、「家族」のイメージが人の形をとって現れたのを見たように思った。

「そうか、わかった」手渡された招待客のリストを、ニューランドはぼんやりした目で見つめた。


ニューランドが夕食前に客間に入って行くと、いつになく完璧に磨きあげられたタイルの上の薪を燃え立たせようと、メイが火の上にかがんで奮闘している最中だった。

背の高いランプには残らず火が灯され、ヴァン・デル・ライデン氏から贈られたランは、現代風の磁器の入れ物や、複雑なデザインの銀の花瓶などに生けられていて目を引いた。ニューランド・アーチャー夫人の客間の設えは見事なものだというのが一般の評判だった。常に新しいプリムラとサイネリアに取り換えられている、金色の竹製の植木鉢が、出窓への接近を難しくしていた。(古風な好みの人なら、ここにはミロのヴィーナスのブロンズ製の小像を置くほうが良いと考えただろう。)淡い錦織りの生地を張ったソファや肘掛け椅子が、ビロードを掛けたいくつかの小さなテーブルを囲むように上手に配置されていた。そしてそれらのテーブルには、銀の小物、磁器製の動物、古びた写真立てなどが隙間もないほど載せられていた。薔薇色の笠をつけた背の高いランプが、ヤシの間の熱帯の花を思わせる姿で、すっくと立っていた。

「この部屋がこんなに明るく照らされているのを、エレンは今まで見たことがないと思うわ」メイは薪との格闘で顔を紅潮させて立ち上がり、この場合には至極当然と認められるであろう、誇らしげな視線で部屋を見回した。そのとき、メイが暖炉の脇に立て掛けておいた真鍮の火箸《トング》が大きな音を立てて倒れ、ニューランドの答えをかき消した。ニューランドがまだそれを元に戻し終えないうちに、ヴァン・デル・ライデン夫妻の到着を告げる声がした。

ほかの客たちも、それに続いて次々に到着した。予定の時刻通りの食事開始をヴァン・デル・ライデン夫妻が好むことを、誰もが知っていたからだ。部屋は人でほぼいっぱいになり、ウェランド氏からメイへのクリスマスプレゼントとして贈られた、ヴェルブークホーヴェン(22)作「羊の習作」という、厚くニスを塗った小さい絵を、セルフリッジ・メリー夫人に見せていたニューランドは、いつの間にかオレンスカ夫人が脇にいることに気づいた。

夫人はひどく青ざめていて、その青白さが髪の色をいつもより濃く、重苦しく見せていた。そのためか、あるいは幾重にも巻いた琥珀の首飾りのせいだったかもしれないが、ニューランドは突然、幼いエレン・ミンゴットを思い出した——メドーラ・マンソンがエレンを初めてニューヨークに連れて来たとき、子供のために開かれたパーティーで一緒に踊ったエレンを。

琥珀の首飾りが肌の色に合わないのか、ひょっとしたら服が似合わないのか、夫人の顔には艶がなく、醜いとさえ言えるほどだった。しかしニューランドは、このときほどその顔をいとしく思ったことはなかった。二人は握手し、「ええ、明日ロシア号で出航します」という声がニューランドの耳に聞こえた。それから意味もなくドアの開く音がして、間もなくメイの声がした。「ニューランド！　お食事の支度ができたの。エレンを案内してくださる?」

オレンスカ夫人が片手を自分の腕にかけたとき、その手に手袋がないことにニューランドは気づき、二十三丁目のあの小さな家の客間に座った晩、その手を見つめ続けたことを思い出した。夫人の顔から消えた美のすべてが、いま自分の袖に置かれた青白く長い指と、関節にかすかなくぼみのできる手に、姿を隠しているように思えた。「この手を見るためだけだとしても、僕はこの人を追っていくのに――」とニューランドは思った。

表向き「外国からの客人」をもてなすための晩餐会の場合に限って、ヴァン・デル・ライデン夫人は招待主《ホスト》の左に座るという格下げの待遇を受け入れた。オレンスカ夫人が「外国人である」という事実が、この送別会ほど巧みに強調されたことはなかっただろう。ヴァン・デル・ライデン夫人が快くその格下げを受け入れた事実が、夫人の賛意をはっきりと示していた。世の中にはどうしてもしなくてはならないことがあり、するのであれば手際よく徹底的にしなければならないのだ。オールド・ニューヨークの掟においては、その一つが、いまや排除されようとしている血縁の女性を囲んで、一族が集まることであった。オレンスカ伯爵夫人のヨーロッパ行きの船が予約されたいま、夫人に対する不変の愛情を示すために、ウェランド一族とミンゴット一族が実行しないことは、地上に一つもなかった。主人役の席についたニューランドは、夫人の人気を挽回し、夫人への不満を抑え、過去を許し、一族の承認によって現在を輝かせるということが、沈黙のうちに根気よくなされていくのを、驚きながら眺めた。ヴァン・デル・ライデン夫人は、自分の中では最も真心に近い曖昧な好意をこめてオレンスカ夫人に微笑み、メイの右側に座ったヴァン・デル・ライデン氏は、スキタクリフから送ったカーネーションの価値はあったという表情で食卓に目をやっていた。

ニューランドは、シャンデリアと天井の間の空中に自分が浮かんでいるような、奇妙な無重力状態でこの場面に参加しているように感じていたが、一連の出来事における自分の役割に何よりも驚いた。栄養の行き届いた穏やかな顔から顔へと目を移しながら、メイの供する鴨料理をいま賞味している罪のなさそうな人々が、そろって無言の共謀者の一群であり、自分と右手に座っている青ざめた女性とがその共謀の的であるのだと悟った。そして、光のかけらをたくさん集めてできた巨大な閃光によって、自分とオレンスカ夫人が一同の目には愛人として、それも「外国の」語彙に特有の、究極の意味での愛人として映っているのだということを感じたのだった。何か月もの間、黙って監視する無数の目と、じっと聞き耳を立てる耳との見張りの対象だったのだろう。まだ知らない何らかの手段によって、自分と共犯者との引き離しが成功し、一族の全員が自分の妻を囲んで集合しているのだ――誰も何も知らず、どんな想像もしたことがないという暗黙の了解のもとに。そして今回のもてなしは、友でありいとこである人を愛情こめて見送りたいというメイ・アーチャーの自然な気持ちによるものでしかない、という想定で。これこそ、「血を流さずに」命を奪う、オールド・ニューヨークのやり方だ――醜聞を疫病より恐れ、勇気よりも品位を尊重し、騒ぎの元になった人の行いを除けば、「大騒ぎする」ことほど粗野なふるまいはないと考える人たちの。

このような考えが次々と心に浮かび、ニューランドはまるで自分が、武装した一団の真ん中にいる捕虜のような気持ちになった。食卓を見回すと、捕獲者たちはフロリダから取り寄せたアスパラガスを食べながら、ボーフォート夫妻を話題にしていた。その口調から、彼らの冷酷さが推測できた。「僕の身にどんなことが降りかかり得るかを示すためだ」とニューランドは考え、直接の行動よりほのめかしや類推を、軽率な発言より沈黙を優先せねばならないという恐ろしい感覚が、まるで一族の墓所の扉のように自分を閉じ込めるのを感じた。

ニューランドが思わず声を立てて笑うと、ヴァン・デル・ライデン夫人のひどく驚いた視線と目が合ってしまった。

「そんなにおかしいことだとお思いなの？」夫人は引きつった微笑を浮かべて訊ねた。

「もちろん、ニューヨークに留まりたいという、かわいそうなレジーナの考えには、馬鹿げた面もあると思いますけれどね」それに対してニューランドは、「もちろんです」

とつぶやいた。

このときに気づいたのは、自分の右側にいるオレンスカ夫人が反対側の隣に座っている人としばらく前から話し込んでいることだった。それと同時に、ヴァン・デル・ライデン氏とセルフリッジ・メリー氏との間に落ち着きはらって座っているメイが、すばやい視線をこちらに投げるのを見た。晩餐会の主人とその右手に座る女性とが、食事中に一言も言葉を交わさずに通すのは考えられないことだった。そこでニューランドがオレンスカ夫人のほうを向くと、夫人は弱々しい微笑を浮かべた。「ああ、最後まで頑張り通しましょう」と言うかのような微笑だった。

「こちらまでいらっしゃるのは大変でしたか?」とニューランドは聞いたが、その声は自分でも驚くほど自然だった。いいえ、それどころか、これほど快適な旅はなかったほどです、と夫人は答えた。

「でも、汽車の中のあのひどい暑さを除いて、ということですけど」と夫人はつけ加えた。それでニューランドは、これから向かわれる国ではその苦労をしなくて済むでしょう、と答えた。

「僕は四月に、カレーからパリまでの汽車で凍えそうな思いをしましたが、あんな経験はほかにありません」とニューランドはきっぱりと断言した。

そんなこともあるでしょうね、でも結局、膝掛けを一枚余分に持っていればいいわけですし、どんな旅にも何か苦労はあるものですわ、と夫人は言った。それを聞いてニューランドが、ここを脱出できる幸せに比べれば、旅の苦労などなんでもないと思いますよ、と突然言い出したので、夫人は顔色を変えた。ニューランドは急に高い調子の声で、「間もなく僕も、旅をたくさんするつもりです」と言い足した。夫人の顔に震えがよぎった。ニューランドはレジー・チヴァーズのほうに乗り出すようにして呼びかけた。「ねえ、レジー、世界一周旅行はどう？　そう、来月くらいに。君に行く気があれば、僕は喜んでご一緒するよ」それを聞いたレジー夫人が、だめですよ、盲人施設のために計画しているマーサ・ワシントン舞踏会が復活祭の週にあるんですからね、それが終わるまではレジーを行かせるわけにはいきませんよ、と甲高い声で言い、そうだね、その頃には国際ポロ競技のための練習を始めなくてはなるまい、とレジーが落ち着いて言った。

しかし、「世界一周」という言葉を聞きつけたセルフリッジ・メリー氏は、自分の蒸気ヨットで世界を回った経験があったので、地中海の港の浅いことに関する情報を、このときとばかりに披露した。だけど、それは大した問題じゃありません、だって、アテネとスミルナとコンスタンティノープルを見てしまったら、ほかに見るべきものが残っているでしょうか、と言うのだった。そしてメリー夫人は、熱病の危険があるからナポリには行かないようにとわたしたちに約束させたベンコム先生に感謝の言葉もありませんわ、と言った。

「でも、インドをきちんと見るには三週間は必要ですな」とメリー氏は、自分が軽薄な世界漫遊家でないことを示したいという希望をみせて言った。

そしてここで、婦人たちは二階の客間に上がって行った。

書斎ではローレンス・レファーツが、より有力な人物が同席しているにもかかわらず、その場を仕切っていた。

話題はいつものようにボーフォート夫妻のほうに向かい、ヴァン・デル・ライデン氏とセルフリッジ・メリー氏は、敬意のしるしとして暗黙のうちに二人の専用とされている肘掛け椅子に座って、年下の男の攻撃的な演説に耳を貸した。

キリスト教の男性倫理を称揚し、家庭の神聖さを称賛する考えを、レファーツがこれほど雄弁に述べたのは初めてだった。憤りのあまり、弁舌は痛烈になった――もし皆がわたしの例にならい、わたしの言うように行動していたなら、ボーフォートのような外国の成り上がり者を社交界が受け入れるような愚かな真似はしなかったでしょう、そうですとも、あいつがダラス家の一員とではなく、ヴァン・デル・ライデン家かラニング家の一員と結婚していたにしても、そんなことは起きなかったでしょう。さらにレファーツは、怒りをこめて問いかけた――もしそれまでに一部の家に入り込んでいなかったら、あいつがダラス家の一員と結婚する機会などなかったのでは？　レミュエル・ストラザーズ夫人のような人たちがその後やっているのと同じやり方ですよ。品のない女性に社交界が門戸を開いても、得るところの有無はともかく、害は大したことはないでしょう。だが、素性のわからない、汚れた金を持つ男を許容し始めたら、末は完全な崩壊、それも遠からず、ですよ。

老舗の仕立屋、プールで仕立てさせたスーツを身に着けた若い預言者、それもまだ石を投げられたことのない預言者のように、レファーツは激しい剣幕で言い放った。「この調子でいけば、我々の子供たちが争ってペテン師の家への招待状を求め、ボーフォートの隠し子と結婚するのを、我々は目の当たりにすることになるだろう」

「まあ、まあ、少し抑えてくれたまえよ」レジー・チヴァーズと若いヴァン・ニューランドが抗議した。セルフリッジ・メリー氏は心から驚き怯えた様子に見え、感じやすいヴァン・デル・ライデン氏の顔には苦悩と嫌悪の表情が浮かんでいた。

「隠し子がいるのかね？」耳をそばだてたシラトン・ジャクソン氏が声を上げ、レファーツがその問いを笑いでかわそうとしている間に、老紳士はニューランドの耳元に早口でささやいた。「いかがわしいものだよ、いつも物事を正したがる連中というのはね。だいたい、最低の腕のコックを雇っている連中に限って、外で食事をすると腹をこわしたなどと騒いで困ったものだ。しかし、我らのローレンス君には、痛烈な非難をする理由があるらしい。なんでも、今度のお相手はタイピストだそうで――」

まるでとどまる分別を持たぬがゆえに流れ続ける川のように、会話はニューランドのそばを通り過ぎて行った。周りの人々の顔に、興味、楽しみ、さらには、浮かれ騒ぎの色さえ浮かぶのが見てとれる。年下の者たちの笑う声、ヴァン・デル・ライデン氏とメリー氏がじっくりと味わいながら口にする、アーチャー家のマデイラ酒への称賛の言葉を聞く。こういったすべての中に、自分に対する一同の親切な態度があることを、ニューランドは漠然と意識した。捕虜である自分の囚われの状態を看守が和らげてやろうとするかのようだった。そしてそう考えると、自由になろうとする熱烈な思いが、ますます強まった。

間もなく客間で婦人たちと合流すると、メイの誇らしげな目と視線が合った。すべて見事に「うまく運んだわ」という確信が、その目に見てとれた。メイがオレンスカ夫人の横から立ち上がると、すぐにヴァン・デル・ライデン夫人が、自分の座っていた王座のような金色のソファにオレンスカ夫人を招き寄せ、そこにセルフリッジ・メリー夫人が部屋を横切って加わった。ここにも名誉回復と過去の抹消を企む共謀があるのは明らかだ、とニューランドには感じられた。ニューランドの小さな世界をまとめている、物言わぬ組織は、オレンスカ夫人の行為の妥当性やニューランドの家庭の完全な幸福を一瞬たりとも疑ったことはないと、はっきり示そうと決めていた。彼ら——愛想のよい、それでいて冷酷な人たちはお互いに、その逆のことなど、聞いたことも怪しんだことも、可能性を想像したことさえまったくないというふりを貫こうとしていたのだ。相互の偽りで入念に作り上げた織物から、ニューランドは自分がオレンスカ夫人の愛人だと思われている事実を、再び引き出した。妻の目に勝利の輝きを見て初めて、妻も同じ考えであることがわかった。この発見が心の悪魔に引き起こした笑いは、レジー・チヴァーズ夫人と若いニューランド夫人を相手にマーサ・ワシントン舞踏会について話を続ける努力をしている間中、胸の中に反響していた。こうしてこの宵は、まるでとどまる術《すべ》を知らぬ無分別な川のように流れ過ぎて行った。

ついに、オレンスカ夫人が立ち上がって別れを告げる姿が目に入った。あの人は間もなく行ってしまう、食卓で僕は何を言っただろう、と考えたが、会話は一言も思い出せなかった。

一同はその周りを取り囲んだ。メイは夫人と握手を交わし、身をかがめて夫人にキスした。

「間違いなく、メイのほうがずっと美人だね」レジー・チヴァーズが若いヴァン・ニューランド夫人に小声でそう言うのが聞こえた。それを聞いたニューランドは、メイの美しさについてのボーフォートの粗野な皮肉を思い出した。

次の瞬間、ニューランドは玄関にいて、オレンスカ夫人の肩に外套を着せかけていた。心は混乱していたが、夫人を驚かせたり、その心を乱したりするようなことはいっさい言うまいと決めていた。もうどんな力によっても、自分の目的を阻むことはできないという確信があったので、物事を自然の成り行きに任せておく余裕を感じていた。けれども、オレンスカ夫人のあとについて玄関に来たときに突然、馬車の扉の所で一瞬でも二人だけになりたいという強い願いに襲われた。

「馬車は来ていますか？」とニューランドは訊ねた。するとその瞬間に、クロテンの毛皮をまとって威厳に満ちたヴァン・デル・ライデン夫人が「エレンはわたしたちがお送りします」と静かに言った。

ニューランドは心臓がびくっとした。オレンスカ夫人は、外套と扇を片手で押さえながら、もう一方の手をニューランドに差し出して「さようなら」と言った。

「さようなら――でもまたすぐにパリで」普通の声でそう答えたつもりだったが、自分の耳にはまるで大声で叫んだように思えた。

「ああ、もしメイと一緒に来てくださるなら――」と夫人は小声で言った。

ヴァン・デル・ライデン氏が前に出て、夫人に腕を差し出したので、ニューランドはヴァン・デル・ライデン夫人のほうを向いた。大きな四輪馬車の渦巻く闇の中に、目の輝き続ける卵形の顔がぼんやりと浮かんでいるのが、少しの間だけ見えて――そして夫人は行ってしまった。

二階に行く階段の途中で、降りて来るローレンス・レファーツ夫妻とすれ違った。レファーツはニューランドの袖をつかんで引き留め、妻のガートルードを先に行かせた。

「ねえ、君、明日の晩だけど、クラブで一緒に食事をすることにしておいてくれないか。いいやつだな、助かるよ。じゃ、おやすみ！」

「ほんとうにうまくいったでしょう？」メイが書斎の入り口に立って訊ねた。

ニューランドは、はっとして身を起こした。客たちの最後の馬車が去ると、書斎に上がって来て閉じこもっていた。メイはまだ階下にいたが、そのまま自室に引き上げるだろうと思っていたのだ。だが、そこに立つメイは、疲れきって青ざめてはいるものの、疲労の限界を超えた人に特有の、不自然な活気に輝いていた。

「書斎に入って、お話ししてもいい？」

「もちろんだよ。でも、ひどく眠いのでは？」

「いいえ、眠くはないの。少しだけ、一緒にいたいと思って」

「うん、かまわないよ」ニューランドはそう言って、メイの椅子を暖炉の近くに寄せた。

メイがそこに座り、ニューランドも自分の席に戻ったが、長いこと二人とも黙ったままだった。ついにニューランドが、唐突に切り出した。「君が疲れていなくて、話がしたいということなら、僕には言わなくてはならないことがあるんだ。この前の晩に話そうとしたけれど――」

メイはさっとニューランドを見た。「ええ、何か自分についてのことだと」

「うん、僕のことだ。君は疲れていないと言うけれど、僕は疲れて、くたくたなんだ――」

それを聞いた途端に、メイは優しい気遣いでいっぱいになった。「ああ、それを心配していたのよ、ニューランド。あまりに働きすぎなんですもの」

「その通りかもしれない。とにかく、僕は逃げ出したい――」

「逃げ出す？　法律の仕事をやめて？」

「とにかく、ここから出て行きたいんだ――すぐに。長い旅に出て、遠くへ。すべてから逃れて」

そこで言葉を切った。変化を望みながらもそれを歓迎できないほど疲れきっている男の無頓着さを装って話そうという企ては失敗だ、と悟った。何をしようとしても、熱意の弦に震えが走るのだ。「すべてから逃れて」とニューランドは繰り返した。

「とても遠くに？　例えば、どこへ？」メイが聞いた。

「ああ、わからないけど、インドとか――日本とか」

メイが立ち上がった。ニューランドは両手に顎をのせ、頭を垂れて座っていたが、暖かく香《かぐわ》しいメイの気配を頭上に感じていた。

「そんなに遠くへ？　でもそれはできないと思うの」メイの声は、頼りなく揺らいでいた。「わたしを一緒に連れて行くのでない限りは」そう言ってもニューランドが黙ったままなので、メイは先を続けたが、その調子ははっきりと落ち着いていたので、ニューランドの頭を打つ木槌のように、一語一語が刻まれた。「もしお医者様方から、わたしが行くお許しが出れば、ということだけど――でも、出ないと思うの。今朝はっきりわかったのよ、ニューランド、ほら、わたしがずっと心から待ち望んでいた、あることが確実だと」

ニューランドは顔を上げ、さえない表情でメイを見つめた。メイは露にぬれたバラのようにくずおれて、ニューランドの膝に顔を埋めた。

「ああ、メイ」ニューランドはメイを抱き寄せ、その髪を冷たい手で撫でた。

長い沈黙があった。その間中、心の中の悪魔たちが耳障りな声で笑っていた。メイはニューランドの腕を離れて立ち上がった。

「思ってもみなかった——?」

「いや——僕は——うん、だけど、もちろん願っていたことだよ」

二人はお互いをちらっと見て、また沈黙した。ニューランドはメイから視線をそらして、いきなり訊ねた。「ほかの誰かに話した?」

「母と、あなたのお母様にだけ」メイはそこで言葉を切り、額まで赤くなりながら、急いで付け足した。「それに——エレンにも。ほら、午後に二人で、長くお話したって言ったでしょう。そしてエレンがとても優しかったって」

「ああ」ニューランドは心臓が止まる思いだった。

メイが自分をじっと見つめ続けているのを意識した。「ニューランド、エレンに先に話したこと、気になるの?」

「気になる？　そんなこと、あり得ないじゃないか」ニューランドは気を落ち着けようと努力しながら言った。「でも、あれは二週間も前のことだよね？　今日ははっきりわかったと、さっき言っていたと思うけど」

メイはいっそう顔を赤らめながら、ニューランドの視線を受けとめた。「ええ、あのときはまだ確かじゃなかったけど――エレンには、確かだって言ったの。そして、ほら、正しかったでしょう！」メイは語気を強めて言った。青い目が勝利で濡れていた。

第三十四章

ニューランド・アーチャーは、東三十九丁目の自宅の書斎で、書き物机の前に座っていた。

メトロポリタン美術館の新しい展示室の開室を祝う、大々的な公式レセプションから戻ったところだった。長年にわたる収集の成果でぎっしりの広い空間、そして体系的に整理された貴重な品々を見て回る、上流の人々――その光景が、さびついたばねのようになっていた記憶を突然押したのだった。

「ああ、ここは昔の、チェズノーラの発掘品の部屋の一つだね」と誰かが言う声が聞こえた。その瞬間に、周囲のすべてが消え去り、ニューランドは暖房装置の前の、革張りの長椅子に一人で座っていた。アザラシの毛皮の長い外套を身にまとった、ほっそりした人が、古い美術館のわびしげな部屋から去っていく姿が目に浮かんだ。

この幻影がたくさんの連想を呼び起こした。三十年以上にわたって、自分の孤独な黙想と家族会議のすべてが行われる場となって来た書斎を、ニューランドは座ったまま、新しい目で眺めていた。

人生の中で、現実の出来事はほとんどすべて、この書斎で起こった。妻が約二十六年前、身ごもったことを、新しい世代の女性が聞いたら微笑せずにはいられないような遠回しの言い方で頬を染めて告げたのも、この書斎だった。身体が弱くて真冬に教会へ連れて行けなかった長男のダラスが、昔からの友人であるニューヨークの司教の手で洗礼を受けたのもここだった。ちなみにこの司教は堂々と恰幅の良い人で、長年教区の誇りとして看板的存在となった、余人を以て代え難い人物だった。またここは、ダラスが「パパ」と大声で呼びながら、部屋の向こうから初めてよちよちと歩み寄ってきたところで、そのときドアの陰ではメイと子守が笑い声をあげていたものだった。二人目に生まれたメアリー(母親そっくりの娘だった)が、レジー・チヴァーズの息子たちの中で一番退屈だが頼りになる青年との婚約を告げたのも、この書斎だった。グレース教会に向かう自動車が待つ玄関へ降りて行く前に、ウェディングヴェールを着けたメアリーにキスしたのもここだ――ほかのすべてが根幹から揺らいでしまった世界にあって、「グレース教会での結婚式」だけは、ずっと不変のしきたりだったのだ。

子供たちの将来についてニューランドとメイとが話し合ったのも、常にこの書斎だった。ダラスとその弟ビルの勉学のこと、習い事にはどうしようもなく無関心でスポーツと慈善活動に熱中するメアリーのこと、好奇心旺盛で落ち着きのないダラスが、最終的にニューヨークの新進建築家の事務所に落ち着く動機となった、漠然とした「芸術」嗜好のことなどである。

当節の若者たちは法律や実業の分野だけにとらわれず、さまざまの新しいことに手を染めている。国政や自治体改革に興味がないなら、おそらく中央アメリカの考古学、建築学、造園などの方面に進むだろう。米国独立戦争以前の建造物に深い関心を寄せ、ジョージ王朝風の様式を研究・応用したり、「植民地《コロニアル》」様式という語の無意味な使用に異議を申し立てたりもする。いまどき「コロニアル」様式の家を持っているのは、郊外に住む大富豪の食料雑貨商くらいのものだろう。

けれども、とりわけ記憶に残っているのは――ニューランドはそれを何より特別だと思うことが時々あったのだが――あるとき、オールバニーから来て晩餐をともにし、一晩泊まったニューヨーク知事が、握りこぶしでテーブルを打ち、眼鏡の縁を噛みながら、この家の主に向かってこう言い放ったのが、この書斎だったことだ。「職業的な政治家なんか、くたばるがいい！　ニューランド、まさに君こそ、この国が求める人間だ。長年の腐敗を一掃する必要があるときに、君のような人こそ、その仕事に手を貸してくれなくては」

「君のような人」――その言葉に、ニューランドはどんなに胸を熱くし、どんなに熱心にその要請に応えたことか！　それはかつてネッド・ウィンセットが、袖をまくり上げて泥の中に入って行け、と言ったことの繰り返しでしかなかった。しかし、その行動を実際にやってみせた人から言われると、自分のあとに続け、という呼びかけには抵抗できなかった。

いま振り返ってみれば、自分の国が――少なくともセオドア・ルーズヴェルト(23)が示したような実際的な活動において――必要としていたのは自分のような人間だったのかどうか、確信は持てなかった。事実、そうではなかったと思われる理由もあった。州議会の下院議員を一年間務めた後、再選されなかったからだ。そこでニューランドは、人の役には立つが目立たない、自治体の仕事に喜んで戻り、そこからさらに、この国を無気力状態から奮起させようとする改革派の週刊誌の一つに時折原稿を書くという生活に戻った。特に回顧するほどのこともない半生だった。だが、同じ社会の同世代の若者が将来に期待していたもの――それは蓄財、スポーツ、社交界という狭い習慣の範囲にとどまり、そこが彼らの視野の限界だった――を考えると、新しい状況をめざすための、自分のささやかな貢献にも価値があるように思えた――頑丈な壁を形作るレンガの一つ一つが大事な役割を果たすように。公的な生活においてなし得たことはほとんどなかったし、これからも生来の、黙想にふけりがちな好事家《ディレッタント》であり続けるだろう。しかし、崇高なことを考え、素晴らしいことに楽しみを見いだしていた。そして、ある一人の偉大な人との友情を、支えと誇りにしていた。

　要するにニューランドは、人々が「よき市民」と呼び始めている類の人間だった。もう長年にわたってニューヨークでは、慈善活動、市政、芸術など、分野を問わず、あらゆる新しい活動においてニューランドの意見が考慮され、その名が求められた。肢体不自由児のための最初の学校の創設、美術館の改組、グロリエ・クラブ(24)の設立、新しい図書館の発足、新しい室内楽団の結成などの問題が起きるたびに、人々は「ニューランドに聞いてみろ」と言った。それでニューランドの毎日は忙しく、立派な仕事で埋まっていた。一人の人間として求めるべきはこういうことがすべてだと思うようになっていた。

　自分には手に入らなかったものがある――人生の華というようなものが、とニューランドは感じていた。しかし今になって考えてみると、あまりに手の届かない、現実に起こりそうもないもので、そういうものを欲しがるのは、くじで一等賞が当たらないのを嘆くようなものだと思えた。自分の引くくじは何億本もあるのに、その中に一等賞は一本だけ――それを引き当てる見込みは、決定的に薄かった。ニューランドがエレン・オレンスカのことを考えるとき、それは書物や絵画の中の、想像上の想い人を考えるときと同様、抽象的で心穏やかな思いだった。エレンはすでに、自分が手に入れられなかったものすべてが合成されたイメージになっていたのだ。それはかすかで弱いものであったが、そのおかげでニューランドは、ほかの女性のことを考えずにいることができた。いわゆる誠実な夫だったのである。メイが急逝したとき――末の子供の看病をしているときに感染性の肺病になったのが原因だったのだが――ニューランドは心から悲しんだ。たとえ結婚が単調な義務だったとしても、義務としての尊厳が保たれている限り、大した問題ではないということを、メイとの長い結婚生活によって学んだ。そこから逸れると、単なる醜い欲望の争いに陥ってしまう。周囲を見回し、ニューランドは自分の過去を称えるとともに、過ぎたことを嘆いた。結局、古いやり方にも良いところがあったのだ。

ニューランドの目は部屋を見回して――イギリスのメゾチント銅版画、チッペンデール様式の戸棚、紺と白の選りすぐりの陶器、感じの良い笠のついた電気スタンドなど、書斎はダラスの手によって調《ととの》え直されていた――古いイーストレイクの書き物机に戻って来た。これはニューランドが決して手離す気になれなかったものだ。そして視線はそこから、今も変わらずインクスタンドのそばにある、メイを写した初めての写真に向けられた。

そこにメイが――すらりとした長身、豊かな胸、糊のきいたモスリンの服に、つばの垂れた麦わら帽子を被って、伝道所の庭のオレンジの木の下に立っていたときのメイがいた。あの日ニューランドが見た姿を、メイはそのままにとどめていた。あのときの精神の高みに再び達することはなかったが、大きく下回ることも決してなく、寛大で誠実で疲れを知らなかった。ただ、想像力に欠け、成長する力がなかったため、メイの若き日の世界はいったんばらばらに壊れ、変化に気づかないまま再建されることになったのだ。この頑固で明るい盲目さのおかげで、メイの前にある水平線には、見たところ変化はなかった。メイが変化を認識できないので、ニューランドが自分の考えを妻に隠していたように、子供たちも考えを母に明かさなかった。そもそもの最初から、偽りの同一性、父と子供たちとが無意識のうちに協力しあった、一種の罪のない《イノセント》家庭内の偽善が存在していた。そしてメイは、この世は自分の家庭と同じく愛情深く調和のとれた家庭でいっぱいの、申し分のない場所だと思いながら、世を去った。何が起ころうとニューランドは、両親の人生を形作った信条と偏愛を必ずダラスに教え込むだろうし、(ニューランドが自分の後を追ったときには)ダラスが今度はこの神聖な義務を幼いビルにきっと伝えてくれるだろうと確信していたからだ。メアリーに関してメイは、自分自身を信じるように信頼していた。そういうわけで、小さなビルを死から奪い返し、代わりに自分の命を差し出すと、メイは安んじてセントマークス教会のアーチャー家の墓所に入った。墓所にはすでにアーチャー夫人が、義理の娘メイが存在にさえ気づかなかった恐ろしい「趨勢」からもはや脅かされることもなく、安らかに眠っていた。

メイの写真の反対側には、娘の写真がある。メアリー・チヴァーズは、母親同様背が高く色白だったが、流行の変化に合わせるように、ウェストは太く、胸は平らで、少し前かがみだった。メアリーがスポーツにおいて残した素晴らしい成果は、水色のサッシュが悠々とまわるメイの二十インチのウェストでは達成できなかっただろう。その相違は象徴的に思われた。母であるメイの人生はその姿と同じく、きっちり縛られていたが、母親同様に因習的で知性に欠けるメアリーのほうは、より広い人生を生き、より寛容な考えの持ち主だった。新しい秩序にも良さはある、とニューランドは思った。

電話機が、かちっと音を立てた。ニューランドは二枚の写真から目を離すと、すぐそばにある電話の送話器をとった。ニューヨークにおける急ぎの連絡手段が金ボタンの服のメッセンジャー・ボーイの脚だけだった時代から、何と遠くに来たことだろう！

「シカゴからお電話です」

ああ、ダラスからの長距離電話に違いない、若い富豪が湖畔に建てようとしている大邸宅の計画の話でシカゴに出張中だ――この種の仕事に、事務所はいつもダラスを送り出すんだからな。

「もしもし、お父さん、はい、ダラスです。ねえ、水曜日に船で出発しませんか？モーレタニア号で。そう、今度の水曜日です。邸宅の注文主が、いろいろ決める前にイタリアの庭園をいくつか見て来てほしいと言うんです。一番早い船で、さっと。僕は六月一日までには帰って来なくちゃならないんだし」そこでダラスの声は、嬉しそうな照れ笑いになった。「だから、てきぱき動かないと。ねえ、お父さん、協力して。一緒に行きましょう」

ダラスの声はまるで同じ部屋で話しているように聞こえた。暖炉のそばのお気に入りの肘掛け椅子に座ってくつろいでいるかのように、近く自然な声だった。その事実は、普通なら驚くことではなかっただろう。電灯や大西洋の五日間横断などと同様に、長距離電話も当たり前のことになっていたからだ。だが、笑い声はニューランドをびっくりさせた。この国の何マイルも何マイルも向こうから――森、川、山、平原、騒々しい都会、そして忙しく無関心な何百万人もの人々を越えて――ダラスが笑いながら「もちろん、何があっても一日には帰って来なくちゃならないんだ。だって、ファニー・ボーフォートと僕は五日に結婚するんだから」と伝えることができるとは、やはり素晴らしい、と思えたのだ。

そのダラスの声が、再び話し始めた。「よく考えてみる、ですって？　だめですよ、お父さん、待てません。今すぐ、いいと言ってくれなくちゃ。なぜだめなのか、知りたいな。一つでも理由を言えるなら——でも、言えないでしょう、わかってましたよ。では、いいんですね？　実はお父さんに、明日の朝一番にキュナード社に電話してほしいんです。今回は、僕たちがこんなふうに一緒に旅ができる最後の機会になるよ。ああ、良かった。きっとそうしてくれると思ってましたよ」

シカゴとの電話は切れた。ニューランドは立ち上がり、部屋を行ったり来たりし始めた。

確かにこれは、ダラスと一緒にこんなふうに旅をする最後の機会になるだろう——息子の言うとおりだ。ダラスの結婚後には、ほかの「機会」がたくさんあるだろうことも、ニューランドは確信していた。父子二人は生まれながらの親友であり、ファニー・ボーフォートは他人からどう思われているにせよ、二人の親密さに干渉などしそうにない、これまで見て来たところではむしろ逆に、自然に仲間に加わってきそうな人だと思われたのだ。けれども、変化は変化であり、違いは違いだ。将来の義理の娘に惹かれてはいたが、息子と二人だけになれる最後の機会は、大いに魅力的だった。

実際、この機会をとらえない理由はなかった——旅をする習慣をなくしているという深い理由を除けば。メイは、子供たちを海や山に連れて行くというような明確な理由のない移動を好まなかった。三十九丁目の家やニューポートのウェランド家の居心地の良い住居を離れる理由として、それ以外には考えられなかったのだ。ただし、ダラスが学位を取ったときには、六か月の旅に出るのが親としての務めと考えたので、家族一緒にイギリス、スイス、イタリアをまわる古風な旅行をすることになった。時間が限られていたので(その理由は誰にもわからなかったが)、フランスは省略された。ランスやシャルトルの代わりにモンブランを考えようと言われたときのダラスの憤激は、ニューランドの記憶に残っていた。けれども、メアリーとビルは、ダラスに従って訪ねたイギリスの大聖堂の数々に飽きて登山をしたがっていたので、常に子供たちに対して公平を心がけていたメイは、運動と芸術の均衡をとるべきだと主張したのだ。実はメイは、ニューランドが二週間パリへ行き、スイスを「済ませた」自分たちとイタリアの湖水地方で合流するプランはどうかとニューランドに提案したが、ニューランドが「みんな一緒に行動するのがいい」と言ってそれを断ったので、ダラスによいお手本を示してくれたことを喜んで、メイの顔は明るくなったのだった。

二年近く前にメイが亡くなって以来、自分が同じ日常を続ける意味はない、とニューランドには思えた。子供たちは旅行を勧め、メアリー・チヴァーズは「海外で「美術館巡り」でもなされば、きっとお父さんの身体にいいと思うわ」と言った。メアリーにはその方法は不可解なものだったために、その効力をいっそう信じたのである。しかしニューランドは、習慣、思い出、そして新しいことを嫌がる気持ちなどによって自分が縛られているのを感じていた。

いま過去を振り返って、ニューランドは自分がいかに深い轍《わだち》の中に落ちていたのかを悟った。義務を果たす行為によってもたらされる最悪の状況は、ほかの何をするのにも不向きになってしまうことらしい。それが少なくとも同じ世代の男たちの考えだった。正と不正、正直と不正直、高潔であることとその逆といった明確な区別は、予想不可能なものの入る余地をほとんど残していない。現実の世界の水準まで容易に抑えられてしまう人間の想像力が、日常のレベルを超えた高みに突然上がって、運命の長い曲折を見渡す瞬間があるものだが、ニューランドもその高みで、思いを巡らした。

自分がその中で育ってきた小さな世界、その基準に自分を従わせ、縛ってきた世界の、一体何が残っているだろうか？　まさにこの部屋で、何年も前にローレンス・レファーツが冷笑的に口にした予言のような言葉が思い出された――「この調子でいけば、我々の子供たちはボーフォートの隠し子と結婚するだろう」

ニューランドの人生の誇りである長男がしようとしているのは、まさにそのことだった。しかも、それに驚いたり非難したりする者は、一人もいなかった。ダラスのおばで、昔とまったく変わらない外見のジェイニーでさえ、母のエメラルドと小粒真珠の装飾品を、包んであったピンク色の綿から取り出し、引きつる手でみずから未来の花嫁の元に届けた。するとファニー・ボーフォートは――パリの宝石店の宝石一式でないことに失望の色を見せるどころか――その古風な美しさに感嘆の声を上げ、これを身に着けたらイザベイの描いた細密肖像画の女性になったような気がするでしょうね、と言った。

ファニー・ボーフォートは、両親を亡くした後、十八歳でニューヨークに現れたのだが、三十年前のオレンスカ夫人と同じくニューヨークの人々の心をつかんだ。唯一の違いは、夫人のときと違って、社交界がファニーに不信の目を向けたり恐れたりすることなく、当然のように喜んで受け入れたことだった。ファニーは可愛らしく、人を楽しませ、洗練されていた。それ以上に必要なものがあるだろうか。父親の過去や本人の生まれなどといった、忘れられかけた事実を暴き立てるような、度量の狭い者はいなかった。ニューヨークの実業界で起きたおぼろげな出来事の一つとなっているボーフォートの破産、妻の死後にあの評判の悪いファニー・リングとひそかに結婚し、母親の美しさを受け継いだ幼い娘を連れて、三人でアメリカを去ったという事実――それを記憶しているのは、年配の人たちだけだった。コンスタンティノープル、次いでロシアにいるという噂が流れ、十数年後にはアメリカからブエノスアイレスに行った旅行者たちが、そこで大きな保険会社を持っていたボーフォートから歓待を受けたという。富裕のうちに夫婦は世を去り、その忘れ形見である娘がある日、メイ・アーチャーの義姉であるジャック・ウェランド夫人に伴われてニューヨークに現れた――夫人の夫ウェランド氏が後見人に指名されていたからである。その結果ファニーは、ニューランド・アーチャーの子供たちとほとんどいとこのような関係となり、やがてダラスとの婚約が発表されても、驚く人はいなかった。

世界がどれほど大きく変化したか、これ以上はっきり示す事実はないだろう。この頃の人間は忙しすぎる――改革、「運動」、さらには一時的流行や執着やくだらぬことにかまけて、隣人など気にしない。それに、他人の過去にどんな意味があるだろう――すべての社会的原子が同じ平面上でくるくる回っている、巨大な万華鏡のような世界で。

ニューランド・アーチャーは、堂々として華やかなパリの街路をホテルの窓から見おろしながら、若いときのような動揺と熱意とで心臓が激しく鼓動しているのを感じた。年齢とともに幅の広がるベストの下の心臓が、こんなに飛び跳ねるほど鼓動を速めるのは久しぶりのことだった。次の瞬間、胸は空《から》になり、こめかみが熱くなった。ファニー・ボーフォート嬢の前ではダラスの心臓も同様に鼓動を速めるのだろうか、とニューランドは考え、そんなことはない、と答えを出した。「きっと同じくらい活発に動くだろうが、リズムが違う」そう考え、婚約を発表したときのダラスが、家族の賛成を当然のこととして疑わなかった冷静さを思い出していた。

「今どきの若者は、望むものは何でも手に入るのが当然と思っていて、我々はそんなふうに思ってはいけないとされていた——そこに違いがある。ただ、確実に手に入ると前もってわかっていたら——これほど激しく胸が高鳴るだろうか」

パリ到着の翌日だった。ヴァンドーム広場の銀白色の眺望を見晴らす、開かれた窓辺で、春の日差しがニューランドを包んでいた。ダラスと一緒に来ることに同意したとき、ニューランドの出した条件の一つ——と言うより、ほとんど唯一の条件だったのだが——は、パリでは新式の「宮殿」のようなホテルには宿泊させないでほしいということだった。

「ああ、いいですよ。もちろんそうしましょう」とダラスは快諾し、「どこか旧式の素敵なところにします——ブリストルとか」と言った。ニューランドは言葉が出なかった——百年もの間、王や皇帝たちの滞在場所だったところが、今や風変わりな不便さと地方色の名残りを求めて訪ねる、旧式な宿とされているとは――。

オレンスカ夫人が去って、耐え難い思いをしていた最初の数年間、ニューランドは自分がパリに戻って行くところを思い描いた。やがて個人的なイメージが薄れると、この都市を単にオレンスカ夫人の人生の背景として見ようとした。家中が寝静まった後の書斎に一人座って心に描くのは、マロニエの並木道に輝きだす春の訪れ、公園の花や彫像、花売りの手押し車から漂うライラックの香り、ゆるやかに曲がりながら大きな橋の下を流れる川、そして力強い動脈一本一本をあふれんばかりに満たす、芸術と学問と喜びの生活だった。いまその輝かしい光景が、目の前に広がっている。眺めていると、自分が内気で時代遅れで力不足の人間に思えた。かつて自分がなろうと夢見た堂々たる人物に比べると、小さな灰色の点に過ぎない……。

ダラスの手が、元気よく肩に置かれた。「ねえ、お父さん、素敵な眺めだよね」二人は何も言わずに、そのまましばらく外を眺めた。それからダラスが続けた。「ところで、お父さんに伝言があります。オレンスカ伯爵夫人から、僕たちを五時半にお待ちしていますって」

ダラスは、軽くさりげない言い方でそう言った――ごく普通の情報、例えば翌日のフィレンツェ行きの列車の時刻でも伝えるかのように。ニューランドはダラスの顔を見た。

曾祖母にあたるミンゴット夫人の意地悪さが、ダラスの若々しく明るい目の中に、ちらっと光ったように思えた。

「あ、話してなかったかな?」とダラスは続けた。「パリにいる間に三つのことをするようにとファニーに約束させられたんです――ドビュッシーの最新の歌曲の楽譜を手に入れること、グランギニョール小劇場に行くこと、それにオレンスカ夫人に会うこと。ボーフォートさんがブエノスアイレスからファニーを聖母被昇天修道会の付属学校に送ったとき、オレンスカ夫人はファニーにとても親切にしてくれたんです。ファニーはパリに一人も友達がいなかった。それで夫人はファニーにとてもよくしてくれて、休日には馬車で連れ出してくれたそうです。オレンスカ夫人は、最初のボーフォート夫人ととても仲が良かったんでしょう? うちとは親戚でもあるし。だから、僕は今朝出かける前に電話をかけて、父と僕は二日間パリにいるのでお会いしたいです、って言ったんですよ」

ニューランドはダラスをじっと見つめたままだった。「わたしがパリに来ていると言ったんだね?」

「もちろんです――どうしてそれがいけないんです?」ダラスはふっと眉を上げた。父からの返事がないので、ダラスは腕をそっと父の腕に滑り込ませた――打ち明け話を求めるように。

「ねえ、お父さん、どんな人だったの？」

息子の物おじしないまなざしで見つめられて、ニューランドは顔が紅潮するのを感じた。「さあ、すっかり白状したらどうです。あの人とはとても仲がよかったんでしょう？　すごく綺麗だった？」

「綺麗？　わからない。ほかの人と違ってはいたよ」

「ああ、そこなんです。いつだって、そういうものじゃありませんか？　その人が現れる、見ると明らかにほかの人と違う、だけどなぜかはわからない。僕がファニーに対して感じるのも、それとまったく同じです」

ニューランドは一歩下がり、ダラスの腕を離した。「ファニーに対して？　だがお前――もちろん、そうだろうね。しかし、わからないのは――」

「まったく、お父さんったら、あんまり時代遅れなことを言わないでください！　あの人は――昔――お父さんにとってファニーみたいな人だったんでしょう？」

ダラスは完全に新しい世代の人間だった。ニューランドとメイのアーチャー夫妻にとって最初の子供だったが、遠慮というもののかけらさえ植え付けることができなかった。

「秘密にしておいて、何の役に立つんですか？　人はますます詮索したくなるだけです」

――慎み深くなりなさいと言われるたびに、ダラスは必ずそう言って異議を唱えたものだった。しかし、いま目が合ったときにニューランドは、冗談めかした言葉の陰に、親への気遣いがあるのを悟った。

「わたしにとってファニーみたいな人?」

「そうだな、その人のためならすべてを投げうってもかまわない女性っていうことです。ただ、お父さんはそうしなかったけど」人を驚かせるようなことを言う息子が、そう言った。

「わたしはそうしなかった」ニューランドはいつになく重々しい口調で繰り返した。

「そうですよね、時代遅れのお父さん。でも、お母さんから聞いた話では――」

「お母さんから?」

「ええ、亡くなる前の日です。僕だけ呼ばれたときのことだけど――覚えてる? お父さんといれば僕たちは安心だし、これからもずっと大丈夫だと確信しているって言われました。昔、お母さんが頼んだら、お父さんは一番欲しいものを諦めてくれたから、だって」

この不思議な話を、ニューランドは黙って聞いていた。窓の下の、日の当たる広場に視線を向けたままだったが、目には何も見えていなかった。ついに口を開いたとき、低い声で「お母さんは、一度も頼みはしなかったよ」と言った。

「そうですね。忘れていました、お父さんたちはお互いに何か頼んだことなんか、一度もないんでしょう？　何か話したこともない。ただ座って見つめ合って、心の中で何が起きているか推測する。耳と口の不自由な人の聖域みたいだね！　僕たちが時間をかけて自分たちの考えを知るより、ずっとよくお互いの思いがわかるという点で、お父さんたちの世代に敬意を表しますよ。ねえ、お父さん」ダラスはちょっと言葉を切った。「怒ってないでしょう？　もし怒っているなら、仲直りしてアンリの店にランチに行きましょう。僕はその後、大急ぎでヴェルサイユに行かなくちゃならないので」

ニューランドはヴェルサイユには同行しなかった。午後は一人でパリを散策するほうが良かったのだ。言葉に表せないほど長い間の、積もる後悔と封じ込めてきた思い出、その両方と同時に向き合う必要があった。

少しすると、ダラスの思慮の浅さを遺憾に思う気持ちは消えていた。結局、自分の心を推し量り、同情してくれた人がいたことを知るのは、心を締めつけていた鉄の輪が取り去られることのように思えた。しかも、それが妻であったとは、言葉にならないほどの感動だった。ダラスは愛情深い洞察力の持ち主だったが、これは理解できないことだったろう。ダラスにとっては、虚しい挫折と無駄になった力の痛ましい例の一つに過ぎなかったに違いない。しかし、ほんとうにそれだけだったのだろうか。ニューランドは長い間シャンゼリゼ通りのベンチに座って考えを巡らせた。人生が川のように、その傍らを流れて行った。

通りを数本隔てた先で、数時間後にエレン・オレンスカが待っている。エレンは夫の元に一度も帰らず、その夫が数年前に亡くなっても生き方に変化はなかった。いま、エレンとニューランドとを隔てるものは何もなく――夕刻にはエレンに会うのだ。

ニューランドは立ち上がり、コンコルド広場とチュイルリー庭園を横切ってルーヴル美術館へ行った。ルーヴルにはよく行くとエレンが話していた――最近エレンが来たかもしれないと思える場所でそれまでの時間を過ごす、という考えに惹かれたのだ。ニューランドは一時間ほど、展示室から展示室へと、午後の明るい光の中を歩き回った。忘れかけていた輝かしさで、絵が一枚一枚、目の前に現れ、反響を持った美しさで魂を満たした。ああ、これまでなんと潤いに餓《かつ》えた人生だったことか……。

眩いティツィアーノ(26)の絵の前に立ったときに突然、ニューランドは思わずつぶやいていた――「しかし、僕はまだ五十七歳だ――」そして背を向けた。そんな夏の夢を見るには遅すぎる。だが、あの人の近くで幸せな静寂に包まれ、友人、仲間として静穏に収穫を得るには、まだ間に合うに違いない。

ニューランドは、ダラスと落ち合う約束のホテルに戻った。ダラスと一緒に、再びコンコルド広場を横切り、下院に通じる橋を渡った。

ダラスは父の胸の内に気づいていなかったので、興奮のあまりヴェルサイユについて饒舌になっていた。以前にヴェルサイユを一度だけちらっと見たことがあったが、それは家族旅行の際にスイスに行かねばならなかったために行き損ねた名所をすべて詰め込もうとした休暇旅行だった。それでいま、ほとばしるような感激と自信満々の批評とが、交互にあふれ出していたのだ。

ニューランドはそれに耳を傾けているうちに、自分は無力で表現力を持たない人間だという思いが、ますます強まった。ダラスが無神経でないことはわかっている。運命を支配者でなく自分と対等のものと見なし、そこから生じる、柔軟さと自信を備えているのだ。「そうだ。彼ら若者は、すべてにおいて対等だと感じている――行くべき道を知っているのだだ」ニューランドはそう考えた。ダラスは、すべての陸標を吹き飛ばし、同時にすべての道標や危険信号をなくした、新しい世代の代表なのだろう。

ダラスが急に立ち止まってニューランドの腕をつかみ、「ああ、すごい！」と叫んだ。

二人は廃兵院《アンヴァリッド》前の、木々が植えられた広い場所に来ていた。建築家マンサール(27)の手がけた金色の丸屋根が、長くのびる建物の灰色の正面と芽を出しかけた木々の上に、優美に浮かんでいるようだった。午後の光をすべて吸収し、民族の栄光を目に見える形で象徴する姿だった。

オレンスカ伯爵夫人の住まいが、廃兵院から放射状に広がる通りのうちの一本に近い広場に面していることを、ニューランドは知っていた。中心にあって周囲を照らす華麗な存在のことを忘れて、夫人の住む一画は静かで奥まったところだと想像していた。いま不思議な連想によって、その金色の光は、ニューランドにとって夫人の住むあたりをあまねく照らす輝きとなった。不思議なほどわずかしかニューランドが知らない夫人の人生は、自分の肺には濃密で刺激的すぎるとすでに感じている、この豊かな空気の中で、三十年近く送られてきたわけだ。夫人が訪れたに違いない劇場、見たに違いない絵画、よく訪問したに違いない、落ち着いていて立派な古い邸宅、会話したに違いない人々のことなどをニューランドは考えた。遠い昔からの生活様式を背景に、非常に社交的な人々によって絶え間なく発動される思考、好奇心、概念、連想なども思い浮かべた。すると突然、あのフランス人青年の言ったことを思い出した――「ああ、良質の会話、これに比肩するものがあるでしょうか」

ニューランドはこの三十年近くの間、リヴィエール氏に会っていなかったし、消息も聞いていなかった。その事実は、オレンスカ夫人の生活をいかに知らないかを示すものだった。一生の半分以上の年月が二人を隔てており、その長い期間を、夫人はニューランドの知らない人たちの間で、ニューランドにはかすかに想像できるだけの社会で、そして決して完全には理解できない状況で、過ごしてきた。そしてその間、ニューランドのほうは夫人についての若いときの記憶とともに生きてきた。しかし、もっと実体のある交際の中で夫人が生きてきたのは確かだった。ひょっとしたら、夫人もニューランドの思い出を何か特別のものとして持ち続けているかもしれないが、もしそうだとしても、それは薄暗い小さな教会の中にある遺物のようなもので、毎日祈りを捧げる時間はなかったに違いない。

父と子は廃兵院広場を横切り、その建物の側面に沿った大通りを歩いていた。輝かしさと長い歴史にもかかわらず静かな一画で、その事実はパリの豊かさを示すものだった――このような情景が、少数の、特に関心もない人々に残されているのだから。

次第に柔らかなもやが立ち込め、黄色の電灯が灯りはじめた。二人が行きついた小さな広場には、通行人の姿もほとんどなかった。ダラスは再び足を止めて、上を見た。

「ここに違いないな」ダラスはそう言いながら、ニューランドの腕にそっと腕を滑り込ませた。ニューランドははにかんで腕をそのままにし、一緒にその家を見上げた。

特に目立つ特徴のない現代風の建物で、窓が多く、広いクリーム色の正面には感じの良いバルコニーがついていた。上方の階の、広場のマロニエの丸みのある天辺より遥か上にあるバルコニーの一つには、太陽の光が今まであたっていたかのように、日よけがまだ下ろされたままだった。

「何階だろう」ダラスは推測する様子だったが、車寄せのある入り口に近づくと、門番の小屋に首を突っ込み、戻って来て報告した。「五階だそうです。きっと、あの日よけのあるところだね」

ニューランドは、まるで巡礼の旅の目的地に着いたかのように、窓を見つめたまま動かなかった。

「ねえ、もう六時近いですよ」とうとうダラスが、そう促した。

ニューランドは、木々の下にある、一つの空いたベンチに目をやった。

「少しあそこに座っているよ」

「え、気分でも悪いの？」ダラスは驚いて聞いた。

「いや、まったく心配はいらないよ。でも、上には一人で行ってほしいんだ」

ダラスは明らかに戸惑った様子で、父の前に立っていた。「でも、お父さん、全然上がって行かないつもりなんですか？」

「わからない」ニューランドは、ゆっくりと答えた。

「行かないと、あの人は理解してくれませんよ」

「行きなさい、ダラス。あとから行くかもしれないから」

ダラスは、黄昏の中で父を見つめた。

「でも、いったい何と言えばいいでしょう」

「おやおや、何と言えばいいか、いつだってよくわかっているじゃないか」ニューランドは微笑しながら答えた。

「わかりました。父は時代遅れでエレベーターが嫌いですから、五階まで階段で上がると言うんです、と言いましょう」

ニューランドは再び微笑を浮かべた。「時代遅れだと言いなさい。それで十分だから」

ダラスはもう一度父を見て、信じられないという身振りをしながらアーチ型の入り口を入って行った。

ニューランドはベンチに腰を下ろし、日よけの下りたバルコニーをじっと見つめ続けた。息子がエレベーターで五階に上がり、呼び鈴を押して玄関に招じ入れられ、応接間に案内される時間を計った。そして魅力的な微笑を浮かべながら、自信に満ちた足どりで足早に部屋に入って行くダラスの様子を思い浮かべた。息子は自分に似ていると言われることがあるが、そういう人たちの言葉は正しいのだろうか、と考えた。

次にニューランドは、すでに部屋にいる人々を想像してみようとした。社交の時間であるからには、部屋にいる人は一人だけではないだろう――その中の、黒い髪で青白い顔色をした女性がすぐに顔を上げて立ち上がりながら、指輪を三つ着けた、長くてほっそりした手を差し出すだろう。座っているのは暖炉近くのソファのコーナーで、後ろのテーブルにはたくさんのツツジがあるだろう、とニューランドは想像をめぐらせた。

「上がって行くより、ここにいるほうが、生き生きと感じられる」そう言う自分の声が、耳に突然聞こえた。そしてその生々しさ《リアリティ》の影が薄れてしまうのを恐れて、ベンチから動けず、時を忘れてそのまま座り続けた。

濃くなる夕闇の中、ニューランドは長い間ベンチに座って、バルコニーから目を離さなかった。ついに窓に明かりが輝き、間もなく従僕がバルコニーに出て来て、日よけを上げると鎧戸を閉じた。

まるでそれが待ち受けた合図であるかのように、ニューランドはゆっくりと立ち上がり、ホテルへと一人、歩いて帰って行った。

訳注

第一部

(1) **クリスティン・ニールソン**　〈一八四三―一九二一〉スウェーデンのオペラ歌手。『ファウスト』はゲーテの同名作を題材とする、シャルル・グノーによるオペラ作品で、ニューヨークで上演された折にはニールソンがマルガリーテを演じた。

(2) **新しい歌劇場**　一八八三年十月にできた、メトロポリタン歌劇場のこと。一九六六年に移転。

(3) **クラブ**　上流階級の男性から成る社交クラブのこと。

(4) **ヴィクター・カプール**　〈一八三九―一九二四〉フランスのオペラ歌手。ニューヨークではニールソンとともに『ファウスト』に出演、ファウスト役を演じた。

(5) **ルーサー・バーバンク**　〈一八四九―一九二六〉アメリカの園芸家・育種家。バラ科の果樹育成に力を入れた。

(6) **レティキュール**　女性用の、引き紐でとじる小さなハンドバッグ。十八世紀末頃からヨーロッパで流行した。

(7) **五番街**　ニューヨーク市マンハッタン区の中心を南北に走る目抜き通り。南のワシントン・

スクエアから北のハーレム川までおよそ十二キロある。西側にはセントラルパークが広がり、現在も高級ブティックなどが立ち並ぶ。

(8) **スタテン島**　ニューヨーク湾内の島の一つ。マンハッタンの南にある。

(9) **フロックコート**　男性の昼間の礼服。

(10) **同名のロシアの女帝**　エカテリーナ二世〈一七二九―九六〉のこと。

(11) **マリー・タリオーニ**　〈一八〇四―八四〉イタリアの舞踊家。ロマンティック・バレエの代表的ダンサーで、『ラ・シルフィード』の主役が有名。

(12) **パンタレット**　婦人や少女がスカートの下にはく、長くゆったりした下着。

(13) **ウィリアム・アドルフ・ブグロー**　〈一八二五―一九〇五〉フランスの画家。主要作に「ヴィーナスの誕生」など。

(14) **『ド・カモール氏』**　フランスの小説家・劇作家、オクターヴ・フイエ〈一八二一―九〇〉の小説。フイエの作品は多くブルジョア的道徳観を描くとされ、当時の人気作家であった。

(15) **『大理石の牧神』**　アメリカの小説家、ナサニエル・ホーソーン〈一八〇四―六四〉の作。

(16) **ウォード箱**　イギリスの植物学者、ナサニエル・バグショー・ウォード〈一七九一―一八六八〉の名にちなむ植物栽培用容器。

(17) **マクラメレース**　糸やひもを結びあわせてレースのように編んだもの。

(18) **ウィーダ**　イギリス生まれの女性小説家、マリー・ルイーズ・ド・ラ・ラメー〈一八三九―一九〇八〉の筆名。後年はイタリアに住んだ。児童文学の『フランダースの犬』が有名。

(19) **エドワード・ジョージ・アール・ブルワー＝リットン**　〈一八〇三―七三〉イギリスの小説家・劇作家。政治家としても活動した。

(20) **ジョン・ラスキン**　〈一八一九―一九〇〇〉イギリスの美術評論家・社会改革家。主著に『近代画家論』など。

(21) **ジョシュア・レノルズ**　〈一七二三―九二〉イギリスの画家。人気作家として数多くの肖像画や歴史画を描いた。

(22) **ストックタイ**　牧師などがカラーの下に巻く絹のスカーフ。

(23) **カルセルランプ**　ゼンマイ仕掛けのポンプによって油が芯に供給されるランプ。十八世紀末、パリの時計師カルセルが考案した。

(24) **『国王牧歌』**　イギリスの詩人、アルフレッド・テニスン〈一八〇九―九二〉による、アーサー王伝説を元とした詩。

(25) **サラトガの戦い**　一七七七年十月にニューヨーク北部サラトガで起こった、アメリカ独立戦争中の戦闘。アメリカ軍が勝利を収めた。

(26) **チッペンデール様式**　イギリスの家具デザイナー・職人、トマス・チッペンデール〈一七一八―七九〉が始めた家具の様式。曲線が多く、ロココ調にゴシック風、中国風などさまざまの様式を取りいれたスタイルが特色。

(27) **オルモル**　青銅や真鍮に金めっきを施した装飾のこと。

(28) **トマス・ゲーンズバラ**　〈一七二七―八八〉イギリスの肖像画家・風景画家。肖像画家としては前出のレノルズと並び称される存在。

(29) **ダニエル・ハンティントン**　〈一八一六―一九〇六〉アメリカの歴史画家・肖像画家。ニューヨークの美術学校ナショナル・アカデミー・オブ・デザインの校長を務めた。

(30) **アレクサンドル・カバネル**　〈一八二三―八九〉フランスの歴史画家・肖像画家。代表的なアカデミズム派。「ヴィーナスの誕生」が有名。

(31) **ハンド**　馬の肩までの高さを測るときの単位で、一ハンドは四インチ〈一〇センチ強〉に相当。

(32) **アハシュエロス王**　旧約聖書に登場する、アケメネス朝ペルシア王クセルクセス一世の別名。王妃エステルの頼みで、ユダヤ人殺害の命令を止めさせたとされる。

(33) **アデリーナ・パッティ**　〈一八四三―一九一九〉スペイン生まれの、イタリアのオペラ歌手。『夢遊病の女』はベッリーニによるオペラで、パッティは主役アミーナを演じた。

(34) **デブレット貴族名鑑**　ジョン・デブレット〈一七五〇?―一八二二〉が一八〇二年に創刊したイギリス貴族名鑑。

(35) **ローストフト**　イングランド東部サフォークの町の名で、十八世紀後半、磁器の生産で知られた。クラウンダービーも、十八世紀後半からイングランド中部のダービーで作られた磁器。

(36) **ジャン＝バティスト・イザベイ**　〈一七六七―一八五五〉フランスの細密画家。

(37) **ジョン・アディントン・シモンズ**　〈一八四〇―九三〉イギリスの評論家・詩人。主著に『イタリアのルネサンス』『ダンテ研究序説』など。

(38) **ヴァーノン・リー**　〈一八五六―一九三五〉イギリスの評論家・作家。本名ヴァイオレット・

パジェット。長くイタリアに住み、イタリアの文芸・美術について多く書いた。

(39) **フィリップ・ギルバート・ハマートン**〈一八三四―九四〉イギリスの画家・エッセイスト。

(40) **ウォルター・ホレーショー・ペイター**〈一八三九―九四〉イギリスの批評家・小説家。審美主義的観点から書かれた著名な『ルネサンス』は一八七三年刊。

(41) **サンドロ・ボッティチェリ**〈一四四四?―一五一〇〉イタリア・ルネサンスの代表的画家。

(42) **フラ・アンジェリコ**〈一四〇〇頃―五五〉イタリア・ルネサンス初期の画家。

(43) **イーストレイク様式**　イギリスの建築家・家具デザイナー、チャールズ・ロック・イーストレイク〈一八三六―一九〇六〉が主導した、頑丈な方形を基調とする様式。

(44) **パブロ・デ・サラサーテ**〈一八四四―一九〇八〉スペインのヴァイオリニスト・作曲家。作品では「ツィゴイネルワイゼン」が特に有名。

(45) **ラ・ペ通り**　パリ中心部、ヴァンドーム広場からオペラ座へと向かう通り。高級ブティックなどが立ち並ぶ。

(46) **アルジャーノン・チャールズ・スウィンバーン**〈一八三七―一九〇九〉イギリスの詩人・評論家。代表作に『カリドンのアタランタ』『詩とバラッド』など。『チェイストラード』は一八六五年刊。

(47) **『風流滑稽譚』**　フランスの小説家、オノレ・ド・バルザック〈一七九九―一八五〇〉の作。刊行は一八三二―三七年。

(48) **「チャタムの死」**　アメリカの歴史画家・肖像画家、ジョン・シングルトン・コプリー〈一七三八—一八一五〉による絵画。

(49)「ナポレオンの戴冠」 フランスの新古典主義の画家、ジャック・ルイ・ダヴィッド〈一七四八—一八二五〉による絵画。

(50) オー・ブリオン フランスのボルドーにあるワイナリー、シャトー・オー・ブリオンで作られる、最上級の赤ワイン。

(51) エドウィン・トマス・ブース 〈一八三三—九三〉アメリカの俳優。シェイクスピア劇の俳優として知られた。弟はリンカーン大統領の暗殺者ジョン・ウィルクス・ブース。

(52) ウィリアム・ウィンター 〈一八三六—一九一七〉アメリカの作家・劇評家。前出のエドウィン・ブースの伝記も書いている。

(53) ジョージ・リグノルド 〈一八三九—一九一二〉イギリス生まれの俳優。

(54) ワシントン・アーヴィング 〈一七八三—一八五九〉アメリカの歴史家・小説家。ニューヨークに生まれ、ニューヨーク州知事の副官を務めたこともある。主著に『スケッチブック』など。

(55) フィッツグリーン・ハレック 〈一七九〇—一八六七〉アメリカの詩人。ニューヨークの社交クラブ「ニッカーボッカー・クラブ」(第二部訳注(7)参照)のメンバーであった。

(56) ジョゼフ・ロッドマン・ドレーク 〈一七九五—一八二〇〉アメリカの詩人。ニューヨーク生まれ。前出のハレックとは学生時代からの友人であった。

(57) プロスペル・メリメ 〈一八〇三—七〇〉フランスの小説家・歴史家。『カルメン』が特に有名。『ある女への手紙』は死後に刊行された。

(58) **ロバート・ブラウニング**　〈一八一二―八九〉ヴィクトリア朝を代表する、イギリスの詩人。
(59) **ウィリアム・モリス**　〈一八三四―九六〉イギリスの詩人・工芸美術家・社会運動家。『地上の楽園』『ユートピアだより』などの著作も知られる。
(60) **センチュリー・クラブ**　一八四七年に創設された、ニューヨーク市マンハッタン区にあるセンチュリー・アソシエーションのクラブ。文学や芸術の作家・愛好家から成る。
(61) **ポール・ブールジェ**　〈一八五二―一九三五〉フランスの小説家・批評家。小説では『弟子』が代表作とされる。
(62) **ジョリス＝カルル・ユイスマンス**　〈一八四八―一九〇七〉フランスの小説家・美術評論家。代表作に『さかしま』『彼方』など。
(63) **ゴンクール兄弟**　エドモン〈一八二二―九六〉とジュール〈一八三〇―七〇〉の兄弟。ともにフランスの美術評論家・小説家・歴史家。ジャポニスムの推進者として知られ、兄弟の『日記』も著名。
(64) **カロリュス＝デュラン**　〈一八三七―一九一七〉フランスの画家。イタリア、スペインで学んだのちパリに戻り、特に肖像画で名声を博した。
(65) **デルモニコス**　十九世紀前半に創業した、ウォール街の近くにある著名なレストラン。セオドア・ルーズヴェルトやマーク・トウェインも来店したとされる。ステーキが有名。
(66) **イタロ・カンパニーニ**　〈一八四五―九六〉イタリアのオペラ歌手。ソフィア・スカルキ〈一八五〇―一九二二〉も同じ。

(67)『ショーラーン』 アイルランド生まれの俳優・劇作家、ディオン・ブーシコー〈一八二〇―九〇〉による戯曲。初演は一八七四年、ニューヨークのウォラック劇場として知られる。ハリー・モンタギューはイギリス生まれの、エイダ・ディアスはアイルランド生まれの俳優。

(68)「勤勉な徒弟」 イギリスの画家・版画家、ウィリアム・ホガース〈一六九七―一七六四〉による版画シリーズ中の人物。

(69)ウジェーヌ・ラビッシュ 〈一八一五―八八〉フランスの喜劇作家。ブルジョア社会を主な舞台に数多くの作品を書いた。代表作『ペリション氏の旅行』は一八六〇年作の喜劇。

(70)エドガー・アラン・ポー 〈一八〇九―四九〉アメリカの詩人・作家。ジュール・ヴェルヌ〈一八二八―一九〇五〉はフランスの作家。空想科学小説の先駆け的存在。『八十日間世界一周』〈一八七三〉が有名。

(71)ハーバート・スペンサー 〈一八二〇―一九〇三〉イギリスの哲学者。ダーウィンの進化論にもとづき、社会進化論を唱えた。

(72)アルフォンス・ドーデ 〈一八四〇―九七〉フランスの小説家・劇作家。故郷プロヴァンス地方を舞台に描く短篇集『風車小屋だより』などが著名。

(73)『ミドルマーチ』 イギリスの小説家、ジョージ・エリオット〈一八一九―八〇〉の代表作。一八七一―七二年。

(74)「生命の家」 イギリスの詩人・画家、ダンテ・ガブリエル・ロセッティ〈一八二八―八二〉の連作ソネット集。完成し刊行されたのは一八八一年。

(75)**グレース教会**　ニューヨーク市マンハッタン区、ブロードウェイにある教会。現在は国定歴史建造物に指定されている。

(76)**『ポルトガル語からのソネット集』**　イギリスの詩人、エリザベス・バレット・ブラウニング〈一八〇六―六一〉によるソネット集。一八五〇年刊。ポルトガル語からの翻訳という体裁で、夫ロバート・ブラウニングへの愛をうたう。

(77)**ポロネーズ**　婦人用のドレス。上半身は身体にぴったりと沿ってボタンが掛かり、スカートの前裾は開いて腰の両脇で束ねられている。うしろに大きな膨らみを作って、下スカートを見せるスタイル。

(78)**アルスターコート**　長くてゆるやかな、通例ベルト付きのコート。

第二部

(1)**内陣**　祭壇の周りの、聖職者しか入れない一画のこと。

(2)**シャンティイーレース**　メッシュ地に細いコードで縁取った模様のあるボビンレース。シャンティイーはフランス北部の都市。

(3)**リニメント剤**　塗り薬の一種。鎮痛剤として用いたか。

(4)**フランシス・ワディントン・ブンゼン**　〈一七九一―一八七六〉夫についての回顧録を一八六八年に出版。

(5)**ワース**　フランス語読みで「ウォルト」とも。英国のファッション・デザイナー、チャールルズ・フレデリック・ワース〈一八二五―九五〉がパリに開いた店。ワースはオートクチュールの創始者として知られ、宮廷や社交界で大変な人気を得た。

(6) **ギー・ド・モーパッサン** 〈一八五〇―九三〉フランスの小説家。代表作に『女の一生』『ベラミ』など。

(7) **ニッカーボッカー・クラブ** 一八七一年にニューヨークで創設された男性のみの社交クラブ。

(8) **ジャン・ルイ・エルネスト・メソニエ** 〈一八一五―九一〉フランスの画家。小さな画面を細密に仕上げた風俗画が人気の作家であった。ナポレオンを描く戦争画なども有名。

(9) **ライム・ロック** ロードアイランド州ニューポート沿岸にある灯台。女性のアイダ・ルイス〈一八四二―一九一一〉が長らく灯台守を務めたことで知られる。

(10) **「レディ・ジェラルディーンの求愛」** 前出のエリザベス・バレット・ブラウニングによる詩。一八四四年刊。

(11) **メアリー・フランシス・スコット・シドンズ夫人** 〈一八四四―九六〉イギリスの女優。朗読者としても知られる。著名なサラ・シドンズは曾祖母。

(12) **ボストン・コモン** マサチューセッツ州ボストン市の中心部にある公園。かつてはピューリタンたちの集会や演説に使われた。

(13) **ハーディック馬車** 車高が低く、両側に座席のある馬車。発明者の名にちなんでこう呼ばれた。

(14) **エレミヤ書の一節(第二章二十五節)** 新共同訳によれば、以下の内容。――素足になることを避け／喉が渇かぬようにせよ、と言われても／お前は答えて言う。／「いいえ、止めても無駄です。／わたしは異国の男を慕い／その後を追います」と。

(15) **怪物ゴルゴン**　ギリシア神話に登場する、ステノ、エウリュアレ、メドゥーサの、三人姉妹の魔女。頭髪は蛇で、鋭い歯と巨大な翼を持ち、見る者を石に変えたとされる。

(16) **ジュール・ミシュレ**　〈一七九八―一八七四〉フランスの歴史家。代表作に『フランス革命史』『フランス史』など。

(17) **アデレード・ニールソン**　〈一八四八―八〇〉イギリス生まれの女優。本名エリザベス・アン・ブラウン。当時人気があり、ニューヨークでは『ロミオとジュリエット』『尺には尺を』などに出演。

(18) **ウルフコレクション**　慈善家・美術コレクターとしてニューヨークで活躍したキャサリン・L・ウルフ〈一八二八―八七〉が、メトロポリタン美術館に寄贈したコレクション。ウルフには、カバネルの描いた肖像画がある。

(19) **チェズノーラ古代遺物**　メトロポリタン美術館が所有する古代遺物のコレクション。イタリア生まれの軍人・考古学愛好家のルイジ・パルマ・ディ・チェズノーラ〈一八三二―一九〇四〉が領事としてキプロスに滞在した折に発掘収集し、寄贈したもの。

(20) **シャルル・モルニー**　〈一八一一―六五〉ナポレオン三世の異父弟。一八五一年のクーデター時には主導的役割を果たした。

(21) **メイラード**　十九世紀半ば創業の、ニューヨークの人気菓子メーカー。チョコレートやキャンディが特に人気で、ホワイトハウスでも供されるほどだったという。

(22) **ユージーン・ジョセフ・ヴェルブークホーヴェン**　〈一七九八―一八八一〉ベルギーの画家・銅版画家。羊を配した風景画で知られる。

(23) **セオドア・ルーズヴェルト**　〈一八五八―一九一九〉アメリカの第二十六代大統領。ニューヨーク生まれで、ニューヨーク州の下院議員、州知事なども務めた。

(24) **グロリエ・クラブ**　一八八四年にニューヨークに設立された、著名な愛書家クラブ。図書館やギャラリーも擁する。

(25) **メゾチント**　直彫りによる、銅版画の技法の一つ。

(26) **ティツィアーノ**　〈一四八八頃―一五七六〉イタリアの画家。ヴェネツィア派の代表的存在で、ルーベンスやベラスケスにも大きな影響を与えた。

(27) **ジュール・アルドゥアン＝マンサール**　〈一六四六―一七〇八〉フランスの建築家。ルイ十四世の宮廷建築家として、ヴェルサイユ宮殿の増改築など多くを手がけた。

訳者解説

本書はアメリカの女性作家イーディス・ウォートン Edith Wharton（一八六二―一九三七）の代表作の一つで、最高傑作とも言うべき小説 *The Age of Innocence*（一九二〇）の全訳である。底本には、信頼のおける Norton Critical Editions シリーズ（二〇〇三）を用いた。

作者について

イーディス・ウォートンは、一八六二年一月二十四日、ニューヨークの古い家柄の家庭に生まれ、イーディス・ニューボルド・ジョーンズと名付けられた。幼少時から一家でヨーロッパに長期滞在することの多い家庭環境で育つ。十歳で父の図書室に入ることを許されてその蔵書に読み耽り、十一歳から小説や詩を書き始め、『アトランティック・マンスリー』に詩の一つが掲載された。一八七九年、社交界にデビュー。一八八五年四月二十九日、二十三歳で、ボストン名門の銀行家エドワード・ウォートンと結婚する。エドワードは十二歳年長だった。

夫がもっぱら戸外での活動を好み、文化的なものに興味を示さない人だったためか、文学活動によって世界の広がったイーディスとの間に次第に緊張が生まれ、二人とも精神のバランスを崩す結果となった。一九一一年からは正式に別居していたが、離婚の申し立てをしたのは一九一三年になる。たとえ夫の不実が理由であっても、離婚が当時のニューヨーク社会でどう見られるかという点を考えてのためらいがあったに相違ない。

離婚後はフランスに住む。折しも第一次世界大戦期のヨーロッパで、ボランティア団体の立ち上げやそのための資金集めなどの活動に励み、フランス政府からレジオン・ドヌール勲章を受けた。『無垢の時代』もこの期間に書かれた作品の一つである。一九三七年八月十一日パリで死去。七十五歳であった。ウォートンには、長篇小説だけでなく、驚きの結末の用意された「ローマ熱」"Roman Fever"(一九三四)、怪奇ものに分類される「邪眼」"The Eyes"(一九一〇)など、短篇にも優れた作品が多い。中・長篇小説二十余、短篇小説集十一に加えて、詩集、紀行文、文学評論など、幅広い著作が残されている。生涯については、巻末の略年譜も参照していただきたい。

「百年」を代表する作品

ウォートンといえば、アメリカ文学史では、ヘンリー・ジェイムズ（一八四三―一九一六）の後継者的な作家として位置づけられることが多い。ジェイムズは心理主義文学の開祖として、アメリカ文学だけでなく現代小説全般に大きな影響を残した作家だが、確かにウォートンは、その影響を受けていると言える。十八世紀のイタリアを舞台にした、ウォートンの最初の長篇小説 *The Valley of Decision*（一九〇二）を読んだジェイムズが、作品を称賛しながらも、「あなたのよく知っているニューヨークを描くように」と手紙に書いて助言したというエピソードはよく知られている。ウォートンは、親交もある先輩作家からのこのアドバイスに従って執筆した、『歓楽の家』*The House of Mirth*（一九〇五）や本作『無垢の時代』によって成功を収め、大変な人気と批評家からの高評価をもって迎えられる存在となった。『無垢の時代』によって、一九二一年には女性として初のピューリッツァー賞も受賞している。

だが、ウォートンが単なるジェイムズの女性版ではないことは、両者の作品を読み比べた読者には容易に理解されるであろう。ジェイムズには必ずしも十分に描ききれなかった男女の恋愛感情や結婚生活における夫婦間の心理の機微などがきめ細かく描かれていることに加えて、一般読者にも十分に楽しめるストーリー展開、生き生きとした人物描写、作中で交わされる会話の妙、難解すぎない文章などがウォートンの小説の特徴であり、大きな魅力となっている。

そうした「なじみやすさ」が災いしたと言うべきか、一時期アメリカでは、ウォートンの作品は低く評価され、本作も、旧弊な上流社会を舞台とする通俗小説と見なされたことがあった。再評価の発端となったのは、一九七五年、イエール大学教授R・W・B・ルイスによる画期的な評伝(Lewis, R. W. B., *Edith Wharton: A Biography*, New York: Harper & Row, 1975)の出版であった。さらに、フェミニズムの立場からの考察や解釈もさまざまに行われてきた。一九九三年には『エイジ・オブ・イノセンス／汚れなき情事』のタイトルで日本でも公開された映画(マーティン・スコセッシ監督)が成功を収めたのをはじめ、テレビ用の映画の製作、一九九四年のシャリ・ベンストックによる優れた評伝(Benstock, Shari, *No Gifts from Chance: A Biography of Edith Wharton*, New York: Scribner, 1994)の完成など、特に一九九〇年代には見るべき成果が多い。

こうしたアメリカでの評価の一端として、世界屈指の規模を誇るニューヨーク公共図書館が創設百年を記念して編んだ、*Books of the Century*(一九九五)を挙げておこう。図書館の誕生以降の百年間に初版が出された膨大な数の書籍のうち、アメリカ内外を問わず、自然科学、経済学から児童文学に至るまでさまざまな分野から選び抜いた百七十五点を紹介する試みで、『無垢の時代』はその中でも特に選り抜きの四冊に名を連ねている。本作の紹介に引用されているのは、Twayne's Authors Series でウォートンの巻を執筆しているマーガレット・マクダウェルによる評で、「ある時代のある集団の人々の問題をこれ以上丁寧に看取し、その慣習をこれ以上綿密に伝え、また批判し、伝統と変化の対立をこれ以上劇的に忘れ難く表現した本を他に見出すのは困難であろう」という一節である。刊行されたのがアメリカで女性の参政権が初めて認められた年、一九二〇年であるという点にも言及されている。

また、二〇一九年には、ペンギン・ブックスの *The Age of Innocence* の新版が、従来の版に散見されたミスプリント箇所の修正にとどまらず、作家でジャーナリストのエリフ・バトゥマンによる新序文とペース大学のサラ・ブラックウッドによる新イントロダクションとを加えた、新しい一冊として世に出た。これは、この小説が現代の読者から今も広く求められていることの明白な証左と考えてよい。

日本では、平石貴樹氏が著書『アメリカ文学史』（松柏社、二〇一〇）の中で、『無垢の時代』をアメリカ近代小説の頂点に位置する作品だとしており、これは的を射た見解である。そのような評価を得るにふさわしい完成度を、『無垢の時代』は備えているからである。

二人のヒロイン

では、本作を具体的に検討していくことにしよう。

舞台は一八七〇年代初頭のニューヨーク、上流階級の青年ニューランド・アーチャーは、メイ・ウェランド嬢との婚約発表を間近に控えた晩に、歌劇場のボックス席に突然姿を現した幼馴染のエレン・オレンスカと再会する。エレンはメイのいとこで、今は伯爵夫人となっているが、ヨーロッパに残してきた横暴な夫とは不仲である。ニューランドは美しい婚約者のメイを愛していながらも、次第にエレンに関心を持つようになる。

メイは、ニューランドと同じ上品な社会の規範に従って育てられ、優しくしとやかで美しいばかりでなく、乗馬やアーチェリーを得意とする活発さもある。手に持つ花束は常に白いスズランで、それがこの上なくよく似合い、誰もが心惹かれるような、清楚な佇まいの娘である。

一方、ヨーロッパからニューヨークに戻って来たエレンには最初から謎めいた面があり、ニューランドはそれに惹かれるふしがある。メイとは対照的に、因習にとらわれない自由な生き方を貫き、周囲の人々について、ニューランドが驚くほど大胆な感想さえ、事も無げに言ってのける。ニューランドは毎日メイにスズランを贈っているのだが、ある日花屋で見かけた黄色のバラを衝動的にエレンに贈る。花の香りと彩りを添えて二人の女性を書き分けるウォートンの技量は、鮮やかと言うほかはない。

　全く異なるタイプの二人の女性を前にして、それぞれを育んできた文化の違いに、惹かれたり、反発したりするニューランドの心の動きは、物語の展開に沿って説明され、その微妙な心理をウォートンは見事に描いている。最初ニューランドは、エレンの言動に大小の違和感を覚える一方で、メイとの婚約に喜びを感じている。舞踏会の開かれたボーフォート家の温室のベンチにニューランドとメイが並んで座るシーンでは、「世界はまるで日の当たる谷間のように、二人の足元に広がっていた」(本書三八頁)という美しい一文に凝縮されている、明るく温かく満ち足りた幸福感に、影一つないように見える。しかし、婚約者を見つめながら「所有者の喜び」を感じるのも、ニューランドの偽りのない本心であり、ニューランドにとってメイは、これから自分が教え導くべき対象なのであった。歌劇場でボックス席のメイを眺めていた時にも、将来、文学の傑作を「新妻に教える特権」を思い浮かべ、「妻には(夫である自分の啓蒙によって)社交の才と当意即妙の機知とを身につけてほしい」(一三頁)と考えたことが述べられている。現代の読者は、最初からニューランドの持つパトロナイジングな視線、昨今の表現を使えば、いわゆる「上から目線」に抵抗を感じてしまう。もっとも、ニューランドの周囲の上流階級の男性たちも同様の考え方をしており、自分だけ別の道をとるのはむしろ煩わしいとニューランドが感じていたことも述べられている。つまり、作者の批判の目は、ニューランドが代表する当時の上流階級の男性たち全体に対して向けられていると考えてよい。

法律の仕事をしているニューランドは、「女性も男性同様に自由であるべきだ」という考えを持っていることも述べられている。ニューランドにとって、エレンは自由を象徴する存在である。自分が生まれ育ったニューヨーク社会の規範に対してそれまで抱いていた、誇りと反発という相反する感情が、エレンへの気持ちに反映しているのは明らかである。エレンはこれまでさまざまの経験を経てきた女性で、自由を求め、芸術を愛している。そんなヨーロッパ的な雰囲気をまとったエレンが目の前に現れたとき、ニューランドは自分の内に潜んでいた反発心——細々としたしきたりにとらわれ、常に体面を気にする上流社会への批判精神に目覚め、結婚後に自分が縛られるであろう生活に息苦しさを感じるようになる。そこにはヨーロッパ文化への憧れも混じっていると思われ、ヘンリー・ジェイムズが探求し続けた、アメリカとヨーロッパというテーマの存在も感じられる。ちなみに、独特の個性の持ち主であり、ヨーロッパとアメリカを往還するエレンの生き方には、作者ウォートンと重なる点がある。

エレンを迎えたニューヨークの親族たちにとって、ヨーロッパの人となって戻って来たエレンの言動は困惑の種であった。中でも、夫である伯爵と正式に離婚したいというエレンの希望は、「何があっても妻は夫のそばにいるべき」という規範からも、また離婚によってエレンが莫大な財産を失うという経済的な側面からも、一族にとって認められることではなかった。ニューランドはその間に立って思い惑う。勤務先の法律事務所でエレンの離婚の件を担当するよう指示されたニューランドは、「結婚や離婚についての、ここでの考え方は、とりわけ古風です。法律が離婚を許しても、社会の慣習は許しません」(一七〇頁)とエレンに説明するのだが、内心では夫の元に帰すわけにはいかないとも思っている。

その迷いに一挙に決着をつけたのは、皮肉なことに、結婚式の日取りを早めることが出来たと知らせるメイからの電報であった。ニューランドがそれを見て発作的に笑い出す場面で、本作の前半は幕となる。

視点人物という仕掛け

小説全体は第一部と第二部とから成り、第一章から第十八章までの第一部と、第十九章から第三十四章までの第二部とは、ほぼ同じ長さとなっている。第一部の冒頭がオペラ『ファウスト』の上演されている歌劇場のシーンに始まり、後半第二部最初の第十九章が結婚式のシーンに始まるのは、よく計算された構成である。どちらも人々が華やかに集まる情景で、しかもニューランドは、花嫁の入場を待つ花婿としての位置に立って親族席を見渡しながら、「歌劇場の初日の晩にそっくりだ！」（二七六頁）と思い、歌劇場でするように、人々の様子の観察さえするのだ。

メイと結婚したニューランドは、結婚について古い考え方に戻ってしまう。第二十章には「伝統に従ってメイを扱うほうが、束縛のない独身時代にあれこれ考えていた理論を実行するよりも面倒が少なかった。自分が自由でないなどと夢にも思っていない妻を解放しようとするなんて無駄なことだ」（二九七頁）とあり、「〔メイは〕ニューランドの古い伝統と崇敬の守護神となった」（二九八頁）とも書かれている。

その一方で、エレンに対する想いも失われたわけではなかった。結婚後しばらくの間エレンとは会う機会がなかったが、ボストンで再会を果たし、以来、互いに惹かれあっていることを確信したニューランドは、機を見てエレンと二人だけで会おうとする。その目的のため、仕事で出張するのだとメイに嘘をつくことさえする。それを聞いたメイは、無言で微笑を浮かべたまま、わずか何秒間かで次のようなメッセージを伝える。「エレンについて皆が言っていることは全部、わたしも知っていますし、エレンを夫のところに帰らせようとするわたしの家族の努力に、心から賛同しています。わたしに話そうとなさらない何らかの理由で、あなたがそれに反対の道を勧めたこともわかっていますわ。〔……〕あなたがワシントンでエレンに会うつもりだということ、いえ、もしかするとそのためにわざわざいらっしゃるのかもしれないということ、わたしは知っています。そしてエレンに会う以上、わたしの完全な承認のもとで会っていただきたいし、あなたが勧めた道の行く先を、この機会にエレンに知らせていただきたいと思っていること――伝えておきますね」(四〇五―〇六頁)

エレンもまた、ある機会にようやく二人だけになった馬車の中でニューランドに、「わたくしがあなたの愛人として一緒に暮らすというのがあなたの考えなんですか――妻にはなれませんものね?」(四四〇頁)と訊ねる。ニューランドは、「愛人」という言葉に狼狽し、「僕は何とかしてあなたと一緒に、そんな言葉が――そういう種類の人が――存在しない世界に逃げていきたい。僕たちがただ、愛しあう二人の人間であり、お互いに相手にとっての全人生であるような世界、そして地上のほかのことは重要でない世界です」(同)と、思わず熱弁をふるうが、「そんな国はどこにあるのでしょう? 行ったことがあるのですか?」(四四一頁)とエレンから問い返されてしまう。

ここで、そもそもニューランドはエレンのことをどれだけ理解していたのだろうかという疑問を、読者は持たざるを得ない。第二十二章に、エレンの訪問先であるブレンカー家の屋敷の東屋でピンク色の日傘を見つけたニューランドが、エレンのものと思い込んでそれを手にとり、傘の柄に唇を寄せるシーンがある。これには、まさかそんな趣味の日傘がエレンの持ち物であるはずはないのに、と首をかしげてしまう。メイばかりでなくエレンのことも、ニューランドにはよくわかっていないのではないかと思わずにいられないのである。メイ、エレン、ニューランドの三人の中で、ほかの二人を最も理解していないのはニューランドであるというメッセージを、作者は時々読者に送っているのではないだろうか。

注目すべきは、物語が終始、ニューランドの視点から語られていることである。視点となる人物を設定する技法は、先輩ジェイムズに学ぶところがあったに違いない。その結果として我々読者は、ニューランドの心の内についてはよく知ることができるものの、メイとエレンを含むほかの人物の心中は、ニューランドの見聞きした印象、知り得た情報、そしてそれに対する彼の判断を通して推し量るしかない。果たしてメイは、エレンは、本当はどう感じていたのだろうか――作者が文中にしのばせたヒントから、もしほかの登場人物、例えばメイの視点、あるいはエレンの視点からこの一篇を語り直したらどうなるか、考えてみるのも興味深いことかもしれない。

物語の結末

物語の結末にも少しだけふれておくことにしたい。結末に関しては従来さまざまの解釈を生んできたが、実はイエール大学所蔵のウォートンの草稿研究によって、作者ウォートンがこの小説のために三つのアウトライン案を書いていたこと、しかもアイディアがどのように変化したか、創作の過程をたどることができるように、第一、第二、第三と、自身の手で記していることが明らかになっている(Greeson, Jennifer Rae, "Wharton's Manuscript Outlines for *The Age of Innocence*: Three Versions." *The Age of Innocence*, Norton Critical Editions, 2003, pp. 413–21.)。ちなみに最初の案は、ニューランドがメイとの婚約を解消してエレンと結婚するものの間もなく別居、メイはほかの人と結婚するというストーリーであったようだ。試行錯誤の末にたどりついた完成形は、しみじみとした、一種のハッピーエンドと呼ぶことさえできる結末に仕上がっているように感じられる。

最後の第三十四章は、前章から二十六年という長い月日が流れたのち、いつもの書斎に座って、来し方を思うニューランドの姿から始まる。読者にとっては驚きの展開がいくつも明かされるのだが(ウォートンはストーリー構成の名手でもある)、なるべく種明かしはしないことにしよう。ただ一つだけ取りあげずにいられないのは、ニューランドの長男ダラスが最終章に登場することである。すでに大人になり、新進建築家として活躍するダラスに誘われてパリに赴いたニューランドは、街を歩き、一人シャンゼリゼ通りのベンチに座って思いにふける。「人生が川のように、その傍らを流れて行った」(五四四頁)とあるように、ニューランドにとってこのときのパリは半生を振り返る場となる。五十七歳になったニューランドは現代の感覚より老人めいて描かれているようだが(ちなみに作者のウォートンも、この小説を書き始めた当時、ニューランドと同じ五十七歳であった)、それは措《お》くとしても、この最後の場面を読者はどう受けとめるだろうか――メイもエレンも登場しないまま、ニューランドが一人歩み去って幕の下りる物語を。

innocence とは

本作のタイトルで「無垢」と訳出した innocence は、この小説の主題と密接な関係を持つ重要な語である。作中にはさまざまなヒントがちりばめられているが、もっとも象徴的な登場人物は、やはりメイだろう。

最初にこの語が出てくるのは第六章、ニューランドが書斎に飾ってある婚約者メイの写真を眺めて、「正直そうな額、まっすぐな目、無垢で明るい口元」(六六頁)と感じるところである。だがこの少しあと、ニューランドが再び innocence に触れ、「その率直さと無邪気さは単に人為的に作られたものだ」と思うくだりがある(七〇―七一頁)。第十六章でもニューランドは、「メイもいつかは母親と同じように、頑固な無垢を維持したまま中年の表情へと固まっていく運命なのだろうか〔……〕そんな種類の無垢――想像に対して精神を閉ざし、経験に対して心を閉ざすことを命じるような類の無垢など、メイには持ってほしくない!」(二二二頁)と述懐する。ニューランドの心中で、「無垢」にマイナスの意味が加わっていることが明らかになってくる。

詳細な分析は省かざるを得ないが、ニューランドがメイに結びつけて考えていたinnocenceという言葉には、想像や経験を通して成長することのできない頑なさが含まれているようだ。その示唆に従ってこの小説をメイの悲劇と解釈する向きもある。だが、メイのinnocenceは、母親世代のそれとは明らかに異なるものであった。ほかの女性の存在を感じとったメイが、ニューランドに向かって早くも第十六章で、「若い娘を、親たちが考えるほど何も知らないものだと決めてかかってはいけませんわ。耳に入る事柄もあれば、自分で気づく事柄もあります――自分なりの考えや感情もありますもの」(二二七頁)と明言していることを忘れてはならない。ほかの人を不幸にしてまで幸せになりたくはない、と誠実で崇高な持論をここではっきりと述べるメイは、不都合な事実から目をそむけて生きようとする母親世代とは異なり、現実を直視する力と強固な意志を持つことが明白である。そして結婚後も、ニューランドの心に潜む迷いに気づきながら、彼女なりの方法でそっとニューランドを牽制しつつ、家族を愛しながら生きていこうとする。古い時代に属しているのは確かであっても、純真なしとやかさの中に明敏な賢さと品位を備えたメイは、アメリカの一時代を体現する女性であり、アメリカ文学が生んだ、忘れ難い女性像の一人と言ってよい。

だが本作において、「無垢」という言葉はメイのみに捧げられたものではない。書名を飾るもう一つのキーワード、「時代」についても検討しておくことにしよう。

一八七〇年代のニューヨーク

小説の冒頭で述べられているように、舞台は一八七〇年代のニューヨークである。小説の刊行が一九二〇年であるから、それより約五十年前、作者自身がまだ幼かった時代を描いたということになる。

一八七〇年代といえば、一八六五年の南北戦争終結、一八六九年の大陸横断鉄道開通などを受け、アメリカ合衆国において資本主義が急激な発達を遂げた時代である。マーク・トウェインとC・D・ウォーナー合作の小説 *The Gilded Age*（一八七三）の題名から「金めっき時代」と呼ばれる好況の時期――石油王ロックフェラーや銀行家モルガンの

写真上はニューヨーク音楽院（原版はステレオグラフ），下はグレース教会（多くの馬車と群集が集まっているのがわかる）．いずれも1865年頃の写真で，1870年代のニューヨークの様子を彷彿とさせる．なお，本書カバーに用いた写真は1900年のグレース教会で，物語最終章の時期に近いものである．

（Courtesy of the Library of Congress, LC-DIG-stereo-1s04917, LC-DIG-ppmsca-51431）

ような大資本家が次々に現れ、多くの移民が流入し、貧富の差が拡大したこの時期のアメリカを代表する都市がニューヨークであった。こうした中で、急速に台頭した新興富裕層は、旧来のニューヨーク、すなわちウォートン言うところの「オールド・ニューヨーク」にとっては脅威だったであろう。新しい波が古い世界に押し寄せ、凌駕しようとするせめぎ合いの時代が、本作の舞台なのである。

先ほど引用したマクダウェルの評からもわかるように、ウォートンは自分の記憶に加えて、知人に確かめたり、入念にリサーチをしたりして、当時の社会と風俗習慣をできるだけ忠実に再現しようとした。刊行当時、この小説を読めば「オールド・ニューヨーク」をまさに追体験できる、と絶賛した書評も出たほどの出来であり、その評価は現在も変わらない。時とともに失われつつある世界を書き残しておきたい、という思いを強く抱いていたからこそ、なし得た成果にほかならない。（なお、本作に登場する固有名詞等については、必要最小限の訳注を施した。）

背景となる都市ニューヨークを作者は巧みに描きだしている。物語は主に屋内で進行するが、建築と室内装飾を一体のものと考え、インテリア・デザインの仕事を手掛ける傍ら室内装飾の本も出したウォートンによる小説だけあって、作中には屋敷や調度についての記述が多い。ことに印象が強いのは、ニューランドのこだわる書斎の調度、老キヤサリン・ミンゴットの独創的な屋敷などである。他の邸宅の数々、馬車の走る五番街、メトロポリタン美術館、さらにニューポート、ボストン、パリなどの街の雰囲気も生き生きと伝えられており、物語を引き立てるその描写は、当時の様子の記録としても貴重なものである。

また、人々の身に着ける衣装や供される食事のメニュー、晩餐の席順や挨拶の順序まで、当時の社交界の「決まりごと」も詳細に記されている。メイの両親やアーチャー夫人のような「オールド・ニューヨーク」を体現する人々の、新興富裕層や「外国人」「下流の暮らし」へのさげすみを含む視線、あるいは「家系」の重視、「芸術」への無関心など、当時の閉鎖的な上流社会の有様も随所で克明に描かれている。オペラの演目と歌手、読まれていた書籍など当時の文化の実態がうかがわれる記述があるかと思えば、急激に発展する科学技術への目配りも忘れず、第十五章で「電線を使って話ができるとかいう新案装置」と称されていた電話が、最終章ではすでに立派に実用化されていることなど、興味は尽きない。「通俗小説」と言われることもあった本作だが、決してそうではなく、むしろ一つの「社会」を再現しようとした野心的な一篇と見なすべきだろう。

ウォートンのまなざし

時に作中の事物を、まるでスポットライトを当てるように鮮やかに描き、そこに生み出される色彩豊かなイメージでストーリーを支えるのも、小説家ウォートンの得意とするところである。先に述べた、贈り物の花やピンク色の日傘をはじめとして、その例は枚挙にいとまがない。例えば、頭痛のためオペラの途中で帰りたいと言うニューランドに従ってメイが馬車を降りる際、ステップで踏んで破れ、土で汚れてしまったドレスの裾は、くっきりと目に浮かんで脳裏を離れない一コマである。また、静まり返ったメトロポリタン美術館の一室に並ぶ使途不明の古代の遺物や、物語の最後の場面で、パリの街路からニューランドが見上げるエレンの部屋のバルコニーの窓も象徴的で、切り取られた絵か写真のように、深く印象に残る。

何よりも本作は、人間の生き方について深く考えさせる点で傑出している。中心人物であるニューランド、メイ、エレンの三人だけでなく、どの登場人物も際立った個性を持ち、自分たちを取り巻く社会の変化に対応する道をそれぞれに探る姿が描かれている。社会の変化はいつの世も変わらない現象で、その中にあって何を選び、どう生きるべきか、個人の自由をどのようにして、どこまで求めていくのか――これは私たち一人一人にとっても永遠の課題である。ニューランドが自分の息子と娘を見て時代の変化を実感するシーンがあるが、社会の変化を目の当たりにする機会は、現実にいくらでも存在する。実際、この小説の登場人物たちも、オールド・ニューヨークの規範を逸脱する者の登場に驚き、嘆き、同時に好奇心も抱いている。このように特定の時間と場所を扱いながら、同時にいつの時代にも共通する要素をも備えていることこそ、読者の胸を打ち、同時に名作として長く読まれるための一つの条件ともなるのである。

この物語の描く特定の場所、それは言うまでもなく、オールド・ニューヨークという語に象徴される文化習慣が存在した時代のニューヨークである。アメリカ文学には、「ローカルカラー文学」というジャンルがある。これは南北戦争後から十九世紀末までを中心に盛んだったリアリズム文学で、各地方に特有の習慣や風俗などを描くものだが、古き良き時代を懐かしむ、この「ローカルカラー文学」の伝統が、『無垢の時代』の底にも脈々と流れている。例えば第二十六章に、かつて最新流行は品がないとされていたものだと、年配の婦人たちが思い出話をするシーンがある。「パリから届いた服は熟成するまで鍵をかけてしまっておくものだった」(三九一頁)世代の者にとっては、「税関を出て来るとすぐに身に着けて得々と練り歩くような、こんな時代」(同)が来るとは情けない、と一人が嘆く。より保守的なボストン流はともかく、「パリの服は一シーズンしまっておくのが淑女としての間違いない習わしだと、わたしはずっと思っていますよ」

（三九二頁）と、ニューランドの母であるアーチャー夫人がこの場の会話をしめくくる。取り寄せた流行の服をこれ見よがしに早速身に着けることをはしたない行為とする心得は、いかにも古風で奥ゆかしく、微笑ましい。そのような習慣の守られてきた社会でそれを平然と無視するジュリアス・ボーフォート夫妻のような新参者のふるまいに、作者は決して賛同していない。だがその一方、アーチャー夫人に代表されるような、世の中の変化をひどく恐れ、忌み嫌う人たちに対してはどうかと言うと、同情は示しているものの、やはり批判的である。

　では、作者ウォートン自身が共感を寄せる姿は、作中のどこに存在するのだろうか。それは最終章にさっそうと登場する次世代の若者ダラス――善良な市民、良き家庭人として生きてきたニューランドを「時代遅れのお父さん」とからかい半分に呼び、父の微妙な胸中を完全には理解できずにいながらも、昔気質の生き方に敬意を表することを忘れない、長男ダラスの姿勢にあると思われる。ダラスは柔軟さと自信とを兼ね備えた青年で、その明朗闊達な性格と言動には、読者をほっと安堵させる爽やかさがある。「今どきの若者は、望むものは何でも手に入るのが当然と思っていて、我々はそんなふうに思ってはいけないとされていた――そこに違いがある」（五三八頁）と考えるニューランドだが、ダラスは誇りであるとともに「生まれながらの親友」であり、心が通い合っていることをお互いに自覚している。そんなダラスの視線には、自身の両親の生きた時代に向けるウォートンの温かいまなざしが重なって見えてくるのである。一八七〇年代のニューヨーク上流階級の生活習慣を綿密に考察し、郷愁とともに当時を回顧しようとする作者の志が見事な一篇に結晶した作品、それが『無垢の時代』である。

*

本作は、日本では伊藤整が早くに翻訳、紹介している。さらに大社淑子氏及び佐藤宏子氏による全訳があり、参考にさせていただいた。なお、現代においては差別的とも感じられる表現が文中にあるが、原文を尊重し、そのまま訳出している。本書の翻訳にあたっては、岩波文庫編集部の古川義子さんに、企画スタートの時点から刊行というゴールに至るまで、ずっと頼もしく伴走していただけたことを、大変ありがたく思っている。また、本書のために力を貸してくださったすべての方々に、心よりお礼を申し上げたい。

二〇二三年四月

河島弘美

イーディス・ウォートン略年譜

1862年　1月24日，父ジョージ・フレデリック・ジョーンズ，母ルクレティア・ラインランダーの第三子としてニューヨークに生まれ，イーディス・ニューボルド・ジョーンズと命名される．年の離れた二人の兄がいる末子で，父方も母方もニューヨークの古い家柄の出であった．

1866年　一家でヨーロッパへ．イギリス・スペイン・ドイツ・イタリアなどに長期間滞在，その間に各国の言語を学び始める．

1872年　アメリカに帰国．ニューヨークに住み，夏はニューポートの別荘で過ごすという生活を送る．

1878年　詩集 *Verses* を自費出版する．

1879年　社交界にデビュー．

1880年　*Verses* の中の詩の一つが『アトランティック・マンスリー』に掲載される．

1885年　4月29日，エドワード・ウォートンと結婚．エドワード35歳．

1897年　第一作 *The Decoration of Houses* 刊行．建築家オグデン・コッドマンとの共著，室内装飾の本である．

1899年　短篇小説集 *The Greater Inclination* 刊行．初めて商業出版された自作の文学作品．

1901年　マサチューセッツ州レノックスに邸宅の建設を開始する．翌年完成し，「マウント」と名付ける．

1902年　初の長篇小説 *The Valley of Decision* 刊行．夫妻でマウントに転居．

1905年　*The House of Mirth*（『歓楽の家』）刊行．ベストセ

ラー作家となる.

1911 年　Ethan Frome(『イーサン・フロム』)刊行.

1912 年　*The Reef* 刊行.

1913 年　エドワードと離婚. *The Custom of the Country* 刊行.

1914 年　フランスに居を移し, 難民や結核の兵士のための施設設立活動などに励む.

1915 年　紀行文集 *Fighting France, from Dunkerque to Belfort* 刊行.

1916 年　大戦中の功労に対してフランス政府より, 最高の栄誉であるレジオン・ドヌール勲章を受ける.

1917 年　*Summer*(『夏』)刊行.

1920 年　*The Age of Innocence*(『無垢の時代』)刊行.

1921 年　ピューリッツァー賞受賞. 女性として初.

1922 年　*The Glimpses of the Moon* 刊行.

1923 年　イエール大学より女性として初の名誉博士の称号を授与される. この授与式のための滞在が, 最後のアメリカ訪問となる.

1924 年　中篇小説集 *Old New York* 刊行.

1925 年　文学論 *The Writing of Fiction* 刊行.

1928 年　*The Children*(『子供たち』)刊行.

1934 年　自伝 *A Backward Glance* 刊行.

1937 年　6 月に心臓発作を起こし, 8 月 11 日逝去. 75 歳. 短篇小説集 *Ghosts*(『幽霊』)刊行.

＊Norton Critical Editions 版所収の Chronology, 伝記, 書簡, 論文等を参考にした.

無垢《むく》の時代《じだい》　イーディス・ウォートン作

2023年6月15日　第1刷発行

訳　者　河島弘美《かわしまひろみ》

発行者　坂本政謙

発行所　株式会社　岩波書店
〒101-8002 東京都千代田区一ツ橋 2-5-5

案内 03-5210-4000　営業部 03-5210-4111
文庫編集部 03-5210-4051
https://www.iwanami.co.jp/

印刷・理想社　カバー・精興社　製本・中永製本

ISBN 978-4-00-323451-8　　Printed in Japan

読書子に寄す

――岩波文庫発刊に際して――

岩波茂雄

真理は万人によって求められることを自ら欲し、芸術は万人によって愛されることを自ら望む。かつては民を愚昧ならしめるために学芸が最も狭き堂宇に閉鎖されたことがあった。今や知識と美とを特権階級の独占より奪い返すことはつねに進取的なる民衆の切実なる要求である。岩波文庫はこの要求に応じそれに励まされて生まれた。それは生命ある不朽の書を少数者の書斎と研究室とより解放して街頭にくまなく立たしめ民衆に伍せしめるであろう。近時大量生産予約出版の流行を見る。その広告宣伝の狂態はしばらくおくも、後代にのこすと誇称する全集がその編集に万全の用意をなしたるか。千古の典籍の翻訳企図に敬虔の態度を欠かざりしか。さらに分売を許さず読者を繋縛して数十冊を強うるがごとき、はたしてその揚言する学芸解放のゆえんなりや。吾人は天下の名士の声に和してこれを推挙するに躊躇するものである。このときにあたって、岩波書店は自己の責務のいよいよ重大なるを思い、従来の方針の徹底を期するため、すでに十数年以前より志して来た計画を慎重審議この際断然実行することにした。吾人は範をかのレクラム文庫にとり、古今東西にわたって文芸・哲学・社会科学・自然科学等種類のいかんを問わず、いやしくも万人の必読すべき真に古典的価値ある書をきわめて簡易なる形式において逐次刊行し、あらゆる人間に須要なる生活向上の資料、生活批判の原理を提供せんと欲する。この文庫は予約出版の方法を排したるがゆえに、読者は自己の欲する時に自己の欲する書物を各個に自由に選択することができる。携帯に便にして価格の低きを最主とするがゆえに、外観を顧みざるも内容に至っては厳選最も力を尽くし、従来の岩波出版物の特色をますます発揮せしめようとする。この計画たるや世間の一時の投機的なるものと異なり、永遠の事業として吾人は微力を傾倒し、あらゆる犠牲を忍んで今後永久に継続発展せしめ、もって文庫の使命を遺憾なく果たさしめることを期する。芸術を愛し知識を求むる士の自ら進んでこの挙に参加し、希望と忠言とを寄せられることは吾人の熱望するところである。その性質上経済的には最も困難多きこの事業にあえて当たらんとする吾人の志を諒として、その達成のため世の読書子とのうるわしき共同を期待する。

昭和二年七月